हिंदू अर्थचिंतन
दृष्टि एवं दिशा

हिंदू अर्थचिंतन
दृष्टि एवं दिशा

डॉ. बजरंग लाल गुप्ता

प्रभात प्रकाशन, दिल्ली
ISO 9001:2008 प्रकाशक

प्रकाशक • **प्रभात प्रकाशन**
4/19 आसफ अली रोड,
नई दिल्ली–110002

संस्करण • प्रथम, 2018
मूल्य • पाँच सौ रुपए
मुद्रक • आर–टेक ऑफसेट प्रिंटर्स, दिल्ली

HINDU ARTHCHINTAN : Drishti Evam Disha
by Dr. Bajrang Lal Gupta ₹ 500.00
Published by Prabhat Prakashan, 4/19 Asaf Ali Road, New Delhi-2
e-mail: prabhatbooks@gmail.com ISBN 978-93-5266-478-8

पुरोवाक्

भारतीय संस्कृति तथा चिंतन पद्धति हजारों वर्ष पुरानी है। इनके ज्ञान के लिए वेद, उपनिषद्, पुराण, स्मृति तथा इतर प्राचीन ग्रंथ मूलभूत स्रोत हैं। एक समय था, जब समग्र देश में इन ग्रंथों की पढ़ाई तथा विमर्षात्मक अध्ययन होते थे। इन ग्रंथों में बताए गए विचार और दृष्टिकोण समाज में अपनाए जाते थे। भारतीय जीवन पद्धति भारतीय चिंतन से ही विकसित हुआ करती थी। भारत की आर्थिक, सामाजिक, राजकीय समस्याएँ भारतीय चिंतन प्रणाली से ही सुलझाई जाती थीं।

'हिंदू चिंतन' नाम विदेशीय लोगों के प्रभाव से भारतीय चिंतन को ही लगाया गया। विदेशी लोग भारत देशवासियों को 'सिंधू' नदी के किनारे या 'सिंधू' नदी के पार रहनेवाले, इस विचार से हिंदू शब्द से पुकारने लगे। अत: 'हिंदू अर्थचिंतन' का मतलब मेरे विचार से 'भारतीय अर्थचिंतन' ही है।

भारतीय चिंतन में मूलत: 'मानव' को प्राथम्य दिया गया है। विधि और निषेध (Do's and Don'ts) मानव को ही दृष्टि में रखकर बनाए गए थे। मानव के जीवन के उद्‌देश्यों को मन में रखकर समष्टि रूप से 'धर्म, अर्थ, काम, मोक्ष' रूपी 'पुरुषार्थों' की परिकल्पना की गई है। 'पुरुषार्थ' का अर्थ है—पुरुष के जीवन के प्रयोजन। पुरुषार्थ का व्यवहार में अर्थ 'पुरुष का' प्रयत्न भी होता है।

समग्र वेद राशि के ज्ञान का उद्‌देश्य भी मानव को मोक्षरूपी शाश्वत सुख की स्थिति की ओर ले जाना है। जीवन के नित्य व्यवहार में मोक्ष का तात्त्विक अर्थ समझना जरूरी है। मोक्ष का मतलब 'काम, क्रोध, लोभ, मोह, मद, मात्सर्य' रूपी षड्विध मानव कल्याण के रिपुओं से दूर रहना है। नित्य जीवन में

धर्म, अर्थ कामों की संतुलित जीवन पद्धति अपनाना ही सुख के हेतु बनता है।

संक्षेपत: कहना हो तो भारतीय चिंतन के मूल स्थान में 'मानव' ही है। भारतीय चिंतन में मानव एक सामग्रिक वस्तुविशेष है। उसमें आध्यात्मिक (Spritual), आर्थिक (Economic), भौतिक (Materialistic), सामाजिक (Social), मानसिक (Psychological) तथा नैतिक (Moral) प्रवृत्तियों का सम्मिश्रण है एवं सामग्रिक व्यक्तित्व की परिकल्पना भारतीय चिंतन का वैशिष्ट्य है। पाश्चात्य चिंतन के प्रभाव से मानव को भिन्न-भिन्न प्रवृत्ति के भिन्न-भिन्न व्यक्ति के रूप में परिकल्पना करने की प्रथा चली आई है। यह बिल्कुल गलत तरीका है।

पाश्चात्य अर्थशास्त्र की प्रणाली में मानव को केवल आर्थिक प्रवृत्ति के व्यक्ति समझने से उसकी जीवन प्रवृत्ति में केवल आर्थिक लाभ का ही उद्‌देश्य समाविष्ट हो रहा है। इसी से मानव के सामग्रिक कल्याण साधन में बहुत सारी असंतुलितता का अनुभव हो रहा है।

भारत देश हजारों सालों से विदेशीय विचारधाराओं से प्रभावित हो बैठा है। अत: मूलभूत भारतीय चिंतन प्रणाली से वंचित हो गया है। विदेशीय शासक भारत के मूलभूत चिंतन को विनष्ट करने के लिए तुले हुए थे। ब्रिटिश पार्लियामेंट में, Robert Clive द्वारा दिए गए भाषण से यह सिद्ध होता है। उसके भाषण के अंश ऐसे थे :

Address to British Parliament on 2nd February, 1835:

"I have traveled across the length and breadth of India and I have not seen one person who is a beggar, who is a thief. Such wealth I have seen in this country, such high moral values, people of such calibre, that I do not think we would ever conquer this country, unless we break the very backbone of this nation, which is her spiritual and cultural heritage, and, therefore, I propose that we replace her old and ancient education system, her culture, for if the Indians think that all that is foreign and English is good and greater than their own, they will lose their self-esteem, their native self-culture and they will become what we want them, a truly dominated nation."

मेकाले चाहते थे कि भारतीय संस्कृति का नाश किया जाए तथा लोगों में

उसके बारे में जो आस्था और श्रद्धा है, उसको भी मूल से उखाड़ देना चाहिए।

विदेशीय शासकों की इस अत्याचार-प्रवृत्ति के कारण ही हम अपनी भारतीय संस्कृति तथा चिंतन के बारे में श्रद्धा और आदरभाव खो बैठे हैं। अफसोस की बात यह है कि देश स्वतंत्र होने के बाद सत्तर साल होने पर भी भारतीय चिंतन के बारे में जो उपेक्षा भाव भारतीय जनता के मन में प्रवेश कर गया है, वह अभी भी मन से हटा नहीं है।

भारतीय चिंतन की प्रौढ़िमा तथा गहराई इतनी बड़ी तथा मजबूत है कि दुनिया की कोई भी शक्ति इसको जड़ से उखाड़ नहीं सकती है। इसीलिए हजारों सालों का उत्पात सहन कर भी भारतीय चिंतन के स्रोत से ओत-प्रोत होकर चलती आ रही है।

भारतीय चिंतन के बारे में आदर भाव को पैदा करने के लिए जो भी प्रयत्न कुछ लोगों से शुरू हुए थे, वे भी पूर्णतः फलकारी नहीं हुए हैं। इस तरह प्रयत्न करनेवाले महानुभावों को, हमारे तत्कालीन सामाजिक तथा राजकीय नेताओं ने वैचारिक रूप से कुचलकर रखने में सफल हुए हैं। भारतीय चिंतन-पद्धति 'हिंदू' राष्ट्रवाद की प्रतीक है, इसलिए देश-विभाजन की प्रवृत्तियों को बढ़ावा देनेवाली होती है, ऐसी बिल्कुल गलत मनोधारणाओं के कारण से स्वतंत्र भारत में भी भारतीय चिंतन को उत्तेजन नहीं मिला है, परंतु अभी कालचक्र में थोड़ा बदलाव आने के चिह्न दिखाई दे रहे हैं। इस परिवर्तनशील युग में डॉ. बजरंगलाल गुप्ताजी का यह 'हिंदू अर्थचिंतन—दृष्टि एवं दिशा' शीर्षिका से भूषित ग्रंथ का हार्दिक स्वागत है।

यह ग्रंथ डॉ. बजरंगलाल गुप्ताजी के अनेक उपन्यास तथा तत्र-तत्र प्रकाशित लेखनों का संग्रह है। उन सबका संपादन इस कुशलता से किया गया है कि पढ़नेवालों को ऐसा लगता है कि ये सब एक ही ग्रंथ के भिन्न-भिन्न अध्याय हैं। सारे ग्रंथ में एक ही विषय का विश्लेषण मिलता है। वह यह है।

"डॉ. दीनदयाल उपाध्यायजी का अर्थचिंतन तथा पाश्चात्य अर्थचिंतन की तुलना में उसका वैशिष्ट्य तथा उसकी श्रेष्ठता।"

समग्र ग्रंथ का उद्देश्य भारतीय मेधावी चिंतक पंडित दीनदयाल

उपाध्यायजी (25 सितंबर, 1916—11 फरवरी, 1968) के क्रांतिकारी नूतन विचारों का आविष्कार तथा विमर्षन करना ही है। पं. दीनदयाल उपाध्यायजी ने 52 वर्ष की अल्पायु में ही बहुत सारी उपलब्धियाँ प्राप्त की हैं। वे बहुत प्रभावी उपन्यासक थे, प्रगल्भ लेखक थे, समर्थ नेता तथा योजक थे। उनके बहुत सारे उपन्यास तथा लेखनों का संग्रह करके पंद्रह खंड में प्रकाशन करके उनके अभिमानी लोगों ने बहुत उपकार किया है।

पं. दीनदयाल उपाध्यायजी के आर्थिक चिंतन के बारे में पाश्चात्य आर्थिक विचारों से तुलनात्मक दृष्टि से अध्ययन की जरूरत थी। इस काम को डॉ. बजरंगलाल गुप्ताजी ने बहुत समर्थ रीति से इस ग्रंथ में निभाया है।

इस ग्रंथ के प्रारंभ में ही उनके कुछ नूतन क्रांतिकारी विचारों का उपस्थापन करना बहुत ही उपयोगी सिद्ध हुआ है। इस ग्रंथ के पहले ही अध्याय में पंडित दीनदयाल उपाध्यायजी की परिकल्पना में 'धारणक्षम विकेंद्रित अर्थव्यवस्था क्या है' इसका परिचय दिया जाता है। अधुना उपलब्ध अर्थतंत्र तथा अर्थव्यवस्था धारणक्षम नहीं है और बहुत ही केंद्रित है। ग्रंथकार अधुनातन अर्थतंत्र तथा विकास मॉडल की बहुत सारी न्यूनताएँ स्पष्ट रूप से प्रदर्शित करते हैं। 'जी.डी.पी.' परिकल्पना के आधारित अर्थविकास के मॉडल की न्यूनताओं को बहुत सारे उदाहरणों से स्पष्ट करते हैं तथा अधुनातन विकास मॉडल अतिशयित उपभोग के तत्त्वों पर आधारित है। अति उपभोक्तावाद से समग्र मानव कल्याण की बहुत ही हानि होती है। लेखक के विचार में 'सर्वमंगल' विकास मॉडल को अपनाना बताया गया है। उनके विकास मॉडल में चार बातों की गारंटी दी जाती है—सबको रोटी, मतलब सबको जीवन-निर्वाह की सामग्रियों की उपलब्धि; सबको दैहिक, मानसिक तथा भावनात्मक स्वास्थ्य; सबको शिक्षा, सबको रोजगार। ये सब गारंटियाँ दीनदयालजी के 'एकात्मवाद के विकास मॉडल' में दी जाती हैं। संक्षेपतः कहना है तो यह मॉडल 'समग्र सामाजिक सुख' का मॉडल है। यह मॉडल विकेंद्रित, टिकाऊ, धारणक्षम मॉडल है। बहुत ही महत्त्वपूर्ण बात यह है कि इसमें अर्थ और धर्म-नैतिकता का समावेशन है। अर्थशास्त्र तथा Ethics का सम्मिलन करना आज के चिंतन में बहुत आवश्यक है तथा विकास के मॉडल में समानता के तत्त्वों का समावेश करना भी आवश्यक है।

ऐसे बहुत सारे नूतन विचारों का सम्मिलन दीनदयाल उपाध्याय के विकास मॉडल में मिलता है।

प्रसंगोचित रीति से, हिंदू अर्थचिंतन के कुछ महत्त्वपूर्ण अंश, भगवद्गीता तथा उपनिषदों के आधार पर किए गए मेरे विश्लेषण के अनुसार उपस्थापित करना चाहता हूँ। ये विचार इस ग्रंथ में भी प्रतिपादित मिलते हैं। सब भारतीय अर्थचिंतन की मूलभूत वस्तु मानव ही है। मानव को केवल भौतिक व्यक्तित्व के रूप में न मानकर उसे भौतिक (Materialisic) तथा आध्यात्मिक (Spiritual) व्यक्तित्व के सामग्रिक सम्मिश्रण के रूप में मानना चाहिए (Holistic Man)। इस कारण से मानव के जीवन के उद्देश्यों को भी सामग्रिक (Holistic) रूप में ही ग्रहण करना चाहिए। 'धर्म, अर्थ, काम, मोक्ष' के रूप में पुरुषार्थों का चिंतन होता है। धर्म का मतलब, हिंदू धर्म, मुसलिम धर्म, इसाई धर्म, ऐसी परिभाषा में नहीं है। धर्म का अर्थ है, जीवन मौल्य। 'अर्थ' का अर्थ तथा भौतिक संपदा (Capital and other Material Resources) है। 'काम' का अर्थ है, जीवन निर्वाह के लिए अत्यावश्यक सामग्रियाँ (Basic Needs)। 'मोक्ष' का तात्त्विक अर्थ है—जीवन-सुख के सारे बंधकों से (कामाद्यरिषड्वर्ग) दूर रहना। इस रीति से चतुर्विध पुरुषार्थ जीवन को नित्य जीवन में भी सुखमय बनाने के लिए अत्यावश्यक उद्देश्य हैं।

मानव को मुख्यत: अपने कर्तव्य के बारे में ध्यान रखना चाहिए। मानव के अधिकार, अधिकार के लाभ अपने आप प्राप्त होते हैं। मानव को अपने कर्तव्यों को निस्स्वार्थ भावना से, मानव कल्याण के हेतु, समाज की सेवाभावना से करना चाहिए। सब जगह 'मानव अधिकार प्राधिकरण' (National Human Rights Commission) संस्थाएँ हैं। परंतु 'मानव कर्तव्य प्राधिकरण' संस्थाएँ (Human Duties Commission) नहीं रचाई गई हैं। समाज में लोग अपने-अपने कर्तव्यों से विमुख होते जा रहे हैं। इसी से बहुत सारी समस्याओं का उद्भव होता है।

उपभोक्ता प्रवृत्ति को नियंत्रण में रखना ही विकास के लिए तथा मानव कल्याण के लिए एक मात्र उपाय है। पर्यावरण की परिकल्पना में न केवल पृथिवी, अप्, तेजस्, वायु, आकाश का समावेश है, पर 'काल' (Time), दिक्

(Direction), आत्मा (Conscience), मनस् (Mind) इनका भी समावेश है। अगर मनस् कलुषित है तो दूसरे सब चीज शुद्ध होने पर भी, फिर से सारे चीज कलुषित होने की संभावना बड़ी होती है। मनस् को कालुष्य से दूर रखना पर्यावरण की निर्मलिनता के लिए आवश्यक होता है। यह भारतीय चिंतन का वैशिष्ट्य है।

ऊपरी निर्दिष्ट कुछ अंशों के ज्ञान से यह मालूम होता है कि भारतीय अर्थचिंतन बहुत प्रगल्भ तथा पाश्चात्य अर्थचिंतन से कई गुणा बढ़कर मानव कल्याण के लिए हितकारी सिद्ध होता है।

इस ग्रंथ के बहुत सारे भागों में, वर्तमान अर्थचिंतन तथा अर्थव्यवस्था का विमर्षात्मक अध्ययन मिलता है। डॉ. बजरंग लाल गुप्ताजी बहुत शास्त्रीय विश्लेषण करके इस निष्कर्ष पर पहुँचते हैं कि वर्तमान अर्थचिंतन तथा अर्थव्यवस्था आम जनता के मंगलमय कल्याण के विरोधी हैं। अतिशयित उपभोक्तावाद को बढ़ावा देने की वजह से दुनिया की अनेक सामग्रियों का दुरुपयोग होने लगा है। वातावरण में मलिनता बढ़ गई है। अनेक देशों में बेरोजगारी बढ़ गई है। समाज में असमानता फैल गई है। आर्थिक, सामाजिक तथा राजनीतिक अशांति सर्व व्याप्त हो गई है। देश की अर्थव्यवस्था बहुत केंद्रित होकर आम आदमी के हित का चिंतन कम होता जा रहा है।

सारे ग्रंथ में डॉ. गुप्ताजी इतने गहन तथा व्यावहारिक विषयों का विश्लेषण करते हैं कि उनके सारांश का भी उपस्थापन करना मुश्किल सा लगता है। जिज्ञासु लोगों को समग्र ग्रंथ का अध्ययन करके ही सब विषयों का स्वाद ले लेना चाहिए तथापि कुछ अध्यायों के महत्त्व को पहले ही बताना सूक्त होगा। 'हिंदू अर्थचिंतन— दृष्टि एवं दिशा' (अध्याय 1), 'दीनदयालजी का एकात्म अर्थचिंतन '(अध्याय 4), 'धर्मेण धर्माय च धनः-अर्जन तथा वितरण की नैतिक प्रणाली' (अध्याय 14), 'स्वावलंबन, स्वतंत्रता एवं स्वदेशी की त्रयी' (अध्याय 19), 'हिंदू अर्थचिंतन एवं मातृशक्ति' (अध्याय 20)—मेरे खयाल से ये अध्याय बहुत ही विद्वत्तपूर्ण तथा विनूतन विचारों से भरे हुए हैं। अंतिम अध्याय 'आर्थिक पुनर्रचना का प्रारूप' समग्र ग्रंथ का मुकुटप्राय है।

डॉ. बजरंग लाल गुप्ताजी हमारी हार्दिक बधाइयों के लिए संपूर्णतः

अर्ह हैं। उन्होंने पं. दीनदयाल उपाध्यायजी के मौलिक विचारों का स्पष्ट तथा विद्वत्तापूर्ण शैली में उपस्थापन करके सब जिज्ञासु लोगों पर महान् उपकार किया है। देश में उनके विचारों की मुक्त रूप से चर्चा होकर देश की आर्थिक विकास की परिकल्पना में तथा आर्थिक नीति संहिता में सूक्त बदलाव लाने के प्रयास का प्रारंभ होगा तो डॉ. बजरंग लाल गुप्ताजी का परिश्रम सफल माना जाएगा। मैं विश्वास करता हूँ कि वर्तमान काल ऐसे परिवर्तन लाने के लिए बहुत सूक्त काल है।

पं. दीनदयाल उपाध्यायजी के जन्म शताब्दी के उपलक्ष्य में यह विद्वत्तपूर्ण ग्रंथ भारत के विशिष्ट क्रांतिकारी चिंतक तथा मानव कल्याण के हितैषी उपाध्यायजी के पुण्य स्मरण के लिए योग्य उपहार माना जाना चाहिए।

—वाचस्पति, डॉ. वा.रा. पंचमुखी
Vachaspati Dr. V.R. Panchamukhi
Former Chairman, Indian Council of
Social Science Research New Delhi;
Former Chancellor, Rashtriya Sanskrit Vidyapeeth
(Deemed University), Tirupati.
Currently Chancellor, Sri Gurusarvabhouma
Sanskrit Vidyapeeth, Mantralayam (AP)

भूमिका

मैं अनेक वर्षों तक अर्थशास्त्र पढ़ता-पढ़ाता रहा। विद्यार्थी जीवन से निकलकर कॉलेज में अर्थशास्त्र पढ़ाना प्रारंभ किया। कुछ वर्षों के बाद मुझे लगने लगा कि अर्थशास्त्र के नाम पर हम जो कुछ पढ़ा रहे हैं, भारतीय अर्थव्यवस्था की स्थिति एवं परिस्थिति से उसकी संगति बैठती नहीं दिख रही है। तब इस अर्थशास्त्र एवं अर्थचिंतन को लेकर मन में प्रश्न उठने लगे। स्वतंत्रता के बाद पंचवर्षीय योजनाओं तथा सरकार की विकास एवं आर्थिक नीतियों के माध्यम से विकास का जो मॉडल अपनाया गया, वह तो समस्याओं को सुलझाने की बजाय और अधिक उलझाता जा रहा था। तब मन के प्रश्न और अधिक गहरे एवं गंभीर होते गए। प्रश्नों की इस ऊहापोह के बीच मन में एक विचार आया कि भारतीय इतिहास के जिस कालखंड में भारत एक अत्यंत संपन्न व समृद्ध राष्ट्र था, तब भारत का अर्थचिंतन, अर्थदृष्टि एवं अर्थव्यवहार कैसा था, इसे देखना-समझना चाहिए। इसी दौरान मुझे पं. दीनदयाल उपाध्यायजी का एकात्म मानववाद एवं इनकी आर्थिक विषयों पर अन्य पुस्तकों को पढ़ने का अवसर मिला। आगे चलकर मुझे अपने शोध प्रबंध 'Value and Distribution System in Ancient India' पर काम करने के लिए अनेक प्राचीन भारतीय ग्रंथों को पढ़ने का मौका मिल गया। इन सब स्थितियों के बीच मैंने समय-समय पर भारतीय अर्थव्यवस्था की सद्य:स्थिति, अर्थचिंतन, अर्थनीति एवं विकास मॉडल की दृष्टि व दिशा को लेकर टिप्पणियाँ करना प्रारंभ कर दिया। मेरी ये टिप्पणियाँ अनेक पत्र-पत्रिकाओं में लेखों, सेमिनार-संगोष्ठियों में व्याख्यानों एवं प्रस्तुत

किए गए प्रपत्रों के रूप में थीं। प्रस्तुत पुस्तक में उन्हीं सबका संकलन है, ये सब अलग-अलग समय में प्रस्तुत की गई हैं, अत: एक लेख एवं दूसरे लेख के बीच समय का अंतराल भी है। प्रस्तुत पुस्तक के विभिन्न अध्याय किसी विषय पर लिखे हुए अध्याय नहीं हैं, अपितु अलग-अलग समय, अलग-अलग स्थितियों एवं अलग-अलग विषयों पर लिखे या बोले गए लेख होने के कारण उनमें पुनरावृत्ति होना भी स्वाभाविक है। इन सबकी प्रकृति विश्लेषणात्मक, वर्णनात्मक एवं चिंतनात्मक है, किसी में एक बात पर विशेष जोर देखने को मिलेगा तो किसी में दूसरी बात का। इन सबमें एक बात समान रूप से अभिव्यक्त हुई मिलेगी, वह है पश्चिमी अर्थचिंतन की जकड़न से बाहर निकलकर भारत की प्रकृति, प्रवृत्ति, संस्कृति, परिस्थिति, परिवेश, सवाल, समस्याओं एवं संसाधनों के संदर्भ में अर्थचिंतन एवं अर्थनीति प्रारंभ करने की तड़पन। मेरा यह विनम्र प्रयास आपके मन-मस्तिष्क में भी इस तड़पन को जगाकर इस दिशा में और अधिक सार्थक प्रयास करने का भाव जगा सका तो मैं अपने को धन्य समझूँगा।

मेरे ये सब लेख तो इधर-उधर बेतरतीब ढंग से बिखरे पड़े थे। एक दिन प्रभात प्रकाशन के श्री प्रभात कुमारजी मुझसे मिलने आए और उन्होंने प्रस्ताव रखा कि आपके अब तक के सब लेखों एवं व्याख्यानों को हम प्रकाशित करना चाहते हैं। मैं उनके स्नेहसिक्त आग्रह को मना नहीं कर सका और मैंने हाँ कह दी। इस पुस्तक के आ सकने में वे मुख्य रूप से कारणीभूत हैं। इतना ही नहीं, उन्होंने सुंदर साज-सज्जा के साथ इसका प्रकाशन भी किया है। मैं इस सबके लिए प्रभात प्रकाशन का हृदय से धन्यवाद करता हूँ। प्रकाशन की हाँ करने के बाद मेरे सामने अगली समस्या इधर-उधर बिखरे लेखों को क्रमबद्ध करने की थी। इस काम में मेरे अत्यंत आत्मीय डॉ. रवींद्र अग्रवालजी ने सहयोग किया। उन्होंने सब लेखों को क्रमबद्ध करने, वर्तनी में सुधार करने और उनका संपादन करने का अत्यंत मनोयोगपूर्वक जो काम किया है, इसके लिए मैं उनका भी हृदय से धन्यवाद ज्ञापित करता हूँ। इस सबके बाद भी इसमें यदि कोई त्रुटि रह गई होगी तो इसकी जिम्मेदारी मेरी अपनी है।

मेरे लिए सर्वाधिक आनंद की बात है कि मूर्धन्य मनीषि वाचस्पति डॉ. वा.रा. पंचमुखीजी ने पुस्तक के लिए पुरोवाक् लिखना स्वीकार कर लिया। डॉ. पंचमुखी अर्थशास्त्र एवं संस्कृत दोनों के ख्यातनाम विद्वान् हैं। उनका एक ऐसा अनूठा-अद्वितीय व्यक्तित्व है, जो प्राचीन भारतीय अर्थचिंतन एवं वर्तमान अर्थचिंतन दोनों पर अधिकारी रूप से टिप्पणी कर सकते हैं। उनके पुरोवाक् में व्यक्त विचारों से मेरी इस पुस्तक की कई गुण वृद्धि हुई है। मैं उनकी इस कृपा के लिए हृदय से आभारी हूँ।

यह पुस्तक अब आप सब सुधी पाठकों के लिए इस अपेक्षा से प्रस्तुत है कि आप अपनी टिप्पणियों से अवश्य अवगत कराएँगे, ताकि आगामी संस्करणों में यथायोग्य संशोधन किया जा सके।

—डॉ. बजरंग लाल गुप्ता

सी-30, अहिंसा विहार,
सेक्टर-9, रोहिणी
दिल्ली-110085

अनुक्रम

हिंदू अर्थचिंतन : दृष्टि एवं दिशा
(Hindu Economic Thinking-Vision and Direction)

ऐसा दिखाई देता है कि अनेक प्रकार की महत्त्वपूर्ण उपलब्धियों के बावजूद विश्व के विद्वान्-विचारक पश्चिमी देशों के समाज की प्रगति की वर्तमान दृष्टि, दिशा, दशा और सामाजिक-आर्थिक संरचना से संतुष्ट नहीं हैं। स्वतंत्र भारत ने भी पश्चिमी वैचारिक अधिष्ठान पर आधारित जिस सामाजिक-आर्थिक संरचना का निर्माण व प्रयोग किया है, उससे समस्याएँ सुलझने की बजाय उलझती ही जा रही हैं। कुल मिलाकर, आज मनुष्य की मूलभूत समस्याओं का सुखद एवं शांतिपूर्ण समाधान दे पाने में सब प्रकार के 'वाद' असफल एवं असंगत होते जा रहे हैं। तथाकथित नई टेक्नोलॉजी भी स्वयं मनुष्य के अस्तित्व एवं पर्यावरण के लिए खतरा बनती जा रही है। विभिन्न व्यवस्थाओं, नीतियों, दर्शन एवं दृष्टिकोणों के दीर्घकालीन अनुभवों के बाद आज समूचा संसार एक नई वैकल्पिक व्यवस्था एवं दृष्टिकोण की बड़ी आतुरता से प्रतीक्षा कर रहा है। विकल्प की तलाश के इस कालखंड में हिंदू मनीषियों द्वारा दी गई व्यवस्थाएँ एवं उनके द्वारा प्रकट किए गए विचार व सिद्धांत हमें इस नई संरचना के लिए मार्गदर्शक सूत्र प्रदान कर सकते हैं। इसी दृष्टिकोण से इस प्रपत्र में हिंदू अर्थ-चिंतन के कुछ मूलभूत आधार-सूत्रों को प्रस्तुत करने का एक विनम्र प्रयास किया गया है।

एकात्म सर्वंकश विश्वदृष्टि (Integral-Holistic Worldview)

पश्चिमी अर्थचिंतन कार्टेजियन-न्यूटोनियन दर्शन पर आधारित खंडित यांत्रिक विश्व दृष्टि (Fragmented Mechanistic world-view based on

Cartesian-Newtonion Philosophy) में से उपजा है। यह गैलीलियो, बेकन, डेकार्टे, न्यूटन आदि के विचारों एवं अनुसंधानों पर आधारित है। इसी दृष्टिकोण में से आगे चलकर व्यक्तिवाद, संपत्ति पर निजी स्वामित्व, स्वतंत्र बाजार तंत्र, न्यूनतम सरकारी हस्तक्षेप पर आधारित एक सामाजिक-आर्थिक संरचना को जन्म मिला, जिसे पूँजीवादी व्यवस्था कहा गया। इस प्रकार बाजार-तंत्र की गलाकाट प्रतियोगिता के बीच बाजार के विस्तार, सस्ते श्रम व कच्चे माल की उपलब्धि और टेक्नोलॉजी में लगातार सुधार करते जाने की आवश्यकता महसूस हुई। इस आवश्यकता में से ही इन समाजों ने जहाँ प्रकृति का बेरहमी से शोषण किया, वहाँ अपने ही देश के भीतर कमजोर व साधनहीन लोगों का तथा विश्व स्तर पर एशिया, अफ्रीका व लैटिन अमेरिका के अनेक देशों को साम्राज्यवाद के पंजे तले दबाकर उनका बेरहमी से दमन व शोषण किया और अब इसी क्रम में विश्व बैंक, अंतरराष्ट्रीय मुद्रा कोष (IMF), विश्व व्यापार संगठन (WTO) आदि के सहयोग से दुनिया की बड़ी-बड़ी बहुराष्ट्रीय कंपनियाँ नव आर्थिक साम्राज्यवाद स्थापित कर शोषण-चक्र चलाए हुए हैं।

पूँजीवादी शोषण के प्रतिक्रियास्वरूप मार्क्स ने जो साम्यवादी व्यवस्था दी थी, वह भी कार्टेजियन-न्यूटोनियन के दर्शन पर ही आधारित थी, जिससे प्रकृति व मनुष्यों का शोषण उसी प्रकार जारी रहा, अंतर केवल इतना रहा कि इसमें शोषण के स्थान व प्रकार बदल गए।

इस पश्चिमी तकनीकी-आर्थिक चिंतन की सबसे बड़ी कमजोरी यह है कि वह धरती के सीमित साधनों से असीमित प्रगति कर लेना चाहता है। इस कारण ही आपाधापी, लूटखसोट, साम्राज्यवाद, शोषण, संघर्ष व विषमता की स्थिति उत्पन्न होती जा रही है और सर्वसामान्य समाज की भूख, बेकारी व बीमारी जैसी समस्याएँ बढ़ती जा रही हैं।

पश्चिमी चिंतन के विपरीत हिंदू मनीषियों ने सर्वंकश एकात्म विश्वदृष्टि को स्वीकार किया था। इसी को विज्ञान की नवीनतम खोजों ने अविभाज्य समग्रता (Unbroken Wholeness) की संकल्पना का नाम दिया है। हमारे मनीषियों ने प्रारंभ से ही इस सत्य का दर्शन कर लिया था और इसीलिए कहा था कि, 'यत्पिण्डे तत्ब्रह्माण्डे' (That which is in microcosm is also in macrocosm)। उनका विश्वास था कि संपूर्ण चराचर जगत् में एक ही चेतन तत्त्व व्याप्त है। 'सर्वं खल्विदं ब्रह्म'। इसी आधार पर यह कहा गया कि व्यष्टि, समष्टि और सृष्टि ये अलग-अलग और स्वतंत्र इकाइयाँ नहीं हैं, अपितु एक ही तत्त्व भिन्न-भिन्न स्तरों पर अपने को प्रकट किए हुए है। इनके बीच एक सावयवी अंगांगी संबंध है, अतः इनके बीच एकलयता एवं एकरसता बनी रहनी चाहिए। यह मानना गलत है कि संसार का उससे अलग-थलग रहकर वस्तुगत विवेचन-विश्लेषण किया जा सकता है। यह तो एक सहयोगी सृष्टि है, इससे न तो हम अलग हैं और न ही अलग हो सकते हैं। सच्चाई तो यह है कि भावजगत् ही वस्तुजगत् का नियमन और निर्देशन करता है। भाव में परिवर्तन होने पर वस्तु में परिवर्तन होना अवश्यंभावी है। इसी आधार पर हिंदू मनीषियों ने कहा था कि अपने आपको पवित्र व शुद्ध बनाओ, संसार को पवित्र व शुद्ध होना ही पड़ेगा।

चूँकि मनुष्य, प्रकृति और पर्यावरण अविभाज्य हैं, अतः मनुष्य को प्रकृति के साथ तालमेल करते हुए रहना चाहिए, इसी को आधार बनाकर हमें अपनी संपूर्ण तकनीकी, आर्थिक संरचना का विकास करना चाहिए। इसी दृष्टिकोण के कारण वैदिक ऋषियों ने प्रकृति व धरती को जननी के रूप में देखा था, 'माता भूमिपुत्रोऽहं पृथिव्याः' (अथर्ववेद)। संपूर्ण वैदिक वाङ्मय में इंद्र, वरुण, अग्नि, सूर्य आदि को देव मानकर उनसे जीवन के लिए आवश्यक एवं मंगलकारी साधन-संपदा प्रदान करने की प्रार्थनाएँ व मंत्र उनके इसी दृष्टिकोण के परिचायक हैं। हिंदू मनीषियों द्वारा रहन-सहन, खानपान, आवास, काम-धंधे, व्यापार-व्यवसाय, आजीविका, उपभोग, उत्पादन आदि के संबंध में जो व्यवस्थाएँ व दिशा-निर्देश दिए गए हैं, उन सबमें प्रकृति के साथ सहअस्तित्व, सामंजस्य और सौहार्द के साथ मातृभावयुक्त सम्मान-दृष्टि का ही विधान मिलता है। इस समग्र एकात्म चिंतन के आधार पर हिंदू मनीषियों ने जिस आर्थिक-तकनीकी संरचना का विकास किया था और जिसे आज के संदर्भ में पुनर्परिभाषित एवं पुनर्स्थापित करने की आवश्यकता है, इसके मुख्य सूत्र इस प्रकार हो सकते हैं—

1. मानव केंद्रित पर्यावरण पोषक टेक्नोलॉजी; प्रकृति का शोषण नहीं दोहन।

2. प्रकृति-प्रदत्त तकनीकों पर आधारित सामाजिक-आर्थिक व्यवस्था।
3. जमीन, जल, जंगल, जानवर व जनशक्ति के सामंजस्य व सुमेल पर आधारित जीवन-रचना।
4. नैतिकता, पारिस्थितिकी और अर्थव्यवस्था (Ethics, Ecology and Economy) के बीच सामंजस्य।

हिंदू अर्थचिंतन की तीन मूलभूत मान्यताएँ (Three Basic Presumptions of Hindu Economic thinking)

ऐसा दिखाई देता है कि प्राचीन हिंदू मनीषियों एवं सामाजिक चिंतकों ने अपना संपूर्ण आर्थिक चिंतन एवं संरचना का स्वरूप तीन मूलभूत मान्यताओं के आधार पर विकसित किया था, वे इस प्रकार हैं—

1. सर्वव्यापक ब्रह्म के स्वरूप में एकात्म-मानव की अवधारणा (The concept of Integral man in the form of all pervading Brahma)

हम जानते हैं कि आधुनिक अर्थशास्त्र एक ऐसे 'आर्थिक मनुष्य' की अवधारणा पर आधारित है, जिसके निर्णय मात्र वित्तीय एवं भौतिक संपत्ति के रूप में लाभ-हानि की गणनाओं पर आधारित होते हैं। पूँजीवादी प्रणाली मनुष्य को धन के पीछे भागनेवाले एक स्वार्थी (स्वहित से प्रेरित) व्यक्ति के रूप में प्रस्तुत करती है, तो साम्यवादी प्रणाली उसे जड़वत् काम करनेवाले मशीन के पुर्जे के रूप में मानती है, किंतु प्राचीन भारतीय चिंतन 'अर्थ मानव' की इस अवधारणा को नकारकर उसके स्थान पर 'एकात्म मानव' की अवधारणा को प्रस्तुत करता है। हिंदू दृष्टिकोण के अनुसार, मनुष्य आर्थिक इकाई से कहीं अधिक बड़ी व्यापक इकाई है। हिंदू-चिंतकों ने मनुष्य को केवल अपनी जैविकीय एवं भौतिक आवश्यकताओं की पूर्ति के लिए यंत्रवत् काम करनेवाली किसी भौतिक एवं स्थूल इकाई के रूप में ही नहीं देखा है, बल्कि वे तो उसे सर्वव्यापक ब्रह्म के स्वरूप में सूक्ष्म एवं चैतन्य 'एकात्म मानव' के रूप में ही स्वीकार करते हैं। मनुष्य को साक्षात् ब्रह्म का स्वरूप ही माना है, 'अहं ब्रह्माऽस्मि'। प्रमुख अर्थशास्त्री डॉ. वी.के.आर.वी. राव के शब्दों में—

"Human being is more than a mixture of mind and matter.

He has soul, or if you prefer, a conscience, He has values, He possesses a force which is greater than any other force in world to which our sages called the Soul Force.'" (value and Economic Development, p-142)

इस विचार परंपरा के अनुसार, मनुष्य शरीर व बुद्धि का मिश्रण मात्र ही नहीं है, अपितु उसमें आत्मा की शक्ति भी है, जो शुद्ध, कल्याणकारक एवं दैवी गुणों से परिपूर्ण है। अत: मनुष्य जहाँ अपने हृदय की दुर्बलताओं, मन की कमजोरियों एवं स्वार्थवृत्तियों के कारण समाज में अनेक समस्याओं को जन्म देता है, वहीं यदि उसके अंतस् की सद्वृत्तियों एवं देवत्व को जगाने और बढ़ाने का प्रयास किया जाए तो वह सामाजिक कल्याण का वाहक भी बन सकता है।

विश्व में प्रचलित वर्तमान व्यवस्थाओं में मनुष्य अपना स्थान खोता जा रहा है। मनुष्य व्यवस्था का केंद्र बनने के स्थान पर व्यवस्था का दास बनता जा रहा है। अत: हमें मनुष्य-केंद्रित, मानवीय संवेदनाओं से परिपूर्ण एक मानवीय व्यवस्था का निर्माण करना होगा। यह एक ऐसी व्यवस्था होगी, जिसमें मनुष्य को उसकी महानता का अहसास कराते हुए, उसकी योग्यताओं का जागरण कर उसे उसका उचित स्थान दिलाना होगा और साथ ही उसके व्यक्तित्व में अंतर्निहित दैवी ऊँचाइयों को प्राप्त करने के प्रयास में उसे सब प्रकार से प्रोत्साहित करना होगा।

2. समग्र-समन्वित दृष्टिकोण—समग्र विवेकशीलता की मान्यता (Integrated-Holistic Approach—The Assumption of Integrated Rationality)

भारतीय दर्शन एक समग्र, समन्वित एवं संतुलित दृष्टिकोण में विश्वास रखता है। इस दर्शन के अनुरूप वह आर्थिक प्रणाली सर्वोत्तम मानी जाएगी, जिसमें व्यष्टि और समष्टि के बीच उचित समन्वय बनाए रखा जा सके। आर्थिक क्षेत्र में किसी एक सीमा तक स्वतंत्रता एवं स्वहित की प्रेरणा का महत्त्व होता है, किंतु इसे नैतिक मूल्यों एवं वैधानिक प्रावधानों के माध्यम से सार्वजनिक हित में निर्देशित एवं नियमित भी किया जाना चाहिए। अत: हमारी आर्थिक संरचना ऐसी होनी चाहिए, जिसमें निजी उद्यम, प्रेरणा व पहल के साथ-साथ सामाजिक-नैतिक-वैधानिक नियंत्रण की भी व्यवस्था रहे।

हिंदू चिंतकों ने अपना संपूर्ण दर्शन एक ऐसे मनुष्य को केंद्र में मानकर दिया

है, जो केवल अर्थ अथवा आर्थिक कारकों से ही परिचालित नहीं होता, बल्कि जो आर्थिक, सामाजिक, नैतिक, धार्मिक, राजनीतिक, जैवकीय, पारिस्थितिकीय एवं अन्य अनेक कारकों के सामूहिक प्रभावों से प्रभावित होता है। इस प्रकार हिंदू मनीषियों ने मनुष्य को उसकी विभिन्न आवश्यकताओं एवं समस्याओं के संदर्भ में अलग-अलग टुकड़ों में देखने-समझने की बजाय उसे उसके समग्र एवं एकात्म स्वरूप में ही देखा है। उनकी दृष्टि में मनुष्य की विभिन्न समस्याएँ एक-दूसरे के साथ गहरे रूप से जुड़ी-गुँथी हुईं, परस्पर निर्भर एवं परस्पराश्रित होती हैं और अंतर्क्रिया द्वारा एक-दूसरे को सतत प्रभावित भी करती हैं। अतः न तो किसी एक समस्या को अलग से ठीक से समझा ही जा सकता है और न ही उसका अलग-थलग कोई हल ही प्रस्तुत किया जा सकता है। मानवीय जीवन से संबंधित इस प्रकार के समग्र दृष्टिकोण के कारण ही भारतीय चिंतकों ने आर्थिक समस्याओं को उनके अपने संकीर्ण अर्थों में केवल आर्थिक एवं वित्तीय कारकों तक ही सीमित नहीं रखा, बल्कि उसका संबंध संपूर्ण सामाजिक परिवेश से जोड़कर उसी व्यापक धरातल पर उनका हल भी खोजने का प्रयास किया था। संभवतः यही कारण है कि उन्होंने आज की तरह केवल आर्थिक विषयों पर कोई स्वतंत्र ग्रंथ नहीं लिखा और न ही आर्थिक विषयों को अलग से किसी एक अध्याय के ही दायरे में बाँधा। यही कारण है कि हिंदू चिंतकों ने 'आर्थिक विवेकशीलता' के स्थान पर 'समग्र विवेकशीलता' पर जोर दिया था। जीवन और उसके विभिन्न आयामों के व्यापक संदर्भों एवं प्रसंगों में ही इन विषयों का भी वर्णन किया गया है। यह उनके आर्थिक विषयों व समस्याओं की अज्ञानता व उपेक्षा का नहीं, अपितु समग्र दृष्टिकोण का ही परिणाम है और यही कारण है कि उनके द्वारा दिए गए विधान और व्यवस्थाएँ तथा विकसित की गई संरचनाएँ, संस्थाएँ व अवधारणाएँ एकाकी व एकपक्षीय न होकर सर्वतोमुखी-सर्वपक्षीय अथवा बहुपक्षीय हैं। संभवतः इसी कारण कुछ आधुनिक एकपक्षीय विशेषज्ञों को इन्हें ठीक से समझने में कठिनाई भी रहती है।

हिंदू चिंतक आधुनिक अर्थशास्त्रियों की मानवीय व्यवहार के बारे में 'आर्थिक विवेकशीलता' (Economic Rationality) की मान्यता से सहमत नजर नहीं आते। उनके अनुसार, सामाजिक तथ्यों से अलग-थलग आर्थिक

तथ्यों का अध्ययन-अन्वेषण नहीं किया जा सकता और सामाजिक परिवेश को भुलाकर केवल आर्थिक तकनीकों के दायरे में किया गया कोई भी विश्लेषण उपयोगी नहीं हो सकता। इसलिए वे मानवीय व्यवहारों के विवेचन-विश्लेषण के लिए समन्वित दृष्टिकोण पर जोर देते थे। प्रो. मिर्डल भी इसी मत से सहमत दिखाई देते हैं, जब वे कहते हैं—

"Human behaviour is not constant like the movement of celestial bodies or molecules. It is dependent upon, and determinded by, the complex living conditions, the institutions, in which people exist, and by their attitudes, as those have been molded by, at the same time as they are reacting against, those living conditions and institutions." (Myrdal : Against the Stream, p-139)

अब तो विश्व के अन्य अनेक अर्थशास्त्री एवं समाज वैज्ञानिक भी इस मत का समर्थन करते हुए नजर आ रहे हैं। अन्य बातें समान रहने पर (Ceteris Paribus) के नाम पर सामाजिक-सांस्कृतिक मानवीय कारकों को स्थिर मानकर केवल आर्थिक कारकों के आधार पर किया गया विवेचन विश्लेषण एवं बनाए गए सिद्धांत और मॉडल न तो मानवीय व्यवहारों के सही व समग्र स्वरूप को प्रकट कर पाते हैं और न ही सर्वतोमुखी विकास का व्यावहारिक मार्ग प्रशस्त कर पाते हैं। अत: आज आवश्यकता इस बात की है कि हम 'आर्थिक विवेकशीलता' की मान्यता के स्थान पर 'समग्र विवेकशीलता' की मान्यता को अपने विवेचन-विश्लेषण का आधार बनाने की दिशा में सोचें।

3. धर्माधारित अर्थरचना (Dharma based Economic Structure)

नि:संदेह रूप से भारतीय समाज, भारतीय विचार व मानस 'धर्म' प्रधान रहा है। 'धर्म' शब्द 'धृ' धातु से बना है, जिसका अर्थ है—धारण करना। यह स्पष्ट रूप से दरशाता है कि 'धर्म' की अवधारणा ऐसी व्यवस्थाओं एवं क्रिया-कलापों का नाम है, जो मनुष्य जीवन का धारण, निर्वाह और पोषण करती हैं। 'धारणाद्धर्ममित्याहु धर्मो धारयते प्रजा:।' इस दृष्टि से धर्म का अर्थ उन सामाजिक-नैतिक नियमों तथा मर्यादाओं से है, जो समाज के धारण, पोषण

और विकास के लिए आवश्यक हैं। इस प्रकार धर्म और नैतिकता समानार्थक हो जाते हैं। प्राचीन हिंदू मनीषियों के अनुसार वही अर्थरचना मंगलकारी हो सकती है, जो धर्माश्रयी हो और धर्म-नियंत्रित हो। अत: उनके अनुसार नैतिकता (अथवा धर्म) को अर्थशास्त्र, अर्थव्यवहार, अर्थरचना एवं आर्थिक सिद्धांतों से न तो अलग किया जा सकता है और न ही अलग किया जाना चाहिए। जैसा कि के.वी. रंगास्वामी आयंगर ने कहा है—

"The interdependence of economics and ethics has been a fundamental assumption of all Indian thoughts." (Aiyangar : Aspects of Indian Economic Thought, p-22)

इसी बात को समझाते हुए गांधीजी ने कहा था—

मैं मानता हूँ कि मैं अर्थशास्त्र और नीतिशास्त्र के बीच कोई सुस्पष्ट या किसी अन्य प्रकार का भेद नहीं करता। वह अर्थशास्त्र अनैतिक और इसीलिए पापयुक्त हैं जो किसी व्यक्ति अथवा राष्ट्र के नैतिक कल्याण को क्षति पहुँचाता हो।

("I must confess that I do not draw a sharp or any distinction between economics and ethics- Economics that hurts the moral wellbeing of an individual or a Nation is immoral and therefore sinful." (prabhu' R.K. and Rao, U.R.: The mind of Mahatma Gandhi, p-152))

इसी क्रम को आगे बढ़ाते हुए डॉ. वी.के. राव ने कहा है कि—

"What seems to me is that the world can not afford this imbalance between ethical and economic development whether in the traditional or in the industrial societies and that what we need is a right balance between ethics and economics, what Vinoba Bhave would call integration of science with spirituality, or what may otherwise be termed as the integration of economic development with spiritual values-" (Rao, V.K.: Values and Economic Development, The Indian Challenges, pp- 43-44)

इस भारतीय दृष्टिकोण का समर्थन करते हुए प्रसिद्ध अर्थशास्त्री प्रो. गुन्नार मिर्डल ने भी स्पष्ट घोषणा की थी कि 'अर्थशास्त्र एक नैतिक विज्ञान है।'

("Economics is a Moral science"–Myrdal : Against the

Stream, Critical Essays on Economics, Preface VII)

आज संसार के अनेक प्रमुख अर्थशास्त्री एवं विचारक नैतिक एवं मानवीय मूल्यों से युक्त वैकल्पिक अर्थरचना की आवश्यकता अनुभव करने लगे हैं। डॉ. शुमाखर ने A Technology with a human face पर जोर दिया है। Paul- Masc Hansy का मानना है कि एक नई विश्व-रचना का उदय एक नैतिक-राजनीतिक सुमेल (Ethico-political negotation) में हो सकता है।

UNESCO द्वारा प्रकाशित एक पुस्तक 'Culture, Society and Economics for a new world' में इस बात पर जोर दिया गया है कि समूचे समाज के लिए एक अधिक न्यायपूर्ण प्रणाली के विकास के लिए भी चीजों को एक नए ढंग से देखने-समझने और नई आदतों व नए दृष्टिकोण को अपनाने की आवश्यकता है। इसी क्रम में Richard L. Brinkman ने अपनी पुस्तक 'Cultural Economics' में आर्थिक विकास की प्रक्रिया की सांस्कृतिक ढाँचे के भीतर विवेचना करने एवं टेक्नोलॉजी की सांस्कृतिक दृष्टि पर जोर दिया है।

इतना ही नहीं, हिंदू मनीषियों की तो मान्यता रही है कि यदि कभी अर्थशास्त्र के नियमों और धर्मशास्त्र के नियमों (अर्थात् नैतिक नियमों) में विरोध उत्पन्न हो जाए तो निःसंकोच रूप से धर्मशास्त्र के नियमों को ही प्राथमिकता देनी चाहिए। इसीलिए तो कौटिल्य, याज्ञवल्क्य, नारद आदि ने स्पष्ट घोषणा की थी कि 'अर्थशास्त्रास्तु बलवद् धर्मशास्त्रमिति स्थितिः' (कौटिल्य 2.1, याज्ञ-2.2.21,)। इस प्रकार हिंदू चिंतन के अनुसार, अर्थशास्त्र को धर्मशास्त्र के नियमों व मर्यादाओं के प्रकाश में ही काम करना चाहिए। जब कभी भी इस नियम का उल्लंघन हुआ, तब समाज को कष्ट उठाने पड़े। इस पीड़ा से आहत होकर ही व्यासजी ने कहा था—

ऊर्ध्वबाहुविरोम्येष न च कश्चित् शृणोति माम्।
धर्मादर्थश्च कामश्च स धर्मं किं न सेव्यते॥

—व्यास भारत सावित्री स्तोत्र

इसी बात को गांधीजी ने इन शब्दों में समझाया था—

"सच्चा अर्थशास्त्र कभी उच्चतम नैतिक मानकों का विरोधी नहीं होता, ठीक उसी प्रकार जैसे कि सच्चा नीतिशास्त्र वही माना जा सकता है, जो

नीतिशास्त्र होने के साथ-ही-साथ अच्छा अर्थशास्त्र भी हो। वह अर्थशास्त्र झूठा और निराशाजनक है जो कुबेर की पूजा को प्रश्रय देता हो और शक्तिशाली लोगों को दुर्बल लागों की कीमत पर धन का संचय करने में मदद करता है।''

("True economics never militates against the highest ethical standards, just as all true ethics worth its name must at the same time be also good economics. An economics that inculcates mammon worship and enables the strong to amass wealth at the expense of the weak is a false and dismal science." (Gandhiji, Harijan, Oct. 9, 1937)

हिंदू चिंतन में अर्थ को धर्म की तुलना में द्वितीय स्थान दिया गया है। चार पुरुषार्थों के क्रम में धर्म के बाद ही अर्थ का स्थान इसका प्रमाण है। महाभारत के शांति पर्व में धन और धर्म के बीच समन्वय का प्रतिपादन करते हुए कहा गया है कि धर्मयुक्त धन और धनयुक्त धर्म ही संसार में अच्छे परिणाम ला सकता है। इस प्रकार हिंदू चिंतक एडमस्मिथ की तरह अर्थशास्त्र को केवल 'धन का विज्ञान' स्वीकार नहीं करते। उनके अनुसार तो अर्थशास्त्र एक 'नैतिक अर्थरचना का विज्ञान' है।

अर्थशास्त्र की परिभाषा (Definition of Economics)

प्राचीन भारतीय वाङ्मय में अनेक आर्थिक विचारकों के नाम मिलते हैं, जैसे—ब्रह्मा, विशालाक्ष (शंकर), बाहुदंत (इंद्र), बृहस्पति, शुक्राचार्य, भारद्वाज, भीष्म, कामांदक, वातव्याधिः, कौटिल्य, मनु, याज्ञवल्क्य, नारद, पराशर, कात्यायन आदि विभिन्न स्मृतिकार, रामायण काल में सुधन्वा, श्रीसूक्त, लक्ष्मीसूक्त, गौतम और शालिहोत्र के 'कृषि अर्थशास्त्र' तथा पराशर के 'कृषि संग्रह' नामक ग्रंथों की चर्चा शंकराचार्य ने अपने 'कामांदक नीतिसार' के भाष्य में की है। इनके अलावा प्राचीन भारत के लगभग सभी ग्रंथों में हमें अर्थचिंतन के सूत्र मिल जाते हैं।

प्राचीन भारत में विभिन्न प्रकार की प्रमुख विद्याओं में अर्थशास्त्र को एक प्रमुख विद्या माना गया है—

'आन्वीक्षिकी त्रयी वार्ता दण्डनीतिश्चेति विद्याः।'

—कौटिल्य-1.1

दर्शन, वेदत्रयी, अर्थशास्त्र और लोकप्रशासन (या राजनीतिशास्त्र) ये प्रमुख विद्याएँ हैं।

भारतीय वाङ्मय में अर्थशास्त्र और राजनीतिशास्त्र का मिश्रित रूप ही मिलता है, जिसके लिए आधुनिक अर्थशास्त्र के क्षेत्र में भी 'राजनीतिक अर्थव्यवस्था' (Political Economy) शब्द का प्रयोग होता रहा है।

प्राचीन भारत में अर्थव्यवस्था के लिए अर्थमीमांसा, वार्त्ता आदि शब्दों का प्रयोग भी होता रहा है।

आचार्य कौटिल्य ने अर्थशास्त्र की परिभाषा इस प्रकार दी है—

'मनुष्याणां वृत्तिरर्थः मनुष्यवती भूमिरित्यर्थः।
तस्याः पृथिव्या लाभपालनोपायः शास्त्रमर्थशास्त्रमिति॥'

—कौटिल्य

(मनुष्यों की वृत्ति अर्थ है। मनुष्यों से युक्त भूमि अर्थ है। ऐसी पृथ्वी के प्राप्त करने, विकसित करने (या पालन-पोषण करने) के उपाय बतानेवाला शास्त्र ही अर्थशास्त्र है। अर्थशास्त्र की इतनी सटीक और स्पष्ट परिभाषा कौटिल्य ने एडम स्मिथ (जिसे पश्चिम के लोग अर्थशास्त्र का जनक मानते हैं) से हजारों वर्ष पहले ही दे दी थी।

शुक्रनीति में शुक्राचार्य द्वारा तीन स्थानों पर दी गई परिभाषाओं को यदि हम मिला दें तो अर्थशास्त्र की एक संतुलित परिभाषा बन जाती है। पश्चिम के विद्वान् अर्थ का अर्जन तो बताते हैं, किंतु अनर्थ का निवारण नहीं बताते, जबकि शुक्राचार्य कहते हैं कि अर्थशास्त्र वह है, जो अर्थ के अर्जन और अनर्थ के निवारण दोनों के उपाय बताता है, 'अर्थानर्थों तु वार्त्तायां।' इसके बाद शुक्राचार्य ने अर्थशास्त्र की विषयवस्तु का वर्णन किया है—

'कुसीद कृषि वाणिज्यं गोरक्षा वार्त्ता योच्यते।
सम्पन्नो वार्त्तया साधुर्न वृत्तेर्भयमृच्छति॥'

—शुक्र-1.156

(ब्याज लेना, खेती करना, व्यापार चलाना, गौ (पशु) पालन—इन सबको वार्त्ता कहते हैं। वार्त्ताशास्त्र का भलीभाँति ज्ञान रखनेवाले मनुष्य को आजीविका का भय नहीं होता, वह सुख से जीवन-यापन करता है।)

तीसरे श्लोक में शुक्राचार्य ने और भी महत्त्वपूर्ण बात कही है—

'श्रुतिस्मृत्यविरोधेन राजवृत्तादिशासनम्।
सुयुक्ताऽर्थार्जनं यत्र ह्यर्थशास्त्रं तदुच्यते।'

—*शुक्र. 4. तृतीय प्रकरण. 56*

(जिसमें श्रुति और स्मृति के अनुकूल राजनीति एवं वृत्ति का उपदेश किया गया हो और धर्म तथा युक्तिपूर्वक धनोपार्जन के उपाय बताए गए हों, उसे अर्थशास्त्र कहते हैं।)

मुझे ऐसा लगता है कि प्राचीन भारतीय मनीषियों की दृष्टि को ध्यान में रखते हुए अर्थशास्त्र को इस प्रकार परिभाषित किया जा सकता है—

'अर्थशास्त्र एक ऐसा सामाजिक विज्ञान है, जो उन मानवीय व्यवहारों का अध्ययन करता है, जो धर्म के अनुसार अर्थ और काम की साधना करते हुए मोक्ष के परम लक्ष्य को प्राप्त करने के प्रयत्नों से संबंधित होते हैं।'

इस प्रकार स्पष्ट है कि पश्चिमी चिंतन की तुलना में हिंदू मनीषियों ने अर्थशास्त्र के संबंध में ज्यादा व्यापक, ज्यादा समग्र-समन्वित दृष्टिकोण उनसे बहुत पहले ही हमारे सामने रख दिया था।

अर्थशास्त्र की विषयवस्तु (Subject-matter of economics)

पश्चिम ने अर्थशास्त्र की विषयवस्तु को 'आर्थिक-चक्र' (economic circle) के रूप में व्यक्त किया है। इसके अनुसार, मनुष्य की आवश्यकताओं को पूरा करने के लिए विभिन्न प्रयत्नों के रूप में आर्थिक गतिविधियाँ, उनके

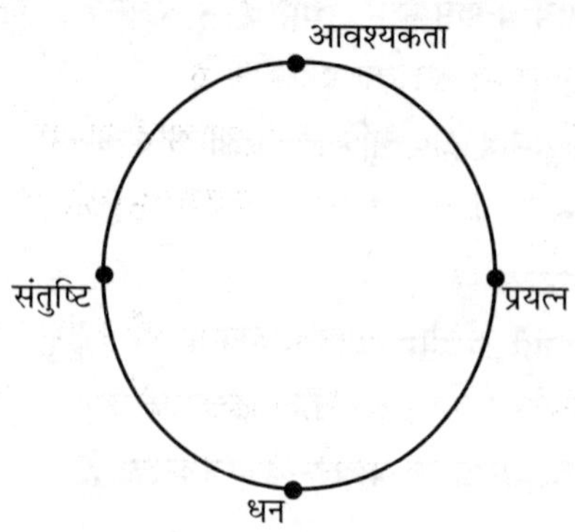

परिणामस्वरूप धनार्जन, धन के द्वारा आवश्यकताओं की संतुष्टि और पुनः आवश्यकताओं का उत्पन्न होते रहना, यह अर्थचक्र चलता रहता है।

प्राचीन भारतीय मनीषियों ने इसे संकुचित एवं आधा-अधूरा दृष्टिकोण माना है। उन्होंने धर्म, अर्थ, काम और मोक्ष के रूप में चार पुरुषार्थों का व्यापक, समग्र एवं संतुलित आधार प्रदान किया है।

पश्चिमी अर्थशास्त्र केवल शारीरिक भोग तक आवश्यकताओं व समस्याओं का समाधान देने का प्रयास करता है, जबकि भारतीय अर्थशास्त्र शरीर और आत्मा दोनों की समस्याओं का समाधान प्रस्तुत करता है। पश्चिमी अर्थशास्त्र केवल अर्थ व काम तक सीमित है, जबकि भारतीय अर्थचिंतन शारीरिक आवश्यकताओं की पूर्ति और आत्मा के विकास दोनों को साथ-साथ लेकर चलने पर जोर देता है।

न्याय कीमत की अवधारणा–धर्म्य अर्घः (The Notion of Just Price)

प्राचीन भारतीय मनीषियों की मंशा हमेशा यह रही है कि वस्तुओं की न्यायपूर्ण उचित कीमत का निर्धारण हो। इसे उन्होंने धर्म्य अर्घः कहा है। कौटिल्य (2-16; 4-2), मनु. (8-401), याज्ञ. (2-20-253), महाभारत (शांति. 87.13-14) व शुक्राचार्य (2.339) आदि ने कहा है कि उचित कीमत का निर्धारण करते समय उत्पादन लागत और उचित लाभ की मदों को ध्यान में रखा जाना चाहिए। प्राचीन भारतीय अर्थशास्त्री इस बात को जान गए थे कि माँग और पूर्ति की शक्तियाँ अपने ढंग से बाजार में वस्तुओं की कीमतों को प्रभावित करती रहती हैं। शुक्राचार्य ने कहा है कि वस्तुओं की माँग के अनुसार उनकी कीमतों में वृद्धि या कमी होती रहती है—

'यथाकामात्पदार्थानामर्घं हीनाधिकं भवेत्।'

—*शुक्र. 2.340*

इसी प्रकार कौटिल्य ने भी कहा है कि क्रेताओं में आपसी प्रतियोगिता के कारण मूल्यवृद्धि हो सकती है—क्रेतु संघर्षे मूल्यवृद्धिः 2-21 अथवा 'स्पर्धितयोर्वा मूल्यवर्धने—3-9। दूसरी ओर कीमत पर पूर्ति में परिवर्तन के प्रभाव को कौटिल्य ने 'पण्यबाहुल्यात्' (4-2) और शुक्राचार्य ने

'सुलभासुलभम्' (2.340) कहकर समझाया है। इसे समझाते हुए हिंदू मनीषियों का यह मानना रहा है कि एक अच्छी अर्थव्यवस्था में कीमत निर्धारण के काम को न तो पूर्णतया माँग एवं पूर्ति जैसी बाजार शक्तियों की दया पर ही छोड़ा जा सकता है और न ही इनके प्रभाव को नजरअंदाज किया जा सकता है। इस संबंध में कौटिल्य (4-2) और याज्ञवल्क्य ने एक अत्यंत महत्त्वपूर्ण सिद्धांत यह दिया कि उचित कीमत का निर्धारण जनहित को ध्यान में रखते हुए इस प्रकार किया जाना चाहिए कि वह क्रेता और विक्रेता दोनों के लिए लाभप्रद हो (अर्घोऽनुग्रहकृत्कार्यः क्रेतुर्विक्रेतुरेव च-याज्ञ.2-20-253)—इसका स्पष्ट अर्थ है कि विभिन्न वस्तुओं का मूल्य इस प्रकार निर्धारित किया जाना चाहिए कि उससे उत्पादन की प्रेरणा बनी रहे, उपभोक्ताओं पर अनावश्यक बोझ न पड़े और जनसमान्य को उनकी आवश्यकताओं की वस्तुएँ भी उचित कीमत पर उचित प्रकार से मिलती रहें। इतना ही नहीं, शुक्राचार्य ने यह भी कहा कि कीमत के निर्धारण में देश, काल और परिस्थिति को भी ध्यान में रखा जाना चाहिए (यथा देशं यथा कालं मूल्यं सर्वस्य कल्पयेत्—शुक्र. 4-2-103)। नारद (8-12), कौटिल्य (2-16) ने 'अजस्रपण्यानाम्' (शीघ्र नष्ट होनेवाली) और याज्ञवल्क्य (2-20-252) ने 'सद्यःक्रयविक्रयी' (शीघ्र खरीदी-बेची जानेवाली वस्तुओं) को कम कीमत पर शीघ्र बेच देने की बात कहकर शुक्राचार्य के मत का ही समर्थन किया है।

अब एक अत्यंत पेचीदा सवाल यह है कि इस प्रकार की 'न्याय-कीमत' का निर्धारण कौन करे, इसकी एजेंसी क्या हो? इस संबंध में प्राचीन भारतीय साहित्य में हम अनेक एजेंसियों का उल्लेख पाते हैं और उनके कार्यों के मूल्यांकन के आधार पर उनमें परिवर्तन भी होता रहा है। जातक कथाओं में 'अग्धकारक' (Court Valuer), कौटिल्य (4-2; 2-16) में 'पण्याध्यक्ष' और मनुस्मृति (8.398) में 'पण्यविचक्षणाः' (कीमत विशेषज्ञ अथवा कीमत-बोर्ड) अथवा आवश्यकता पड़ने पर सार्वजनिक हित की वस्तुओं की सरकार द्वारा कीमत निर्धारण की व्यवस्थाओं का उल्लेख आया है। यहाँ एक महत्त्वपूर्ण बात यह है कि प्राचीन भारतीय अर्थशास्त्रियों के अनुसार, उचित कीमत के निर्धारण एवं नियमन का काम केवल सरकार का ही नहीं, बल्कि इसके लिए उन्होंने

स्वयं उत्पादकों एवं व्यापारियों से भी अपेक्षा की थी कि वे व्यापार-व्यवहार में ईमानदारी बनाए रखने के लिए स्वयं अपनी प्रेरणा से वस्तुओं को उचित कीमत पर ही बेचें *(नारद 8.12)*। कात्यायन (705-10) ने उचित कीमत निर्धारण एवं क्रियान्वयन के बारे में बहुत ही महत्त्वपूर्ण दिशा-निर्देश दिए हैं। उसके अनुसार विशेष रूप से खेती की भूमि, बाग-बगीचे, मकान जैसी स्थावर (immovable) संपत्तियों की उचित कीमत के निर्धारण का काम पड़ोस एवं समुदाय के उन लोगों को सौंपा जाना चाहिए, जो भूमि आदि की किस्मों, गुणों व कीमतों आदि की जानकारी रखने के साथ-साथ नैतिकता में आस्था रखनेवाले एवं पाप से डरनेवाले भी हों।

इस निर्धारित कीमत में माँग व पूर्ति की शक्तियों के अनुसार क्रेता एवं विक्रेता आठवें हिस्से (12.5 प्रतिशत) तक तो परिवर्तन कर सकते हैं, किंतु इससे अधिक ली गई या दी गई कीमत को कात्यायन स्पष्ट तौर पर अनुचित कीमत (Improper Price) घोषित करते हैं; क्योंकि यह समाज की मर्यादा एवं सार्वजनिक हित के विपरीत है। इस प्रकार प्राचीन भारतीय मनीषियों ने कीमत के निर्धारण एवं क्रियान्वयन के काम में सरकार, उत्पादकों व व्यापारियों, कीमत-विशेषज्ञों, नैतिक मर्यादाओं में विश्वास रखनेवाले सामाजिक कार्यकर्ताओं आदि सभी को शामिल करते हुए इसे सामूहिक जिम्मेदारी का कार्य माना है। उनका मानना था कि इस काम को केवल सरकारी कानून एवं आर्थिक गणनाओं से ही पूरा नहीं किया जा सकता, बल्कि इसके लिए समग्र सामाजिक हित की नैतिक प्रेरणा का होना भी आवश्यक है। उचित कीमत और व्यापार-व्यवहार में मर्यादा व व्यवस्था बनाए रखने के लिए हिंदू चिंतकों ने विस्तृत नियम-कानून और बाजार प्रशासन के लिए सुविचारित उपाय बताए हैं, इनका हमें कौटिल्य के अर्थशास्त्र एवं स्मृतियों में विस्तृत विवरण मिलता है।

ग्राहक संरक्षण एवं बाजार-नियमन के उपाय (Consumer Protection and Market regulating Measures)

कौटिल्य से पूर्व के काल में बाजार-नियंत्रण एवं ग्राहक संरक्षण के लिए विशेष प्रावधान नहीं पाए जाते, क्योंकि उस समय व्यापार-व्यवहार में सभी

लोग स्वत:प्रेरणा से नैतिक मानदंडों का प्रयोग करते थे। अथर्ववेद (3.1.5) हमें बताता है कि व्यापारी अपनी व्यावसायिक नैतिकता को बनाए रखने के लिए सदैव इच्छुक व प्रयत्नशील रहते थे, किंतु आगे चलकर जातक काल में व्यापार-व्यवसाय के क्षेत्र में गिरावट आना प्रारंभ हो गई थी। उस समय हमें एकाधिकारी एवं असामान्य लाभ (200, 400 और 2000 प्रतिशत तक), जमाखोरी, धोखाधड़ी, मिलावट, शोषण आदि के अनेक उदाहरण मिलते हैं। इस प्रकार कौटिल्य से ठीक पहले व्यापारिक गतिविधियों में हेराफेरी एवं बाजार में अराजकता की स्थिति आने लग गई थी। इस स्थिति को देखकर ही संभवत: कौटिल्य (4.1.2) ने व्यापारियों को काँटे और चोर कहा था। कौटिल्य विश्व का वह पहला आर्थिक विचारक था, जिसने बाजार पर नियंत्रण की व्यवस्था देकर ग्राहक संरक्षण की दिशा में विभिन्न कदम उठाए थे। इस दृष्टि से कौटिल्य ने राज्य द्वारा पाँच प्रमुख अधिकारियों की नियुक्ति की व्यवस्था दी थी—

1. **पण्याध्यक्ष**—वस्तुओं की आपूर्ति, बिक्री व कीमतों पर नियंत्रण रखना, व्यापार के लिए लाइसेंस जारी करना, खाद्यान्नों की जमाखोरी करनेवालों को दंडित करना, राज्य व्यापार को संचालित करना आदि इसके प्रमुख काम थे।

2. **शुल्काध्यक्ष**—वस्तुओं की किस्म व कीमतों पर निगरानी रखना और बाजार में टोल टैक्स लगाना।

3. **संस्थाध्यक्ष**—इसकी जिम्मेदारी थी नई व पुरानी वस्तुओं की बिक्री का निरीक्षण, घटिया किस्म की वस्तुओं की बिक्री पर रोक, माँग को नियंत्रित करना, गलत माप-तौल का प्रयोग करनेवालों को दंडित करना आदि।

4. **पौतवाध्यक्ष**—इसका मुख्य काम था मानक माप व तौल को जारी करना।

5. **अंतपाल**—राज्य में प्रवेश के समय बिक्री योग्य वस्तुओं की जाँच करना, उनकी कीमतों की जानकारी लेना, बोझा ढोनेवाले पशुओं पर कर लगाना तथा सील (मुहर) की जाँच करना आदि।

कौटिल्य के अर्थशास्त्र, विभिन्न स्मृतियों व अन्य ग्रंथों में हमें मिलावट व धोखाधड़ी, तस्करी व कालाबाजारी, अस्वामी विक्रय, जमाखोरी, सट्टेबाजी, मुनाफाखोरी, कर-चोरी आदि को रोकने की दृष्टि से विस्तार से अनेक प्रावधान

एवं उपाय मिलते हैं। भारत की प्रमुख स्मृतियों में क्रय-विक्रय के संबंध में एक अद्‍भुत-अद्वितीय व्यवस्था मिलती है, जिसका नाम है 'क्रय-विक्रय अनुशय', अर्थात् क्रय-विक्रय के उपरांत पश्चात्ताप। कुछ स्मृतियों में इसे दो अलग-अलग भागों में बाँटा गया है, 'विक्रीयासंप्रदान' अर्थात् बेच देने के उपरांत सामान न देना (Non delivery after sale) और 'क्रीत्वानुशय' अर्थात् क्रय करने के बाद पश्चात्ताप (Repentance after Buying)। किसी वस्तु का क्रय-विक्रय होने के पश्चात् यह संभव है कि क्रेता और विक्रेता दोनों को अथवा उनमें से किसी एक को पश्चात्ताप हो और विक्रेता अपनी वस्तु वापस लेना चाहे अथवा क्रेता वस्तु लौटाकर दी गई कीमत वापस लेना चाहे अथवा विक्रेता तय हो जाने के बाद भी वस्तु की डिलीवरी देने में आनाकानी करे। ऐसी स्थितियों के उत्पन्न होने पर क्या उपाय हो सकते हैं ? इस दृष्टि से हमारे शास्त्रकारों ने विभिन्न उपायों एवं प्रावधानों के बहुत ही बारीकी से और विस्तार से वर्णन दिए हैं, जो बाजार एवं नियमन बनाए रखने की उनकी सदेच्छा को प्रकट करते हैं।

माप-तौल के बारे में प्रामाणिकता बनाए रखने की दृष्टि से प्राचीन भारतीय विधिवेत्ता काफी सजग एवं सतर्क थे। बाजार में उचित व्यवहार के लिए यह आवश्यक माना गया था कि वस्तुओं की सही माप-तौल हो और विक्रेता लेन-देन में मानक माप-तौल का प्रयोग करें और उनकी समय-समय पर जाँच होती रहे। कौटिल्य ने माप-तौल में हेराफेरी के दो तरीकों, 'कूट तुला' और 'मानकूट' को चिह्नित किया था और एक स्वर्णकार द्वारा 'तुलावैषम' के आठ तरीकों से ठगे जाने के बारे में भी सचेत किया था। अतः कौटिल्य (2.21) ने यह व्यवस्था दी थी कि वस्तुओं को ठीक प्रकार से तौलने, मापने और गिनने के बाद ही बेचा जाना चाहिए। स्मृतिकारों ने माप-तौल के झूठे बाटों एवं तुलाओं के प्रयोगों को 'चोरी' माना है और इसे घृणित एवं दंडनीय अपराध घोषित किया है (याज्ञ. 2.240, कात्या. 8.12, शुक्र 1.295, कौटिल्य 2.14, उदनमनु. 9.257)। कौटिल्य के अर्थशास्त्र में हमें अलग-अलग प्रकार की वस्तुओं को तौलने के लिए 16 प्रकार की तुलाओं का वर्णन मिलता है। उसने तो यहाँ तक निर्देश दिए थे कि तौल

के बाट मगध और मेकल से प्राप्त पाषाण और लोहे के बने होने चाहिए।

व्यवहार में माप-तौल की प्रक्रिया में कुछ गलती या कमी रह जाना स्वाभाविक है। कौटिल्य ने कितने भार में किस सीमा तक गलती रह सकती है, इसकी विस्तृत सूची दी है। अत: तौलते समय तुलामानांतर की दृष्टि से कुछ द्रव्य तौलने के बाद अलग कर दिया जाता था, इसे 'हस्तपूरण' कहते थे। कौटिल्य एवं अन्य स्मृतिकारों ने इस बात पर विशेष बल दिया था कि तौल-माप में क्रेता को चाहे-अनचाहे, जाने-अनजाने किसी भी प्रकार से वस्तु कम न मिले। इसकी क्षतिपूर्ति करने की दृष्टि से उन्होंने 'व्याजि' देने की एक अनोखी व्यवस्था दी थी। भारत के परंपरागत बाजारों में आज भी इस व्यवस्था का प्रचलन देख सकते हैं। किस प्रकार की वस्तु को तौलते समय कितनी 'व्याजि' देनी चाहिए, इसका भी स्मृतिकारों ने विस्तृत वर्णन किया है।

उचित मजदूरी की अवधारणा–धर्म्या भृतिः (The Concept of Fair Wages)

मजदूरी निर्धारण के तरीकों के आधार पर हमारे मनीषियों (शुक्र. 2.375, कौटिल्य 2.23-24; याज्ञ. 2.196, मनु. 7.126) ने तीन प्रकार की मजदूरी बताई है— कार्यमाना (Piece Wages), कालमाना (Time Wages) और कार्यकालमाना (Time-cum-Piece Wages)। इसके अलावा पारिश्रमिक के आधार पर चार प्रकार की मजदूरी बताई है—श्रेष्ठा भृति: (Superior Wages), मध्या भृति: (Moderate or Normative Wages), सामा भृति: (Ordinary Wages) और हीना भृति: (Inferior of Low Wages)।

प्राचीन भारतीय चिंतकों ने श्रमिक की उत्पादन-क्षमता एवं योग्यता के आधार पर मजदूरी निर्धारण करने पर बल दिया है। इस दृष्टि से मनु ने श्रमिक की क्षमता एवं दक्षता को मजदूरी निर्धारण का आधार बताया है, 'शक्तिं चावेक्ष्य दाक्ष्यं च भृत्यानां च परिग्रहम्।' मनु. 10.124., कौटिल्य (3.131) ने 'कर्मकालानुरूपम्', मनु. (7.125) ने 'कर्मानुरूपतः', याज्ञवल्क्य (2.196) ने 'यो यावत्कुरुते कर्म तावत्तस्य तु वेतनम्' और शुक्राचार्य (4.5.311) ने

'कार्यानुरूप' मजदूरी देने की बात कहकर इसी सिद्धांत का समर्थन किया है। नारद ने इस सिद्धांत को अधिक स्पष्ट करते हुए कहा है कि मजदूरी उत्पादकता (कर्माश्रया) पर अर्थात् उत्पादकता शक्ति (कार्य की क्षमता) और भक्ति (कार्य में समर्पण) पर निर्भर करती है—

'शक्तिभक्त्यानुरूपा स्यादेषां कर्माश्रया भृतिः।'

—नारद—4.5.22

इसके साथ ही प्राचीन भारतीय मनीषियों का यह भी मानना था कि मजदूरी देते समय श्रमिक के परिवार की आवश्यकताओं पर भी पर्याप्त ध्यान दिया जाना चाहिए। इस प्रकार प्राचीन भारतीय विचारकों के अनुसार, उचित मजदूरी उसे कहा जाएगा, जिसके द्वारा श्रमिक अपने पारिवारिक एवं सामाजिक दायित्वों को सरलता एवं सम्मान के साथ पूरा कर सके तथा काम में अपनी कार्यक्षमता का संरक्षण एवं संवर्धन भी कर सके।

शुक्राचार्य (2.383) जैसे श्रम-अर्थशास्त्रियों ने निम्न मजदूरी की खुले तौर पर निंदा की है और इसे केवल श्रमिकों के लिए ही नहीं, बल्कि स्वयं उत्पादक के लिए भी हानिप्रद बताया है। प्राचीन भारतीय मनीषियों ने इस तथ्य को भली-भाँति हृदयंगम कर लिया था कि मजदूरी निर्धारण का कोई एक सिद्धांत नहीं हो सकता। यह समय, स्थान, कार्य की प्रकृति और व्यक्ति विशेष के अनुसार अलग-अलग हो सकते हैं, किंतु कुल मिलाकर मजदूरी निर्धारण के काम में उत्पादकता, मानवीयता और सामाजिक न्याय के कारकों को अवश्य ध्यान में रखा जाना चाहिए। कौटिल्य (2.23, 3.14), मनु. (6.45), नारद (6.2), याज्ञ. 2.193, रामायण (2.100. 320-23), महाभारत एवं अन्य मनीषियों ने इस बात पर जोर दिया है कि श्रमिकों को उनकी मजदूरी समय पर और नियमित रूप से मिलती रहनी चाहिए। इस दृष्टि से शुक्राचार्य (2.396) ने स्पष्ट निर्देश दिया है कि—

'न कुर्याद् भृतिलोपं तु तथा भृतिविलम्बनम्।'

साथ ही साथ प्राचीन भारतीय विधिवेत्ताओं (कौटिल्य (2.23, 3.14, नारद 6.5, याज्ञ. 2.193, बृह.16.14-16, मनु. 7.215,217; कात्या. 657) ने इस बात पर भी पूरा बल दिया था कि यदि श्रमिक मजदूरी लेकर काम न करे तो उसे दोषी मानकर दंडित किया जाना चाहिए। विभिन्न प्रकार के नियमों एवं

प्रावधानों के माध्यम से उन्होंने इस बात की व्यवस्था की थी कि मालिक और मजदूर में से कोई भी कार्य की शर्तों का उल्लंघन न कर पाए। इस प्रकार वे ऐसी उत्पादन-प्रणाली के पक्षपाती थे, जिसमें बिना किसी उचित कारण के किसी भी श्रमिक को कार्य से अनुपस्थित रहने, कार्य छोड़ देने या उसमें लापरवाही बरतने की इजाजत न हो और न ही मालिकों को श्रमिकों के कार्य करने के मार्ग में अनावश्यक कठिनाई निर्माण करने का अवसर मिल पाए। प्राचीन भारतीय साहित्य में श्रम कल्याण योजनाओं एवं सामाजिक सुरक्षा उपायों, जैसे—पेंशन, अवकाश, बोनस, गरीब श्रमिकों एवं उनके आश्रितों को सहायता, प्रोविडेंट फंड, बीमारी व अन्य स्थितियों में सहायता आदि के बारे में भी विस्तृत प्रावधान मिलते हैं। इससे स्पष्ट है कि भारत के लोग कम-से-कम ईसा से तीन शताब्दी पूर्व 'कल्याणकारी राज्य' (Welfare State) और सामाजिक सुरक्षा उपायों से भली-भाँति परिचित थे। इसके लिए उन्होंने 'धर्मराज्य' की एक समग्र-समन्वित एवं वृहद् संकल्पना दी थी, जिसे आज के संदर्भ में ठीक से समझे जाने की नितांत आवश्यकता है।

श्रम के क्षेत्र में हिंदू विचार की सर्वाधिक महत्त्वपूर्ण विशेषता यह रही है कि उसने श्रमिक को बाजार में खरीदी जा सकनेवाली वस्तु मात्र न मानकर परिवार का अभिन्न अंग माना है। इस प्रकार के पारिवारिक संबंध के जुड़ते ही श्रमिक एवं नियोक्ता दोनों के दृष्टिकोण में बहुत बड़ा अंतर आ जाता है। अब श्रमिक 'नियम के अनुसार काम' (work to the rule) के सीमित दायरे में मात्र काम करने की खानापूर्ति नहीं करेगा, बल्कि काम बढ़ाने एवं विकसित करने में जी-जान से जुटेगा। दूसरी ओर नियोक्ता भी परिवार के मुखिया के नाते श्रमिक के भरण-पोषण एवं कल्याण की पूरी जिम्मेदारी अपनी मानेगा। संभवतः इसी भाव ने प्राचीन भारत में व्यावसायिक सहभागिता के विचार को जन्म दिया होगा। इस प्रकार श्रम के क्षेत्र में पारिवारिक भाव एवं व्यावसायिक सहभागिता मालिक-मजदूर के संघर्षों, पारस्परिक तनाव एवं टकराव को कम कर मधुर औद्योगिक संबंधों के आधार पर अधिकतम सामाजिक कल्याण के उद्देश्य को प्राप्त करने की दिशा में उपयोगी कदम हो सकते हैं।

धर्म्या वृद्धि : उचित ब्याज दर की अवधारणा (The Notion of Just Interest)

प्रारंभ में अधिकांशतः उपभोग तथा जुआ खेलने जैसे अनुत्पादक कार्यों के लिए ऋण लेने के दृष्टांत ही प्राचीन भारत में पाए जाते हैं। यही कारण है कि प्रारंभिक काल में प्राचीन भारतीय मनीषियों ने सूदखोरी एवं ब्याज से जीविका चलानेवाले लोगों की निंदा की है, किंतु धीरे-धीरे अर्थव्यवस्था के विकास के साथ उत्पादक कार्यों के लिए पूँजी की आवश्यकता एवं महत्त्व का अहसास भारतीय मनीषियों के साहित्य में स्पष्ट देखा जा सकता है। अब धन उधार देने को भी वार्त्ता के एक अंग तथा वैश्य वर्ग की जीविका के एक वैधानिक एवं नैतिक साधन के रूप में मान्यता प्राप्त हो गई। इसीलिए धर्मसूत्रों, स्मृतियों एवं अन्य ग्रंथों में हम ऋणों के लेन-देन, ऋणों की वसूली, ब्याज के प्रकार आदि के बारे में विस्तार से वर्णन पाते हैं। प्राचीन भारतीय मनीषियों ने ऋण वसूली के पाँच तरीके बताए हैं—धर्मेण, व्यवहारेण, छलेन, आचरितेन और बलेन या पीड़नेन। इसी प्रकार ब्याज के छह प्रमुख प्रकार बताए हैं—कायिका, कालिका, चक्रवृद्धि, कारिता, शिखावृद्धि और भोगलाभ। इसके साथ ही यह भी आवश्यक माना गया कि ब्याज दर के निर्धारण एवं नियमन के बारे में कुछ कसौटियाँ तय की जाएँ। इसी में से वैधानिक या उचित ब्याज दर (धर्म्या वृद्धि) की अवधारणा का विकास हुआ प्रतीत होता है। उस समय की परिस्थितियों के अनुसार प्राचीन भारतीय मनीषियों ने ब्याज दर का संबंध ऋण की सुरक्षा (व्यावसायिक एवं व्यक्तिगत) से जोड़ा और इसीलिए उन्होंने गैर-जमानती ऋणों की तुलना में जमानती ऋणों पर ब्याज दर कम रखने का सुझाव दिया था। इसके पीछे संभवतः यह भाव दिखाई देता है कि उपभोक्ता ऋण समाज के गरीब एवं साधनहीन लोगों द्वारा अपने जीवन की अनिवार्यताओं को पूरा करने के लिए लिये जाते हैं, अतः उनसे कम ब्याज लिया जाना चाहिए। दूसरी ओर, व्यावसायिक ऋण साधन-संपन्न व्यापारी-व्यवसायियों अथवा उत्पादकों द्वारा लाभ कमाने हेतु लिये जाते हैं, अतः उनसे अधिक ब्याज लिया जा सकता है।

संक्षेप में हम प्राचीन भारतीय चिंतन में अर्थशास्त्र के क्षेत्र में औचित्य (न्याय) का सिद्धांत (The Notion of Justice in the Field of

Economics) पाते हैं। अर्थ व्यवस्था के क्षेत्र में प्राचीन भारतीय मनीषियों की मंशा प्रमुख रूप से सामाजिक हित की दृष्टि से उचित कीमत, उचित मजदूरी, उचित ब्याज, उचित लाभ लागू करने की रही है।

ईश्वर स्वामित्व की अभिनव अवधारणा (A Novel Notion of God's Ownership)

पूँजीवादी प्रणाली की तरह यदि उत्पादन के साधनों व संपत्ति पर व्यक्तिगत स्वामित्व को स्वीकार कर लिया जाता है तो इसका परिणाम देश को संघर्ष, शोषण और असमानता के रूप में भुगतना पड़ता है; दूसरी ओर, यदि व्यक्ति के स्वामित्व को पूर्णतया नकार दिया जाता है तो उत्पादन-प्रेरणा का सवाल खड़ा हो जाता है। साम्यवादी देशों के अनुभव इस बात को सिद्ध करने के लिए पर्याप्त हैं कि राज्य के डंडे के आधार पर बहुत अधिक समय तक व्यक्ति को अपनी पूरी क्षमता के साथ उत्पादन करने के लिए मजबूर नहीं किया जा सकता। ऐसी प्रणाली में व्यक्ति व्यक्ति के रूप में कार्य न करके मशीन के पुर्जे के रूप में काम करता है और इसमें से उसकी प्रेरणा (incentive) और पहल (initiative) दोनों समाप्त हो जाते हैं। ऐसी स्थिति में प्रश्न यह उपस्थित होता है कि साधन-संपदा पर किसका स्वामित्व स्वीकार किया जाए, जिससे कि समाज संघर्ष व शोषण से भी बचा रहे और देश के लोगों में काम करने की प्रेरणा व पहल भी भरपूर बनी रहे। इस समस्या को हल करने के लिए भारतीय मनीषियों ने सर्वव्यापक ब्रह्म की अवधारणा और गांधीजी ने ट्रस्टीशिप सिद्धांत के द्वारा व्यक्तिगत एवं राज्य स्वामित्व से ऊपर उठकर सब साधन-संपदाओं पर परमात्मा (समाज) के स्वामित्व को स्वीकार करने पर जोर दिया है। इसीलिए तो वेदों के विभिन्न मंत्रों में इंद्र, वरुण, अग्नि, सूर्य आदि विभिन्न देवों को ही विभिन्न साधन-संपदाओं के अधिपति के रूप में बताया गया है। इस अवधारणा की सर्वोत्कृष्ट अभिव्यक्ति हमें यजुर्वेद (40.1) और ईशोपनिषद् (1) के इस मंत्र में मिलती है—

‘ईशावास्यमिदं सर्वं यत्किञ्च जगत्यां जगत्।
तेन त्यक्तेन भुञ्जीथा मा गृधः कस्यस्विद्धनम्॥’

इस विचार-परंपरा को आगे बढ़ाते हुए तुलसीदासजी ने रामचरितमानस

में 'सीयाराम मय सब जग जानी' और विनोबा भावे द्वारा 'सब भूमि गोपाल की या में अटक कहाँ' कहकर प्रकट किया है।

इस प्रकार वैदिक परंपरा का यह तकाजा है कि अब हम पूँजी और बाजार आधारित अर्थचिंतन के स्थान पर मनुष्य-केंद्रित अर्थचिंतन की प्रक्रिया प्रारंभ करें। इसी में से एक नए प्रकार का अर्थशास्त्र विकसित होगा, जिसे हम 'आध्यात्मिक अर्थशास्त्र' अथवा नैतिक अर्थशास्त्र अथवा प्रो. ब्रह्मानंद के शब्दों में धर्म-अर्थशास्त्र (Dharmonomics) कह सकते हैं।

इसी अवधारणा के परिणामस्वरूप वैदिक काल और उसके बाद काफी लंबी अवधि तक भारत में भूमि एवं अन्य प्राकृतिक संसाधनों पर व्यक्ति अथवा राज्य के अंतिम स्वामित्व को नहीं माना गया था। वे तो निश्चित उद्देश्य के लिए उनका प्रयोग ही कर सकते थे। उन्हें इन्हें बेचने व रेहन रखने तक का अधिकार नहीं था। उन्हें समाज की सामूहिक संपत्ति के रूप में माना जाता था।

ईश्वर स्वामित्व की इस अभिनव अवधारणा को स्वीकार कर लेने पर सर्वमान्य समाज में परमात्मा पर अटूट श्रद्धा व आस्था जगाकर परमात्मा का कार्य मानकर प्रत्येक व्यक्ति के मन में अपनी पूरी क्षमता से उत्पादन की प्रेरणा जगाई जा सकती है, साथ ही वह परमात्मा की वस्तु होने के कारण संपूर्ण उत्पादन में से मात्र अपनी आवश्यकता के अनुसार ग्रहण कर शेष को उसी परमात्मा की सृष्टि के प्राणियों के निमित्त प्रसन्नता से देने के लिए तैयार भी हो सकता है। यह बात शायद वर्तमान वित्तीय एवं आर्थिक गणनाओं के अभ्यस्त लोगों को अजीब और अव्यावहारिक लग सकती है, किंतु मानव व्यवहार की बारीकियों एवं सूक्ष्मताओं को समझनेवाले लोग इसे अवश्य स्वीकार करेंगे कि साधन-संपदा के साथ मनुष्य का नाता-रिश्ता बहुत कुछ उसके दृष्टिकोण पर निर्भर करता है और दृष्टिकोण में परिवर्तन होने पर मानव व्यवहार में भी उसी दिशा में परिवर्तन होना प्रारंभ हो जाता है।

धनार्जन की आचार संहिता—धर्मेण धनः (Code of Conduct of Earning)

यह धारणा कतई सत्य नहीं है कि प्राचीन भारतीय लोग भौतिक समृद्धि से मुँह मोड़े रहते थे अथवा धनार्जन के प्रति उदासीन रहते थे। इसके विपरीत, वे तो

अर्जन एवं उत्पादन के प्रति सदैव जागरूक व सचेष्ट रहा करते थे और उसी के परिणामस्वरूप प्राचीन भारत विश्व का सर्वाधिक संपन्न राष्ट्र था। वेदों में हमें ऐसे अनेक मंत्र मिलते हैं, जिनमें देवों से धन, धान्य, सोना, गाय, घोड़े आदि संपदा देने की प्रार्थना की गई है। कौटिल्य (1.7) ने तो स्पष्ट कहा है कि 'धन बहुत ही महत्त्वपूर्ण है, क्योंकि दान व इच्छाओं की पूर्ति धन पर ही निर्भर करती है।'

महाभारत के शांति पर्व (8,13) में दरिद्रता को पाप कहा गया है (दरिद्रं पातकं लोके) और नारद स्मृति में घोषणा की गई है कि सब कार्य धन पर निर्भर करते हैं, अतः पूरे परिश्रम के साथ अर्जन करना चाहिए (धनमूलाः क्रियाः सर्वा यत्नस्तस्यार्जने मतः—नारद. 4.1.43)

यद्यपि प्राचीन भारतीय विचारकों ने धनार्जन को मनुष्य की एक महत्त्वपूर्ण गतिविधि माना है, पर इसके साथ ही वे इस तथ्य से भी भली-भाँति अवगत थे कि अर्थ मनुष्य जीवन की एकमात्र गतिविधि नहीं हो सकता और इसे अपने आपमें जीवन का लक्ष्य स्वीकार नहीं किया जा सकता। यदि समस्त मानवीय क्रियाकलाप केवल और केवल अर्थार्जन की ओर प्रवृत्त हो जाएँ और समाज का प्रत्येक व्यक्ति 'येन-केन-प्रकारेण' धनार्जन में ही जुट जाए तो समाज में अराजकता आ जाएगी। इसीलिए भारतीय मनीषियों ने इस बात पर भी जोर दिया है कि धनार्जन उचित मार्ग से हो। पुरुषार्थ चतुष्टय की संकल्पना में अर्थ को धर्म की तुलना में दूसरा स्थान देते हुए धर्म के नियंत्रण एवं निर्देशन में ही आर्थिक गतिविधियाँ चलाने को कहा है। ऐसा लगता है कि महाभारत में धनंजय (अर्जुन) को धर्मराज (युधिष्ठिर) के निर्देशों के अनुसार काम करने को कहकर इसी बात को समझाने का प्रयत्न किया गया है। हिंदू मनीषियों ने विभिन्न शास्त्रों में धनार्जन के बारे में जो दिशा-निर्देश दिए हैं, उन सबको मिलाकर धनार्जन की एक व्यावहारिक आचार संहिता प्राप्त हो जाती है। इसकी मुख्य बातें इस प्रकार हैं—

1. सभी हिंदू मनीषियों ने इस बात पर विशेष जोर दिया है कि धनार्जन वैधानिक, उचित एवं धर्म मार्ग से ही होना चाहिए। ऋग्वेद (8.95.8) में 'शुद्धो रयि नि धारय', यजुर्वेद (7.43) में 'सुपथा राये', मनुस्मृति (4.3) में कर्मभिरगर्हितैः', महाभारत (आदि. 91.3) में 'धर्मागतं प्राप्यं धनं यजेत्' तथा स्कंधगुप्त के जूनागढ़ अभिलेख में 'न्यायार्जने अर्थः' जैसे निर्देशन इसी बात की

ओर संकेत करते हैं। मनुस्मृति (5.106) में सब प्रकार की शुद्धियों में अर्थशुद्धि को सर्वाधिक महत्त्वपूर्ण माना गया है—सर्वेषामेव शौचानामर्थशौचं परं स्मृतम्।

2. व्यक्ति को जीविकोपार्जन के लिए ऐसे माध्यम को ही अपनाना चाहिए, जो अन्य प्राणियों को बिल्कुल भी कष्ट न दे अथवा न्यूनतम कष्ट दे।

'अद्रोहेणैव भूतानामल्पद्रोहेण वा पुनः।'

—मनु.4.2; महा.शांति 262.6

3. धनार्जन का काम अपने शरीर एवं मन-मस्तिष्क को बहुत अधिक पीड़ा पहुँचाकर नहीं करना चाहिए—

'अक्लेशेन शरीरस्य कुर्वीत धनसञ्चयम्।'

—मनु. 4.3

इसका अर्थ है कि काम का समय एवं स्वरूप ऐसा होना चाहिए, जिससे न तो शारीरिक स्वास्थ्य पर ही बुरा प्रभाव पड़े और न ही मानसिक तनाव उत्पन्न हो।

4. धनार्जन के ऐसे उपायों से भी दूर रहना चाहिए, जिससे ज्ञानार्जन एवं स्वाध्याय के काम में बाधा पड़े—

'सर्वान् परित्यजेदर्थान्स्वाध्यायस्य विरोधिनः।'

—मनु. 4.17

5. अपनी पारिवारिक, सामाजिक व धार्मिक आवश्यकताओं की पूर्ति के लिए व्यक्ति को अपने स्वयं के प्रयत्न व परिश्रम से ही धनार्जन करने का प्रयास करते रहना चाहिए तथा जहाँ तक संभव हो, उसे अपने निर्वाह के लिए दूसरों पर निर्भर नहीं रहना चाहिए।

इस प्रकार हिंदू मनीषियों द्वारा अर्थार्जन के संबंध में दिए गए दिशा-निर्देशों में दोनों बातों की ओर समुचित ध्यान रखा गया है कि जहाँ अर्थार्जन की प्रवृत्ति व प्रेरणा मंद न पड़ने पाए, वहाँ वह अनियंत्रित व उच्छृंखल बनकर समाज के लिए अभिशाप भी न बन जाए और चाहे जिस उचित-अनुचित मार्ग से अर्थार्जन की दौड़ में पड़ जाने के कारण समाज में संघर्ष, शोषण, भ्रष्टाचार, चोरबाजारी, कालाबाजारी, धोखाधड़ी, अन्याय, अनीति और अशांति न फैल जाए, इसलिए वैदिक मनीषियों ने अर्थार्जन पर नैतिक नियंत्रण की व्यवस्था की थी।

न्यायशील वितरण (Distributive Justice)

हिंदू मनीषियों ने एक व्यावहारिक न्यायशील वितरण व्यवस्था का बड़ी ही सूक्ष्मता से विकास और सफलतापूर्वक क्रियान्वयन किया था। इस वितरण व्यवस्था के मुख्य पहलू इस प्रकार हैं—

1. जीवन निर्वाह अथवा न्यूनतम आवश्यकताओं की गारंटी (Guarantee for the Minimum Requirements of Life)

मनुष्य शरीर का रक्षण और पोषण कोई भी कार्य करने के लिए आवश्यक है—शरीरमाद्यं खलु धर्मसाधनम्। अतः जीवन निर्वाह के लिए भोजन, वस्त्र, मकान तथा शिक्षा व स्वास्थ्य सुविधाओं की चिंता हमारे प्राचीन विचारकों ने बड़ी ही तत्परता से की है। यही कारण है कि वेदों में भोजन, कपड़ा, आवास-स्थान, गाय, घोड़े व अन्य आवश्यक वस्तुएँ प्रदान करने के बारे में बहुत सी प्रार्थनाएँ पाते हैं। मनुष्य जीवन के लिए आवश्यक इन सब वस्तुओं के प्रचुर मात्रा में उत्पादन करने के भी निर्देश हैं। इसीलिए ऋग्वेद (10.117.1) का ऋषि आदेश देता है कि 'भूख से किसी की भी मृत्यु न होने पाए' (न वा उ देवाः क्षुधमिद् वधं)। यदि किसी का जीवन भूख या अन्य अनिवार्य आवश्यकताओं के बिना खतरे में हो तो किसी से भी वस्तु स्वीकार कर लेने अथवा चोरी तक कर लेने की हमारे शास्त्रकारों ने अनुमति प्रदान की है। यह जीवन-निर्वाह के बारे में समाज की ओर से पूर्ण गारंटी के संबंध में उनकी चिंता को ही प्रकट करता है।

हमारे मनीषियों के अनुसार एक गृहस्थ के लिए केवल मात्र अपना पेट भर लेना ही पर्याप्त नहीं है, बल्कि उसे अपने परिवार के सब सदस्यों एवं अपने आश्रितों के जीवन-निर्वाह की भी चिंता करनी चाहिए। अथर्ववेद (1.31.4) में माता-पिता, गौओं, पुरुषों और जगत् को उनकी आवश्यकताओं की वस्तुएँ प्रदान कर संतुष्ट करने के गृहस्थ के कर्तव्य की ओर संकेत किया गया है।

'स्वस्ति मात्र उत पित्रे नो अस्तु स्वस्ति गोऽभ्यो जगते पुरुषेभ्यः।'

2. आधिक्य का वितरण (Distribution of the Surplus)

हिंदू चिंतन में जहाँ अपने और अपने परिवार के भरण-पोषण को आवश्यक माना गया है, वहाँ वस्तुओं के अनावश्यक संग्रह को भी अच्छा नहीं माना गया

है। श्रीमद्‌भागवत में तो अपनी आवश्यकताओं की पूर्ति से अधिक रखनेवालों को चोर के समान दंडित करने का निर्देश दिया गया है।

यावद् भ्रियेत जठरं तावत् स्वत्वं हि देहिनाम्।
अधिकं योऽभिमन्येत स स्तेनो दण्डमर्हति॥

—*श्रीमद्‌भाग. 7.14.8*

आवश्यकताओं की पूर्ति के पश्चात् बचे हुए आधिक्य के वितरण की दृष्टि से प्राचीन भारत में दो प्रणालियाँ साथ-साथ काम करती थी—नैतिक वितरण प्रणाली और वैधानिक वितरण प्रणली।

(क) नैतिक वितरण प्रणाली (Moral System of Distribution)

जब व्यक्ति की नैतिक, धार्मिक, मानवीय एवं दैवी भावनाओं को जगाकर अपनी आवश्यकताओं से अतिरिक्त संपत्ति को समाज-हित के लिए समर्पित कर देने की प्रेरणा जगाई जाती है, तो इसे वितरण की नैतिक प्रणाली कहा जाता है। हिंदू मनीषियों ने इसी व्यवस्था पर जोर दिया था। वे ममत्व से समत्व के पक्षपाती थे। इस प्रणाली को क्रियाशील बनाए रखने के लिए प्राचीन भारतीय विचारकों ने निम्नलिखित संकल्पनाएँ एवं व्यवस्थाएँ प्रारंभ की थीं—

(1) इष्टापूर्त—यज्ञ, दान-दक्षिणा एवं इसी प्रकार के अन्य कार्य 'इष्ट' के अंतर्गत आते हैं। भारतीय जीवन प्रणाली की संपूर्ण रचना ही यज्ञ के माध्यम से यज्ञ के लिए (अर्थात् सार्वजनिक हित के लिए) सब काम करने पर ही यहाँ जोर दिया जाता रहा है। 'शतपथ ब्राह्मण' के आधार पर पं. बुद्धदेव विद्यालंकार ने यज्ञ का अर्थ इस प्रकार किया है, "कोई कल्याणार्थी अपने आपको समुदाय का अंग मानकर, जिस समुदाय का अंग हो, उसके सामुदायिक हित सिद्धि के लिए जो कर्म करता है, वह यज्ञ है।" *(बुद्धदेव विद्यालंकार, शतपथ में एक पथ, पृ. 24)* अपनी इस व्याख्या में उन्होंने शतपथ के 'यज्ञो वै श्रेष्ठतमं कर्म (शत. 1.7.4.5.) को प्रमाण रूप में दिया है तथा देव व असुरों से संबंधित शतपथ (1.2.3.1.-5 तथा 2.2.2.8-14) में आई दो कथाओं को भी उद्धृत किया है।

यज्ञ शब्द 'यज्' धातु से बना है, जिसका अर्थ है—देवपूजा, संगतीकरण और दान। इन तीनों ही अर्थों में यज्ञ संस्था समाज में संपत्ति के उचित वितरण में सहायक जान पड़ती है। यज्ञ के हरेक मंत्र के अंत में 'स्वाहा' और 'इदं न मम' बोलकर आहुति डालना भी त्याग, समर्पण और बाँटकर खाने की यज्ञ-परंपरा का

ही स्मरण कराते हैं। इस यज्ञ-परंपरा में विश्वास के कारण ही प्राचीन भारत में यज्ञों में संपूर्ण संपत्ति तक दान में दे डालने के उदाहरण भरे पड़े हैं। गीता (3.9) में 'यज्ञार्थ' किए जानेवाले कर्मों को ही अच्छा बताया गया है और माना गया है ('परस्परं भावयन्तः श्रेयः परमवाप्स्यथ'—गीता 3.11.)।

संपत्ति के समाज में सहज-स्वाभाविक वितरण तथा जगत् के सभी प्राणियों को अपनी साधन-संपदा एवं भोजन सामग्री में से हिस्सा देने की दृष्टि से हिंदू मनीषियों ने 'पंचमहायज्ञ' के नाम से एक अत्यंत अद्भुत एवं व्यावहारिक संकल्पना दी थी। प्रत्येक सद्गृहस्थ के लिए जिन पंचमहायज्ञों को करना आवश्यक माना गया है, वे हैं—देवयज्ञ, ब्रह्मयज्ञ, पितृयज्ञ, भूतयज्ञ और नृयज्ञ।

1. देवयज्ञ या हुत—देवों व प्रकृति के नियंताओं को भेंट।
2. ब्रह्म अथवा ऋषि यज्ञ या अहुत—ऋषि, मनीषियों, ज्ञानियों एवं व्यवस्था के लिए भेंट।
3. पितृयज्ञ।
4. भूतयज्ञ या प्रहुत विभिन्न प्राणियों, यथा—गाय, कुत्ते, कौओं आदि को भेंट।
5. नृयज्ञ अथवा अतिथि यज्ञ या अतिथियों एवं ब्राह्मणों को भेंट।

इन पंचमहायज्ञों के अलावा हमारे यहाँ सार्वजनिक कार्यों के लिए सुपात्रों को दान-दक्षिणा देने की भी बड़ी समृद्ध परंपरा रही है। यहाँ यह बात विशेष रूप से ध्यान देने योग्य है कि यज्ञ एवं अन्य धार्मिक कार्यों तथा खुशियों के अन्य अनेक अवसरों पर अपनी क्षमता के अनुसार भरपूर दान-दक्षिणा देने को समाज में विशेष महत्त्व दिया गया था। यह दान-दक्षिणा मुख्य रूप से ब्राह्मणों, आचार्यों, पुरोहितों व दार्शनिकों को दी जाती थी और इस प्रकार के लोगों को अपने पास न्यूनतम संग्रह करके रखना तथा सादा व सरल जीवन जीने का आदर्श सामने रखा गया था। अथवा दान-दक्षिणा फिर समाज के कमजोर एवं असहाय एवं अक्षम वर्ग के लोगों को दी जाती थी। इस प्रकार की व्यवस्थाओं के एक साथ प्रचलन में होने के कारण उन दिनों समाज में संपत्ति के स्वाभाविक वितरण में बड़ी सहायता मिलती रही होगी।

जनकल्याणार्थ किए जानेवाले विभिन्न कार्यों को हमारे शास्त्रकारों ने 'पूर्त' कहा है, जैसे—कुएँ, तालाब, बावड़ी, नहर, प्याऊ, पशुओं के पानी पीने का

स्थान, गौशाला, धर्मशाला, धर्मार्थ चिकित्सालय, धर्मार्थ विद्यालय, बाग-बगीचे, पेड़ लगाना आदि सब काम इसमें शामिल किए जाते हैं। जब किसी शाला, तालाब, कुएँ व बाग-बगीचे का निर्माण किया जाता था, उसके लिए 'प्रतिष्ठा' शब्द और जब उसे जनहितार्थ समर्पित कर दिया जाता था तो उसके लिए 'उत्सर्ग' शब्द आया है। इष्टापूर्त के लिए 'उत्सर्ग' वैदिक काल से ही महत्त्वपूर्ण पुण्य कार्य माना जाता रहा है। ऋग्वेद (2.12.4; 3.29.1), तै.स. (5.7.7.1-3), तै. ब्रा. (2.5.57), वाज.स. (15.54), कठोपनिषद् (1.1.8), मांडू. उप. (1.2.10) आदि में इष्टापूर्त शब्द के प्रयोग को समझाया गया है।

(2) संयमित उपभोग एवं सह-उपभोग की संकल्पना (Restrained Consumption and the concept of Co-consumption)

हिंदू मनीषियों ने विभिन्न दिशा-निर्देशों के माध्यम से इस बात पर विशेष जोर दिया है कि हम सदैव सीमित, संयमित, वांछनीय एवं सदाचारी उपभोग ही करें। वे अनावश्यक आवश्यकताएँ बढ़ाकर प्रदर्शनकारी एवं विलासी उपभोग-शैली के पक्षपाती नहीं थे और न ही वे उपभोक्तावाद को बढ़ावा देना चाहते थे। वे तो उपभोग को इस प्रकार नियंत्रित एवं मर्यादित करने के पक्षपाती रहे हैं कि इससे मनुष्य की मूलभूत आवश्यकताओं की समुचित प्रकार से पूर्ति होती रहे और वह उन्हें कार्यकुशल भी बनाए रखे।

हिंदू चिंतन में इस बात पर विशेष जोर दिया गया है कि व्यक्ति उपभोग्य पदार्थों का अकेला ही उपभोग न करे, बल्कि समाज के अन्य व्यक्तियों में बाँटकर ही इनका उपभोग करे। इस प्रकार हिंदू परंपरा में हम 'सह-उपभोग' की संकल्पना को पाते हैं। ऐसे व्यक्ति को निंदनीय माना गया है, जो भूख से तड़पते हुए गरीब व अभावग्रस्त व्यक्ति को कुछ न देकर अकेला ही खाता रहता है (ऋ. 10.117.1-2)। ऐसे व्यक्ति को ऋग्वेद (10.117.6) में पापी कहा गया है—'केवलाघो भवति केवलादी।' इसी बात का समर्थन आगे चलकर हम मनुस्मृति (3.118.18.) में 'अघं स केवलं भुङ्क्ते यः पचत्यात्मकारणात्। बौधायन (3.13.2), विष्णु. (67.43) और महाभारत के शांति पर्व (243.5) में 'नात्मार्थं पाचयेदन्नं' तथा गीता (3.12.13) में 'भुञ्जते ते त्वघं पापा ये

पचन्त्यात्मकारणात्' के रूप में पाते हैं।

हिंदू परंपरा में गृहस्थ के लिए दो प्रकार का ही भोजन उत्तम बताया गया है—अमृत और विघस। यज्ञ करने पर जो शेष रह जाता है, उसे 'यज्ञ-शेष' या 'अमृत' कहा जाता है। इसका अर्थ है कि व्यक्ति को अपनी सब संपत्ति समाज को अर्पित कर देनी चाहिए और इस अर्पित संपत्ति में से जो हिस्सा मिले, उसे ही यज्ञ-प्रसाद मानकर उपभोग करना चाहिए। ईशोपनिषद् में 'तेन त्यक्तेन भुञ्जीथा:' इसी भाव को प्रकट करता है। 'विघस' से तात्पर्य परिवार के सब सदस्यों, आश्रितों, अतिथियों, दीन-दुखियों व जीव-जंतुओं को उनका हिस्सा अर्पित करने के बाद जो बचे (भुक्त-शेष), उससे है। इसका स्पष्ट अर्थ है कि हिंदू चिंतकों के अनुसार गृहस्थ को अपने उपभोग्य पदार्थों को अन्य लोगों में बाँटकर ही उपभोग करना चाहिए। इसीलिए तो (शतपथ ब्राह्मण) में कहा गया है कि असुर लोग अपने मुख में हवन करते हैं (अर्थात् स्वयं अकेले ही उपभोग करते हैं)। जबकि देवता लोग एक-दूसरे के मुख में हवन करते हैं। इसके अलावा, हिंदू ग्रंथ समाज में समता-समरसता निर्माण करने एवं सर्वकल्याण की भावना से भरे पड़े हैं। अथर्ववेद (3.30.6) के 'समानी प्रपा सह वोऽन्नभाग:', अथर्ववेद (6.47.1) के 'सहभक्षा:स्याम' और कठोपनिषद् के 'सह नाववतु सह नौ भुनक्तु' मंत्र इसी ओर दिशा-निर्देश करते हैं। हमारे यहाँ अर्जित संपत्ति और उपभोग के साधनों को अपने तक ही सीमित न रखकर समाज में वितरित कर देने पर ही जोर रहा है। अथर्ववेद (3.24.5.) में स्पष्ट रूप से कहा गया है कि सौ हाथों से अर्जन करो और हजार हाथों से वितरित कर दो, 'शतहस्त समाहर सहस्त्रहस्त सं किर'। इसी क्रम में श्रीमद्भागवत ने अर्जित संपत्ति को धर्म, यश, अर्थ, काम (उपभोग) और स्वजनों में वितरित कर देने का परामर्श दिया है—

'धर्माय यशसेऽर्थाय कामाय स्वजनाय च।
पञ्चधा विभजन्वित्तमिहामुत्र च मोदते॥'

—*श्रीमद्भागवत-8.19.37*

हिंदू संस्कृति एवं परंपरा सदैव विशाल दृष्टिकोण एवं सबके कल्याण की पक्षपाती रही है। इसीलिए हमारे यहाँ 'उदारचरितानां तु वसुधैव कुटुम्बकम्', 'सर्वे भवन्तु सुखिन:', 'सर्वेषां च हिते रत:' (महाभारत, शांति. 262.89) और 'सर्वभूत-हिते रत:' (कौटिल्य 1.5.) जैसी प्रेरणाएँ एवं कामनाएँ व्यक्त होती रही हैं।

(ख) वैधानिक वितरण प्रणाली
(Legal System of Distribution)

नैतिक नियमों के अनुसार यदि कोई व्यक्ति अपनी अतिरिक्त संपत्ति को समाज में उचित प्रकार से वितरित न करे तो हमारे प्राचीन मनीषियों ने उसे लोगों को कानूनी ढंग से तथा दंड देकर भी संपत्ति को वितरित करने को मजबूर करने के निर्देश दिए हैं। नैतिक व्यवस्थाओं की अनदेखी कर समाज के सुख साधनों को बटोरकर अपने तक ही सीमित रखनेवाले कंजूस, शोषक, अदानी पणि को दंड देने के निर्देश वेदों में बार-बार दिए गए हैं। ऋग्वेद (10.114.10) में शासक से यह अपेक्षा की गई है कि वह विभिन्न लोगों के श्रम से उत्पन्न वस्तुओं को उनमें न्यायपूर्वक बाँटे। इस न्यायपूर्ण वितरण के कार्य में यदि उसे कठोरता का व्यवहार करना पड़े तो वह भी करे (ग. 3.34.9, 6.53.3-8, 6.51.14; अथर्व.3.4.2., 3.20.8.)। मनुस्मृति और महाभारत में ऐसे कंजूस असाधु व्यक्ति से धन लेकर सज्जन लोगों में वितरित करने को अच्छा माना गया है—

'योऽसाधुभ्योऽर्थमादाय साधुभ्य: संप्रयच्छति।
स कृत्वा प्लवमात्मानं संतारयति तावुभौ॥'

—मनु. 11.19, महा. शांति. 132.40

शुक्राचार्य ने कहा है कि अपात्र का धन लेनेवाले राजा को कोई दोष नहीं लगता—

'अपात्रस्य धनं सर्वं हरेद्राजा न दोषभाक्'।

—शुक्र. 4.2.6

कौटिल्य ने भी कहा है कि राजा धन का अनुचित व्यय करनेवाले, अपने समूचे उत्पादन का स्वयं ही उपभोग करनेवाले और कंजूस व्यक्ति की संपत्ति जब्त कर ले और उसे तभी वापस करे, जब वह ऐसा करना छोड़ दे।

इस प्रकार प्राचीन हिंदू मनीषियों ने एक सही, संतुलित, न्यायशील एवं विवेकशील वितरण प्रणाली विकसित करने का गंभीर एवं सार्थक प्रयास किया था। उनके अनुसार पोषणक्षम, शोषणरहित, उत्पादन-प्रेरक और जीवन-निर्वाह एवं विकास के लिए समान अवसर प्रदान करनेवाली वितरण व्यवस्था ही श्रेष्ठ व्यवस्था कही जा सकती है।

हिंदू अर्थचिंतन के प्रमुख सिद्धांत-सूत्र (Main Paradigms of Hindu Economic Thinking)

उपर्युक्त विवेचन के आधार पर हिंदू अर्थचिंतन के जो प्रमुख सिद्धांत-सूत्र उभरकर आते हैं, वे इस प्रकार हैं—

1. योग्यता संपादन एवं प्रतिभा के विकास के समान एवं पूर्ण अवसर, योग्यता एवं सामाजिक आवश्यकता के अनुसार काम, काम के अनुसार पारिश्रमिक (कर्मफल), आवश्यकता के अनुसार संयमित सदाचारी उपभोग और उपभोग में सहभागिता।
2. धन का धर्म-मार्ग से अर्जन-उत्पादन, उत्पादन पर परमात्मा के प्रतिनिधि या ट्रस्टी के रूप में ही अधिकार, धन का धर्मानुसार प्रयोग और समाज में धर्मपूर्वक वितरण (धर्मेण धर्माय च धनः)।
3. ज्ञानपूर्वक भक्ति के साथ धर्म पर आधारित कर्म ही लोकमंगल की कुंजी है।
4. हर हाथ को यथायोग्य काम मिले और योजनाएँ पूँजी-प्रधान नहीं, जन-प्रधान बनें।
5. पोषणक्षम अर्थतंत्र, धारणक्षम टेक्नोलॉजी और संस्कारक्षम समाज-तंत्र बने।

आज आवश्यकता इस बात की है कि हिंदू अर्थचिंतन में से उद्भूत इन दिशासूत्रों को पकड़कर युगानुरूप व्यावहारिक सामाजिक-आर्थिक संरचना को विकसित करने की दिशा में गंभीर अध्ययन-अन्वेषण का कार्य हो।

हिंदू अर्थचिंतन एवं पश्चिमी अर्थचिंतन में मूलभूत अंतर है। इस अंतर के मुख्य बिंदुओं को संक्षेप में इस प्रकार बताया जा सकता है—

हिंदू अर्थचिंतन	पश्चिमी अर्थचिंतन
1. एकात्म सर्वंकश विश्व-दृष्टि	1. खंडित यांत्रिक, विश्व दृष्टि
2. धर्म, अर्थ, काम, मोक्ष (चार पुरुषार्थ)	2. अर्थ एवं काम-आर्थिक चक्र

3. 'सर्वभूतहिते रतः' 'सर्वे भवन्तु सुखिनः' समाज के निम्नतम व्यक्ति के योगक्षेम की भी चिंता	3. अधिकतम संख्या का अधिकतम कल्याण अथवा योग्यतम का अस्तित्व
4. प्रकृति के प्रति जननी भाव-प्रकृति का दोहन	4. प्रकृति को भोग्या या दासी मानना—प्रकृति का शोषण
5. सर्वव्यापक ब्रह्म के स्वरूप में एकात्म मानव की मान्यता	5. आर्थिक मनुष्य की मान्यता
6. समग्र विवेकशीलता की मान्यता	6. आर्थिक विवेकशीलता की मान्यता
7. धर्म नियंत्रित अर्थरचना	7. धर्म से मुक्त (धर्महीन)
8. ईश्वर स्वामित्व की अभिनव धारणा	8. व्यक्तिगत स्वामित्व अथवा राज्य स्वामित्व
9. मितव्ययी उत्पादन-प्रक्रिया	9. अपव्ययी उत्पादन-प्रक्रिया
10. सीमित, संयमित, वांछनीय एवं सदाचारी उपभोग का अर्थशास्त्र	10. असीमित, अनावश्यक एवं सतत वर्धमान उपभोग का अर्थशास्त्र
11. धारणक्षम अर्थरचना-संसाधनों के दोहन का अर्थशास्त्र	11. संसाधनों के शोषण का अर्थशास्त्र
12. मानव-केंद्रित पर्यावरण-पोषक टेक्नोलॉजी	12. मशीन-चालित ऊर्जाभक्षी प्रदूषणकारी टेक्नोलॉजी
13. सहयोग एवं सहभागिता का अर्थशास्त्र	13. प्रतियोगिता एवं संघर्ष का अर्थशास्त्र
14. स्वावलंबन परस्परावलंबन का अर्थशास्त्र	14. परावलंबन का अर्थशास्त्र
15. विकेंद्रित स्वावलंबी अर्थतंत्र	15. केंद्रीकृत परावलंबी अर्थतंत्र

आगे की कार्य-दिशा (The Task ahead)

इस प्रकार उपर्युक्त विवेचन से यह स्पष्ट हो जाता है कि हिंदू-चिंतन ने

विभिन्न आर्थिक समस्याओं का समाधान मानवीय, नैतिक, आध्यात्मिक एवं एकात्म जीवन-दृष्टि के आधार पर प्रस्तुत करने का प्रयास किया था। भारतीय मनीषियों की मुख्य विशेषता यह थी कि उन्होंने अपने विचारों को व्यावहारिक रूप देने के लिए उस समय की सामाजिक-आर्थिक संरचना में ऐसी संस्थाओं व व्यवस्थाओं का समावेश किया था, जिनके माध्यम से नैतिक मूल्यों एवं सामाजिक आदर्शों के अनुरूप व्यवहार करना व्यक्ति की दैनंदिन दिनचर्या का अभिन्न अंग बन जाए। इस दृष्टि से हम चार पुरुषार्थों की संकल्पना, वर्णाश्रम व्यवस्था, संयुक्त परिवार प्रणाली, शिक्षा की गुरुकुल प्रणाली, पंच महायज्ञ एवं अन्य विभिन्न प्रकार के यज्ञ, दान-दक्षिणा, इष्टापूर्त, सर्वव्यापक ब्रह्म की अवधारणा, कर्मफल सिद्धांत, प्रकृति के प्रति जननी भाव, दया, परोपकार, परहित एवं त्याग जैसे गुणों को महत्त्व, स्नेह, सहयोग, शुचिता, सात्त्विकता, सहभागिता एवं सर्वकल्याण की भावना पर जोर आदि हिंदू जीवन की विशेषताओं को देख सकते हैं। 'धर्म्या अर्घः', 'धर्म्या वृद्धिः', 'धर्म्या भृतिः', 'धर्मेण धर्माय च धनः' आदि अवधारणाएँ भी तो इसी चिंतन की उपज रही हैं।

आज संसार के अनेक प्रमुख अर्थशास्त्री एवं विचारक नैतिक एवं मानवीय मूल्यों से युक्त वैकल्पिक अर्थरचना की आवश्यकता अनुभव करने लगे हैं और इस दृष्टि से उनका झुकाव स्वाभाविक रूप से हिंदू चिंतन की ओर आया है। अभी पिछले वर्ष संयुक्त राष्ट्र द्वारा विश्व के सामंजस्यपूर्ण विकास में धर्म की भूमिका पर विचार करने के लिए विश्व के प्रमुख धर्माचार्यों का सम्मेलन आयोजित करना इसी विचार-परंपरा को पुष्ट करता है। भारत के विकास के संदर्भ में प्रो. मिर्डल का यह सुझाव सही, सटीक एवं विचारणीय है—

"Often, when laboring with India's staggering development problems, I have felt inclied to believe that what that great country needs today, more than foreign aid and day to day adjustments of policies to meet the recurring emergencies, is spiritual leader approaching Gandhiji's greatness, his love and fearfulness, together with all the patriots who would undoubtedly come to surround such leader, they might electrify the nation to undertake the revolutionary changes in social, economic and political institutions, attitudes and practices which are now so desperately needed" (Myrdal : Against the Stream, Critical essays on Economics, p. 244)

प्राचीन हिंदू चिंतन हमें उन सामाजिक-नैतिक मूल्यों की याद दिलाता है, जिनके आधार पर युगानुकूल नवीन सामाजिक-आर्थिक संरचना विकसित की जानी चाहिए। इसके अनुसार संग्रह की बजाय संयम व समर्पण, स्वार्थ की बजाय सेवा, शोषण की बजाय पोषण, संघर्ष की बजाय सहयोग व सहभागिता, घृणा की बजाय स्नेह, संपत्ति पर पूर्ण निजी या सरकारी स्वामित्व की बजाय ईश्वर का स्वामित्व अथवा ट्रस्टीशिप इस नई अर्थरचना के आधारसूत्र हो सकते हैं। प्राचीन भारत में विभिन्न स्मृतिकार देश-काल की परिस्थितियों एवं समाज की बदलती हुई आवश्यकताओं के अनुसार विभिन्न सामाजिक-आर्थिक संस्थाओं, उनके स्वरूप, उनकी कार्यप्रणाली, समाज जीवन के विभिन्न कार्यकलापों के प्रति दृष्टि व दृष्टिकोण, समसामयिक सामाजिक मूल्यों व व्यवस्थाओं आदि में परिवर्तन कर नई व्यवस्थाएँ देने का काम करते रहते थे। हमारे चिंतन में जड़ता नहीं, गतिशीलता रही है। हमारे अलग-अलग शास्त्रों में तथा एक ही शास्त्र में अलग-अलग स्थानों पर कई बार अलग-अलग व्यवस्थाएँ व प्रावधान मिल जाते हैं। आधारभूत सिद्धांत शाश्वत होते हैं, नीति नहीं। इसीलिए सतत व्यावहारिक चिंतन की आवश्यकता रहती है। हमारा यह काम रुक गया, इसे फिर से प्रारंभ करें। समस्याएँ अंतर्निभर हैं, अतः समाधान भी अंतर्निभर होंगे। इसके लिए अंतःशास्त्रीय (Interdisciplinary) शोध-दृष्टि अपनानी होगी। अतः आज सबसे बड़ी आवश्यकता इसी बात की है कि नैतिक एवं मानवीय मूल्यों को आर्थिक क्षेत्र में गतिमान एवं क्रियान्वित करने के लिए युगानुरूप संस्थाओं का निर्माण एवं विकास किया जाए, पुरानी व्यवस्थाओं की समयानुकूल नई परिभाषा एवं व्याख्या की जाए और यदि आवश्यक हो तो उन्हें छोड़ा जाए तथा वर्तमान संदर्भ में समाज की आवश्यकताओं के अनुरूप नवीन दृष्टि व दृष्टिकोण, मान्यताओं, संकल्पनाओं व सिद्धांतों की प्रस्थापना की जाए। हमारे अध्ययन-अन्वेषण, विवेचन-विश्लेषण, लेखन व शोध इस दिशा में कार्य करें, यह समय की चुनौती है और आवश्यकता भी।

□

वर्तमान अर्थ तंत्र एवं अर्थ चिंतन : एक समीक्षा

हमारे संविधान में जब 'इंडिया दैट इज भारत' लिखा गया, संभवत: तभी से 'इंडिया' और 'भारत' इन दो संज्ञाओं के बीच अंतर की नींव पड़ गई थी। उसके बाद कालांतर में यह अंतर और अधिक गहरा और गंभीर होता गया। इंडिया की दृष्टि और दिशा, व्यवहार और जीवन-शैली पश्चिम से अधिक प्रभावित है और वह भारत की मूल प्रकृति को न केवल नकारती है, बल्कि दुत्कारती भी है और अपनी सुख-सुविधा के लिए उसे नष्ट-भ्रष्ट करने में भी संकोच नहीं करती, परिणामस्वरूप 'भारत' 'इंडिया' के हाथों शोषित एवं अपमानित होता रहा है। वैसे तो इंडिया और भारत के बीच का यह अंतर सामाजिक, सांस्कृतिक, शैक्षिक, राजनीतिक एवं आर्थिक सभी क्षेत्रों में दिखाई देता है, किंतु आर्थिक क्षेत्र में तो इस अंतर का अंतराल अधिक भयावह एवं दर्दनाक स्वरूप में प्रकट हुआ है। मुश्किल से देश की 20-25 करोड़ जनसंख्या 'इंडिया' के आगोश में आती है तो 100 करोड़ से अधिक जनसंख्या भारत की छाया में जीती है। स्मरण रहे कि यह विभाजन न तो भौगोलिक आधार पर है और न ही जनांकिकीय आधार पर, यह तो अर्थचिंतन की दृष्टि के आधार पर है। जो लोग पश्चिम की ही विकास-दृष्टि एवं अर्थनीति को अपनाकर या नकल कर देश की प्रगति करना चाहते हैं और जिन्होंने इस कुचक्र का हिस्सा बनकर अपने लिए अधिकाधिक लाभ अर्जित किया है, वे सब 'इंडिया' के अंतर्गत आते हैं। इस सोच के लोगों ने नीति-निर्माण केंद्रों, विद्या एवं अकादमिक संस्थानों, शोध संस्थाओं एवं महत्त्वपूर्ण वैचारिक केंद्रों पर कब्जा जमा लिया है।

अंतरराष्ट्रीय विशेषज्ञता को किराए पर लाकर नीति-निर्माण करना एक फैशन बन गया है। विदेशी सोच से प्रभावित ये ऊँचे दाम वाले विशेषज्ञ-परामर्शदाता एवं नीति-निर्माता अपने देश के सामाजिक यथार्थ की चुनौतियों के प्रति सृजनात्मक रुख अपनाने के स्थान पर विद्या के विदेशी केंद्रों से उधार लिये गए विकास मॉडलों एवं सिद्धांतों की सहायता से काम करते हैं। इसी में से 'इंडिया' तो पुष्ट होता है, किंतु 'भारत' कमजोर होता जाता है। 'इंडिया' में अनेक करोड़पति एवं खरबपति हैं, इनकी संख्या व संपत्ति लगातार बढ़ रही है। 'इंडिया' से इतर शेष सभी 'भारत' के अंतर्गत कहे जा सकते हैं। इस 'भारत' में गरीबी-रेखा के नीचे जीवनयापन करनेवाले गरीबी, भुखमरी, बीमारी, बेरोजगारी से त्रस्त लोगों की भरमार है।

वस्तुतः यह विभाजन आर्थिक क्षेत्र में दृष्टि, दिशा और दशा के अंतर को बताने के लिए ही किया गया है। वस्तुतः तो संपूर्ण जनसंख्या ही देश का अभिन्न हिस्सा है। वैसे तो किसी भी देश की जनसंख्या का इस प्रकार का विभाजन उचित नहीं कहा जा सकता, किंतु यहाँ पर यह विभाजन इसलिए करना पड़ रहा है कि देश की अर्थव्यवस्था में पनप रही दो स्थितियों और इनके बीच पाए जानेवाले अंतर को दरशाया जा सके। प्रश्न यह है कि यह अंतर क्यों पनपा-बढ़ा तथा विकास व अर्थनीति की जो राह हमने पकड़ी, क्या वह सही थी, क्या वह 'सर्वसमावेशी' या 'सबका विकास' की राह थी?

इस प्रश्न का उत्तर जानने के लिए हमें पिछले साठ वर्षों की विकास-यात्रा एवं अर्थनीति के परिणामों की समीक्षा करनी होगी। 1950-51 से प्रारंभ कर अब तक हमने बारह पंचवर्षीय योजनाएँ पूरी कर ली हैं। इस अवधि के दौरान हमने कुछ मात्रा में उपलब्धियाँ अवश्य हासिल की हैं, किंतु ज्यादातर तो निराशाजनक चित्र ही दिखाई देता है। 1950-51 की तुलना में 2013-14 में देश की जी.डी.पी. में तो 20 गुना से भी अधिक वृद्धि हुई, किंतु प्रतिव्यक्ति निवल आय में तो 5.6 गुना की वृद्धि हो सकी है। सकल घरेलू पूँजी निर्माण 9.3 प्रतिशत से बढ़कर 30.4 प्रतिशत और सकल घरेलू बचत 9.5 प्रतिशत से बढ़कर 30.1 प्रतिशत हो गई। खाद्यान्न का उत्पादन 5.08 करोड़ टन से बढ़कर 26.44 करोड़ टन हो गया। इसके साथ ही कृषि उत्पादन, औद्योगिक उत्पादन,

इस्पात, सीमेंट, कोयला, बिजली आदि के उत्पादन में भी अच्छी-खासी वृद्धि हुई है। इसके अलावा, शिक्षा व स्वास्थ्य सुविधाओं तथा परिवहन व संचार के माध्यमों में भी वृद्धि दिखाई देती है, किंतु इन कतिपय उपलब्धियों के बीच देश की वर्तमान अर्थव्यवस्था गहरे-गंभीर संकटों व समस्याओं से ग्रस्त है।

विश्व के अन्य देशों की तुलना में और व्यष्टिगत मापदंडों (micro measures) की दृष्टि से जब हम भारतीय अर्थव्यवस्था की तह और तलहटी में झाँककर देखते हैं तो निराशा ही हाथ लगती है, बल्कि कुछ मामलों में तो अत्यंत पीड़ादायक और दारुण दृश्य ही दिखाई देता है। कृषि भारतीय अर्थव्यवस्था का महत्त्वपूर्ण क्षेत्र है। भारत की कृषि और किसान अनेक समस्याओं से ग्रस्त व त्रस्त हैं। भारत में खाद्यान्नों की प्रतिदिन प्रतिव्यक्ति उपलब्ध मात्रा 1951 में 395 ग्राम थी, जो बढ़कर 2012 में 511 ग्राम तक ही पहुँच सकी है, इसमें भी दालों की उपलब्ध मात्रा तो 61 ग्राम से घटकर मात्र 42 ग्राम रह गई है। कुछ अन्य आवश्यक वस्तुओं की प्रतिव्यक्ति प्रतिवर्ष उपलब्धता भी काफी कम है, जैसे—खाद्य तेल 15.8 किग्रा., वनस्पति 0.7. किग्रा., चीनी 18.7 किग्रा. और कपड़ा 38.5 मीटर। यह सब तो संपूर्ण देश का औसत है, इसमें से गरीब के हिस्से में तो बहुत थोड़ा ही आ पाता है।

भारत के योजना आयोग ने जुलाई 2013 में गरीबी रेखा को पुनर्परिभाषित कर प्रतिव्यक्ति उपभोग व्यय शहरी क्षेत्र में 33.33 रुपए और ग्रामीण क्षेत्र में 27.20 रुपए को गरीबी-रेखा का आधार बताकर गरीबों के साथ क्रूर मजाक ही किया है। इसके अनुसार भी 2011-12 में 21.9 प्रतिशत लोग गरीबी-रेखा के नीचे थे। वास्तव में तो भारत में कम-से-कम 40 से 50 प्रतिशत तक लोग गरीबी-रेखा के नीचे जिंदगी जी रहे हैं। ऑक्सफोर्ड यूनिवर्सिटी के एक अध्ययन के अनुसार 2010 में दुनिया के निर्धनतम लोगों की 1.2 अरब आबादी का 32.9 प्रतिशत हिस्सा भारत में था। विश्व के अत्यंत निर्धन लोगों में 25 प्रतिशत से अधिक की संख्या भारत के आठ राज्यों में रहती है। बाल मृत्युदर हमारे यहाँ सबसे ज्यादा है। इसकी वजह यह है कि हम कुपोषण पर नियंत्रण नहीं कर पा रहे हैं। विश्व के तीन कुपोषित बच्चों में से एक भारतीय है। एक लाख प्रसव में मातृ मृत्युदर 178 है। यूनेस्को के अनुसार, सरकारी स्कूलों में बच्चों के सीखने-

समझने का स्तर लगातार गिर रहा है। कमजोर वर्गों के 90 फीसदी बच्चे चार साल की स्कूली पढ़ाई पूरी करने के बावजूद लगभग निरक्षर रहते हैं। अतः 'किसका विकास, किसकी कीमत पर' यह सवाल महत्त्वपूर्ण बनता जा रहा है।

सामाजिक-आर्थिक जातीय जनगणना (2011) में भारत की गरीबी के बारे में बहुत ही चिंताजनक तथ्यों के बारे में प्रकाश डाला गया है। इसके अनुसार, 31.2 प्रतिशत ग्रामीण जनसंख्या इतनी गरीब है कि उसके पास अपनी न्यूनतम आवश्यकताओं को पूरा करने लायक भी आय नहीं है। 75 प्रतिशत ग्रामीण परिवारों की मासिक आय 5000 रुपए से कम है। 51.8 प्रतिशत ग्रामीण परिवारों में कमानेवालों की आय इतनी कम है कि वे मुश्किल से ही शारीरिक श्रमिक या अस्थायी श्रमिक के रूप में काम करके अपनी रसोई का चूल्हा जला पाते हैं। ग्रामीण जनसंख्या में 38 प्रतिशत भूमिहीन हैं। लगभग 56 प्रतिशत ग्रामीण परिवारों के पास भूमि या अन्य कोई संपत्ति नहीं है।

नेशनल सैंपल सर्वे की ताजा रिपोर्ट के अनुसार, देश में गरीब और अमीर के बीच की खाई तेजी से चौड़ी होती जा रही है। शहरों के सबसे संपन्न 10 प्रतिशत लोगों की औसत संपत्ति 14.6 करोड़ रुपए है, जबकि सबसे गरीब 10 प्रतिशत की महज 291 रुपए है अर्थात् शहरी अमीरों के पास गरीबों के मुकाबले 5 लाख गुना ज्यादा धन-दौलत है। गाँवों में सबसे अमीर 10 प्रतिशत लोगों की औसत संपत्ति 5.7 करोड़ रुपए है, जबकि सबसे गरीब 10 प्रतिशत की 2507 रुपए है—इस प्रकार यह अनुपात 1 और 23,000 का है। गाँवों की एक-तिहाई और शहरों की एक-चौथाई आबादी कर्ज के भारी बोझ तले दबी है। 90 प्रतिशत किसानों के पास 2 हेक्टेयर से कम और एक-तिहाई के पास 0.4 हेक्टेयर जमीन है।

640 करोड़ रुपए (यानी 10 करोड़ डॉलर) से ज्यादा वित्तीय संपदा वाले लोगों की संख्या देश में 2013 में 284 थी, जो 2014 में बढ़कर 928 हो गई अर्थात् सवा तीन गुना से भी ज्यादा। विश्व में 2013 में सुपर अमीरों की संख्या के मामले में हम 13वें नंबर पर थे, 2014 में हम चौथे नंबर पर आ गए। 20 करोड़ लोग ऐसे हैं, जिनके पास जायदाद के नाम पर एक भी पैसा नहीं है। इस प्रकार, पिछले वर्षों के दौरान देश में अरबपतियों की संख्या में अवश्य वृद्धि

हुई है, किंतु इसने आय व धन के केंद्रीयकरण में वृद्धि की है तथा अमीर एवं गरीब के बीच विषमता की खाई को और अधिक चौड़ा कर दिया है। अनुमान है कि न्यूनतम आय और अधिकतम आयवालों के बीच 90 लाख गुने तक का अंतर है। देश की 34 प्रतिशत क्रयशक्ति केवल 10 प्रतिशत लोगों के हाथों में केंद्रित है। वैश्विक दृष्टि से भी स्थिति चिंताजनक ही है। विश्व में 80 सर्वाधिक अमीर लोगों की संपदा 51 प्रतिशत लोगों की संपदा के बराबर है और यदि यही प्रवृत्ति बनी रही तो बहुत शीघ्र ही 1 प्रतिशत लोगों की संपदा शेष 99 प्रतिशत लोगों की संपदा के बराबर होगी।

कॉर्पोरेट विकास और आम आदमी के हित के बीच टकराव उभर रहा है। यह भी याद रखना चाहिए कि करोड़ों कुपोषित, अशिक्षित, कमजोर लोगों के साथ भारत विकसित नहीं हो सकता। हम उन्हें पीछे छोड़कर आगे नहीं बढ़ सकते।

बेरोजगारी घटने का नाम नहीं ले रही है। एन.एस.एस.ओ. के 66वें राउंड के अनुसार, 2009–10 में बेरोजगारी दर 6.6 प्रतिशत थी। इसमें पुरुष बेरोजगारी दर 6.1 प्रतिशत और महिला बेरोजगारी दर 8.2 प्रतिशत थी। ग्रामीण क्षेत्र में बेरोजगारी दर (6.8 प्रतिशत) और शहरी क्षेत्र (5.8 प्रतिशत) की तुलना में अधिक थी। इस सर्वे में कुल बेरोजगार लोगों की संख्या 2.8 करोड़ बताई गई थी। रोजगार कार्यालयों के रजिस्टर में दर्ज नामों के अनुसार, 2010 के अंत में 3.89 करोड़ लोग बेरोजगार थे। हम यह भी जानते हैं कि सभी बेरोजगार लोग रोजगार कार्यालयों के रजिस्टर में अपना नाम दर्ज नहीं करा पाते। अत: भारत में बेरोजगारी के वास्तविक आँकड़े इन आँकड़ों से कहीं ज्यादा हैं। इसके अलावा मौसमी बेरोजगारी, अस्थायी बेरोजगारी, प्रच्छन्न बेरोजगारी, अल्परोजगार जैसी समस्याएँ और अधिक गहराती जा रही हैं। बेतहाशा बढ़ती महँगाई ने साधारण जनता, विशेषकर गरीब वर्ग के लोगों, का दर्द और अधिक बढ़ा दिया है। ऐसा लगता है कि देश में भूख, बीमारी, बेरोजगारी, गरीबी और विषमता का एक दुष्चक्र बन गया है। आज भी देश में 30 करोड़ से अधिक लोग भुखमरी, अशिक्षा और बीमारी से छुटकारा नहीं पा सके हैं। 15 करोड़ लोगों को स्वच्छ पीने का पानी, 25 करोड़ लोगों को चिकित्सा सुविधाएँ और 63 करोड़ लोगों

को स्वीकार्य सेनिटेशन सुविधाएँ उपलब्ध नहीं हैं। मानव विकास सूचकांक की दृष्टि से भी 2011 में भारत का 134वाँ स्थान था।

बड़ी मात्रा में पानी, रासायनिक उर्वरकों एवं कीटनाशकों के प्रयोग पर आधारित नई कृषि पद्धतियों ने देश में जल प्लावन एवं क्षार की समस्याएँ खड़ी कर दी हैं। भूमि, जल एवं वायु प्रदूषण काफी बढ़ता जा रहा है। इसके अलावा देश में ऊर्जा संकट एवं जल संकट भी दिनोदिन गहराता जा रहा है। अशिक्षित एवं बीमार लोगों की संख्या भी विश्व में सबसे ज्यादा भारत में ही है। स्वास्थ्य एवं शिक्षा के स्तर तथा सुविधाओं को किसी भी दृष्टि से संतोषजनक नहीं माना जा सकता।

देश में विदेशी कंपनियों एवं विदेशी निवेश का हस्तक्षेप बढ़ता जा रहा है। विदेशी निवेश को आकर्षित करने के प्रयत्न तो करने होते हैं, किंतु इस संबंध में विदेशी निवेश के अनुपात, शर्तों एवं क्षेत्रों के चुनाव में पर्याप्त सतर्कता बरती जानी चाहिए। विश्व का अनुभव है कि अविवेकपूर्ण विदेशी निवेश बहुधा देश की अर्थव्यवस्था को पंगु बना देता है, साथ ही विदेशी कर्ज का बोझ सह पाना भी कठिन होता जा रहा है। वैश्वीकरण के नाम पर भारतीय अर्थव्यवस्था को विदेशी कंपनियों, विदेशी निवेश और विदेशी ऋण के माध्यम से पराश्रित बना देने की नीति अंततोगत्वा आत्मघाती ही साबित होगी। इन सबके ऊपर पर्यावरण एवं प्रदूषण का संकट भी गहराता जा रहा है।

इन समस्याओं का मुख्य कारण वर्तमान अर्थचिंतन एवं दोषपूर्ण विकास मॉडल है। विकास की वर्तमान परिभाषा एवं माप दोनों ही गलत एवं भ्रमपूर्ण हैं। यह विकास मॉडल कार्टेजियन न्यूटोनियन दर्शन पर आधारित खंडित यांत्रिक विश्वदृष्टि में से उपजा है, जो संचय, साम्राज्यवाद और शोषण की अंधी दौड़ का मुख्य कारण है। इसके अलावा यह प्रतियोगिता और संघर्ष को संतुलन और प्रगति का आधार मानता है और प्रकृति को मनुष्य की दासी के रूप में स्वीकार करता है। इसमें वस्तुओं एवं सेवाओं का ज्यादा-से-ज्यादा उपभोग कर अपने रहन-सहन के स्तर में वृद्धि को ही जीवन का लक्ष्य माना गया है। यह अर्थ-काम केंद्रित चिंतन है और इस भोगवादी जीवन-शैली के कारण ही अमेरिका से प्रारंभ वित्तीय संकट ने समूची दुनिया को ग्रस लिया है। इसके अलावा यह

उपभोग की सतत वर्धमान आकांक्षा व लालसा को पूरा करने के लिए उत्पादन वृद्धि पर जोर देता है। उत्पादन वृद्धि के लिए दो प्रकार के काम किए जाते हैं-- (क) प्राकृतिक साधनों का बेरहमी से शोषण और (ख) मशीनचालित ऊर्जाभक्षी टेक्नोलॉजी पर आधारित बड़े-बड़े उद्यागोंवाले उत्पादन तंत्र का निर्माण। इसके परिणामस्वरूप पर्यावरण ह्रास, गरीबी, असमानता, बेरोजगारी और ऊर्जा संकट जैसी समस्याएँ उत्पन्न हो गई हैं। इस मॉडल में पूँजी-निवेश को विकास का प्रधान प्रेरक कारक माना गया है और सामाजिक-सांस्कृतिक मानवीय कारकों को स्थिर माना गया है। इससे कई देश विकास के चक्कर में, ऋण-जाल में फँस गए हैं। इस तकनीकी आर्थिक चिंतन की सबसे बड़ी कमजोरी यह है कि यह सीमित साधनों से असीमित प्रगति कर लेना चाहता है। वर्तमान विकास मॉडल शोषणकारी है। इसने हर स्तर पर एक इकाई द्वारा दूसरी इकाई के शोषण की प्रक्रिया को जन्म दिया है। यह किसी दूसरे की कमजोरी का फायदा उठाकर अपनी प्रगति कर लेने के दृष्टिकोण पर आधारित है।

वैश्विक धरातल पर भी विकास के साम्यवादी एवं पूँजीवादी दोनों मॉडल असफल हो गए हैं। विश्व में औद्योगिक क्रांति का प्रारंभ पूँजीवादी प्रणाली के साथ हुआ, किंतु कालांतर में यह शोषण का दर्शन बनकर रह गई और 1929-32 की महामंदी ने तो इसे नाकारा ही साबित कर दिया। इसके विपरीत मार्क्स के दर्शन पर आधारित साम्यवादी प्रणाली ने प्रेरणा और पहल की समस्याएँ उत्पन्न कर दीं। यह प्रणाली भी सोवियत यूनियन और उसके सहयोगी राज्यों के पतन के साथ शीघ्र ही समाप्तप्राय हो गई। आज चीन साम्यवाद की बजाय बाजार अर्थव्यवस्था के काफी कुछ निकट आ गया है। अत: आज तो विभिन्न रूपों एवं प्रकारों से विश्व में बाजारवाद ही चल रहा है, किंतु हर क्षण वह अनेक कठिनाइयों व समस्याओं से ग्रस्त भी होता जा रहा है। 2008 में अमेरिका से प्रारंभ हुई वैश्विक मंदी और वैश्विक वित्तीय संकट अब समूचे विश्व में फैल गया है। अमेरिका और यूरोप के अधिकांश देश कर्ज में डूबे हैं, बैंक दिवालिया हो गए हैं, बेरोजगारी बढ़ती जा रही है। स्पेन, पुर्तगाल, इटली और ग्रीस जैसे देशों ने तो समूची यूरोपीय अर्थव्यवस्था की स्थिरता के लिए ही संकट पैदा कर दिया है। इस प्रकार इस वैश्विक आर्थिक संकट ने स्वतंत्र एवं अनियंत्रित

बाजारोंवाले उन्मुक्त पूँजीवादी दर्शन के खोखलेपन को जगजाहिर कर दिया है।

प्रसिद्ध अर्थशास्त्री कौशिक बसु के अनुसार, जिस प्रकार पूर्ण सरकारी नियंत्रण वाला साम्यवादी मॉडल फेल हो गया है, उसी प्रकार अब बाजार-आधारित खुली अर्थव्यवस्था का मॉडल भी फेल हो गया है। अमेरिका और पश्चिमी यूरोपीय देशों में लागू इस मॉडल से गरीबों और अमीरों के बीच की खाई और चौड़ी हुई है। बसु के अनुसार, भविष्य में विश्व बैंक 'ईज ऑफ डूइंग बिजनेस' (व्यवसाय के अनुकूल माहौल) के बजाय 'ईज ऑफ लिविंग लाइफ' (जीवन के अनुकूल माहौल) सूचकांक बनाएगा और इसके आधार पर दुनिया भर के देशों की वरीयता सूची तैयार की जाएगी। सूची से तय होगा कि आम आदमी के जीवनयापन की बेहतर सुविधाएँ किस देश में हैं। वैश्वीकरण की आँधी और बाजार के मोह में जकड़ी दुनिया के अधिकांश देशों के करोड़ों कंगाल लोग पीढ़ी-दर-पीढ़ी गरीबी का दंश झेल रहे हैं। पैसे के बल पर मुट्ठी भर लोगों ने भोजन, शिक्षा और स्वास्थ्य जैसी मूलभूत सुविधाओं पर कब्जा कर लिया है। हवा और पानी तक की तिजारत हो रही है।

विकास की ललक में इस विकास मॉडल पर चलनेवाले देशों ने न केवल अपने लिए ही, बल्कि समूचे प्राणिमात्र के लिए ही अस्तित्व का संकट खड़ा कर दिया है। जल प्रदूषण, वायु प्रदूषण एवं मृदा प्रदूषण के कारण हमारे चारों ओर प्रदूषित वातावरण का घेरा गहरा होता जा रहा है। वैश्विक तपन व जलवायु परिवर्तन जैसी घटनाओं के कारण समूची पृथ्वी का अस्तित्व ही संकट में पड़ता जा रहा है। वास्तव में तो वर्तमान विकास मॉडल न व्यवहारक्षम है और न ही धारणक्षम (टिकाऊ)। मानव विकास रिपोर्ट, 1996 ने इसे रोजगारविहीन विकास, निष्ठुर विकास, मूक विकास, जड़हीन विकास और भविष्यहीन विकास कहा है। इसके अलावा मनुष्य के नैतिक एवं मानवीय मूल्यों में हो रही सतत गिरावट, पारिवारिक व सामाजिक विघटन के कारण हम इस विकास को संस्कारहीन विकास भी कह सकते हैं।

इस प्रकार वर्तमान अर्थचिंतन एवं अर्थतंत्र निरपेक्ष, निष्ठुर, निरंकुश एवं नकारात्मक है। वर्तमान व्यवस्था भेदकारी, भौतिकतावादी, जड़वादी एवं भोगवादी जीवन-शैली को बढ़ावा देनेवाली है। परिणामस्वरूप समस्याएँ सुलझने

की बजाय और अधिक उलझती ही जा रही हैं। ऐसी स्थिति में हमें एक नए विकास-पथ को तलाशना और अपनाना होगा। खंडित यांत्रिक विश्वदृष्टि के स्थान पर हमें सर्वंकश एकात्म विश्वदृष्टि को स्वीकारना होगा। इस दृष्टिकोण के अनुसार, मनुष्य की आर्थिक व अन्य समस्याएँ एक-दूसरे से पूर्णतया अलग-थलग नहीं होतीं वरन् वे परस्पर जुड़ी-गुँथी हुईं, परस्पर निर्भर एवं परस्पराश्रित होती हैं। अत: इनका समाधान भी समग्रता में से ही प्राप्त करना होगा। इस एकात्म विश्वदृष्टि के प्रकाश में हमें भारतीय अर्थव्यवस्था की प्रकृति, प्रवृत्ति, संस्कृति, परिस्थिति, परिवेश, सवालों, समस्याओं व संसाधनों के अनुरूप विकास की समग्र, सार्थक एवं व्यावहारिक संरचना बनाने का प्रयास करना चाहिए। धर्म, अर्थ, काम, मोक्ष की पुरुषार्थ चतुष्टयी के आधार पर हमें धर्म (अर्थात् नैतिकता) आधारित अर्थ और काम (अर्थात् अर्थार्जन और उपभोग के क्रियाकलाप) की रचना को विकसित करना होगा। इस रचना के माध्यम से सर्वजन हिताय सर्वजन सुखाय, सर्वभूतहिते रत: तथा समग्र सामाजिक सुख के उद्देश्य को प्राप्त करने के लिए सबको रोजगार, सबकी मूलभूत आवश्यकताओं की पूर्ति, सबको स्वास्थ्य, सबको समाजोपयोगी संस्कारक्षम शिक्षा के समान अवसर और सामाजिक न्याय के साथ सतत प्रगति के अवसर एवं स्थिति निर्माण का काम करना होगा। दीनदयालजी के अनुसार, हमें हर पेट को रोटी, हर हाथ को काम और हर खेत को पानी प्रदान कर सकनेवाली योजना, व्यवस्था, अर्थरचना व अर्थनीति बनानी चाहिए।

ग्राम संकुल (10-15 गाँवों का समूह) और परिवार व्यवस्था को आधार बनाकर स्वदेशी व सहभागिता पर आधारित स्वावलंबी विकेंद्रित अर्थतंत्र निर्माण करने की दिशा में प्रयास हो। इस दृष्टि से जल-संग्रह व प्रबंधन, भूमि-संरक्षण, वन प्रबंधन व संवर्धन, जैविक खेती, गौ-संरक्षण व संवर्धन, पंचगव्य के उपयोग, वैकल्पिक ऊर्जा, भारत की स्वास्थ्य परंपरा व चिकित्सा पद्धति, आयुर्वेद, योग, जैव विविधता, हर्बल संपदा आदि के समुचित उपयोग की योजना बने, विशेषकर भारत में जमीन, जल, जंगल, जानवर और जैव विविधता पर ध्यान दे सकनेवाली व्यवस्था, रचना एवं नीति बने, साथ ही भारत की सामाजिक-सांस्कृतिक संस्थाओं, सामुदायिक भावना, साझेदारी व भागीदारी से काम करने

की वृत्ति, मितव्ययी प्रवृत्ति, इच्छा परिमाण पर आधारित सीमित, संयमित, सदाचारी उपभोग-शैली व जीवन-शैली तथा समता-समरसता को बल प्रदान कर सकनेवाली संस्थाओं व परंपराओं का देश के विकास में योगदान प्राप्त कर सकनेवाली रचना बनाने की आवश्यकता है। इसमें सहायक हो सकनेवाले सामाजिक आचरण के मानदंडों, जीवन-मूल्यों, अर्थतंत्र, अर्थव्यवहार एवं आर्थिक नीतियों का निर्माण करना होगा।

श्यामाचरण दुबे ने 'विकास का समाजशास्त्र' में कहा था कि सफलता का पैमाना, व्यक्ति अपने लिए या अपने परिवार के लिए क्या कर सका है, के बदले वह समाज के लिए क्या कर सका है, यह होना चाहिए।

धारणक्षम विकास का एक पहलू यह भी होना चाहिए कि धारणक्षम उपभोग, उत्पादन और आर्थिक प्रणाली भी हो। हमें अपने तंत्र को चलाने के लिए दूसरों का शोषण न करना पड़े और दूसरों पर लाचारगी जैसी निर्भरता भी न हो। हमें भूख, भय, भ्रष्टाचार, प्रदूषण और प्रदर्शन से मुक्त समाज-व्यवस्था बनानी है। स्वदेशी, स्वावलंबन एवं स्वतंत्रता के आधार पर एक समृद्ध, समर्थ, स्वाभिमानी एवं संस्कारक्षम सामाजिक-आर्थिक-राजनीतिक रचना करनी होगी।

भारत की जलवायु, मिट्टी, कृषिजोत का आकार, उपलब्ध पशुधन, स्थानीय संसाधनों, कौशल व आवश्यकताओं को ध्यान में रखकर बीज, खाद, कृषि-उपकरण, सिंचाई के साधन, विपणन, वित्तीय एवं शोध संस्थानों के तंत्र का निर्माण करना होगा। इस दृष्टि से दीनदयालजी की परिकल्पना की अदेवमात्रिककृषि (अर्थात् लघु एवं समुचित सिंचाई व्यवस्थावाली कृषि) व्यवस्था के बारे में गंभीर व सार्थक प्रयास करने होंगे।

लघु उद्यमियों, शिल्पकारों, ग्राहक संस्थाओं के बीच नेटवर्किंग के नए प्रकारों व व्यवस्थाओं को विकसित करना होगा, ताकि उत्पादन व वितरण की फिजूलखर्ची एवं केंद्रीकरण व विषमता की प्रवृत्ति को रोका जा सके और सबके लिए सस्ती व अच्छी वस्तुएँ प्रदान की ज़ा सकें। इसके साथ समुदाय आधारित उत्पादन व बिक्री तंत्र के निर्माण को भी प्रोत्साहित करना होगा। भारी व बड़े उद्योगों के स्थान पर लघु, कुटीर, कृषि आधारित ग्रामोद्योग को प्राथमिकता दी जाए और इनके निवेश, ऋण, संरचनात्मक सुविधाओं, टेक्नोलॉजी, प्रशिक्षण, विपणन

एवं वित्तीय व्यवस्थाओं का उपयुक्त तंत्र बने और तदनुरूप नीति निर्धारण हो। दीनदयालजी की 'अपरमात्रिक उद्योग नीति' की संकल्पना को स्वीकार कर देश की उद्योग नीति बने। यह स्वावलंबन से कुछ अधिक उत्पादनवाली नीति होगी। यह सबको काम, विकेंद्रीकरण, पारंपरिक कारीगरों व शिल्पकारों की पोषक, कृषि व ग्राम व्यवस्था की पूरक, गाँवों से प्रतिभा पलायन रोकनेवाली, मानव-मूल्यों के अनुरूप, यंत्र-प्रधान न होकर श्रम-प्रधानवाली उद्योग नीति होगी।

आज के विकास एवं व्यवस्था के संकट के मूल में भ्रष्ट, भोगवादी एवं दोषपूर्ण जीवन-शैली ही है। अत: हमें सामाजिक आचरण के मानदंडों एवं जीवन-मूल्यों में सम्यक् परिवर्तन कर सीमित, संयमित, सदाचारी जीवन-शैली एवं उपभोग-शैली को विकसित करने की ओर ध्यान देना होगा। अब यह बात लगभग सब स्वीकार करने लगे हैं कि धारणक्षम उपभोग-शैली के बिना धारणक्षम विकास के उद्देश्य को प्राप्त नहीं किया जा सकता। भारत के संदर्भ में इस बात का भी ध्यान रखना है कि हमें अपने उपभोग में वृद्धि तो अवश्य करनी है, किंतु विश्व के अमीर देशों के लोगों की उपभोग-शैली की नकल करने की कतई आवश्यकता नहीं है। इस उपभोग-शैली में इस बात की चिंता अवश्य की जानी चाहिए कि देश के सभी लोगों को भोजन, कपड़ा, मकान, शिक्षा और स्वास्थ्य से संबंधित आधारभूत आवश्यकताओं को पूरा करने के लिए वस्तुएँ व सेवाएँ उपलब्ध हो सकें। व्यक्तिगत, पारिवारिक, सामुदायिक एवं सभी स्तरों पर अर्थायाम को व्यावहारिक रूप देने की दृष्टि से रचना, परंपरा एवं नीतिगत परिवर्तन करने होंगे।

घुमावदार अपव्ययी उत्पादन प्रक्रिया के स्थान पर विकेंद्रित मितव्ययी उत्पादन प्रक्रिया की दिशा में सक्रिय पहल की जानी चाहिए। विकास-केंद्रित रोजगार के स्थान पर रोजगार-केंद्रित विकास की रणनीति बनानी होगी। इसके आधार पर ही हम अपनी समस्त उत्पादन व निवेश की योजनाएँ व कार्यक्रम बनाएँ। आर्थिक नीतियों के मूल्यांकन एवं संसाधनों के आवंटन की दृष्टि से प्राथमिकता के महत्त्वपूर्ण क्षेत्र हैं—कृषि (विशेषकर सीमांत व छोटे किसान), लघु उद्यम (विशेषकर अति लघु एवं ग्रामोद्योग), स्वनियोजित असंगठित क्षेत्र, खुदरा व्यापार व व्यापारी, मजदूर, हस्तशिल्प व शिल्पकार, आम ग्राहक आदि।

प्रकृति के प्रति मातृत्व एवं देवभावयुक्त दृष्टि रखकर मानव हितैषी, पर्यावरण पोषक भारतीय परिस्थितियों के लिए उपयुक्त टेक्नोलॉजी बनानी व अपनानी होगी। यह एक ऐसी टेक्नोलॉजी हो, जो पूँजी के प्रयोग, उत्पादन लागत और ऊर्जा के इनपुट को न्यूनतम कर सके, आयातों पर बहुत अधिक निर्भर न हो, निर्यात क्षमता को बढ़ा सके, पर्यावरण को शुद्ध बनाए रख सके, स्थानीय साधनों, कौशल का कुशलतम प्रयोग कर सके और आम जनता की आम वस्तुओं का उत्पादन कर सके, इस दृष्टि से दोनों दिशाओं में एक साथ प्रयास करने होंगे—(अ) देश में पहले से उपलब्ध परंपरागत टेक्नोलॉजी में सुधार कर उसे युगानुकूल बनाना और (आ) आधुनिक टेक्नोलॉजी को देशानुकूल बनाना।

भारतीय अर्थव्यवस्था के संदर्भ में विभिन्न नीतियों के निर्माण एवं क्रियान्वयन की मुख्य कसौटियाँ हैं—गरीबी, विषमता एवं बेरोजगारी को कम करना, कम ऊर्जा एवं कम पूँजी पर आधारित उत्पादन-तंत्र का निर्माण करना तथा खाद्य सुरक्षा, स्वदेशी, विकेंद्रीकरण एवं पर्यावरण संतुलन को सुनिश्चित करना। देश की समस्त आर्थिक नीतियों व योजनाओं की दृष्टि व दिशा गरीब हितचिंतक, गरीबोन्मुखी अंत्योदय आधारित बनी रहे, वे अमीर-नियंत्रित अमीर-केंद्रित व अमीर हितपोषक की दिशा में न भटकने पाएँ, इस दृष्टि से पर्याप्त सतर्कता बरतना आवश्यक है। इन सब बातों को ध्यान में रखकर वर्तमान में प्रचलित अनर्थकारी आर्थिक नीतियों को बदलकर भारत की प्रकृति और संस्कृति के अनुरूप विकास के नए मॉडल लागू करके ही हम भारत का सर्वतोमुखी कल्याण कर सकते हैं। यह समय की चुनौती है और आह्वान भी।

□

वर्तमान अर्थचिंतन
अर्थव्यवस्था एवं सापेक्ष अर्थशास्त्र

विश्व में औद्योगिक क्रांति का प्रारंभ पूँजीवादी प्रणाली के साथ हुआ, किंतु कालांतर में यह शोषण का दर्शन बनकर रह गई और 1929-32 की महामंदी ने तो इसे नाकारा ही साबित कर दिया। इसके विपरीत, मार्क्स के दर्शन पर आधारित साम्यवादी प्रणाली ने प्रेरणा और पहल की समस्याएँ उत्पन्न कर दीं। यह प्रणाली भी सोवियत यूनियन और उसके सहयोगी राज्यों के पतन के साथ शीघ्र ही समाप्तप्राय हो गई। आज चीन साम्यवाद की बजाय बाजार अर्थव्यवस्था के काफी निकट आ गया है। अतः आज तो विभिन्न रूपों एवं प्रकारों से विश्व में बाजारवाद ही चल रहा है, किंतु हर क्षण वह अनेक कठिनाइयों व समस्याओं से ग्रस्त भी होता जा रहा है। 2008 में अमेरिका से प्रारंभ हुई वैश्विक मंदी और वैश्विक वित्तीय संकट अब समूचे विश्व में फैल गया है। अमेरिका और यूरोप के अधिकांश देश कर्ज में डूबे हैं, बैंक दिवालिया हो गए हैं, बेरोजगारी बढ़ती जा रही है—स्पेन, पुर्तगाल, इटली और ग्रीस जैसे देशों ने तो समूची यूरोपीय अर्थव्यवस्था की स्थिरता के लिए ही संकट पैदा कर दिया है। इस प्रकार इस वैश्विक आर्थिक संकट ने स्वतंत्र एवं अनियंत्रित बाजारोंवाले उन्मुक्त पूँजीवादी दर्शन के खोखलेपन को जग-जाहिर कर दिया है।

जब हम भारत की अर्थव्यवस्था पर विचार करते हैं तो कुछ मात्रा में भले ही उपलब्धियाँ हासिल की हों, पर ज्यादातर तो निराशाजनक चित्र ही दिखाई देता है। 1950-51 की तुलना में 2011-12 में भारत के सकल घरेलू उत्पाद (जी.डी.पी.) में लगभग 19 गुना और प्रतिव्यक्ति आय में 5.3 गुना वृद्धि हुई है।

सकल घरेलू पूँजी निर्माण 8.4 प्रतिशत से बढ़कर 35 प्रतिशत और सकल घरेलू बचत 9.5 प्रतिशत से बढ़कर 30.8 प्रतिशत हो गई। खाद्यान्न का उत्पादन भी 5.08 करोड़ टन से बढ़कर 25.74 करोड़ टन हो गया। इसके अलावा शिक्षा व स्वास्थ्य सुविधाओं तथा परिवहन व संचार के माध्यमों में भी वृद्धि दिखाई देती है, किंतु इन कतिपय उपलब्धियों के बीच देश की वर्तमान अर्थव्यवस्था गहरे व गंभीर संकटों तथा समस्याओं से ग्रस्त है। देश में खाद्यान्न का उत्पादन भले ही बढ़ा हो, किंतु प्रतिव्यक्ति प्रतिदिन अनाज व दालों की उपलब्धियाँ घटी हैं। देश में 5 करोड़ से अधिक लोग कुपोषण के शिकार हैं। देश में आज भी बड़ी संख्या में लोग गरीबी-रेखा के नीचे जीने को मजबूर हैं। सरकार के अनुसार, आज भी लगभग 27 प्रतिशत लोग गरीबी-रेखा के नीचे हैं। भारत के योजना आयोग ने प्रतिव्यक्ति दैनिक उपभोग शहरी क्षेत्र में 28 रुपए और ग्रामीण क्षेत्र में 22 रुपए को गरीबी-रेखा का आधार बताकर गरीबों के साथ क्रूर मजाक ही किया है। वास्तव में भारत में कम-से-कम 40 से 50 प्रतिशत तक लोग गरीबी-रेखा के नीचे जिंदगी जी रहे हैं। बेरोजगारी घटने का नाम नहीं ले रही है। मौसमी बेरोजगारी, अस्थायी बेरोजगारी, प्रच्छन्न बेरोजगारी, अल्प रोजगारी जैसी समस्याएँ और अधिक गहराती जा रही हैं। अरबपतियों की संख्या में अवश्य वृद्धि हुई है, किंतु इसने आय व धन के केंद्रीकरण में वृद्धि की है तथा अमीर व गरीब के बीच विषमता की खाई को और अधिक चौड़ा कर दिया है। अनुमान है कि न्यूनतम आय और अधिकतम आयवालों के बीच लगभग 90 लाख गुने तक का अंतर है। देश की 34 प्रतिशत क्रयशक्ति केवल मात्र 10 प्रतिशत लोगों के हाथों में केंद्रित है। बेतहाशा बढ़ती महँगाई ने साधारण जनता, विशेषकर गरीब वर्ग के लोगों, का दर्द और अधिक बढ़ा दिया है। ऐसा लगता है कि देश में भूख, बीमारी, बेरोजगारी, गरीबी और विषमता का एक दुष्चक्र बन गया है। आज भी देश में 30 करोड़ से अधिक लोग भुखमरी, अशिक्षा और बीमारी से छुटकारा नहीं पा सके हैं, 15 करोड़ लोगों को पीने का स्वच्छ पानी, 25 करोड़ लोगों को चिकित्सा सुविधाएँ और 63 करोड़ लोगों को स्वीकार्य सेनिटेशन सुविधाएँ उपलब्ध नहीं हैं। मानव विकास सूचकांक की दृष्टि से भी 2011 में भारत का 134वाँ स्थान था।

इन समस्याओं का मुख्य कारण वर्तमान अर्थचिंतन एवं दोषपूर्ण विकास मॉडल है। विकास की वर्तमान परिभाषा एवं माप दोनों ही गलत एवं भ्रमपूर्ण हैं। यह विकास मॉडल कार्टेजियन-न्यूटोनियन दर्शन पर आधारित खंडित यांत्रिक विश्वदृष्टि में से उपजा है जो संचय, साम्राज्यवाद और शोषण की अंधी दौड़ का मुख्य कारण है। इसके अलावा यह प्रतियोगिता और संघर्ष को संतुलन और प्रगति का आधार मानता है और प्रकृति को मनुष्य की दासी के रूप में स्वीकार करता है। इसमें वस्तुओं एवं सेवाओं का ज्यादा-से-ज्यादा उपभोग कर अपने रहन-सहन स्तर में वृद्धि को ही जीवन का लक्ष्य माना गया है। यह अर्थ-काम केंद्रित चिंतन है और इस भोगवादी जीवन-शैली के कारण ही अमेरिका से प्रारंभ वित्तीय संकट ने समूची दुनिया को ग्रस्त कर लिया है। इसके अलावा, यह उपभोग की सतत वर्धमान आकांक्षा व लालसा को पूरा करने के लिए उत्पादन वृद्धि पर जोर देता है। उत्पादन वृद्धि के लिए दो प्रकार के काम किए जाते हैं—(क) प्राकृतिक साधनों का बेरहमी से शोषण और (ख) मशीनचालित ऊर्जाभक्षी टेक्नोलॉजी पर आधारित बड़े-बड़े उद्यागोंवाले उत्पादन-तंत्र का निर्माण। इसके परिणामस्वरूप पर्यावरण ह्रास, गरीबी, असमानता, बेरोजगारी और ऊर्जा संकट जैसी समस्याएँ उत्पन्न हो गई हैं। इस मॉडल में पूँजी-निवेश को विकास का प्रधान प्रेरक कारक माना गया है और सामाजिक-सांस्कृतिक-मानवीय कारकों को स्थिर माना गया है। इससे कई देश विकास के चक्कर में कर्ज-जाल में फँस गए हैं। इस तकनीकी-आर्थिक चिंतन की सबसे बड़ी कमजोरी यह है कि यह सीमित साधनों से असीमित प्रगति कर लेना चाहता है। वर्तमान विकास मॉडल शोषणकारी है। इसने हर स्तर पर एक इकाई द्वारा दूसरी इकाई के शोषण की प्रक्रिया को जन्म दिया है। यह किसी दूसरे की असहायता व कमजोरी का फायदा उठाकर अपनी प्रगति कर लेने के दृष्टिकोण पर आधारित है।

विकास की ललक में इस विकास मॉडल पर चलनेवाले देशों ने न केवल अपने लिए ही बल्कि समूचे प्राणिमात्र के लिए ही अस्तित्व का संकट खड़ा कर दिया है। जल प्रदूषण, वायु प्रदूषण एवं मृदा प्रदूषण के कारण हमारे चारों और प्रदूषित वातावरण का घेरा गहरा होता जा रहा है। वैश्विक तपन व जलवायु परिवर्तन जैसी घटनाओं के कारण समूची पृथ्वी का अस्तित्व ही संकट में पड़ता

जा रहा है। वास्तव में तो वर्तमान विकास मॉडल न व्यवहारक्षम है और न ही धारणक्षम (टिकाऊ) है। मानव विकास रिपोर्ट–1996 ने इसे रोजगारविहीन विकास, निष्ठुर विकास, मूक विकास, जड़हीन विकास और भविष्यहीन विकास कहा है। इसके अलावा, मनुष्य के नैतिक एवं मानवीय–मूल्यों में हो रही सतत गिरावट, पारिवारिक व सामाजिक विघटन के कारण हम इस विकास को संस्कारहीन विकास भी कह सकते हैं।

इस प्रकार वर्तमान अर्थचिंतन एवं अर्थतंत्र निरपेक्ष, निष्ठुर, निरंकुश एवं नकारात्मक है। वर्तमान व्यवस्था भेदकारी, भौतिकतावादी, जड़वादी एवं भोगवादी जीवन–शैली को बढ़ावा देनेवाली है। परिणामस्वरूप समस्याएँ सुलझने की बजाय और अधिक उलझती ही जा रही हैं। इस परिस्थिति से निजात दिलाने के लिए आचार्य महाप्रज्ञ ने भारतीय चिंतन परंपरा, विशेषकर जैन दर्शन के आधार पर सापेक्ष अर्थशास्त्र की एक अभिनव संकल्पना दी थी। उनका मानना था कि हम एकाकी एवं अधूरे चिंतन के आधार पर कोई मंगलकारी अर्थव्यवस्था का निर्माण नहीं कर सकते। इसके लिए तो हमें व्यक्ति (व्यष्टि) और समाज (समष्टि), भौतिकता एवं आध्यात्मिकता के समन्वय के आधार पर समाज जीवन, प्राणिजगत् के विभिन्न घटकों के प्रति सापेक्ष दृष्टि रखकर ही नवरचना का विकास करना होगा। आचार्य महाप्रज्ञ की इस दृष्टि के आलोक में हम सापेक्ष अर्थशास्त्र को निम्नलिखित रूप से परिभाषित एवं व्याख्यायित कर सकते हैं।

1. खंडित यांत्रिक विश्वदृष्टि के स्थान पर हमें सर्वंकश एकात्म विश्वदृष्टि को स्वीकारना होगा। इस दृष्टिकोण के अनुसार, मनुष्य की आर्थिक व अन्य समस्याएँ एक–दूसरे से पूर्णतया अलग–थलग नहीं होती वरन् वे परस्पर जुड़ी–गुँथी हुईं, परस्पर निर्भर एवं परस्पराश्रित होती हैं। अतः इनका समाधान भी समग्रता में से ही प्राप्त करना होगा। इस एकात्म विश्वदृष्टि के प्रकाश में हमें भारतीय अर्थव्यवस्था की प्रकृति, प्रवृत्ति, संस्कृति, परिस्थिति, परिवेश, सवालों, समस्याओं व संसाधनों के अनुरूप विकास की समग्र, सार्थक एवं व्यावहारिक संरचना बनाने का प्रयास करना चाहिए।
2. धर्म, अर्थ, काम, मोक्ष की पुरुषार्थ चतुष्टयी के आधार पर हमें धर्म

(अर्थात् नैतिकता) आधारित अर्थ और काम (अर्थात् अर्थार्जन और उपभोग के क्रियाकलाप) की रचना को विकसित करना होगा। इस रचना के माध्यम से सर्वजन हिताय सर्वजन सुखाय, सर्वभूतहिते रतः तथा समग्र सामाजिक सुख के उद्देश्य को प्राप्त करने के लिए सबको रोजगार, सबकी मूलभूत आवश्यकताओं की पूर्ति, सबको स्वास्थ्य, सबको समाजोपयोगी संस्कारक्षम शिक्षा के समान अवसर और सामाजिक न्याय के साथ सतत प्रगति के अवसर एवं स्थिति निर्माण का काम करना होगा।

3. ग्राम संकुल (10–15 गाँवों का समूह) और परिवार व्यवस्था को आधार बनाकर स्वदेशी व सहभागिता पर आधारित स्वावलंबी विकेंद्रित अर्थतंत्र निर्माण करने की दिशा में प्रयास हो। इस दृष्टि से जल संग्रह व प्रबंधन, भूमि संरक्षण, वन प्रबंधन व संवर्धन, जैविक खेती, गौ संरक्षण व संवर्धन, पंचगव्य के उपयोग, वैकल्पिक ऊर्जा, भारत की स्वास्थ्य परंपरा व चिकित्सा पद्धति, आयुर्वेद, योग, जैव विविधता, हर्बल संपदा आदि के समुचित उपयोग की योजना बने। विशेषकर भारत में जमीन, जल, जंगल, जानवर और जैव विविधता पर ध्यान दे सकनेवाली व्यवस्था, रचना एवं नीति बने। साथ ही, भारत की सामाजिक-सांस्कृतिक संस्थाओं, सामुदायिक भावना, साझेदारी व भागीदारी से काम करने की वृत्ति, मितव्ययी प्रवृत्ति, इच्छा परिमाण पर आधारित सीमित-संयमित, सदाचारी उपभोग-शैली व जीवन-शैली तथा समता-समरसता को बल प्रदान कर सकनेवाली संस्थाओं व परंपराओं का देश के विकास में योगदान प्राप्त कर सकनेवाली रचना बनाने की आवश्यकता है। इसमें सहायक हो सकनेवाले सामाजिक आचरण के मानदंडों, जीवनमूल्यों, अर्थतंत्र, अर्थव्यवहार एवं आर्थिक नीतियों का निर्माण करना होगा।
4. प्रकृति के प्रति मातृत्व एवं देवभावयुक्त दृष्टि रखकर मानव हितैषी, पर्यावरण पोषक भारतीय परिस्थितियों के लिए उपयुक्त टेक्नोलॉजी बनानी व अपनानी होगी। यह एक ऐसी टेक्नोलॉजी हो जो पूँजी के प्रयोग, उत्पादन लागत और ऊर्जा के इनपुट को न्यूनतम कर सके,

आयातों पर बहुत अधिक निर्भर न हो, निर्यात क्षमता को बढ़ा सके, पर्यावरण को शुद्ध बनाए रख सके, स्थानीय साधनों, कौशल का कुशलतम प्रयोग कर सके और आम जनता की आम वस्तुओं का उत्पादन कर सके। इस दृष्टि से दोनों दिशाओं में एक साथ प्रयास करने होंगे—(अ) देश में पहले से उपलब्ध परंपरागत टेक्नोलॉजी में सुधार कर उसे युगानुकूल बनाना; और (आ) आधुनिक टेक्नोलॉजी को देशानुकूल बनाना।

5. भारतीय अर्थव्यवस्था के संदर्भ में विभिन्न नीतियों के निर्माण एवं क्रियान्वयन की मुख्य कसौटियाँ हैं—गरीबी, विषमता एवं बेरोजगारी को कम करना, कम ऊर्जा एवं कम पूँजी पर आधारित उत्पादन-तंत्र का निर्माण करना, तथा खाद्य सुरक्षा, स्वदेशी, विकेंद्रीकरण एवं पर्यावरण संतुलन को सुनिश्चित करना। देश की समस्त आर्थिक नीतियों व योजनाओं की दृष्टि व दिशा गरीब-हितचिंतक, गरीबोन्मुखी अंत्योदय आधारित बनें।

सापेक्ष अर्थशास्त्र के चिंतन के प्रकाश में यदि हम सामाजिक-आर्थिक व्यवस्था का पुनर्गठन करना चाहते हैं तो दो बातें आवश्यक हैं—एक, आत्मविश्वास एवं प्रगति की तीव्र इच्छा और दूसरी, राष्ट्रीय हितों के लिए समर्पित नैतिक नेतृत्व एवं कार्यकर्ताओं की मालिका। इस दृष्टि से व्यक्ति-व्यक्ति में भाव जागरण करने के लिए विभिन्न स्तरों पर प्रशिक्षण की व्यापक योजना करनी होगी। यदि हम यह कर सके तो सापेक्ष अर्थशास्त्र के दृष्टिकोण के अनुसार हम निश्चित ही एक सर्वमंगलकारी अर्थरचना निर्माण करने में सफल हो सकेंगे।

□

दीनदयालजी का एकात्म अर्थचिंतन

दीनदयालजी वर्तमान तकनीकी एवं अकादमिक शब्दावली के संकीर्ण-सीमित अर्थों में अर्थशास्त्री तो नहीं थे, पर वे सचमुच अर्थवेत्ता थे, राष्ट्रोत्थान एवं समाज की सर्वांगीण प्रगति के आकांक्षी कर्मरत द्रष्टा थे। उन्होंने आर्थिक परिदृश्य, सामाजिक-आर्थिक समस्याओं एवं उनके समाधान के बारे में जो विचार प्रकट किए, उसे एकात्म अर्थचिंतन कहना ही अधिक उपयुक्त होगा।

मूलभूत मान्यताएँ

ऐसा लगता है कि दीनदयालजी का संपूर्ण अर्थचिंतन दो मूलभूत मान्यताओं पर आधारित था। एक, वे समाज व संसार के विभिन्न अवयवों-घटकों को अलग-थलग, पूर्णतया असंबद्ध इकाइयों के रूप में स्वीकार नहीं करते थे। वे तो व्यष्टि, समष्टि, सृष्टि एवं परमेष्ठि के बीच संबंधों की अखंड मंडलाकार रचना के आधार पर विभिन्न इकाइयों के बीच सावयवी, परस्पर पूरकता, परस्परानुकूलता, एकात्मता एवं संवेदनशीलता के संबंध मानते हैं। इसी बात को स्पष्ट करते हुए उन्होंने कहा था कि भारतीय संस्कृति संपूर्ण जीवन का, संपूर्ण सृष्टि का संकलित विचार करती है। उसका दृष्टिकोण एकात्मवादी है। *(एकात्म मानववाद, पृ.25-26)*। इस प्रकार वे टुकड़ों-टुकड़ों में खंडित विचार प्रक्रिया को ठीक नहीं मानते। दूसरे शब्दों में, दीनदयालजी समग्र-समन्वित एकात्म विश्वदृष्टि की मान्यता के आधार पर ही अपनी चिंतन प्रक्रिया को आगे बढ़ाते हुए दिखाई देते हैं। दीनदयालजी की दूसरी महत्त्वपूर्ण मान्यता व्यक्ति के संबंध में है। उनके अनुसार, पूँजीवादी अर्थशास्त्र मनुष्य को एक

अर्थलोलुप प्राणी मानकर चलता है। उसके सभी निर्णय आर्थिक दृष्टिकोण से होते हैं।…वह अर्थोत्पादन की प्रेरणा से ही काम करता है—(77); दूसरी ओर मार्क्स और साम्यवादी व्यवस्था ने मनुष्य को मात्र रोटीमय बना दिया। इस प्रकार आधुनिक अर्थशास्त्र आर्थिक मनुष्य (Economic Man) की अवधारणा मानकर चलता है। दीनदयालजी के अनुसार, इस आर्थिक चिंतन और उस पर आधारित अर्थव्यवस्था का यह परिणाम हुआ कि हाड़-मांस का वास्तविक मानव हमारी दृष्टि से ओझल ही हो गया है। (77) इसलिए उन्होंने कहा कि मनुष्य मन, बुद्धि, आत्मा और शरीर, इन चारों का समुच्चय है। हम उसको टुकड़ों में बाँटकर विचार नहीं करते। (31) व्यक्ति के बारे में भी हमने एकात्म एवं संकलित विचार किया है। (30) इस प्रकार समग्र-एकात्म विश्वदृष्टि एवं व्यक्ति की एकात्म-संकलित अवधारणा, इन दो मान्यताओं पर आधारित है दीनदयालजी का अर्थचिंतन, इसलिए इसे एकात्म अर्थचिंतन कहा जा सकता है।

विकास का समग्र चिंतन

दीनदयालजी कहा करते थे कि आज का पश्चिम-प्रेरित अर्थशास्त्र अर्थ-काम केंद्रित अर्थचिंतन है। यह अधिकाधिक धनोत्पादन और अधिकाधिक उपभोग के एक वर्तुल चक्र में ही घूमता रहता है, अत: यह अधूरा एवं भोगवादी चिंतन है। उनका दृढ मत था कि जीवन के विभिन्न आदर्शों तथा देश-काल की विभिन्न परिस्थितियों के कारण हमारे आर्थिक विकास का मार्ग पश्चिम से भिन्न होना चाहिए। हम मार्शल और मार्क्स से बँधकर विचार नहीं कर सकते। *(भारतीय अर्थनीति-विकास की एक दिशा, पृ.11)*। हमें विकास एवं अर्थतंत्र के एक ऐसे प्रारूप पर काम करना होगा, जिसमें मनुष्य के शरीर, मन, बुद्धि व आत्मा की आवश्यकताओं की पूर्ति और उसके सर्वांगीण विकास का अवसर मिल सके। इस दृष्टि से हमारे मनीषियों ने धर्म, अर्थ, काम और मोक्ष के रूप में चतुर्विध पुरुषार्थ की कल्पना रखी है। हमें इस संकल्पना की आज की आवश्यकता एवं संदर्भ के अनुसार व्याख्या और क्रियान्वयन करना होगा। इसे थोड़ा विस्तार से समझाते हुए दीनदयालजी ने कहा था कि अर्थ के

अंतर्गत आज की परिभाषा के अनुसार राजनीति और अर्थनीति का समावेश होता है। काम का संबंध मानव की विभिन्न कामनाओं की पूर्ति व तृप्ति से है। धर्म में उन सभी नियमों, व्यवस्थाओं, आचरण संहिताओं तथा मूलभूत सिद्धांतों का अंतर्भाव होता है, जिनसे अर्थ और काम की सिद्धि हो। इस प्रकार धर्म आधारभूत पुरुषार्थ है, किंतु फिर भी तीनों अन्योन्याश्रित तथा परस्पर पूरक व परस्पर पोषक हैं।

इतना तो सब मानने लगे हैं कि व्यापार-व्यवसाय अथवा धनार्जन के किसी भी क्रियाकलाप को सुचारु रूप से चलाने के लिए ईमानदारी, संयम, सत्य आदि धर्म के गुणों का पालन लाभदायक रहता है। इसी बात को आगे बढ़ाते हुए दीनदयालजी कहते हैं कि अमेरिकावालों की दृष्टि में ईमानदारी सर्वश्रेष्ठ व्यावसायिक नीति है (Honesty is the best business policy)। यूरोपवालों के अनुसार ईमानदारी सर्वश्रेष्ठ नीति है (Honesty is the best policy) किंतु भारत की परंपरा एक कदम आगे बढ़कर कहती है कि ईमानदारी नीति नहीं, अपितु सिद्धांत है (Honesty is not a policy but a principle)। यहीं भारत और संसार के अन्य देशों के चिंतन में अंतर आता है। हमने धर्म को उपयोगितावादी दृष्टिकोण के अनुसार धन कमाने के लिए मात्र साधन नहीं माना है, अपितु हमारे लिए वह एक आस्था व विश्वास है और हर परिस्थिति में अपनाने लायक आचरण-शैली है। मोक्ष को हमने परम पुरुषार्थ माना है, तो भी अकेले उससे मनुष्य का कल्याण नहीं हो सकता। वास्तव में तो हमने इन चारों पुरुषार्थों का भी संकलित विचार किया है। शेष तीन पुरुषार्थों को लोकसंग्रह के विचार से, निष्काम भाव से करनेवाला व्यक्ति कर्मबंधन से छूटकर मोक्ष का अधिकारी होता है। *(एकात्म मानववाद, 34-35)*। इसी बात को इस रूप में कहा जा सकता है कि अर्थार्जन के समस्त क्रियाकलाप और आवश्यकताओं की पूर्ति के लिए उपभोग के कार्य धर्म की मर्यादा के अनुसार इस प्रकार चलाए जाने चाहिए, जिससे कि मनुष्य मोक्ष की दिशा में अग्रसर हो सके। इस प्रकार दीनदयालजी के विचारों के अनुसार, हमें एक ऐसी अर्थरचना एवं अर्थव्यवस्था को विकसित करना होगा, जिसमें धर्म और अर्थ, सदाचार और समृद्धि दोनों साथ-साथ चल सकें।

न्यूनतम आवश्यकताएँ

अधिक व्यावहारिक धरातल पर उतरते हुए दीनदयालजी निर्देशित करते हैं कि प्रत्येक अर्थव्यवस्था में न्यूनतम आवश्यकताओं की पूर्ति की गारंटी एवं व्यवस्था अवश्य रहनी चाहिए। न्यूनतम आवश्यकताओं में वे रोटी (संतुलित व पौष्टिक आहार), कपड़ा (ऋतु के अनुसार पर्याप्त मात्रा में), मकान (पीने का पानी एवं सेनिटेशन की सुविधाओं सहित) शिक्षा, स्वास्थ्य (समुचित चिकित्सा सुविधाओं समेत) एवं सुरक्षा को सम्मिलित करते हैं। शिक्षा के संबंध में दीनदयालजी का मत था कि वह संस्कारप्रद तथा देश व समाज की आवश्यकताओं के अनुरूप होनी चाहिए। उनके अनुसार, देश के प्रत्येक बालक-बालिका को बिना किसी भेदभाव के शिक्षा देना समाज का दायित्व है। फीस लेकर शिक्षा देना उन्हें मान्य नहीं, अतः शिक्षा निःशुल्क होनी चाहिए। इस बात को स्पष्ट करते हुए उन्होंने कहा है कि जिस प्रकार पेड़ लगाने और सींचने के लिए हम पेड़ से पैसा नहीं लेते, बल्कि उस काम में पूँजी लगाते हैं, उसी प्रकार शिक्षा भी एक प्रकार का विनियोजन ही है। इसी प्रकार चिकित्सा भी निःशुल्क होनी चाहिए। शिक्षित एवं स्वस्थ व्यक्ति ही समाज के लिए अपनी पूर्ण क्षमता से अधिकतम योगदान दे सकता है। *(एकात्म मानववाद, 71-73)* आज प्रश्न यह है कि दीनदयालजी के इन विचारों को कैसे एवं कितनी मात्रा में व्यवहार में लागू किया जा सकता है। इस दिशा में पूरी गंभीरता से क्रियान्वयन की व्यापक योजना बननी चाहिए।

सबको काम एवं रोजगार

अब प्रश्न यह है कि इन न्यूनतम आवश्यकताओं की पूर्ति के लिए आवश्यक साधन-सामग्री तथा वस्तुएँ व सेवाएँ कहाँ से और कैसे मिलेंगी? यह तभी संभव है, जब देश के व्यक्ति पुरुषार्थ करें और सब सक्षम एवं स्वस्थ व्यक्तियों को काम (रोजगार) मिले। दीनदयालजी कहते हैं कि मानव को पेट और हाथ दोनों मिले हुए हैं। यदि हाथों को काम न मिले और पेट को खाना मिलता रहे तो भी मनुष्य सुखी नहीं रहेगा। अतः प्रत्येक को काम अर्थव्यवस्था का आधारभूत लक्ष्य होना चाहिए *(एकात्म मानववाद, 73-74)*। अर्थव्यवस्था

में सब प्रकार की बेरोजगारी—अल्प बेरोजगारी, अदृश्य बेरोजगारी, मौसमी बेरोजगारी समाप्त होकर देश के प्रत्येक स्वस्थ व क्षमतावान व्यक्ति को रोजगार के अवसर उपलब्ध होने चाहिए। दीनदयालजी ने स्पष्ट रूप से कहा था, "प्रत्येक को वोट" जैसे राजनीतिक प्रजातंत्र का निकष है, वैसे ही "प्रत्येक को काम", यह आर्थिक प्रजातंत्र का मापदंड है। इस संबंध में वे आगे कहते हैं कि प्रत्येक व्यक्ति को ऐसा काम मिलना चाहिए, जिससे उसका ठीक से जीविकोपार्जन हो सके, उसे अपना काम चुनने की स्वतंत्रता हो तथा उसे अपने काम के बदले न्यायोचित पारिश्रमिक मिले। इसके लिए रोजगार-केंद्रित उत्पादन, निवेश एवं विकास रणनीति बननी चाहिए। *(भारतीय अर्थनीति विकास की एक दिशा; 29)* इस प्रकार दीनदयालजी का जोर पूर्ण रोजगार अथवा हर हाथ को काम देनेवाली अर्थव्यवस्था बनाने पर था।

उत्पादन तंत्र एवं दिशा

देश व समाज की आवश्यकताओं की पूर्ति व सतत विकास के लिए वस्तुओं व सेवाओं का उत्पादन होते रहना चाहिए। उत्पादन की पद्धति, प्रक्रिया, दृष्टि व दिशा के संबंध में दीनदयालजी ने जो महत्त्वपूर्ण सुझाव दिए हैं, उनको जान लेना उपयोगी रहेगा।

दीनदयालजी के अनुसार, पश्चिम का अर्थशास्त्र उपभोग की सतत वर्धमान आकांक्षा व लालसा को पूरा करने के लिए अमर्यादित उत्पादन वृद्धि पर जोर देता है। इससे भी आगे बढ़कर पहले तरह-तरह की वस्तुओं का उत्पादन किया जाता है और फिर उसे खपाने के लिए इच्छाएँ पैदा करना और बाजार तलाशने का काम किया जाता है। इसके लिए तमाम उत्तेजक, माँग परिवर्तक एवं प्रतियोगी-भ्रमात्मक (manipulative and competitive) विज्ञापनों, आकर्षक पैकेजिंग तथा बिक्री-संवर्धन के विभिन्न तौर-तरीकों का प्रयोग किया जाता है। इस संबंध में दीनदयालजी ने एक मजेदार उदाहरण दिया है। अमेरिका में चाकू की बिक्री बढ़ाने के लिए चाकू के बेंट का रंग आलू के छिलके जैसा रखकर छिलकों के साथ चाकू को फेंक देने तक का प्रयोग किया गया। इस प्रकार अब उपभोग के लिए उत्पादन से भी आगे बढ़कर उत्पादन के लिए उपभोग का

अर्थशास्त्र चल पड़ा है, यह विनाशोन्मुख है। पुराना फेंको और नया खरीदो। नया खरीदने की चाह उपभोक्ता में पैदा करना; माँग पूरी करना नहीं, माँग पैदा करना यही आज अर्थव्यवस्था का लक्ष्य हो गया है। दीनदयालजी के अनुसार यह घातक, विनाशोन्मुख एवं संसाधनों की फिजूलखर्ची करनेवाला अर्थशास्त्र और अर्थव्यवस्था है। इसे बदलकर आवश्यकताओं की समुचित पूर्ति के लिए संसाधनों की मितव्ययी उत्पादन-प्रक्रिया को अपनाया जाना चाहिए। *(एकात्म मानववाद, 68-69)*

हमें उत्पादन में वृद्धि तो अवश्य करनी है, पर ऐसा करते समय प्रकृति या प्राकृतिक संसाधनों की मर्यादा को न भूलें। इसका अर्थ है कि हमें प्राकृतिक संसाधनों का अंधाधुंध प्रयोग कर प्रकृति के साथ उच्छृंखलता करनेवाली उत्पादन पद्धति व टेक्नोलॉजी से बचना होगा तथा पुनरुत्पादनीय ऊर्जा-स्रोतों के प्रयोग एवं पर्यावरण-पोषक टेक्नोलॉजी पर अधिक ध्यान देना होगा। प्रकृति से हम उतना तथा इस प्रकार लें कि वह उस कमी को स्वयं पुनः पूरित कर ले।

दीनदयालजी का आग्रह स्वदेशी, स्वावलंबी एवं विकेंद्रित अर्थतंत्र एवं उत्पादन तंत्र अपनाने पर था। वे विचार, व्यवस्थापन, पूँजी, उत्पादन-तंत्र, प्रगति की दिशा, विकास प्रतिमान एवं उपभोग-शैली के बारे में अत्यधिक विदेशी निर्भरता के विरुद्ध थे। वे स्वदेशी को प्रतिगामी एवं कालबाह्य संकल्पना माननेवालों के विचारों से कतई सहमत नहीं थे *(दीनदयाल उपाध्याय विचारदर्शन, खंड 3, पृ. 118)*। उनका स्पष्ट मत था कि हमें अपने देश, अपनी परिस्थितियों के अनुकूल ही समाधान के मार्ग तलाशने होंगे। इस संबंध में उन्होंने संस्कृत के इस सुभाषित का उल्लेख किया है 'यद्देशस्य यो जंतुः, तद्देशस्य तस्यौषधम्' (जिस देश में जो पैदा होती है, वही उस देश की औषधि है *(एकात्म मानववाद, 23)*। हमें इस प्रकार के अर्थतंत्र एवं उत्पादन-तंत्र की रचना करनी होगी, जिसमें स्थानीय संसाधनों, स्थानीय कौशल और स्थानीय श्रम के आधार पर स्थानीय आवश्यकताओं की अधिकाधिक पूर्ति की जा सके। हमें विदेशी पूँजी, विदेशी टेक्नोलॉजी एवं विदेशी माल कम-से-कम और बहुत अनिवार्य होने पर ही प्रयोग करना चाहिए। अपना विकास अपने बलबूते करने की दिशा में ही आगे बढ़ना चाहिए, तभी हम स्वदेशी-स्वावलंबी अर्थतंत्र खड़ा कर पाएँगे।

यहाँ प्रश्न यह उपस्थित होता है कि क्या हम अपनी पुरानी तकनीक-टेक्नोलॉजी, उत्पादन-पद्धति से ही चिपके रहकर विदेशी पूँजी एवं विदेशी टेक्नोलॉजी को पूर्णतया नकार दें अथवा अंधानुकरण कर पूर्णतया स्वीकार कर लें? इस संबंध में दीनदयालजी ने एक व्यावहारिक मार्गदर्शन दिया है। उनके अनुसार जो अपना है (अपनी पद्धति, कार्यशैली, तकनीक-टेक्नोलॉजी, जीवन-शैली आदि), उसे युगानुकूल बनाकर और जो पराया, विदेशी है (विदेशी पद्धति, तकनीक-टेक्नोलॉजी आदि) उसे देशानुकूल बनाकर अपनाना चाहिए। अंतरराष्ट्रीय आर्थिक संबंधों एवं व्यापार की दृष्टि से भी हम बंद अर्थव्यवस्था बनकर नहीं रह सकते और न ही हम अमीर देशों एवं बहुराष्ट्रीय कंपनियों के परावलंबी बनकर उन्हें शोषण का अवसर दे सकते हैं। इसके लिए हमें समान धरातल पर विश्व के विभिन्न देशों के साथ परस्परावलंबी आर्थिक संबंध बनाने होंगे। दीनदयालजी बड़ी-बड़ी उत्पादन इकाइयों एवं बड़े-बड़े उद्योगों के सहारे ही अर्थव्यवस्था चलाने के पक्षधर नहीं थे। इससे देश में केंद्रीकरण पनपता है, जो विषमता और बेरोजगारी को बढ़ाता है। अत: उनके अनुसार, हमें व्यक्ति व परिवार आधारित, लघुयंत्राधिष्ठित आर्थिक विकेंद्रीकरण की प्रणाली विकसित करने पर जोर देना चाहिए और श्रम-प्रधान विकेंद्रित ग्रामोद्योगों को सुदृढ करना चाहिए। *(राष्ट्र जीवन की दिशा, 152; पं. दीनदयाल उपाध्याय विचारदर्शन, खंड 4; भारतीय अर्थनीति-विकास की एक दिशा, 121)*

हमें ऐसी उद्योग व्यवस्था कायम करनी है, जो कृषि के साथ सुसंबद्ध हो सके तथा कृषि से जनसंख्या का भार कम कर सके तो उसके लिए बड़े उद्योगों के स्थान पर छोटे उद्योगों को प्राथमिकता देनी होगी। थोड़े लोगों तथा सरल औजारों के साथ छोटी-छोटी इकाइयाँ ही आज की परिस्थिति में हमारे लिए सर्वोत्तम हैं। *(भारतीय अर्थनीति विकास की एक दिशा, 73-74)*

कृषि एवं उद्योग

दीनदयालजी ने भारतीय अर्थव्यवस्था के संदर्भ में कृषि एवं उद्योग क्षेत्र के बारे में समय-समय पर बहुत विस्तार से (विशेषकर भारतीय अर्थनीति व विकास की एक दिशा में) अपने विचार प्रकट किए हैं। वे कृषिक्षेत्र में प्रति

एकड़ एवं प्रतिव्यक्ति निम्न उत्पादकता स्तर से बहुत चिंतित थे और दोनों दृष्टियों से उत्पादकता स्तर में वृद्धि करने के बारे में उन्होंने अनेक सुझाव दिए थे। उनका मानना था कि कृषि विकास की दृष्टि से हमें प्राविधिक (technical) एवं संस्थागत (institutional) दोनों प्रकार के कार्यक्रम साथ-साथ चलाने होंगे, प्राविधिक दृष्टि से हमें आधुनिक कृषि टेक्नोलॉजी का समुचित मूल्यांकन करते हुए भारतीय परिस्थितियों के अनुरूप कृषि पद्धति में सुधार करना होगा। इस दृष्टि से भूमि की उर्वरता को बनाए रखनेवाले खाद व बीज, फसल की अदला-बदली, बुआई व कटाई के तरीकों, कृषि यंत्रों के प्रयोग, भू-क्षरण को रोकने जैसी कई बातों पर विशेष ध्यान देना होगा। दीनदयालजी ने इस बात को भली-भाँति समझ लिया था कि खेती की पैदावार में वृद्धि करने के लिए सिंचाई सर्वाधिक महत्त्वपूर्ण इनपुट है। हमारे देश की खेती अधिकांशतया मानसून की कृपा पर निर्भर करती है, जो अनियमित है और सब जगह तथा सब समय समान नहीं रहती। अत: उन्होंने अदेवमात्रिक कृषि की संकल्पना प्रस्तुत की, जिसका अर्थ है कि हमें कृषि को मानसून या इंद्रदेव की कृपा पर ही नहीं छोड़ना चाहिए। इस दृष्टि से वे पर्याप्त मात्रा में छोटी सिंचाई योजनाओं, कुओं, तालाबों, बावड़ियों एवं जलबंध (चैक डैम्स) के विस्तार पर अधिक बल देने के पक्षधर थे। उनकी मंशा थी कि हम सिंचाई की ऐसी व्यापक एवं पक्की व्यवस्था कर दें, जिससे कि हर खेत को पानी पहुँचाया जा सके। संस्थागत कार्यों की दृष्टि से भूस्वामित्व, भूमि के उपविभाजन एवं अपखंडन को रोककर आर्थिक जोत बनाए रखने, सहकारी खेती, विपणन, भंडारण, साख-सुविधाओं, मूल्य निर्धारण की दृष्टि से भी समुचित व्यवस्थाएँ करनी होंगी। *(भारतीय अर्थनीति विकास की एक दिशा, 44-68)*

दीनदयालजी कृषि के साथ-साथ औद्योगिक विकास के बारे में भी पूर्ण सचेत थे। उनका मानना था कि बढ़ती जनसंख्या का खेती पर से भार घटाने, कृषि में उत्पन्न कच्चे माल का उपयोग करने और कृषि को आवश्यक साधन सामग्री, यंत्र-औजार प्रदान करने, रोजगार के अवसरों में वृद्धि करने, देश की निर्यात क्षमता बढ़ाने, स्वावलंबन आदि कई दृष्टियों से औद्योगिकीकरण अत्यंत आवश्यक है, किंतु वे कुछ विशेष क्षेत्रों एवं विशेष वस्तुओं के उत्पादन को छोड़कर शेष सबके

लिए बड़े उद्योगों के स्थान पर श्रम-प्रधान छोटे उद्योगों के अधिक पक्षधर थे। उनके अनुसार, हमारे लिए उद्योगों की वही प्रणाली उपयुक्त है, जिसमें हम कुटुंब के आधार पर काम को जीवन का अंग बनाकर चल सकें। इसमें मालिक-मजदूर, उत्पादक-उपभोक्ता आदि के संबंधों का ठीक-ठीक निर्धारण हो सकेगा। हम इन संबंधों का नियमन पश्चिम के मूल्यों से नहीं कर सकते। देश के व्यापक औद्योगिकीकरण में मानव संबंधों का निर्माण हमें अपने ही मूल्यों पर करना होगा। *(भारतीय अर्थनीति-विकास की एक दिशा, 105-06)*।

उद्योगों के क्षेत्र में भी दीनदयालजी ने अपरमात्रिक उद्योग नीति की संकल्पना दी थी, इसका तात्पर्य स्वावलंबन से कुछ अधिक उत्पादन करनेवाली उद्योग नीति से है, ताकि शेष बचे अतिरेक को निर्यात करके अपनी आवश्यकताओं की पूर्ति की जा सके। इस प्रकार दीनदयालजी देश में ऐसा औद्योगिक ढाँचा बनाना चाहते थे, जिसके द्वारा आवश्यक वस्तुओं के मामले में देश स्वावलंबी बन सके और अंतरराष्ट्रीय गुणवत्ता स्तर की वस्तुओं का निर्यात करके देश के लिए आवश्यक वस्तुओं का आयात करने की क्षमता निर्मित कर सके। प्रो. विश्वेश्वरैया को उद्धृत करते हुए दीनदयालजी ने कहा था कि औद्योगिक नीति का विचार करते समय हमें सात बातों पर ध्यान देना चाहिए—

- मनुष्य,
- माल,
- मुद्रा,
- मशीनरी,
- प्रबंध,
- शक्ति,
- बाजार।

वास्तव में ये सातों परस्पर निर्भर एवं परस्पर पूरक हैं। अतः इनके बीच योग्य संतुलन बनाकर ही हम समुचित औद्योगिक विकास कर सकते हैं *(भारतीय अर्थनीति विकास की एक दिशा, 69-70)*। उनके अनुसार, हमें मनुष्य के उत्पादन स्वातंत्र्य पर आघात करनेवाली पूँजीवाद की तकनीकी प्रक्रिया को आँख बंद करके स्वीकार नहीं करना चाहिए। हमें शिल्पकार एवं स्वनियोजित क्षेत्र को

नष्ट करनेवाला औद्योगिकीकरण भी नहीं चाहिए। उनके औद्योगिकीकरण के सिद्धांत को संक्षिप्त में निम्नलिखित सूत्र से बताया जा सकता है—

ज×क×य = इ

यहाँ, ज = जन, क = कर्म की व्यवस्था, य = यंत्र, इ = समाज का इच्छित संकल्प। आधुनिक औद्योगिकीकरण में य (यंत्र) सबको नियंत्रित करता है। हमें इसके स्थान पर ऐसी अर्थव्यवस्था का निर्माण करना है, जो ज (जन) और इ (समाज का इच्छित संकल्प) के नियंत्रण में क (कर्म की व्यवस्था) और य (यंत्र) का नियोजन करे। इसी क्रम में दीनदयालजी ने उत्पादन में मशीन के प्रयोग एवं चयन के बारे में भी अपने विचार प्रकट किए हैं। वे कहते हैं, "प्रौद्योगिकी का संबंध मशीन से है। हमें उनका चुनाव विचारपूर्वक करना पड़ेगा। हम अपने देश में उपलब्ध उत्पादन उपकरणों के साथ मेल खानेवाली मशीन का प्रयोग करें। श्रम और शक्ति, पूँजी और प्रबंध, माल और माँग—ये सब मशीन के स्वरूप को निश्चित करनेवाले होने चाहिए, किंतु आज कुछ ऐसा हो रहा है कि हम मशीन को ध्रुव मानकर उसके अनुसार शेष सबको बदलने का विचार करते हैं। मशीन के लिए मनुष्य को बदलने पर विवश कर रहे हैं। संपूर्ण उत्पादन प्रणाली एक मशीन पर केंद्रित हो गई है।...आज देश में जहाँ एक ओर मशीन के श्रद्धालु भक्त हैं तो दूसरी ओर कट्टर दुश्मन भी मौजूद हैं।...वास्तव में मशीन न तो मनुष्य की शत्रु है, न मित्र। वह एक साधन है तथा उसकी उपादेयता समाज की अनेक शक्तियों की क्रिया-प्रतिक्रिया पर निर्भर करती है।" *(भारतीय अर्थनीति विकास की एक दिशा; 80-84)*। एक अन्य स्थान पर वे कहते हैं, मशीन देश-काल-परिस्थिति निरपेक्ष नहीं, सापेक्ष है। विज्ञान की आधुनिकतम प्रगति की वह उपज है, किंतु प्रतिनिधि नहीं। ज्ञान किसी देश-विदेश की बपौती नहीं, किंतु उसका प्रयोग प्रत्येक देश अपनी परिस्थितियों और आवश्यकताओं के अनुसार करता है। हमारी मशीन हमारी आवश्यकताओं के अनुकूल ही होनी चाहिए। वह हमारे सांस्कृतिक एवं राजनीतिक जीवन-मूल्यों की पोषक नहीं तो कम-से-कम अविरोधी अवश्य होनी चाहिए *(एकात्म मानववाद, 75)*। मशीन और प्रौद्योगिकी के संबंध में इससे अधिक सटीक और व्यावहारिक चिंतन शायद ही कोई और हो सकता है।

दीनदयालजी के अनुसार, आर्थिक विकास एवं औद्योगिकीकरण के लिए

पूँजी का प्रश्न सर्वाधिक महत्त्व का है। पूँजी व बचत जुटाने के लिए साधारणतया दो मार्ग बताए जाते हैं—राष्ट्रीय आय के असमान वितरण द्वारा बचत क्षमता में वृद्धि करना; और विदेशों से पूँजी का आयात करना, पर ये दोनों ही ठीक नहीं हैं। देश के सामान्य व्यक्ति की बचत-क्षमता बढ़ाने के लिए उसकी आय में वृद्धि और उपभोग का संयम ही उचित मार्ग है *(भारतीय अर्थनीति विकास की एक दिशा, 89-90; एकात्म मानववाद, 74)*। दीनदयालजी का यह भी स्पष्ट मत था कि उद्योगों में पूँजीपति एवं बड़ी कंपनियों में शेयर होल्डर्स के साथ-साथ मजदूरों का भी स्वामित्व स्वीकार किया जाए और उन्हें लाभ एवं प्रबंध में भागीदार बनाया जाए *(भारतीय अर्थनीति विकास की एक दिशा, 139)*। ऐसा करने पर हड़ताल-तालाबंदी की समस्या समाप्त होकर औद्योगिक शांति स्थापित हो सकेगी, श्रमिक अपनी पूरी कार्यक्षमता से मन लगाकर काम करेंगे और वितरण की समानता की दिशा में भी आगे बढ़ सकेंगे।

अर्थदृष्टि एवं अर्थसंस्कृति—अर्थ एवं अर्थार्जन के संबंध में क्या दृष्टिकोण रहे, इस बारे में भी दीनदयालजी ने बहुत गहराई से चिंतन किया था। उनका मानना है कि मनुष्य एवं समाज की आवश्यकताओं की पूर्ति के लिए पर्याप्त मात्रा में धन का होना आवश्यक है। अनुभव यह है कि कई बार अर्थ के अभाव में व्यक्ति के मन में कुंठा, निराशा एवं आक्रोश पैदा हो जाता है और वह अनाचार, अत्याचार, चोरी-डकैती, लूट-खसोट एवं अन्य अनेक प्रकार के आर्थिक अपराधों में संलग्न हो जाता है, इसीलिए तो हमारे यहाँ कहा गया है कि—

बुभुक्षितः किं न करोति पापम्, क्षीणाः नराः निष्करुणाः भवन्तिः।

(भूखा व्यक्ति कौन सा पाप नहीं करता; भूख से पीड़ित कमजोर व्यक्ति निर्दयी हो जाता है।) इस प्रकार से अर्थ के अभाव में भी धर्म (अर्थात् समाज हित के भले काम) टिक नहीं पाता। अर्थ के अभाव के समान ही अर्थ का प्रभाव भी समाज के लिए घातक हो सकता है। अर्थ के प्रभाव से आशय है—

(1) अर्थ के कारण स्वयं अर्थ में अथवा उसके द्वारा प्राप्त पदार्थों एवं भोग-विलास में आसक्ति उत्पन्न हो जाना, केवल पैसे कमाने या संचय करने की धुन लग जाना।

(2) अर्थ का ही समाज के प्रत्येक व्यवहार और व्यक्ति की प्रतिष्ठा का

मानदंड बन जाना, सर्वे गुणाः काञ्चनमाश्रयन्ति की उक्ति के आधार पर ही दैनिक जीवन में व्यवहार प्रारंभ हो जाना। इससे लोगों के जीवन में धन-परायणता आ जाती है, परिणामस्वरूप प्रत्येक कार्य के लिए धन की अधिकाधिक आवश्यकता महसूस होने लगती है। अंततोगत्वा धन का प्रभाव प्रत्येक के जीवन में अर्थ का अभाव भी उत्पन्न कर देता है।

अतः अर्थ के अभाव एवं अर्थ के प्रभाव दोनों से बचना चाहिए। इसके लिए दीनदयालजी ने 'अर्थायाम' नाम से एक नई संकल्पना दी है। उनके अनुसार, समाज से अर्थ के प्रभाव व अभाव दोनों को मिटाकर उसकी समुचित व्यवस्था करने को अर्थायाम कहा गया है। एक अन्य दृष्टि से अर्थ के उत्पादन, वितरण व भोग में संतुलन को भी अर्थायाम कहा जा सकता है। जिस प्रकार से व्यक्ति के स्वास्थ्य के लिए प्राणायाम का महत्त्व है, उसी प्रकार अर्थव्यवस्था के स्वास्थ्य के लिए अर्थायाम का महत्त्व है। इसके लिए शिक्षा, संस्कार, दैवीसंपदा युक्त व्यक्तियों का निर्माण तथा अर्थव्यवस्था का उपयुक्त ढाँचा, सभी का सहारा लेना जरूरी होता है। *(भारतीय अर्थनीति—विकास की एक दिशा, 18-19; एकात्म मानववाद, 35-36; पं. दीनदयाल उपाध्याय, खंड 4)*

दीनदयालजी का मानना था कि अर्थव्यवस्था का निर्माण एवं संचालन मानवीय उद्देश्यों को ध्यान में रखकर किया जाना चाहिए। पश्चिमी अर्थव्यवस्था में (पूँजीवादी एवं समाजवादी दोनों में) मौद्रिक मूल्य एवं धनार्जन को ही अत्यंत महत्त्व का स्थान प्राप्त है। इसीलिए उनका नीतिगत नारा है—कमानेवाला खाएगा। दोनों प्रकार की अर्थव्यवस्थाओं की दृष्टि तो समान है, अंतर केवल राष्ट्रीय आय वितरण में प्राप्त हिस्से को लेकर है। साम्यवादी अर्थव्यवस्था के अनुसार, उत्पादन में मुख्य भूमिका श्रम की होती है, अतः देश के कुल उत्पादन व उपभोग में मुख्य हिस्सा भी श्रमिकों को ही मिलना चाहिए। पूँजीवादी अर्थव्यवस्था में मुख्य भूमिका पूँजी व उद्यम की होती है, अतः देश के कुल उत्पादन व उपभोग में मुख्य हिस्सा पूँजीपति व उद्यमी को मिलना चाहिए, किंतु ये दोनों विचार आधे-अधूरे एवं अमानवीय हैं। अतः भारतीय चिंतन ने मानवीय दृष्टिकोण से अपने लिए जो दिशा-सूत्र (नारे) निश्चित किए हैं, वे हैं—'कमानेवाला खिलाएगा तथा जो जनमा, सो खाएगा,'—इसका अर्थ है कि कमानेवाला परिवार में बच्चे, बूढ़े,

रोगी, अपाहिज, अतिथि आदि सबके भरण-पोषण की चिंता करेगा और देश में अभावग्रस्त, निर्धन-निर्बल व्यक्ति के निर्वाह का भी समाज का दायित्व होगा। इसी क्रम में से आगे चलकर अंत्योदय के लिए आर्थिक नीति बनाने की दिशा सामने आई और अधिक विचार करने पर यह भी ध्यान आया कि यदि कमानेवाला खिलाएगा और जनमा सो खाएगा, इतना ही कहकर छोड़ दिया तो इससे मुफ्तखोरी और काम न करने की प्रवृत्ति पनपने का खतरा हो सकता है, अत: इस नारे के साथ 'खानेवाला कमाएगा' भी जोड़ा गया। इस समूचे विचार को ध्यान में रखकर ही हमें भारत की अर्थरचना करनी होगी। इसी में से रोजगारपरक उत्पादन प्रणाली का ढाँचा खड़ा होगा। दीनदयालजी का कहना था कि हमें आर्थिक प्रश्नों पर विचार करते समय नैतिकता एवं आर्थिकेतर कारकों का भी विचार करना चाहिए। *(पं. दीनदयाल उपाध्याय, खंड 4, पृ. 37; एकात्म मानववाद, 71-77)*

दीनदयालजी ने अपनी दूरदृष्टि से इस बात को भी भली प्रकार समझ लिया था कि हमारी अर्थव्यवस्था का उद्देश्य असीम भोग नहीं, संयमित उपभोग ही होना चाहिए। अब यह स्पष्ट हो चुका है कि आज हम उपभोक्तावाद पर आधारित उपभोग की जिस शैली एवं तौर-तरीकों को अपनाते जा रहे हैं, उसका पर्यावरण एवं सामाजिक, दोनों ही दृष्टियों से लंबे समय तक टिक पाना संभव नहीं लगता। इतना ही नहीं, यह सबके लिए धारणक्षम मानव विकास की संभावनाओं को ही कमजोर किए जा रही है। यह इस विश्वास को इंगित करता है कि सीमित-संयमित धारणक्षम व्यवहारक्षम उपभोग-शैली एवं जीवन-शैली अपनाकर ही धारणक्षम मंगलकारी विकास के उद्देश्य को प्राप्त किया जा सकता है। इसके अलावा दीनदयालजी का एक और महत्त्वपूर्ण दिशा-संकेत यह भी है कि समाज को सुखी एवं संतुष्ट रखना हो तो ग्राहकाभिमुख वितरण व्यवस्था और पर्याप्त मात्रा में वितरणाभिमुख उत्पादन होना चाहिए। *(पं. दीनदयाल उपाध्याय विचारदर्शन, खंड 4, पृ. 37)*

दीनदयालजी द्रव्य आस्तिकता के दोष से अर्थव्यवस्था एवं आर्थिक योजनाओं को बचाए रखने पर जोर देते थे। द्रव्य आस्तिकता से आशय है— केवल अधिक पैसा खर्च करने से अधिक प्रगति होती है, यह विश्वास और उसी दृष्टि से किया जानेवाला द्रव्य की माप-तौल। *(पं. दीनदयाल उपाध्याय विचार दर्शन, खंड 4, पृ. 105)*

इतना ही नहीं, केंज का यह विचार कि मंदी व बेरोजगारी दूर करने के लिए सरकारी निवेश, खर्च में वृद्धि व घाटे का बजट बनना चाहिए, दीनदयालजी को यह कतई मान्य नहीं था। उनका कहना था कि हमें यह भी देखना होगा कि सरकारी निवेश व खर्च किन कामों पर हो रहा है। इस दृष्टि से साध्य-साधन विवेक का भी ध्यान रखना होगा। वे एक ऐसी अर्थरचना के पक्षधर थे, जिसमें कार्य की मूल प्रेरणा अनियंत्रित प्रतियोगिता अथवा लाभ की वृत्ति न होकर कर्तव्य सुख हो। व्यक्ति को दिया जानेवाला पारिश्रमिक उसके द्वारा किए गए श्रम का प्रतिदान नहीं वरन् उसके योगक्षेम की व्यवस्था मानी जाए। इसके लिए अर्थचक्र को समाजशास्त्र एवं धर्मशास्त्र (नीतिशास्त्र) के अनुकूल नियोजित करना आवश्यक है। कुल मिलाकर वे उपभोक्तावाद, स्पर्धावाद, वर्ग-संघर्ष पर आधारित अर्थरचना को ठीक नहीं मानते। उनके अनुसार, मनुष्य की प्राकृत भावनाओं का संस्कार करके उसमें प्रकृति की मर्यादा के प्रकाश में अधिकाधिक उत्पादन, समान वितरण एवं संयमित उपभोग की प्रवृत्ति पैदा करना ही आर्थिक क्षेत्र में सांस्कृतिक कार्य है। वे देश व समाज को अर्थ-विकृति से हटाकर अर्थ-संस्कृति की दिशा में ले जाना चाहते थे। आज पूँजीवादी अर्थव्यवस्था में व्यक्ति या तो मात्र अर्थपरायण बनकर रह गया है या फिर अपने निजी व्यक्तित्व को नष्ट कर वह एक नंबर बनता जा रहा है। दूसरी ओर साम्यवादी अर्थव्यवस्था में व्यक्ति की अपनी रुचि, प्रकृति, प्रवृत्ति, प्रेरणा व पहल को समाप्त कर उसे जेल के एक कैदी के समान बना दिया गया है। इस प्रकार दोनों ही व्यवस्थाओं में व्यक्ति अपने व्यक्तित्व को खोता जा रहा है। अत: हमें ऐसी अर्थरचना बनानी होगी, जिसमें व्यक्ति को गरिमापूर्ण स्थान मिले और वह पुरुषार्थशील बनकर राष्ट्र के सार्वजनीन मंगल में अपनी पूर्ण क्षमता के साथ योगदान कर सके। अंत में मैं दीनदयालजी की आकांक्षा को उन्हीं के शब्दों में प्रस्तुत करना चाहता हूँ, 'विश्व का ज्ञान और आज तक की अपनी संपूर्ण परंपरा के आधार पर हम ऐसे भारत का निर्माण करेंगे, जो हमारे पूर्वजों के भारत से अधिक गौरवशाली होगा, जिसमें जनमा मानव अपने व्यक्तित्व का विकास करता हुआ संपूर्ण मानव ही नहीं अपितु सृष्टि के साथ एकात्म का साक्षात्कार कर नर से नारायण बनने में समर्थ हो सकेगा।' *(एकात्म मानववाद, 85)*

□

एकात्म समाज विज्ञान

'सामाजिक विज्ञान' (Social Science) शब्दावली का प्रयोग सबसे पहले 1824 में विलियम थॉम्पसन ने अपनी पुस्तक "An Inquiry into the principles of the Distribution of Wealth Most conducive to Human Happiness : applied to the newly Proposed system of voluntary equality of wealth" में किया था। इसके बाद से अध्ययन के विभिन्न विषयों को Social Science और Natural or Physical Science के रूप में वर्गीकृत किया जाने लगा। इस विभाजन को ही आगे चलकर सॉफ्ट साइंस (Soft sciences) और हार्ड साइंस (Hard sciences) भी कहा जाने लगा। सामाजिक विज्ञान को समाज, विभिन्न समुदायों और व्यक्तियों के जीवन व्यवहारों तथा इनके आपसी संबंधों के अध्ययन के रूप में परिभाषित किया जा सकता है। इसमें मुख्य रूप से समाजशास्त्र, अर्थशास्त्र, राजनीतिशास्त्र, भूगोल, इतिहास, मनोविज्ञान आदि शास्त्र आते हैं, किंतु अब इसमें धीरे-धीरे और भी कई नए विषय जुड़ते जा रहे हैं, जैसे—संचार अध्ययन, विकास अध्ययन, सूचना विज्ञान, सामाजिक-जीवविज्ञान आदि।

समय के साथ-साथ अब यह भी ध्यान आने लगा है कि सॉफ्ट साइंस (Soft Science) और हार्ड साइंस (Hard Science) का वर्गीकरण और सामाजिक विज्ञानों के भी विभिन्न विषयों का अलग-अलग अध्ययन अब अपना महत्त्व खोता जा रहा है। अत: अब मानवीय व्यवहारों एवं क्रियाकलापों और इन्हें प्रभावित करनेवाले कारकों को समझने तथा उनका विवेचन-विश्लेषण करने के लिए अंतर्शास्त्रीय अध्ययन (Interdisciplinary studies) और समग्र-समन्वित दृष्टिकोण पर जोर दिया जाने लगा है।

भारतीय मनीषी तो प्रारंभ से ही इसी दृष्टिकोण के पक्षपाती रहे हैं। भारतीय परंपरा में विद्या का वर्गीकरण परा-विद्या (सनातन ब्रह्म के साक्षात्कार का मार्ग बतानेवाली विद्या) एवं अपरा विद्या (दैनंदिन जीवन की समस्याओं के समाधान और जीवन यापन के मार्ग बताने वाली विद्या) के रूप में किया गया है। कौटिल्य ने विद्या के चार मुख्य समूह बताए हैं, 'आन्वीक्षिकी त्रयी वार्त्ता दंडनीतिश्च विद्या' (दर्शनशास्त्र, वेदत्रयी, अर्थशास्त्र, राजनीतिशास्त्र या लोकप्रशासन) बताए हैं। इसके अलावा हमारी परंपरा में अनेक शिल्प, चौंसठ कलाओं आदि का भी विस्तृत विवरण उपलब्ध है, किंतु भारतीय परंपरा का वैशिष्ट्य यह रहा है कि एक ही शास्त्र में एक साथ कई विषयों का विवेचन है अथवा किसी एक विषय या विद्या का विवेचन करते हुए दूसरी विद्या को आँखों से ओझल नहीं होने दिया गया है। इस प्रकार भारत के विभिन्न शास्त्रों में कमोबेश दोनों प्रकार की विद्याओं के बीच योग्य प्रकार का संतुलन बनाए रखने का प्रयास रहा है। इस समग्र-समन्वित एकात्म दृष्टिकोण को आधार बनाकर हम समाज के सामने उपस्थित सवालों, समस्याओं एवं संकटों के समाधान की दिशा के बारे में सोचें, यही इस संगोष्ठी के आयोजन की भूमिका है और इसीलिए इस संगोष्ठी को मैं एकात्म समाज विज्ञान संगोष्ठी कहना अधिक पसंद करूँगा।

आज की सबसे बड़ी चुनौती भारत के बौद्धिक-शैक्षिक-अकादमिक जगत् को मार्क्स, मैकाले, मिशनरी, मदरसा और मुद्रा-केंद्रित चिंतन की जकड़न से बाहर निकालकर, एकात्म दृष्टि पर आधारित भारत-केंद्रित अध्ययन-अन्वेषण व चिंतन को प्रारंभ व प्रतिष्ठित करने की है। यहाँ इस आवश्यकता की पृष्ठभूमि को समझ लेना समीचीन ही होगा।

इस कार्य के तीन मुख्य आयाम हैं—वैचारिक-सैद्धांतिक अधिष्ठान (Conceptual Framework), व्यवहारमूलक मान्यताएँ (Behavioural Assumptions), और संस्थागत संरचना (Institutional set-up)। ये तीनों आयाम परस्पर संबंधित और परस्पर निर्भर हैं। अतः हमें इन तीनों ही आयामों पर एक साथ भारत-केंद्रित अध्ययन-अन्वेषण के काम प्रारंभ करने पड़ेंगे। भारत केंद्रित अध्ययन के भी दो मुख्य पहलू हैं—पहला, भारतीय समाज की प्रकृति-प्रवृत्ति-संस्कृति-आशा-आकांक्षा-आवश्यकताओं, सामाजिक-आर्थिक-

राजनीतिक परिस्थितियों, साधन-संपदाओं एवं कौशल-प्रतिभाओं के अनुरूप अध्ययन करना और दूसरा भारतीय जीवन-मूल्यों के प्रकाश में भारत सहित समूचे विश्व के लोकमंगल के लिए मॉडल विकसित करना।

ऐसा दिखाई देता है कि अनेक प्रकार की महत्त्वपूर्ण उपलब्धियों के बावजूद विश्व के विद्वान्-विचारक पश्चिमी देशों के समाज की प्रगति की वर्तमान दृष्टि, दिशा, दशा और सामाजिक-आर्थिक-राजनीतिक संरचना से संतुष्ट नहीं हैं। स्वतंत्र भारत ने भी कार्टेजियन-न्यूटोजियन दर्शन के पश्चिमी वैचारिक अधिष्ठान पर आधारित जिस सामाजिक-आर्थिक-राजनीतिक संरचना का निर्माण व प्रयोग किया है, उससे समस्याएँ सुलझने की बजाय उलझती जा रही हैं। कुल मिलाकर आज मनुष्य की मूलभूत समस्याओं का सुखद व शांतिपूर्ण समाधान दे पाने में सब प्रकार के 'वाद' असफल एवं असंगत होते जा रहे हैं। तथाकथित नई टेक्नोलॉजी भी स्वयं मनुष्य के अस्तित्व एवं पर्यावरण के लिए खतरा बनती जा रही है। विभिन्न व्यवस्थाओं, नीतियों, दर्शन एवं दृष्टिकोणों के दीर्घकालीन अनुभवों के बाद आज समूचा संसार एक नई वैकल्पिक व्यवस्था एवं दृष्टिकोण की बड़ी आतुरता से प्रतीक्षा कर रहा है। विकल्प की तलाश के इस कालखंड में भारतीय मनीषियों द्वारा दी गई व्यवस्थाएँ एवं उनके द्वारा प्रकट किए गए विचार व सिद्धांत हमें इस नई संरचना के लिए मार्गदर्शक सूत्र प्रदान कर सकते हैं। इन मूल-भूत आधार-सूत्रों को पकड़कर नई संरचना का मॉडल प्रस्तुत करने का काम आज की भारतीय मनीषा को करना है, यही उसके सामने युगीन चुनौती है।

यह काम करने की दृष्टि से जिन पाँच आधार-सूत्रों को पकड़कर आगे बढ़ना होगा, उसी पंचामृत को संक्षेप में यहाँ प्रस्तुत करने का एक विनम्र प्रयास किया जा रहा है—

1. भारतीय चित्त, मानस व काल की योग्य समझ विकसित करना (To develop a proper understanding of Bhartiya Chitta, Maanas and Kaal)

दुर्भाग्य से अभी तो हमारा बौद्धिक-अकादमिक जगत् बहुत कुछ यूरो-अमेरिकी बुद्धि तथा ईसाइयत की मान्यताओं, विश्वासों और तर्क प्रणाली पर

ही आधारित है। इसीलिए ईसाइयत की आस्था से प्रेरित डेकार्टेयिन मॉडल से ही अभी के राजनीतिशास्त्र, समाजशास्त्र, अर्थशास्त्र, दर्शनशास्त्र आदि प्रेरणा ग्रहण करते हैं। अत: आज आवश्यकता है कि हिंदू मनीषा इस यूरंडपंथी ग्रहण से मुक्त हो।

इसके लिए सबसे पहली आवश्यकता है भारतीय चित्त, मानस व काल की योग्य समझ विकसित करना, पर इस देश का तथाकथित शिक्षित वर्ग तो पश्चिमी चित्त, मानस व काल की दृष्टि से ही भारतीय समाज को देखने-समझने, जाँचने-परखने और उसका मूल्यांकन करने का काम कर रहा है और इस क्रम में उन्होंने भारत के आम आदमी की भारतीय चित्त, मानस व काल की संकल्पनाओं और भारत के आम आदमी की समझ को ही नकारना शुरू कर दिया है। इतना ही नहीं, उन्होंने इसे दकियानूसी एवं पिछड़ेपन की सोच बताकर भारत पर पश्चिमी चित्त, मानस व काल की संकल्पनाओं को थोपना शुरू कर दिया है। इस सबको देखकर भारत का आम आदमी भौचक्का है और विश्वविद्यालयों की पोथियों में खोए रहनेवाला छोटा सा शिक्षित वर्ग झुँझला रहा है। इस प्रकार भारत का बुद्धिजीवी भारतीय मन को न तो समझना चाहता है और न ही समझ पा रहा है, इसके परिणामस्वरूप बौद्धिक एवं अकादमिक क्षेत्र में भारतीय मन घायल होकर मूर्च्छित अवस्था में पड़ा है।

प्रमुख गांधीवादी चिंतक श्री धर्मपालजी का इस संबंध में स्पष्ट मत यह है कि आज के विश्व में भारतीय जीवन के लिए भारतीय चित्त, मानस व काल को समझकर कोई नया संतुलन ढूँढ़े बिना हम देश के लिए कोई सार्थक काम कर ही नहीं सकते। हमें यह समझना ही पड़ेगा कि इस देश के सामान्य जन इसे किस दिशा में ले जाना चाहते हैं, वर्तमान की उनकी समझ और भविष्य का उनका प्रारूप क्या है, उनका स्वभाव, आदतें, विश्वास, परंपराएँ, इच्छा-आकांक्षाएँ और उनकी काल-गणना के प्रकार क्या हैं ? यहाँ का साधारणजन तो अभी भी पौराणिक युग की बात करता है और कलियुग में ही जी रहा है। अत: आज आवश्यकता इस बात की है कि हमें अपने देश व काल की सीमाओं के अंतर्गत अपने स्वयं के समाज और विश्व समाज को देखना-समझना आना चाहिए। यही तो है विश्व सभ्यता को समझने की भारतीय दृष्टि और तब

हमें कलियुग की दृष्टि से 21वीं सदी को समझना पड़ेगा, न कि 21वीं सदी की दृष्टि से कलियुग को। ऐसा करके ही हम भारतीय चित्त-मानस-काल व परिस्थिति के अनुरूप अपनी समाजव्यवस्था, राज्यव्यवस्था, अर्थव्यवस्था एवं अन्य व्यवस्थाओं और तंत्र का फिर से निर्माण कर सकेंगे और इसी में से हमारा भविष्य का प्रारूप भी जन्म लेगा।

इस प्रकार हमें भारत के सामान्य जन के मन को समझते हुए उसके मन के अंदर चल रही भाव-भावनाओं व विचारों को स्वर देना होगा। इतना करने मात्र से ही उसका आत्मबोध और आत्मगौरव जाग्रत् होकर वह क्रियाशील हो उठेगा।

विश्व परिदृश्य और विश्व सभ्यताओं को भारतीय दृष्टि से देखने-समझने की आवश्यकता है, किंतु दुर्भाग्य से हमारे समाज विज्ञान ने तो भारत एवं विश्व परिदृश्य दोनों को यूरोपीय-ईसाई दृष्टि से देखने-समझने को ही विद्वत्ता मान लिया है। एक पंथवादी मत पर आधारित इस्लाम और ईसाइयत की टकराहट आज विश्व अशांति का कारण बनती दिख रही है। इसका भारतीय दृष्टि से विवेचन-विश्लेषण करने की आवश्यकता है।

2. भारत के प्राचीन साहित्य, इतिहास व परंपराओं के अध्ययन की आवश्यकता (Need for the study of ancient Indian literature, its History and Traditions)

भारतीय चित्त व मानस को समझने के लिए हमें अपने संपूर्ण प्राचीन साहित्य को पढ़-समझकर और इतिहास के घटनाक्रमों का योग्य विवेचन कर यह देखना होगा कि इस देश के मानस और उसकी विभिन्न राजनीतिक, सामाजिक, आर्थिक, शैक्षिक व्याप्तियों का क्या चित्र उभरता है तथा वह चित्र समय-समय पर कैसे बदलता-सँवरता रहा है। पर आज तो भारत के प्राचीन मनीषियों द्वारा वर्षों की साधना से प्राप्त ज्ञानराशि के अध्ययन-अन्वेषण का वर्तमान विद्यालयों-विश्वविद्यालयों में कोई स्थान नहीं रह गया है, बल्कि इस प्राचीन भारतीय ज्ञान-साधना को तो अव्यावहारिक, अप्रासंगिक, असंगत, आधुनिक युग में अनुपयोगी, दकियानूसी, पिछड़ा, प्रगति विरोधी बताकर इसके प्रति उपेक्षा, तिरस्कार, निंदा एवं आत्मग्लानि के भाव का निर्माण कर इससे आज के अध्येता को काट देने

का प्रयास होता रहा है। पिछले दो सौ वर्षों में पश्चिम के कुछ विद्वानों ने या तो उनकी अपनी एक विशेष रणनीति के तहत अथवा उनकी अपनी समझ व दृष्टि के अनुसार भारत के प्राचीन साहित्य, यहाँ की परंपराओं, रीति-रिवाजों, मान्यताओं की अपनी व्याख्याएँ प्रस्तुत की हैं और उनकी देखादेखी भारत के कुछ विद्वानों ने भी उनकी ही नकल करके इस संबंध में कुछ अध्ययन-अन्वेषण प्रस्तुत किए हैं अथवा प्राचीन भारतीय साहित्य का एक और भी ढंग से अध्ययन किया गया है। इसके माध्यम से पश्चिम की संकल्पनाओं, व्यवस्थाओं, वृत्ति एवं समझ को सही ठहराने व पुष्ट करने के लिए प्राचीन भारतीय साहित्य के संदर्भों की व्याख्याएँ प्रस्तुत की गई हैं। इस प्रकार प्राचीन भारतीय शास्त्रों को पश्चिमी आधुनिकता का साक्षी बनाकर खड़ा करने का अनाचार किया गया है।

इतना ही नहीं तो पश्चिम के विचारों, संकल्पनाओं, सिद्धांतों, संस्थाओं, मान्यताओं, संरचनाओं, भाषा-शैली व मुहावरों को प्रमाण मानकर उन्हीं के पैमानों पर, उनकी दृष्टि से और उनके ही चौखटों में भारत की संकल्पनाओं व संस्थाओं की तुलना की जाती है तथा आधुनिकता के नाम पर पश्चिम की इन सब संकल्पनाओं व संस्थाओं को ही भारत पर लादने का प्रयास होता है। उदाहरण के लिए, आज के समाज विज्ञानों में हम आर्थिक विकास, आर्थिक क्रियाकलापों के वर्गीकरण, आर्थिक प्रणाली, राजनीतिक प्रणाली, चुनाव प्रणाली, शासन-प्रशासन के तौर-तरीके व तंत्र, कानून, संविधान, परिवार व विवाह संस्थाएँ, स्त्री-पुरुष संबंध, लिविंग टूगेदर (Living Together), सामाजिक नाते-रिश्ते, जाति-प्रजाति के विवेचन, राष्ट्र-राज्य, सेक्युलरिज्म, अल्पसंख्यकवाद, शिक्षा का दर्शन, शिक्षा प्रणाली, परीक्षा व मूल्यांकन प्रणाली, इतिहास की द्वंद्वात्मक व्यवस्था, मनुष्य के मनोविज्ञान आदि से संबंधित पश्चिमी विचार व संकल्पनाएँ ही पढ़ते-पढ़ाते हैं।

भारत की 80 प्रतिशत जनसंख्या तो आज भी यूरोपीय विचार और शैली जानती और मानती भी नहीं है, परंतु पश्चिमी विचारों से भयाक्रांत शिक्षित लोग उन्हें पिछड़ा व अंधविश्वासी कहकर आलोचना करते हैं और उन्हें अपने जैसा यूरोपियों का नकलची बनाना चाहते हैं। यही उनकी विकास और आधुनिकता की कल्पना है।

ऐसी स्थिति में हमें अपने प्राचीन साहित्य का, अपनी संकल्पनाओं, संस्थाओं व परंपराओं का अपनी दृष्टि से अध्ययन-अन्वेषण करना होगा। इस अध्ययन के आधार पर अपना एक सैद्धांतिक ढाँचा बनाना पड़ेगा और समय-समय पर इसमें आवश्यक संशोधन-परिवर्तन करते रहना पड़ेगा। इसी में से हमें सही-गलत, उचित-अनुचित, उपयोगी-अनुपयोगी के विवेक का आधार मिल सकेगा।

अब तक हमारा इतिहास ज्यादातर दरबारी इतिवृत्तों और ताम्र अभिलेखों, विदेशी यात्रियों के यात्रा-वृत्तांतों आदि पर आधारित रहा है। इस इतिहास-लेखन की दिशा व स्वरूप, तथ्यों पर कम, विचारात्मक आग्रहों पर ज्यादा निर्भर है। 19वीं शताब्दी की यूरोप की इतिहास दृष्टि के अनुसार, समाज विकास की एक सीढ़ी के रूप में 'सामंतवाद' के मौजूद रहने के कारण यह मान लिया गया कि भारत में भी सामंतवाद का एक दौर अवश्य रहा होगा। इसी तरह मार्क्स की द्वंद्वात्मक भौतिकवाद की दृष्टि और साधनयुक्त और साधनहीन के बीच संघर्ष की छाया में ही भारत के इतिहास की भी व्याख्याएँ प्रस्तुत की गई हैं, किंतु हमें भारत के इतिहास की सही तसवीर को समझने के लिए गाँवों व कस्बों में बिखरे पड़े रिकॉर्डों, धार्मिक-सांस्कृतिक केंद्रों के रिकॉर्डों, पंडों, जागाओं-चारणों-भाटों के पास मौजूद रिकॉर्डों को खँगालना होगा और साथ ही भारत के गाँव-देहात में प्रचलित लोकोक्तियों, लोककथाओं एवं पुराने ग्रंथों के वर्णनों को भी एक साथ जोड़कर अपने इतिहास के घटनाक्रमों को समझने का एक गंभीर प्रयास करना होगा। हमें अपने प्राचीन साहित्य, अतीत एवं दुनिया को अपनी निगाह से देखना-समझना होगा। हमारे देश को टिकाए रखने और उसकी सुरक्षा के लिए हमारी अटूट प्राचीन परंपरा का ज्ञान, उसे फिर से बल प्रदान करने, संरक्षित रखने और उसकी फिर से युगानुरूप व्याख्या प्रस्तुत करने की जरूरत है। कुल मिलाकर, इस संपूर्ण परिस्थिति को यदि बदलना चाहते हैं तो हमें अध्ययन करना होगा स्वयं का, अपने इतिहास का और अपने समाज का।

3. एकात्म सर्वंकश विश्वदृटि (Integral-Holistic-Worldview)

पश्चिमी चिंतन कार्टेजियन-न्यूटोनियन दर्शन पर आधारित खंडित यांत्रिक विश्वदृष्टि में से उपजा है। इस पश्चिमी चिंतन की सबसे बड़ी कमजोरी यह

है कि वह धरती के सीमित साधनों से असीमित प्रगति कर लेना चाहता है। इसके कारण ही आपाधापी, लूट-खसोट, साम्राज्यवाद, शोषण, संघर्ष, विषमता, आतंक, अराजकता और सामाजिक संबंधों में बिखराव व विघटन की स्थिति उत्पन्न होती जा रही है और सर्वसामान्य समाज में भूख, बेकारी व बीमारी जैसी समस्याएँ बढ़ती जा रही हैं।

पश्चिमी चिंतन के विपरीत भारतीय मनीषियों ने सर्वंकश एकात्म विश्वदृष्टि को स्वीकार किया था। इसी को विज्ञान की नवीनतम खोजों ने अविभाज्य समग्रता (Unbroken Wholeness) की संकल्पना का नाम दिया है। हमारे मनीषियों ने प्रारंभ से ही इस सत्य का दर्शन कर लिया था और इसीलिए कहा था कि 'यत्पिण्डे तत्ब्रह्माण्डे' एवं 'सर्वं खल्विदं ब्रह्म' इसी आधार पर यह कहा गया है कि व्यष्टि, समष्टि और सृष्टि ये अलग-अलग और स्वतंत्र इकाइयाँ नहीं हैं, अपितु इनके बीच सावयवी अंगांगी संबंध है, अत: इनके बीच एकलयता एवं समरसता बनाए रखनेवाली संरचनाएँ और व्यवस्थाएँ ही लोकमंगल कर सकती हैं। इस समग्र-समन्वित दृष्टिकोण के अनुरूप वह प्रणाली सर्वोत्तम मानी जाएगी, जिसमें व्यष्टि और समष्टि के बीच उचित समन्वय बनाए रखा जा सके। समाज जीवन में किसी एक सीमा तक स्वतंत्रता एवं स्वहित की प्रेरणा का महत्त्व होता है, किंतु इसे नैतिक मूल्यों एवं प्रावधानों के माध्यम से सार्वजनिक हित में निर्देशित एवं नियमित भी किया जाना चाहिए। अत: हमारी संरचना ऐसी होनी चाहिए, जिसमें निजी उद्यम, प्रेरणा व पहल के साथ-साथ सामाजिक-नैतिक-वैधानिक नियंत्रण की भी व्यवस्था रहे।

मनुष्य को उसकी विभिन्न आवश्यकताओं और समस्याओं के संदर्भ में अलग-अलग टुकड़ों में देखने-समझने की बजाय उसे उसके समग्र एवं एकात्म स्वरूप में ही देखा जाना चाहिए। मनुष्य की विभिन्न समस्याएँ एक-दूसरे के साथ गहरे रूप से जुड़ी-गुँथी हुईं, परस्पर निर्भर एवं परस्पराश्रित होती हैं और अंतर्क्रिया द्वारा एक दूसरे को सतत प्रभावित भी करती रहती हैं। अत: न तो किसी एक समस्या को अलग से ठीक से समझा ही जा सकता है और न ही उसका अलग-थलग कोई हल ही प्रस्तुत किया जा सकता है। मानवीय जीवन से संबंधित इस प्रकार के समग्र दृष्टिकोण के कारण विभिन्न समस्याओं को

उनके अपने संकीर्ण अर्थों में किसी एक या दो कारकों तक ही सीमित न रखकर उनका संबंध संपूर्ण सामाजिक परिवेश से जोड़कर उसी व्यापक धरातल पर उनका हल भी खोजने का प्रयास किया जाना चाहिए। इस समग्र दृष्टिकोण का ही परिणाम है कि प्राचीन भारतीय मनीषियों द्वारा दिए गए विधान और व्यवस्थाएँ तथा विकसित की गई संरचनाएँ, संस्थाएँ व अवधारणाएँ एकाकी व एकपक्षीय न होकर सर्वतोमुखी-सर्वपक्षीय अथवा बहुआयामी-बहुपक्षीय रही हैं। संभवत: इसी कारण कुछ आधुनिक विशेषज्ञों को इन्हें ठीक से समझने में कठिनाई भी रहती है। अत: आज आवश्यकता इस बात की है कि हम इस समग्र-समन्वित दृष्टिकोण को मानवीय व्यवहारों के अपने विवेचन-विश्लेषण का आधार बनाने की दिशा में सोचें।

चूँकि मनुष्य, प्रकृति और पर्यावरण अविभाज्य हैं, अत: मनुष्य को प्रकृति के साथ तालमेल करते हुए रहना चाहिए और इसी को आधार बनाकर संपूर्ण संरचना का निर्माण करना चाहिए। भारतीय मनीषियों द्वारा समाज जीवन के विभिन्न पक्षों के संबंध में जो व्यवस्थाएँ व दिशा-निर्देश दिए गए हैं, उन सबमें प्रकृति के साथ सहअस्तित्व, सामंजस्य और सौहार्द के साथ मातृभाव दृष्टि का ही विधान मिलता है। इस समग्र एकात्म चिंतन के आधार पर भारतीय मनीषियों ने जिस संरचना का विकास किया था, आज के संदर्भ में उसे पुनर्परिभाषित एवं पुनर्स्थापित करने की आवश्यकता है।

4. एकात्म मानव की अवधारणा (The concept of Integral man)

भारतीय चिंतन परंपरा में मनुष्य को केवल अपनी जैविकीय एवं भौतिक आवश्यकताओं की पूर्ति के लिए यंत्रवत् काम करनेवाली किसी भौतिक, आर्थिक एवं स्थूल इकाई के रूप में ही नहीं देखा है, बल्कि वे तो इसे सर्वव्यापक ब्रह्म के स्वरूप में सूक्ष्म एवं चैतन्य एकात्म मानव के रूप में ही स्वीकार करते हैं।

इस विचार परंपरा के अनुसार मनुष्य शरीर व बुद्धि का मिश्रण मात्र नहीं है, अपितु उसमें आत्मा की भी शक्ति है, जो शुद्ध, कल्याणकारक और दैवी गुणों से परिपूर्ण है। अत: मनुष्य जहाँ अपने हृदय की दुर्बलताओं, मन की कमजोरियों एवं स्वार्थवृत्तियों के कारण समाज में अनेक समस्याओं को जन्म देता है, वहीं

यदि उसके अंतस् की सद्वृत्तियों एवं देवत्व को जगाने एवं बढ़ाने का प्रयास किया जाए तो सामाजिक कल्याण का वाहक भी बन सकता है।

विश्व में प्रचलित वर्तमान व्यवस्थाओं में मनुष्य अपना स्थान खोता जा रहा है। मनुष्य व्यवस्था का केंद्र बनने के स्थान पर व्यवस्था का दास बनता जा रहा है। अतः मनुष्य-केंद्रित, मानवीय संवेदनाओं से परिपूर्ण एक मानवीय व्यवस्था का निर्माण करना होगा। यह एक ऐसी व्यवस्था होगी, जिसमें मनुष्य को उसकी महानता का अहसास कराते हुए उसकी योग्यताओं एवं क्षमताओं का जागरण कर उसे उसका उचित स्थान दिलाना होगा और साथ ही उसके व्यक्तित्व में अंतर्निहित दैवी ऊँचाइयों को प्राप्त करने के प्रयास में उसे सब प्रकार से प्रोत्साहित भी करना होगा।

5. धर्माधारित समाज-संरचना (Dharma based social structure)

निःसंदेह रूप से भारतीय समाज, भारतीय विचार व मानस धर्म-प्रधान रहा है। धर्म शब्द 'धृ' धातु से बना है, जिसका अर्थ है—धारण करना। यह स्पष्ट रूप से दरशाता है कि 'धर्म' की अवधारणा ऐसी व्यवस्थाओं एवं क्रियाकलापों का नाम है, जो मनुष्य जीवन का धारण, निर्वहन और पोषण करते हैं। 'धारणाद्धर्ममित्याहु धर्मणा विधृतः प्रजाः' इस दृष्टि से धर्म का अर्थ उन सामाजिक-नैतिक नियमों तथा मर्यादाओं से है, जो समाज के धारण, पोषण और विकास के लिए आवश्यक हैं। इस प्रकार धर्म और नैतिकता समानार्थक हो जाते हैं। भारतीय मनीषियों के अनुसार वही समाज-रचना मंगलकारी हो सकती है, जो धर्माश्रयी हो और धर्म-नियंत्रित हो। अतः उनके अनुसार नैतिकता (अथवा धर्म) को समाज, संरचना, व्यवहारों एवं सिद्धांतों से न तो अलग किया जा सकता है और न ही अलग किया जाना चाहिए, किंतु इसे विचित्र ही कहा जाएगा कि आज के सामाजिक विज्ञान से संबंधित लगभग सभी शास्त्र अपना नैतिकता का मूल्यबोध या धर्म से कोई संबंध नहीं मानते। वे तो अपने मूल्यों के प्रति तटस्थता को ही सही व पक्षपात रहित अध्ययन का आधार मानते हैं, जबकि भारतीय समाज-रचना, संस्थाएँ एवं मानवीय व्यवहार तो धर्म और नैतिकता के बोध मूल्यों से अँटे पड़े हैं। इसीलिए तो भारत में राजा या शासक

को धर्मरक्षक, धर्मवाहक, धर्मध्वजी आदि विशेषणों से संबोधित किया जाता रहा है। राज्य या शासक को धर्मदंड से नियंत्रित करने, धर्मराज्य की स्थापना करने, 'धर्मसंस्थापनार्थाय' और 'धर्मचक्रप्रवर्तनाय' जैसी उद्‌घोषणाएँ भी इसी दिशा की ओर संकेत करती हैं। धर्म्य अर्घः (धर्माधारित कीमत), धर्म्या वृद्धिः (धर्माधारित ब्याज दर), धर्म्या भृतिः (धर्माधारित मजदूरी), धर्मेण धर्माय च धनः (धर्म मार्ग से धर्म कार्य के लिए धनार्जन), धर्मशाला, धर्मकाँटा, धर्मसत्र आदि अवधारणाएँ एवं संस्थाएँ भी तो इसी चिंतन की उपज रही हैं। अतः आज आवश्यकता इस बात की है कि सामाजिक विज्ञान के क्षेत्र में धर्म, नैतिकता एवं आध्यात्मिक जीवन-मूल्यों के प्रकाश में विवेचन-विश्लेषण की प्रक्रिया प्रारंभ करें, तभी वे समाज-जीवन को सार्थक दिशा दे सकने में उपयोगी हो सकेंगे।

आगे की कार्य दिशा (The Task Ahead)

हिंदू चिंतन में विभिन्न समस्याओं का समाधान मानवीय, नैतिक, आध्यात्मिक एवं एकात्म जीवन-दृष्टि के आधार पर प्रस्तुत करने का प्रयास किया गया है। भारतीय मनीषियों की मुख्य विशेषता यह रही है कि उन्होंने अपने विचारों को व्यावहारिक रूप देने के लिए उस समय की सामाजिक-आर्थिक संरचना में ऐसी संस्थाओं व व्यवस्थाओं का समावेश किया था, जिनके माध्यम से नैतिक मूल्यों एवं सामाजिक आदर्शों के अनुरूप व्यवहार करना व्यक्ति की दैनंदिन दिनचर्या का अभिन्न अंग बन जाए। इस दृष्टि से हम चार पुरुषार्थों की संकल्पना, वर्णाश्रम व्यवस्था, संयुक्त परिवार प्रणाली, शिक्षा की गुरुकुल प्रणाली, पंचमहायज्ञ एवं अन्य विभिन्न प्रकार के यज्ञ, दान, दक्षिणा, इष्टापूर्त, सर्वव्यापक ब्रह्म की अवधारणा, कर्मफल सिद्धांत, प्रकृति के प्रति जननी भाव, दया, परोपकार, परहित व त्याग जैसे गुणों का महत्त्व, स्नेह, सहयोग, शुचिता, सात्त्विकता, सहभागिता एवं सर्वकल्याण (सर्वे भवन्तु सुखिनः, सर्वभूतहिते रतः) की भावना पर जोर आदि हिंदू जीवन की विशेषताओं को देख सकते हैं। आज संसार के अनेक विद्वान्-विचारक नैतिक एवं मानवीय मूल्यों से युक्त वैकल्पिक समाज रचना की आवश्यकता अनुभव करने लगे हैं और इस दृष्टि से उनका झुकाव स्वाभाविक रूप से ही हिंदू चिंतन की ओर आया है। अभी कुछ वर्षों

पूर्व संयुक्त राष्ट्र द्वारा विश्व के सामंजस्यपूर्ण विकास में धर्म की भूमिका पर विचार करने के लिए विश्व के प्रमुख धर्माचार्यों का सम्मलेन आयोजित करना इसी विचार-परंपरा को पुष्ट करता है।

प्राचीन हिंदू चिंतन हमें उन सामाजिक-नैतिक मूल्यों की याद दिलाता है, जिनके आधार पर युगानुकूल नवीन सामाजिक-आर्थिक-राजनीतिक संरचना विकसित की जानी चाहिए। इसके अनुसार, संग्रह की बजाय संयम व समर्पण, स्वार्थ की बजाय सेवा, शोषण की बजाय पोषण, संघर्ष की बजाय सहयोग व सहभागिता, घृणा की बजाय स्नेह, संपत्ति पर पूर्ण निजी या सरकारी स्वामित्व की बजाय ईश्वर स्वामित्व अथवा ट्रस्टीशिप आदि समाज रचना के आधारसूत्र हो सकते हैं। प्राचीन भारत में विभिन्न स्मृतिकार देश-काल की परिस्थितियों एवं समाज की बदलती हुई आवश्यकताओं के अनुसार सामाजिक-आर्थिक-राजनीतिक संस्थाओं, उनके स्वरूप, उनकी कार्यप्रणाली, समाज जीवन के विभिन्न कार्यकलापों के प्रति दृष्टि व दृष्टिकोण, समसामयिक सामाजिक मूल्यों व व्यवस्थाओं आदि में परिवर्तन कर नई व्यवस्थाएँ देने का काम करते रहते थे। हमारे चिंतन में जड़ता नहीं, गतिशीलता रही है। हमारे अलग-अलग शास्त्रों में, एक ही शास्त्र में अलग-अलग स्थानों पर कई बार अलग-अलग व्यवस्थाएँ व प्रावधान मिल जाते हैं। ऐसा क्यों है, इसके मर्म को समझें। समय, स्थान व परिस्थिति बदल जाने पर नीति व नियम भी बदल जाते हैं। आधारभूत सिद्धांत शाश्वत होते हैं, नीति नहीं, इसीलिए सतत व्यावहारिक चिंतन की आवश्यकता रहती है। हमारा यह काम रुक गया, इसे फिर से प्रारंभ करें। समस्याएँ अंतर्निर्भर हैं, अतः समाधान भी अंतर्निर्भर होंगे। इसके लिए अंतर्शास्त्रीय (Interdisciplinary or Trans-Disciplinary) शोधदृष्टि अपनानी होगी। अतः आज सबसे बड़ी आवश्यकता इसी बात की है कि नैतिक व मानवीय मूल्यों को समाज जीवन में गतिमान एवं क्रियान्वित करने के लिए युगानुरूप संस्थाओं का निर्माण एवं विकास किया जाए, पुरानी व्यवस्थाओं की समयानुकूल नई परिभाषा एवं व्याख्या की जाए, यदि आवश्यक हो तो उन्हें छोड़ा जाए तथा वर्तमान संदर्भ में समाज की आवश्यकताओं के अनुरूप नवीन दृष्टि व दृष्टिकोण, मान्यताओं, संकल्पनाओं, प्रतीकों, प्रतिमानों व सिद्धांतों की

प्रस्थापना की जाए। हमारे अध्ययन-अन्वेषण, विवेचन-विश्लेषण, लेखन व शोध इस दिशा में कार्य करें, यह समय की चुनौती है और आवश्यकता भी।

कार्य-योजना की दृष्टि से कुछ सुझाव (Some suggestions regarding Action-plan)

1. भारतीय दृष्टि लेकर काम करनेवाले व्यक्तियों, संस्थाओं-संस्थानों, प्रबुद्धजनों, शोधार्थियों, लेखकों, नीति-निर्माताओं के बीच संपर्क-संवाद-सहयोग की रचना-योजना बने।
2. विभिन्न विषयों के संबंध में हिंदू मनीषियों के विचारों व चिंतन की योग्य जानकारी देनेवाले स्रोत-ग्रंथ (Source Books) तैयार किए जाएँ।
3. कुछ अत्यंत महत्त्व के विषयों को चुनकर जीवन-मूल्यों के प्रकाश में युगानुरूप वैचारिक-सैद्धांतिक अधिष्ठान एवं वैकल्पिक प्रणाली/व्यवस्था/रचना/नीति प्रस्तुत करनेवाली पुस्तक-पुस्तिकाएँ तैयार कर देश भर में व्यापक संवाद, चर्चा-परिचर्चा प्रारंभ की जाए।
4. विश्वविद्यालयों एवं शोधकेंद्रों के माध्यम से हिंदुत्व से संबंधित विषयों एवं विचारों को गति देने की दृष्टि से शोध, अध्ययन, लेखन, सेमिनार, पाठ्यक्रम संरचना आदि के लिए योग्य रीति व कुशलता से प्रयास किए जाएँ।
5. देशभर में विभिन्न माध्यमों एवं मंचों से व्यापक बौद्धिक गतिविधियाँ (जैसे व्याख्यान, सेमिनार, गोष्ठियाँ, पत्र-पत्रिकाओं में लेखन आदि) चलाकर हिंदू विचारों के अनुकूल वातावरण निर्माण करना।
6. हिंदू विचारों के आधार पर चिंतन, लेखन एवं व्याख्यान करनेवाले विद्वानों को मंच व माध्यम उपलब्ध करवाना एवं उनके कार्य में यथासंभव उचित सहायता करना।
7. देश में कुछ चुने हुए केंद्रों पर विभिन्न विषयों से संबंधित अद्यतन जानकारियाँ एवं साहित्य एकत्र करना एवं इन कार्यों में रुचि रखनेवालों को यह उपलब्ध करवाना। इस दृष्टि से संसाधन-केंद्र (Resource Centers) बनें।
8. सामाजिक विज्ञानों की एक अखिल भारतीय परिषद् का गठन हो और

इसके तत्त्वावधान में विद्वानों का प्रतिवर्ष एक अखिल भारतीय सम्मलेन आयोजित कर कुछ महत्त्व के विषयों पर सार्थक संवाद की प्रक्रिया प्रारंभ करना।

9. एकात्म मानव दर्शन से संबंधित विभिन्न पक्षों का अधिक गहराई से अध्ययन कर आज की चुनौतियों एवं समस्याओं के संदर्भ में वैचारिक अधिष्ठान, सिद्धांत, नीति, रचना एवं व्यावहारिक प्रयोगों के बारे में दस्तावेज तैयार करना।

□

वर्तमान वैश्विक परिदृश्य के संदर्भ में भारतीय मानविकी एवं सामाजिक विज्ञान

यह एक संयोग ही है कि 10–11 मई, 2008 को मुंबई में आयोजित समाज विज्ञान संगोष्ठी में अपने प्रास्ताविक भाषण में मैंने यह सुझाव दिया था कि सामाजिक विज्ञानों की एक अखिल भारतीय परिषद् का गठन हो और उसके तत्त्वावधान में प्रतिवर्ष एक अखिल भारतीय सम्मलेन का आयोजन कर सार्थक संवाद की प्रक्रिया प्रारंभ हो। यह संगोष्ठी उसी सुझाव की दिशा में एक महत्त्वपूर्ण कदम है, इसके लिए मैं आप सबको हार्दिक बधाई देता हूँ और इस संगोष्ठी के लिए मुझे बीज भाषण के लिए बुलाया गया, इसे आप सब विद्वद्जनों की कृपा और अपना भाग्य ही मानता हूँ।

वर्तमान वैश्विक परिदृश्य

विश्व में औद्योगिक क्रांति का प्रारंभ पूँजीवादी प्रणाली के साथ हुआ, किंतु कालांतर में यह शोषण का दर्शन बनकर रह गई और 1929–32 की महामंदी ने तो इसे नाकारा ही साबित कर दिया। इसके विपरीत मार्क्स के दर्शन पर आधारित साम्यवादी प्रणाली ने प्रेरणा और पहल की समस्याएँ उत्पन्न कर दीं। यह प्रणाली भी सोवियत यूनियन और इसके सहयोगी राज्यों के पतन के साथ शीघ्र ही समाप्तप्राय हो गई। आज का चीन साम्यवाद की बजाय बाजार अर्थव्यवस्था के काफी कुछ निकट आ गया है। अत: आज तो विभिन्न रूपों एवं प्रकारों में बाजारवाद ही चल रहा है, किंतु हर क्षण वह अनेक कठिनाइयों व समस्याओं से ग्रस्त भी होता जा रहा है।

2008 में अमेरिका से प्रारंभ हुई वैश्विक मंदी और वैश्विक संकट अब समूचे विश्व में फैल गया है। अमेरिका और यूरोप के अधिकांश देश कर्ज में डूबे हैं, बैंक दिवालिया हो गए हैं, बेरोजगारी बढ़ती जा रही है। स्पेन, पुर्तगाल, इटली और ग्रीस जैसे देशों ने तो समूची यूरोपीय अर्थव्यवस्था की स्थिरता के लिए ही संकट पैदा कर दिया है। इस प्रकार इस वैश्विक आर्थिक संकट ने स्वतंत्र एवं अनियंत्रित बाजारों वाले उन्मुक्त पूँजीवादी दर्शन के खोखलेपन को जगजाहिर कर दिया है। अभी हाल ही में अमेरिका में ओकोपाई वाल स्ट्रीट (Occupy Wall Street–OWS Movement) आंदोलन प्रारंभ हुआ है, जिसका जन्म आय की असमानताओं में से हुआ है। अमेरिका में 1 प्रतिशत जनसंख्या का देश की 40 प्रतिशत परिसंपत्ति और 20 प्रतिशत आय पर कब्जा है। इसलिए यहाँ आंदोलनकारी कॉरपोरेट लालच और असमानता के विरोध में आंदोलन कर रहे हैं। अमेरिका की वर्तमान राजनीतिक–आर्थिक प्रणाली का वर्णन करते हुए जोसेफ स्टिगलिट्स कहते हैं कि यह 1 प्रतिशत की, 1 प्रतिशत द्वारा 1 प्रतिशत के लिए चलाई जा रही है। इस प्रकार यह अन्याय और असमानता के सिद्धांत पर टिकी और चल रही प्रणाली है। आर्थिक संवृद्धि होने पर सामान्य व्यक्ति तक इसका लाभ स्वत: जाएगा—वाला सिद्धांत (Trickle down Theory) पूर्णत: असफल सिद्ध हो गया है। परिणास्वरूप विश्व भर में विषमता लगातार बढ़ रही है। चीन, भारत, रूस और ब्राजील जैसे देशों की अर्थव्यवस्थाएँ तुलनात्मक रूप से मजबूत मानी जाती हैं, पर एक ध्रुवीय वैश्विक परिस्थिति, ईंधन व कच्चे माल के लगातार बढ़ते दामों के कारण यहाँ भी संकट व अस्थिरता का माहौल बन रहा है।

विकास के वर्तमान मॉडल ने मनुष्यों के लिए ही नहीं, बल्कि समूचे प्राणिमात्र के लिए ही अस्तित्व का संकट खड़ा कर दिया है। जल प्रदूषण, वायु प्रदूषण एवं मृदा प्रदूषण के कारण हमारे चारों ओर प्रदूषित वातावरण का घेरा गहरा होता जा रहा है। पर्यावरण ह्रास, प्रदूषण स्तर में वृद्धि, वैश्विक तपन व जलवायु परिवर्तन जैसी घटनाओं के कारण समूची पृथ्वी का अस्तित्व ही संकट में पड़ता जा रहा है। नैतिक, सांस्कृतिक एवं मानवीय मूल्यों में गिरावट तथा पारिवारिक एवं सामुदायिक जीवन के ह्रास ने स्थिति को और अधिक खराब

बना दिया है। अकेलापन-सूनापन, बलात्कार-व्यभिचार, नशाखोरी, स्वच्छंद यौनाचार, नग्नता का नाच, तनाव व अवसाद से ग्रस्त जीवन तथा सामाजिक संघर्षों की बढ़ती हुई प्रवृत्तियाँ एवं घटनाएँ समूचे सामाजिक ताने-बाने को ही ध्वस्त करती जा रही हैं। इतना ही नहीं, इसके परिणामस्वरूप भाव व भावनाएँ, मानवीय संबंध और संवेदनाएँ भी प्रदूषित होती जा रही हैं। वर्तमान विकास मॉडल शोषणकारी है, इसने हर स्तर पर एक इकाई द्वारा दूसरी इकाई के शोषण की प्रक्रिया को जन्म दिया है।

भारत सहित दुनिया के अधिकांश देशों में भूख, बीमारी, गरीबी, बेरोजगारी, विषमता का एक दुष्चक्र बन गया है। भारत में तो योजना आयोग ने प्रतिव्यक्ति दैनिक उपभोग शहरी क्षेत्र में 28 रुपए और ग्रामीण क्षेत्र में 22 रुपए को गरीबी-रेखा का आधार बताकर गरीबों के साथ क्रूर मजाक ही कर डाला है। समूचा विश्व ही बेतुकी असमानता की ओर बढ़ता जा रहा है। संसार की लगभग आधी आबादी (अर्थात् 3 अरब से अधिक लोग) 2 डॉलर प्रतिदिन से कम पर गुजारा करती है, जबकि 1.3 अरब लोगों को प्रतिदिन 1 डॉलर से भी कम ही मिल पाता है। कम-से-कम 80 प्रतिशत से अधिक जनसंख्या उन देशों में रहती है, जहाँ आय की असमानताएँ तेजी से बढ़ती जा रही हैं। भ्रष्टाचार, आर्थिक अपराध, घूसखोरी और कालेधन में लगातार हो रही वृद्धि ने आम व्यक्ति के दुःख-दर्द को और अधिक बढ़ा दिया है। उपभोग वृद्धि को विकास का इंजन बताकर विज्ञापन-प्रेरित भोगवादी जीवन-शैली को बढ़ाया जा रहा है। विश्व बैंक, अंतरराष्ट्रीय मुद्राकोष, विश्व व्यापार संगठन जैसी संस्थाओं के माध्यम से विश्व के छोटे व गरीब देशों व समाजों को आर्थिक साम्राज्यवाद की गिरफ्त में फँसाया जा रहा है। ऊर्जा व जल-संकट भी दिनोदिन गहराता जा रहा है।

इसके अलावा समूचे संसार में आतंकवाद, उग्रवाद, अलगाववाद, हिंसाचार, मतांतरण, कठमुल्लापन, भोगवाद एवं अनाचरण की प्रवृत्तियाँ तेजी से बढ़ती जा रही हैं और सबसे अधिक आश्चर्यजनक बात यह है कि इन सब प्रवृत्तियों को वैचारिक आधारभूमि प्रदान करनेवाली संकल्पनाएँ, अवधारणाएँ, विश्लेषण-विवेचन एवं व्याख्याएँ बड़े पैमाने पर प्रस्तुत की जा रही हैं। आज के समाज वैज्ञानिकों को वैचारिक आधार पर इनका उत्तर तलाशने की आवश्यकता

है। समूचा विश्व अपराधों की गिरफ्त में जकड़ा जा रहा है और तथाकथित वैज्ञानिक प्रगति, शिक्षा और आर्थिक विकास भी समाधान प्रस्तुत नहीं कर पा रहे हैं। इस दृष्टि से हाल ही में प्रकाशित कुछ आँकड़े तो चौंकानेवाले हैं। इनके अनुसार जेलों की कुल संख्या अमेरिका में 4575, भारत में 1393 और ब्राजील में 1312 है, कैदियों की कुल संख्या अमेरिका में 2,26,404, भारत में 3,68,998, ब्राजील में 5,14,582 है, इसके अनुसार जेलों की कुल क्षमता का भरा हुआ स्थान अमेरिका में 106 प्रतिशत, भारत में 115 प्रतिशत और ब्राजील में 168 प्रतिशत है। एक लाख आबादी पर प्रतिवर्ष हत्या की दर अमेरिका में 5, भारत में 3.4 और ब्राजील में 25 है। अमेरिका, यूरोप एवं अरब देशों के हाल ही के घटनाक्रम अस्थिरता एवं अराजकता की ओर अग्रसर हो रहे विश्व के पर्याप्त संकेत हैं। इसके साथ ही वैश्विक स्तर पर बनते-बिगड़ते राजनीतिक-आर्थिक ध्रुवीकरण, विभिन्न देशों के बीच सीमा, जल एवं प्राकृतिक संसाधनों पर कब्जा जमाने की प्रवृत्ति में से उपज रहे विवाद एवं संघर्ष, विभिन्न आतंकवादी गुटों के बीच गठजोड़ एवं विभिन्न देशों द्वारा इनका प्रत्यक्ष/अप्रत्यक्ष समर्थन-संरक्षण; विभिन्न देशों में कमजोर होती कानून-व्यवस्था में से उपज रही अराजकता आदि भी घोर चिंता के कारण बने हुए हैं। अपने ही विचार, वाद एवं पंथ को सही मानने और बाकी को गलत मानकर येन-केन-प्रकारेण अपने जैसा बनाने की मनोवृत्ति में से आतंकवाद जन्म लेता है। विश्व के समृद्ध एवं शक्तिशाली देश एवं उनकी साम्राज्यवादी मनोवृत्ति भी इसे बढ़ावा दे रही है।

वैश्विक परिदृश्य के साथ-साथ हमें भारत के परिदृश्य को भी ठीक से समझना-परखना होगा। भारत का विस्तृत-विशाल भूभाग और विश्व के मानचित्र में उसकी भू-राजनीतिक-रणनीतिक दृष्टि से अवस्थिति, विशाल कृषियोग्य भूमि, छह ऋतुएँ, समृद्ध जैव संपदा, पर्याप्त खनिज संपदा, विश्व में दूसरी सबसे बड़ी जनसंख्या, विशेषकर सर्वाधिक युवा जनसंख्या, विशाल श्रमशक्ति, वैज्ञानिक-तकनीकी विशेषज्ञों की बहुत बड़ी मानवशक्ति, जिसने सूचना प्रौद्योगिकी, बी.पी.ओ., प्रबंधन, बैंकिग व वित्तीय क्षेत्र, शिक्षा व स्वास्थ्य सेवाओं तथा विज्ञान व प्रौद्योगिकी के क्षेत्र में देश के भीतर और बाहर असाधारण उपलब्धियाँ हासिल की हैं, जी.डी.पी. एवं प्रतिव्यक्ति जी.डी.पी. में अच्छी

संवृद्धि दर, पर्याप्त ऊँची बचत दर, समृद्ध सांस्कृतिक-सामाजिक परंपराएँ व संस्थाएँ भारतीय समाज के उज्ज्वल पक्ष हैं, पर दूसरी ओर देश की आधी से अधिक जनसंख्या की गरीबी-रेखा के नीचे गुजर करने की मजबूरी, 5 करोड़ से अधिक कुपोषण से ग्रस्त लोग, बढ़ती बेरोजगारी एवं विषमता, भुखमरी एवं खाद्यान्न सुरक्षा के सामने गहराता संकट, बीमारियों एवं महामारियों से ग्रस्त व पस्त देश की बहुत बड़ी जनसंख्या, पीने के स्वच्छ पानी सहित सेनिटेशन की सुविधाओं का लगभग अकाल, देश की आंतरिक एवं बाहरी सुरक्षा पर गहराता संकट, देश की समाज-व्यवस्था को ध्वस्त करनेवाली आतंकवादी-उग्रवादी संगठनों एवं घटनाओं का लगातार बढ़ते जाना, चरमराती परिवार-व्यवस्था, सांस्कृतिक जीवन-मूल्यों में निरंतर आती जा रही गिरावट, विदेशी कंपनियों की बढ़ती जा रही जकड़न आदि हमारे लिए चिंता एवं चिंतन के विषय बने हुए हैं।

वर्तमान वैश्विक परिदृश्य अनेक विरोधाभासों एवं विसंगतियों का पिटारा है। पिछली दो शताब्दियों के दौरान विज्ञान की सहायता से भौतिक क्षेत्र में अनेक असाधारण उपलब्धियाँ हासिल की गई हैं। जीवन की सुख-सुविधाओं के लिए अनेक उपकरण विकसित हुए हैं। यातायात एवं संचार क्षेत्र में हुई क्रांति ने समूचे विश्व की दूरी को इतना कम कर दिया है कि अब वैश्विक ग्राम (Global Village) की चर्चा होने लगी है। मनुष्य अब तो अनेक ग्रहों सहित अंतरिक्ष की यात्रा पर भी जाने लगा है। स्वचालित यंत्रों व उपकरणों के सहारे न्यूनतम मानव-श्रम के द्वारा कार्य एवं उत्पादन की गति बहुत बढ़ गई है। अब तो जैसा चाहे वैसा और जब चाहे तब नया मनुष्य बनाने की भी तैयारियाँ की जा रही हैं, किंतु इन सबके बीच, मनुष्य-मनुष्य के बीच दूरियाँ बढ़ रही हैं, मन का संताप, अवसाद व तनाव का घेरा गहरा होता जा रहा है, मन का संतोष व आनंद विलुप्त हो रहा है, पर्यावरण ह्रास एवं प्रदूषण के कारण पृथ्वी के अस्तित्व पर संकट मँडराने लगे हैं। विभिन्न देशों के बीच संघर्ष कम नहीं हो पा रहे हैं, अत: विश्वबंधुत्व और विश्व-आधार की बातें कोरे नारे बनकर रह गई हैं, विभिन्न दर्शनों, सिद्धांतों व नीतियों की आधारभूमि खिसकती जा रही है। समस्याओं के समाधान के सब प्रयास विफल हो रहे हैं, बल्कि वे नित नई समस्याएँ खड़ी कर रहे हैं। ऐसे में प्रश्न उपस्थित होता है कि कहीं हमारे

चिंतन की दिशा ही तो नहीं भटक गई है, लगता तो ऐसा ही है। ऐसी स्थिति में भारतीय चिंतन की आधारभूमि का सहारा लेकर भारत के समाज के समाज विज्ञानियों को विश्वमंगल के लिए युगानुरूप नया चिंतन प्रस्तुत करने की भूमिका अदा करने के लिए आगे आना होगा।

सकारात्मक सोच रखनेवाले विश्वभर के चिंतकों के बीच वैश्विक परिस्थितियों के बारे में एक व्यापक सहमति बनती नजर आ रही है और वे सभी एक वैकल्पिक चिंतन की तलाश की आवश्यकता को महसूस भी करने लगे हैं। इस दृष्टि से विद्वानों के विचार द्रष्टव्य हैं—इवान इलिच ने 'Development Myth' में कहा है, 'समय आ गया है, जब हम विकास को अशुभ मिथक के रूप में मान्यता दें, जिसकी उपस्थिति ने मेक्सिको के अस्तित्व को ही समाप्त करने की ठान ली है।' जे. हिक्स का विचार है कि हमारी वर्तमान आर्थिक चिंता में भविष्य के चिंतन का अभाव है। सैयुलसन का भी लगभग यही विचार है। उसके अनुसार, अर्थशास्त्री रखैल जैसे हो गए हैं। डेनियल वेल द्वारा संपादित 'Crisis in Economic Theory' में वर्तमान आर्थिक चिंतन की बेचारगी का वर्णन किया गया है। 1990 में मास्को में संपन्न "World Trade Union Conference" ने बाजार की अर्थव्यवस्था और साम्यवाद दोनों की असफलताओं की ओर ध्यान दिलाया था और एक तीसरे विकल्प को ढूँढ़ने की आवश्यकता जताई थी। आल्विन टाफ्लर ने अपनी पुस्तक 'फ्यूचर शॉक' में टेक्नोलॉजी पर सामाजिक नियंत्रण की बात कही है। रवींद्रनाथ टैगोर ने कहा था, 'प्रभु ने अलग-अलग लोगों को अलग-अलग प्रश्न-पत्र हल करने के लिए दिए हैं, अतएव नकल उपयोगी नहीं होगी।' डब्ल्यू.ए. लेविस ने 'Principle of Economic Planning' में देश के विकास में राष्ट्रभाव का महत्त्व बताते हुए कहा था कि यदि 'लोगों में राष्ट्रभाव है, अपने पिछड़ेपन की जानकारी है और आगे बढ़ने की चिंता है तो वे इच्छापूर्वक कठिनाइयों को वहन करने और अपने मूल्यों का परिमार्जन करने को तत्पर रहते हैं तथा स्वयं उत्साह के साथ देश को पुन: शक्तिशाली बनाने के कार्य में जुट जाते है।' इसी क्रम में 'Man Have Forgotten God' में सोल्जनित्सिन ने स्पष्ट शब्दों में कहा है कि अर्थशास्त्र का उद्देश्य आध्यात्मिक उन्नति होना चाहिए, न कि भौतिक

उन्नति। राष्ट्रवादी चिंतक श्री दत्तोपंत ठेंगड़ी कहा करते थे कि दुर्भाग्य है कि वास्तविक राष्ट्रवादी बुद्धिमान व्यक्ति भी पाश्चात्य प्रभाव से मुक्ति का महत्त्व नहीं समझ पा रहे हैं। ये पाश्चात्य सिद्धांतकारों के मोह में इतने फँस गए हैं कि यदि उनका एक सिद्धांत असफल हो जाता है तो बिना अपनी बुद्धि का प्रयोग किए, किसी दूसरे पाश्चात्य सिद्धांत की ओर दौड़ पड़ते हैं। विकास और प्रगति के पश्चिमी प्रतिमान निरर्थक और निरुपयोगी हैं, अब तो ऐसा लगता है कि वे भयावह और विनाशकारी भी हैं।

विख्यात इतिहासकार अर्नाल्ड टायनबी ने स्पष्ट रूप से स्वीकार किया है कि 'यह बात पहले से ही स्पष्ट होती जा रही है कि यह अध्याय अगर मानवजाति के आत्मघात से पूर्ण नहीं करना है तो पश्चिमी प्रारंभ वाले इस अध्याय का अंत भारतीय ही होना अनिवार्य है। मानवीय इतिहास की इस आत्यंतिक भयजनक वेला में मात्र भारतीय मार्ग ही मानवजाति की मुक्ति का एकमेव मार्ग है।' आज मुख्य प्रश्न यह है कि क्या भौतिक और आध्यात्मिक आयामों का समायोजन संभव है ? भारतीय चिंतन परंपरा इन दोनों आयामों का समायोजन करती आई है। पुरुषार्थ चतुष्टय की संकल्पना भौतिक समृद्धि और आध्यात्मिक उन्नति अर्थात् अभ्युदय और निःश्रेयस के बीच संतुलन-समन्वय बनाने के लिए ही की गई थी। अर्थ और काम जीवन के भौतिकवादी तथा धर्म और मोक्ष आध्यात्मिक पक्ष से संबंधित हैं। परिणामतः प्रेरणा दो प्रकार की थी, एक भौतिकवादी और दूसरी अध्यात्मवादी, और इन दोनों के एकीकृत रूप से ही समग्र जीवन का विकास हो पाता है। आज की परिस्थिति में इन दोनों पक्षों को समाज विज्ञान में पिरोकर प्रस्तुत करना ही समय की चुनौती है। राष्ट्रीय स्वत्व एवं सत्त्व के आधार पर सत्य का साक्षात्कार करते हुए सर्वसमावेशी, सर्वतोमुखी समग्र सामाजिक सुख की दिशा में पहुँच सकनेवाले सिद्धांतों, नीतियों एवं संस्थाओं की संरचना के प्रारूप प्रस्तुत करना ही सामाजिक विज्ञानों का केंद्रीय उद्देश्य होना चाहिए। इसी आधार पर विभिन्न भूतकालीन एवं वर्तमान घटनाओं, परिस्थितियों एवं नीतियों का विवेचन-विश्लेषण प्रस्तुत कर भावी दिशा का खाका प्रस्तुत किया जाना चाहिए।

भारत अठारहवीं शताब्दी तक अपने विगत लगभग 5000 वर्षों तक विश्व में आर्थिक, शैक्षिक एवं सांस्कृतिक दृष्टि से सर्वोच्च शिखर पर रहा। उन दिनों

अपना चिंतन काफी कुछ व्यवहार में आता था, किंतु आगे चलकर हमारे समाज जीवन में कुछ कमियाँ-कमजोरियाँ प्रवेश कर गईं, विशेषकर पिछले 1200 वर्षों के दौरान आए आक्रमणकारियों की मंशा, रणनीति, उनके कृत्यों-कुकृत्यों का हम योजनाबद्ध अध्ययन नहीं कर सके, उसकी आज आवश्यकता है। अपने यहाँ अनेक क्षेत्रों की भौतिक क्षमताएँ आक्रमणकारियों से भी अधिक प्रगत थीं परंतु हमने रणनीति की दृष्टि से उनका योग्य एवं पूर्ण समायोजन नहीं किया, आगे इस दृष्टि को विकसित एवं क्रियान्वित कैसे किया जाए, इस पर विचार करने की आवश्यकता है।

अपने देहात स्वावलंबी थे, छोटे-छोटे राज्य भी पराक्रमी थे, पर राष्ट्रीय शत्रु के प्रतिकार के लिए परस्पर सहयोग की वृत्ति नष्टप्राय हो गई थी। समय आने पर राष्ट्र की क्षमताओं का राष्ट्रीय हित के लिए केंद्रीभूत नियोजन आवश्यक है, यह भाव समाप्त हो गया था। इस दृष्टि से भावी दिशा क्या हो और आवश्यक व्यवस्थाएँ एवं सावधानियाँ क्या रहें, इस पर अध्ययन हो।

भारत के संदर्भ में कुछ और बातों पर भी विचार करना आवश्यक है। हमने संस्कार व्यवस्था में से व्यक्ति को अच्छे गृहस्थ बनाने के तो सफल प्रयत्न किए, पर अच्छे नागरिक बनाने के प्रयास नगण्य ही रहे। इस दृष्टि से संस्कार व्यवस्था की रचना-व्यवस्था-प्रयोग में क्या परिवर्तन-परिवर्धन किया जाना चाहिए, राष्ट्र-भावना को परिपोषित करने और राष्ट्रहित में काम करने की आदत डालने के लिए क्या और कैसे किया जाए? गत बारह सौ वर्षों में सर्वांगीण एवं सामुदायिक पुरुषार्थ का आग्रह छोड़कर एक तरफ ऐहिक विमुखता और दूसरी तरफ मौखिक वैश्विकता का प्रदर्शन तथा व्यवहार में परिवार-केंद्रित संकुचितता पर एकांगी आग्रह के कारण समाज में अकर्मण्यता की ओर झुकाव बढ़ा है। इसे ठीक करने की दृष्टि से क्या किया जाए? अपनी शिक्षा व्यवस्था एवं शैक्षिक चिंतन में सभी संस्कार व्यवस्थाओं में धर्म, अर्थ, काम, मोक्ष के इन चारों पहलुओं का सुयोग्य समायोजन करना पड़ेगा। सर्वसामान्य समाज को पौरुषयुक्त प्रयत्नों में से राष्ट्रीय, पारिवारिक एवं व्यक्तिगत उन्नति करने की दृष्टि से तैयार करना होगा। आज के प्रश्नों के उत्तर खोजते समय एक ओर हमें अपने तत्त्वज्ञान का अवलंबन करना पड़ेगा तथा दूसरी ओर आधुनिक ज्ञान की सभी शाखाएँ भली

प्रकार आत्मसात् कर उनका भी समाज हित में उपयोग करना पड़ेगा। अध्यात्म और विज्ञान के संकलित चिंतन के प्रकाश में मानवीय प्रश्नों का उत्तर खोजने के लिए हम लोगों को आगे का मार्ग खोजना पड़ेगा। भारतीय चिंतन में सामाजिक समस्याओं का हल खोजने की जो युगानुकूल क्षमता है और जिसे अपने पूर्वजों ने अनेक रचनाओं द्वारा सिद्ध किया है; उदाहरणार्थ—मानसिक तनावों को दूर करने की क्षमता, पर्यावरण संतुलन बिगाड़े बिना भौतिक समृद्धि प्राप्त कर सकना, स्वावलंबी ग्राम व्यवस्था आदि, ऐसी क्षमता हमें वर्तमान प्रश्नों के संदर्भ में फिर से सिद्ध करनी पड़ेगी। उसी से अपना सर्वांगीण राष्ट्रीय परम वैभव निर्माण होगा और विश्व में हमारा योग्य स्थान हमें प्राप्त होगा।

आज के समाज वैज्ञानिकों को यह स्मरण रखना होगा कि दृष्टि, विश्वदृष्टि और अंतर्दृष्टि के बीच परस्पर संबंध मानकर जो विवेचन-विश्लेषण होगा, उसी से सही समझ विकसित होगी। प्रश्न यह है कि विभिन्न संस्कृतियों-सभ्यताओं, मत-मतांतरों, मान्यताओं, विचार-प्रवाहों व वर्गों के बीच संघर्ष एवं वैमनस्य की दृष्टि रखकर उनके बीच के भेदों, अंतरों, विरोधाभासों का अतिरंजित चित्र प्रस्तुत करनेवाले अध्ययन-अनुसंधान, विवेचन, विश्लेषण कर और उन्हें सैद्धांतिक जामा पहनाकर इनके बीच अलगाव-दुराव के भाव बढ़ाना कहाँ तक उचित है ? आज आवश्यकता तो यह है कि इनके बीच आत्मीय संबंध एवं सार्थक संवाद की प्रक्रिया को बल देने की दृष्टि से विविधताओं व विचित्रताओं के बीच एकत्व के सूत्र खोजनेवाले विवेचन-विश्लेषण प्रस्तुत किए जाएँ, तभी स्थानीय स्तर से लेकर वैश्विक स्तर तक हम सद्भाव, शांति और सहयोग की दिशा में आगे बढ़ सकेंगे, सामाजिक एवं मानविकी विज्ञानों को इस चुनौती को स्वीकार करना चाहिए। अब संवाद (discourse) की दिशा भेदमूलक के स्थान पर समन्वयमूलक, संघर्षमूलक के स्थान पर सहयोगमूलक और अलगावमूलक के स्थान पर एकात्ममूलक होनी चाहिए, पर इसके साथ ही, विभिन्न वर्गों की समस्याओं, संकटों, कठिनाइयों, अवरोधों-बाधाओं को समझना भी आवश्यक है, पर इस समझ और विवेचन-विश्लेषण में से सर्वहितकारी समाधान निकले, इसकी भी चिंता करना आवश्यक है। केवल प्रश्न खड़े करना पर्याप्त नहीं है, प्रश्नों के साथ उत्तर भी तलाशना होगा और प्रश्नोत्तर के इस खेल में दुराव व

दोषारोपण कर समस्याओं के एक स्थान से दूसरे स्थान पर और एक वर्ग से दूसरे वर्ग पर हस्तांतरण के भँवर में ही न उलझ जाएँ, यह सावधानी भी बरतनी होगी। संवेदनशील एवं सर्वसमावेशी दृष्टि ही इसका उचित समाधान दे सकती है।

भारतीय चिंतन के अनुसार, केवल मनुष्यों के कल्याण की ही चिंता करना पर्याप्त नहीं है, अपितु आध्यात्मिक एवं दैवी शक्ति के माध्यम से हमें तो समूचे प्राणिजगत् के कल्याण के लिए प्रयास करना चाहिए। हमारा दर्शन मानता है कि समूचे ब्रह्मांड में विश्वचेतना व्याप्त है और हम सबमें उसका अंश विद्यमान है। इसी आधार पर हम अपने अहं को भूलकर विश्वबंधुत्व के लिए काम करते हैं। 1450 से 1750 के बीच की कालावधि में प्रकृति की प्रतिकूलताओं वाले क्षेत्र में ही अधिकांश वैज्ञानिक एवं दार्शनिक सिद्धांत विकसित हुए। इसने प्रकृति पर विजय अथवा प्रकृति के शोषण के दृष्टिकोण को जन्म दिया। आज की पर्यावरण ह्रास एवं जलवायु परिवर्तन से संबंधित समस्याएँ इसी में से उत्पन्न हुई हैं। इसके विपरीत भारतीय दृष्टि एवं दर्शन मूलतः पर्यावरण-प्रेमी रहा है। अतः हमने प्रकृति एवं पर्यावरण के संरक्षण-संवर्धन के मार्ग तलाशे। आज इसी राह पर आगे बढ़ने की आवश्यकता को सब लोग मान्य करने लगे हैं।

यूरोप में अंधकार युग के बाद जो जागरण काल आया, उसने भौतिकतावाद के आधार पर सब सिद्धांत व संरचनाएँ बनाने का काम किया। दूसरी ओर, भारतीय चिंतकों ने आध्यात्मिकता को महत्त्वपूर्ण मानते हुए विज्ञान और अध्यात्म के बीच समन्वय बनाने पर जोर दिया। विवेकानंद कहा करते थे कि ऐसी बहुत सी बातें हैं, जिन्हें केवल विज्ञान के माध्यम से नहीं समझाया जा सकता। इसके लिए वेदांत, उपनिषद् एवं अनुभूतियों का सहारा लेना पड़ता है। अब धीरे-धीरे इन दोनों दृष्टिकोणों का मिलन हो रहा है। यदि हम 'आत्मन् न विनश्यति' के सिद्धांत को देखेंगे तो पाएँगे कि यही सिद्धांत क्वांटम सिद्धांत का आधार है। विज्ञान एवं टेक्नोलॉजी महत्त्वपूर्ण हैं, पर इसके सहारे हम आज के विश्व के सामने उपस्थित सब समस्याओं का समाधान नहीं पा सकते। इसके लिए तो हमें भारतीय दर्शन और भारत की जीवन पद्धति को अपनाने के बारे में गंभीरता से विचार करना ही पड़ेगा और यही विश्व को भारतीय चिंतन की देन भी होगी।

भारतीय चिंतन के अनुसार, व्यक्ति और समाज परस्पर संघर्षरत अलग-

अलग सत्ताएँ नहीं हैं, दोनों परस्पर निर्भर और परस्पर पूरक हैं। इसलिए यह प्रश्न ही उपस्थित नहीं होता है कि व्यक्ति समाज के लिए है अथवा समाज व्यक्ति के लिए है। जिस प्रकार एक पेड़ और उसकी शाखाओं को अथवा समुद्र और उसके जलकणों को एक-दूसरे से अलग नहीं किया जा सकता, उसी प्रकार व्यक्ति और समाज को भी एक-दूसरे से अलग नहीं किया जा सकता। इसको समझाते हुए स्वामी विवेकानंद ने कहा था, 'समष्टि (समाज) के जीवन में व्यष्टि (व्यक्ति) का जीवन समाविष्ट है, अतः समष्टि के सुख में व्यष्टि का सुख भी समाहित है। समष्टि के बिना व्यष्टि का अस्तित्व ही असंभव है, यही अनंत सत्य जगत् का मूलाधार है। अनंत समष्टि के साथ सहानुभूति रखते हुए उसके सुख में सुख और उसके दुःख में दुःख मानकर धीरे-धीरे आगे बढ़ना ही व्यष्टि का एकमात्र कर्तव्य है।' अतः व्यक्ति और समाज तथा प्रकृति और सृष्टि के बीच एकता-एकात्मता बनाए रखना सब प्रकार से आवश्यक एवं हितावह है। भारतीय संस्कृति ने इसी दृष्टिकोण पर जोर दिया है। आधुनिक पश्चिमी चिंतन एकरूपता पर जोर देता है, किंतु इसके कारण ही आज अनेक प्रकार की समस्याएँ खड़ी हुई हैं। भारतीय चिंतन ने तो हमेशा से ही विविधता में एकता के सिद्धांत पर जोर दिया है, इस सूत्र को पकड़कर ही सभी सामाजिक विज्ञानों को काम करना होगा। अनेक चिंतनधाराओं को मान्य कर उनके भीतर अंतर्निहित समान तत्त्वों को खोज लेना, यह सामाजिक एकता-समरसता के लिए आवश्यक है, साथ ही विभिन्नताओं-विविधताओं से कटुता व संघर्ष उत्पन्न न होने देना भी भारत की सामाजिक दृष्टि रही है। यद्यपि इन दिनों राजनीतिक, आर्थिक, सामाजिक और सांस्कृतिक सभी क्षेत्रों में गिरावट आ रही है और भयंकर निराशा की स्थिति है, ऐसी सब परिस्थितियों में ही भारतीय चिंतन का आधार लेकर एक अच्छे भविष्य के सृजन के लिए हम पुनरोदय के बीज बो सकते हैं।

विवेकानंद ने भारतीय चिंतनदृष्टि की सूक्ष्मता को इन शब्दों में समझाया था, 'वर्तमान काल में एक बहुत बड़ा प्रश्न है कि अगर ज्ञात और ज्ञेय जगत् का आदि और अंत अज्ञात तथा अनंत अज्ञेय द्वारा सीमाबद्ध है तो उस अज्ञात के लिए हम प्रयास ही क्यों करें, क्यों न हम ज्ञात जगत् में ही संतुष्ट रहें, क्यों न हम खाने, पीने और संसार की किंचित् भलाई करने में ही संतुष्ट रहें? इस

दृष्टि से जानवर संतुष्ट हैं और यही उन्हें जानवर बनाए हुए है, तो फिर मनुष्य भी अनंत की खोज से मुँह मोड़कर वर्तमान जीवन में ही संतुष्ट रहने लगे, तो मानव जाति को एक बार फिर पशुत्व के धरातल पर जाना पड़ेगा। यह (परमात्मा तत्त्व) की खोज ही है, जो मनुष्य एवं पशु में भेद करती है, अतः हम अनंत के बारे में जिज्ञासा किए बिना नहीं रह सकते। यह जो वर्तमान है, व्यक्त है, वह तो अव्यक्त का एक अंश मात्र है, 'पाश्चात्य देशों में धर्म और दर्शन को पृथक् भाव से देखा जाता है, किंतु हिंदू इन दोनों में इस प्रकार का भेद नहीं देखते। हम धर्म और दर्शन को एक वस्तु के ही दो विभिन्न भाव मानते हैं। आज के समाज विज्ञानों को अपने विवेचन-विश्लेषण में इस प्रकार की दृष्टि रखनी होगी, तभी वे पशुत्व से मनुष्यत्व और फिर देवत्व की ओर यात्रा में सहायक हो सकेंगे।

आज की सबसे बड़ी चुनौती भारत के बौद्धिक-शैक्षिक-अकादमिक जगत् को मार्क्स, मैकाले, मिशनरी, मदरसा और मुद्रा केंद्रित चिंतन की जकड़न से बाहर निकालकर महर्षि दृष्टि पर आधारित भारत-केंद्रित अध्ययन-अन्वेषण व चिंतन को प्रारंभ व प्रतिष्ठित करने की है। ऐसा दिखाई देता है कि अनेक प्रकार की महत्त्वपूर्ण उपलब्धियों के बावजूद विश्व के विद्वान्-विचारक पश्चिमी देशों के समाज की प्रगति की वर्तमान दृष्टि, दिशा, दशा और सामाजिक-आर्थिक-राजनीतिक संरचना से संतुष्ट नहीं हैं। विभिन्न व्यवस्थाओं, नीतियों, दर्शन एवं दृष्टिकोणों के दीर्घकालीन अनुभवों के बाद आज समूचा संसार एक नई वैकल्पिक व्यवस्था एवं दृष्टिकोण की बड़ी आतुरता से प्रतीक्षा कर रहा है। विकल्प की तलाश के इस कालखंड में भारतीय मनीषियों द्वारा दी गई व्यवस्थाएँ एवं उनके द्वारा प्रकट किए गए विचार तथा सिद्धांत हमें इस नई संरचना के लिए मार्गदर्शक सूत्र प्रदान कर सकते हैं। इन मूलभूत आधार सूत्रों को पकड़कर नई संरचना का मॉडल प्रस्तुत करने का काम आज की भारतीय मनीषा और भारत के मानविकी एवं सामाजिक विज्ञानों को करना है, यही उनके सामने युगीन चुनौती है।

दुर्भाग्य से अभी भी हमारा बौद्धिक-अकादमिक जगत् बहुत कुछ यूरो-अमेरिकी बुद्धि तथा मार्क्स की वर्ग-संघर्ष की दृष्टि, मान्यताओं, विश्वासों और तर्क प्रणाली पर ही आधारित है। परिणामस्वरूप अभी के इतिहास,

राजनीतिशास्त्र, अर्थशास्त्र, दर्शनशास्त्र आदि इन्हीं से प्रेरणा ग्रहण करते हैं। अतः आज आवश्यकता है कि हम इस बंद चौखटे से मुक्त हों और भारतीय चित्त, मानस व काल की योग्य समझ विकसित करें, पर इस देश का तथाकथित शिक्षित व संभ्रांत वर्ग तो पश्चिमी चित्त, मानस व काल दृष्टि से ही भारतीय समाज को देखने-समझने, जाँचने-परखने और उसका मूल्यांकन करने का काम कर रहा है और इस क्रम में उन्होंने भारत के आम आदमी की भारतीय चित्त, मानस व काल की संकल्पनाओं और उसकी समझ को ही नकारना शुरू कर दिया है। इस प्रकार भारत का बुद्धिजीवी भारतीय मन को न तो समझाना चाहता है और न ही समझ पा रहा है। आंतरिक शिथिलता और विदेशी आक्रमणों के कारण हमारी सब संस्थाएँ-व्यवस्थाएँ बिखर गईं, कमजोर पड़ गईं और चिंतन का प्रवाह अवरुद्ध हो गया या विषाक्त हो गया।

अंग्रेजी शासकों ने तो सामाजिक व्यवस्थाओं को ध्वस्त करने के साथ-साथ शिक्षा के माध्यम से मन और बुद्धि पर भी कब्जा जमाने का प्रयास किया। कुल मिलाकर देश की संपूर्ण सामाजिक-आर्थिक-राजनीतिक संरचना में से भारतीयता लुप्तप्राय हो गई। ऐसी स्थिति में नई राह बनाने का दायित्व भारत के सामाजिक विज्ञानियों पर है। प्रसिद्ध मार्क्सवादी चिंतक प्रो. बालगंगाधर तिलक ने प्रामाणिकता से स्वीकार करते हुए कहा था कि मैं लगभग दो-ढाई दशक तक गलत रास्ते पर चलता रहा, पर अब आवश्यकता है कि हम सब मिलकर सामाजिक विज्ञानों को औपनिवेशिक मानसिकता से मुक्त करने के बारे में सोचें। इसके लिए हमें भारत के जन के मन को समझते हुए, उसके मन के अंदर चल रही भाव-भावनाओं व विचारों को स्वर देना होगा, साथ ही विश्व परिदृश्य और विश्व सभ्यताओं को भारतीय दृष्टि से देखने-समझने का प्रयास करना होगा।

भारतीय चित्त व मानस को समझने के लिए हमें अपने संपूर्ण प्राचीन साहित्य को पढ़-समझकर और इतिहास के घटनाक्रमों का विभिन्न स्थानीय स्रोतों, रिकॉर्डों एवं पुराने ग्रंथों के आधार पर योग्य विवेचन कर यह देखना होगा कि इस देश के मानस का और उसकी विभिन्न राजनीतिक, सामाजिक, आर्थिक, शैक्षिक व्याप्तियों का क्या चित्र उभरता है और वह चित्र समय-समय पर कैसे बदलता-सँवरता रहा है, पर आज तो भारत के प्राचीन मनीषियों द्वारा

वर्षों की साधना से प्राप्त ज्ञानराशि के अध्ययन-अन्वेषण का वर्तमान विद्यालयों-विश्वविद्यालयों में कोई स्थान ही नहीं रह गया है। वहाँ तो आधुनिकता के नाम पर पश्चिम की सब संकल्पनाओं व संस्थाओं को ही भारत पर लादने का प्रयास होता है। उदाहरण के लिए आज के समाज विज्ञानों में हम आर्थिक विकास, आर्थिक क्रियाकलापों के वर्गीकरण, आर्थिक प्रणाली, राजनीतिक प्रणाली, चुनाव प्रणाली, शासन-प्रशासन के तौर-तरीके व तंत्र, कानून, संविधान, परिवार व विवाह संस्थाएँ, स्त्री-पुरुष संबंध, लिविंग टूगेदर (Living Together), सामाजिक नाते-रिश्ते, जाति-प्रजाति के विवेचन, राष्ट्र-राज्य सेक्युलरिज्म, अल्पसंख्यकवाद, शिक्षा का दर्शन, शिक्षा प्रणाली, परीक्षा व मूल्यांकन प्रणाली, इतिहास की द्वंद्वात्मक व्याख्या, मनुष्य के मनोविज्ञान आदि से संबंधित पश्चिमी विचार व संकल्पनाएँ ही पढ़ते-पढ़ाते हैं। इस सबको बदलकर भारतीय दृष्टि से शिक्षा के सटीक अध्ययन का क्रम प्रारंभ करना होगा।

पश्चिमी चिंतन कार्टेजियन-न्यूटोनियम दर्शन पर आधारित खंडित यांत्रिक विश्वदृष्टि में से उपजा है। इस पश्चिमी चिंतन की सबसे बड़ी कमजोरी यह है कि यह धरती के सीमित साधनों से असीमित प्रगति कर लेना चाहता है। इस कारण ही आपाधापी, लूटखसोट, साम्राज्यवाद, शोषण, संघर्ष, विषमता, आतंक, अराजकता और सामाजिक संबंधों में बिखराव व विघटन की स्थिति उत्पन्न होती जा रही है और सर्वसामान्य समाज में गरीबी, भूख, बीमारी एवं विषमता जैसी समस्याएँ बढ़ती जा रही हैं। पश्चिमी चिंतन के विपरीत भारतीय मनीषियों ने सर्वंकश एकात्म विश्वदृष्टि को स्वीकार किया था। इसी को विज्ञान की नवीनतम खोजों ने अब अविभाज्य समग्रता (Unbroken Wholeness) की संकल्पना का नाम दिया है। हमारे मनीषियों ने प्रारंभ से ही इस सत्य का दर्शन कर लिया था और इसीलिए कहा था, 'यत्पिण्डे तत्ब्रह्मांडे' एवं 'सर्वं खल्विदं ब्रह्म'। अभी हाल ही में विज्ञान ने ईश्वरीय कण (God Praticle) की खोज कर भारतीय चिंतन के निकट पहुँचने का प्रयत्न किया है। इसी आधार पर यह कहा गया है कि व्यष्टि, समष्टि और सृष्टि अलग-अलग और स्वतंत्र इकाइयाँ नहीं हैं अपितु इनके बीच सावयवी अंगांगी संबंध हैं, अत: इनके बीच एकलयता और एकरसता बनाए रखनेवाली संरचनाएँ और व्यवस्थाएँ ही लोकमंगल कर

सकती हैं चूँकि मनुष्य, प्रकृति और पर्यावरण अविभाज्य हैं, अतः मनुष्य को प्रकृति के साथ तालमेल करते हुए रहना चाहिए और इसी को आधार बनाकर संपूर्ण संरचना का निर्माण करना चाहिए। भारतीय मनीषियों द्वारा समाज जीवन के विभिन्न पक्षों के संबंध में जो व्यवस्थाएँ व दिशा-निर्देश दिए गए हैं, उन सबमें प्रकृति के साथ सहअस्तित्व, सामंजस्य और सौहार्द के साथ मातृभाव युक्त सम्मान दृष्टि का ही विधान मिलता है। इस समग्र एकात्म चिंतन के आधार पर भारतीय मनीषियों ने जिस संरचना का विकास किया था, आज के संदर्भ में उसे पुनर्परिभाषित और पुनर्स्थापित करने की आवश्यकता है। भारतीय चिंतन ने विभिन्न समस्याओं का समाधान मानवीय, नैतिक, आध्यात्मिक एवं एकात्म जीवन-दृष्टि के आधार पर प्रस्तुत करने का प्रयास किया है। इसमें यह माना गया है कि कोई भी समस्या एकाकी एवं एकांगी नहीं होती, इसके अनेक पहलू होते हैं, अतः यह बहुआयामी होती है और वे विभिन्न पहलू एक-दूसरे से जुड़े रहते हैं। इस प्रकार वर्तमान वैश्विक घटनाओं का यह तकाजा है कि विद्वान्-मनीषी भारत के शाश्वत जीवन-मूल्यों के प्रकाश में मानविकी एवं सामाजिक विज्ञानों के माध्यम से उन संकल्पनाओं-सिद्धांतों को प्रस्तुत करें, जो सर्वतोमुखी लोकमंगल की राह दिखा सकें।

□

धारणक्षम विकेंद्रित अर्थव्यवस्था

पं. दीनदयालजी के विचारों के प्रकाश में धारणक्षम विकेंद्रित अर्थ व्यवस्था। यह प्रश्न क्यों उपस्थित हुआ; धारणक्षम और विकेंद्रित अर्थव्यवस्था का; इसका अर्थ यह है कि अभी अपने देश में और कुछ अन्य देशों में जो अर्थतंत्र एवं विकास का मॉडल चल रहा है, वह धारणक्षम नहीं है। इसका दूसरा अर्थ यह भी निकलता है कि अगर हम विकेंद्रित अर्थतंत्र के बारे में चर्चा कर रहे हैं, तो वर्तमान अर्थतंत्र मूलत: केंद्रित अर्थतंत्र है।

पहले हम वर्तमान अर्थतंत्र और विकास मॉडल के संबंध में थोड़ी चर्चा करने का प्रयत्न करेंगे।

हैरॉड-डोमर मॉडल से लेकर नेहरू-महालनोबिस मॉडल तक, जितने भी मॉडल हैं, वे सब काफी कुछ एक समान हैं। अपने देश में भी आर्थिक विकास के जितने मॉडल हैं, वे सब लगभग एक समान हैं, एक जैसे हैं और उसी की नकल पर आजकल महालनोबिस मॉडल चल रहा है। कुल मिलाकर अपने देश और दुनिया में विकास का जो मॉडल है तथा जिसके आधार पर बना हुआ अर्थतंत्र चल रहा है, वह क्या है और क्यों हम विकल्प पर विचार कर रहे हैं, क्यों हम पं. दीनदयालजी के एकात्म मानव के संदर्भ में, नई अर्थव्यवस्था के संदर्भ में विचार कर रहे हैं, इसे समझने का प्रयत्न करेंगे।

जब भी कोई विकास मॉडल देता है तो विकास को परिभाषित करना पड़ता है। विकास यानी क्या, किसे कहेंगे विकास? दुनिया के कुछ देशों ने कह दिया कि वे विकसित हैं, उन्होंने ही कुछ देशों को अविकसित कह दिया। हमारे देश में भी होड़ लगी है कि विकास करना है। यह विकास करना

यानी क्या करना? वर्तमान विकास मॉडल के अनुसार विकास का अर्थ है—प्रतिव्यक्ति वास्तविक जी.डी.पी. में वृद्धि (Increase in real per Capita GDP)। एक बार मैं विद्यार्थियों के बीच गया था। मैंने पूछा—समझते हो, जी.डी.पी. क्या है? एक विद्यार्थी खड़ा हो गया। उसने कहा—सरल है। हिंदुस्तान का आदमी अगर जी.डी.पी. नहीं समझेगा तो क्या समझेगा? जी.डी.पी. का अर्थ है—गैस, डीजल और पेट्रोल! इसी की तो पीड़ा है।

पर वास्तव में जी.डी.पी. का अर्थ है—Gross Domestic Product (सकल घरेलू उत्पाद)। इसी के आधार पर दुनिया के देशों का विकास हो रहा है या नहीं, इसे जाना जाता है, मापा जाता है और इसके आधार पर कोई देश विकसित है या नहीं, इसकी घोषणा की जाती है। इस जी.डी.पी. की गणना कैसे होती है? किसी देश में वस्तुओं और सेवाओं का सालभर में जितना उत्पादन होता है, उनका बाजार मूल्य जोड़ दिया जाता है और उसे जनसंख्या से भाग दिया जाता है तो 'पर कैपिटा जी.डी.पी.' (प्रतिव्यक्ति जी.डी.पी.) निकल आती है।

यह गणना गलत है। जी.डी.पी. का यह मापदंड हमको भरमानेवाला है। आजकल सब जगह घूमकर मैं जी.डी.पी. के इस विचार को ही चैलेंज कर रहा हूँ। यह धोखेबाजीवाला है। दो-तीन उदाहरणों से मैं अपनी बात को समझाने का प्रयत्न करता हूँ।

मान लीजिए, कोई महिला किसी घर में नौकरानी का काम कर रही है। वह झाड़ू-पोंछा करती है, बरतन साफ करती है, खाना बनाकर खिलाती है। वर्तमान परिभाषा में वह महिला सर्विस का उत्पादन कर रही है। घर का मालिक उसकी इस सर्विस के बदले में उसे दस हजार रुपए महीना दे रहा है। ये दस हजार रुपए जी.डी.पी. में जुड़ जाएँगे। मान लीजिए कि यह नौकरानी नौजवान है और जिस घर में वह काम कर रही है, उस घर के किसी नौजवान से उसे प्यार हो जाए, दोनों में विवाह हो जाए तो अभी तक जो नौकरानी थी, वह गृहस्वामिनी बन गई। गृहस्वामिनी हो जाने पर भी वह काम तो सब वही करती है, जो वह नौकरानी के रूप में किया करती थी, अंतर केवल यह आया है कि घरवाला अपनी घरवाली को तनख्वाह नहीं देता। वर्तमान परिभाषा के अनुसार, नवगृहस्वामिनी, जो सर्विस का उत्पादन कर रही है, अब वह जी.डी.पी. में नहीं जुड़ेगा।

भारत जैसे देश में अधिकांश काम घरों में, परिवारों में ही हुआ करते हैं, जबकि यूरोपीय, अमेरिकी देशों में ये सब काम बाजार में हुआ करते हैं, इसलिए उनकी जी.डी.पी. ज्यादा है। भारत के लोगों को कह दिया कि तुम्हारा जी.डी.पी. कम है, इसलिए तुम पीछे हो। क्या हम स्वीकार करेंगे इस परिभाषा को?

मैं पहले अध्यापक रहा। मान लीजिए, मैं अपने बच्चे को इकोनॉमिक्स पढ़ाता हूँ तो मेरा बच्चा मुझे कोई ट्यूशन फीस तो देगा नहीं। इसलिए देश की जी.डी.पी. बढ़ेगी नहीं। इसकी बजाय हम दो प्राध्यापक आपस में कॉण्ट्रैक्ट कर लें कि हम एक-दूसरे के बच्चे को इकोनॉमिक्स पढ़ाएँगे और उसकी फीस लेंगे तो देश की जी.डी.पी. बढ़ जाएगी! क्या आप इसे स्वीकार करेंगे?

अपने इस देश में संत हैं, महात्मा हैं, सामाजिक कार्यकर्ता हैं। वे बहुत बड़ी मात्रा में देश के लिए बहुमूल्य सर्विसेज दे रहे हैं, पर बदले में पैसा नहीं लेते। इसे क्या कहेंगे? देश की जी.डी.पी. कम हो गई? मैं यहाँ व्याख्यान देने आया हूँ। मैंने यह व्याख्यान ऐसी किसी जगह दिया होता, जहाँ पेमेंट होता हो तो हमें कम-से-कम दस हजार रुपए मिलते। इससे देश की जी.डी.पी. बढ़ जाती। यहाँ भाकरेजी तो कुछ देनेवाले हैं नहीं। देश की जी.डी.पी. कम हो गई न!

क्या है जी.डी.पी. की कैलकुलेशन? आप अपने किचन गार्डन में कुछ सब्जियाँ, टमाटर, हरा धनियाँ, मिर्च उगाते हैं। किचन गार्डन से ये सब्जियाँ तोड़ीं और सीधे रसोई में पका लीं। बाजार में बेचने नहीं गए। वर्तमान परिभाषा के अनुसार देश की जी.डी.पी. में ये शामिल नहीं होंगी।

यहाँ बैठे हुए श्रोताओं में से बहुतों की खेती होगी, किसानी जानते होंगे। किसान फसल पैदा करता है तो पहले वह अपने घर के उपयोग के लिए रख लेता है, शेष को बाजार में बेचने के लिए ले जाता है। इसे बोलते हैं मार्केटेबल सरप्लस, मार्केट में जिसकी वैल्यू काउंट होती है। स्व-उपभोग (सेल्फ कंजंप्शन) के लिए जो प्रोड्यूज रख लिया गया है, वह काउंट नहीं होता, इसलिए उतने पैमाने पर जी.डी.पी. कम हो गई या नहीं? उसने जितनी फसल उगाई है, वह पूरी की पूरी फसल बेचने के लिए बाजार ले जाता और फिर अपनी जरूरत का उत्पाद खरीदकर ले आता तो जी.डी.पी. बढ़ जाती।

जी.डी.पी गणना के वर्तमान संदर्भ में विस्तृत उदाहरण दिए जा सकते हैं, किंतु विषय को मैं लंबा नहीं खींचूँगा। कहने का मतलब यही है कि जी.डी.पी. आधारित विकास का मॉडल दोषपूर्ण है और इस संदर्भ में पहला काम है; इसे चुनौती देना कि इसे बदला जाना चाहिए।

हमारे देश में जितनी भी आर्थिक नीतियाँ बन रही हैं, विकास के मॉडल बन रहे हैं, उनका उद्देश्य क्या है, हमारी पंचवर्षीय योजनाओं का उद्देश्य क्या है ? एक लाइन में उद्देश्य बताते हैं—आम व्यक्ति के रहन-सहन के स्तर को ऊँचा उठाना। सवाल यह है कि किसी के रहन-सहन का स्तर कब ऊँचा हो जाता है और कब नीचा रह जाता है, रहन-सहन के स्तर का मतलब क्या है ? इसे परिभाषित किया गया है कि व्यक्ति को उसके उपभोग के लिए जितनी वस्तुएँ और सेवाएँ उपलब्ध होती हैं, उसके आधार पर उसका रहन-सहन का स्तर मापा जाता है—Basket of goods and services available for consumption। इस परिभाषा को स्वीकार कर कोई व्यक्ति सुबह से शाम तक खाता ही रहता है। उससे पूछा जाए कि क्यों भाई! इतना क्यों खा रहे हो ? तो उसका जवाब यही होगा कि वह अपना रहन-सहन का स्तर बढ़ा रहा है।

अमेरिका में जो संकट आया, वह इस ओवर कंजंप्शन (अति उपभोग) के कारण ही आया। सन् 2008 के इस वैश्विक संकट में कंज्यूमरिज्म पर आधारित मॉडल असफल होनेवाला ही था, अमेरिका में वह हुआ भी, केवल एक उदाहरण देकर मैं बात को समझाता हूँ।

अमेरिकी बैंकों और फाइनेंशियल इंस्टीट्यूशंस ने अमेरिकियों से क्या कहा, जिसके पास मकान नहीं था, उससे पूछा—तुम्हारे पास मकान क्यों नहीं है ? उत्तर मिलता—पैसा नहीं है। बैंकों ने कहा—हम उधार देंगे। उसे उधार दे दिया। जिसके पास एक मकान था, उससे कहा—तुम अमेरिका में रहते हो और तुम्हारे पास एक ही मकान है। मकान तो अदल-बदलकर रहने के लिए होते हैं। दूसरा मकान खरीदो। उत्तर आया, पैसा नहीं है, तो बैंक कहते हैं, हम उधार देंगे। जिनके पास दो मकान थे, उनको बैंकों ने कहा—अरे! तुम अमेरिका में रहते हो और मकान तुम्हारे पास दो ही हैं। अमेरिका में हॉलीडे-होम्स का एक कॉन्सेप्ट है, छुट्टी के दिन घरवालों से छुपकर मटरगश्ती करने का स्थान, उसे

बोलते हैं—हॉलीडे होम। बैंकों ने पूछा—तुम्हारे पास क्यों नहीं है, वही उत्तर कि पैसा नहीं है तो बैंकों ने कहा—हम देंगे उधार।

अगर हम अमेरिका के बैंकिंग और फाइनेंशियल इंस्टीट्यूशंस के पिछले 20 सालों के बिहेवियर की स्टडी करें तो ध्यान में आएगा कि उन्होंने बेतहाशा लोन दिए। आप कहेंगे कि लोन देने में बुरा क्या है ? नहीं है बुरा, पर हम सामान्य लोग लोन देते समय देख लेते हैं कि उसकी पेइंग कैपेसिटी या चुकाने की क्षमता है या नहीं है। अमेरिका के लोगों ने कहा कि यह तो पिछड़े देशों का कॉन्सेप्ट है, भारत जैसे देशों का। हम क्यों देखें पेइंग कैपेसिटी ? चुका देगा, नहीं चुकाएगा तो न सही। इसलिए जिनकी पेइंग कैपेसिटी नहीं थी, उनको लोन दे दिए। उन्हें कहा गया NINJAS इसका अर्थ है नो इनकम, नो जॉब, नो असेट्स। जिनकी न कोई आय है, न कोई काम-धंधा और न बाप-दादा की कोई संपत्ति, ऐसे लोग क्या देंगे ? कुछ नहीं। निनजास यानी सरल भाषा में निखट्टू। बैंकों का वसूली का समय आया तो इन निखट्टुओं ने हाथ खड़े कर दिए, कहा—कुछ दिखाई देता हो तो ले जाओ। तमाम बैंकिंग इंस्टीट्यूशंस धराशायी हो गए। अमेरिकी धरती पर 40 बैंक एक साथ धराशायी हो गए; यह सब हुआ अति उपभोगवादी गलत दृष्टिकोण के कारण। जबरदस्ती लोन दिए जा रहे हों। कुल मिलाकर यह उपभोग पर आधारित विकास का मॉडल है। ज्यादा उपभोग की इच्छाओं को बढ़ाएँगे तो उत्पादन करना पड़ेगा। उत्पादन का आज का तरीका कौन सा है ? वे कहते हैं—ज्यादा उत्पादन करना हो तो दो काम करने होते हैं—पहला प्राकृतिक साधनों का बेरहमी से शोषण। दुनिया का हिसाब लगाकर देख लीजिए। दुनिया के जो विकसित देश कहलाते हैं, उन्होंने दुनिया के प्राकृतिक संसाधनों का उतनी ही बेरहमी से शोषण किया है। इससे पर्यावरण का संकट तो होगा ही, प्रदूषण का संकट तो होगा ही। आप कर लीजिए प्रकृति सम्मेलन, इससे क्या निकलेगा ? क्योंकि आपका विकास के बारे में चिंतन ही दोषपूर्ण है। आपने प्राकृतिक साधनों का शोषण करने की टेक्नोलॉजी अपनाई है।

दूसरा काम उत्पादन के लिए बड़े-बड़े कारखानों का निर्माण। आज की भाषा में किसे कहते हैं बड़ा कारखाना ? इसके दो काम होते हैं, एक तो वह ऊर्जाभक्षी होता है, एनर्जी का ज्यादा प्रयोग होता है; दूसरा, मशीनचालित होता

है। ऊर्जा का प्रयोग ज्यादा करोगे तो एनर्जी क्राइसिस आएगा, दुनिया भर में ऊर्जा संकट है, अब अपने देश में भी यह संकट आ गया है। आपने तरीका गलत अपना लिया; मनुष्यों का प्रयोग कम, मशीनों का ज्यादा। इससे बेरोजगारी का आना अनिवार्य है। दुनिया भर में आ गई, अपने देश में भी आ गई है।

कुल मिलाकर विचार करें तो वर्तमान अर्थतंत्र केंद्रीकरण का अर्थतंत्र है। वर्तमान अर्थव्यवस्था, विकास का वर्तमान मॉडल गलत दृष्टिकोण पर आधारित है, उपभोक्तावाद पर आधारित है; इसलिए यह धारणक्षम हो ही नहीं सकता, यह धारणक्षम है ही नहीं, शाश्वत नहीं है, टिकाऊ नहीं है। सारी दुनिया में चिंता हो रही है कि क्या करें, फिक्र हो गई है, सभी परेशान हैं। समूची दुनिया के विचारक, समाजवेत्ता आज इस बात से परेशान हैं कि जिस रास्ते पर हम चल रहे हैं, उससे देश और दुनिया का कल्याण होनेवाला नहीं है, भला होनेवाला नहीं है। क्या कोई दूसरा रास्ता हो सकता है ? रास्ता है। भारत के पास रास्ता है। भारत के पास आना पड़ेगा और भारत के पास आओगे तो पं. दीनदयालजी के चिंतन की ओर स्वाभाविक ही दृष्टि जाएगी।

पं. दीनदयालजी हमें संकेत दे गए हैं, दिशा-निर्देश कर गए हैं, कुछ मोटी-मोटी बातें बता गए हैं। उनके आधार पर विचार करें तो क्या उसमें से विकास का कोई नया मॉडल उभरता है ? मैंने कुछ मित्रों के साथ इस पर विचार करना आरंभ किया तो ध्यान में आया कि जब किसी नई राह की तलाश की जाती है, कोई नया मॉडल देने का प्रयास किया जाता है तो सबसे पहला सवाल खड़ा होता है कॉन्सेप्ट का, अवधारणा का। संकल्पना देनी पड़ती है। आज पुरानी संकल्पना फेल है। पहले कहते थे—प्रगति (प्रोग्रेस) हो रही है। फिर कहा—प्रगति ठीक नहीं है, तो ग्रोथ आ गया। फिर कहा—ग्रोथ ठीक नहीं है, इसलिए डेवलपमेंट आ गया। वह भी ठीक नहीं लगा तो ह्यूमन डेवलपमेंट आ गया। वह भी ठीक नहीं लगा तो क्वालिटी ऑफ लाइफ आ गई।

सब लोग कह रहे हैं कि हम जो कहना चाह रहे हैं, उसके लिए हमें कोई ठीक शब्द ही नहीं मिल रहा है। सारी दुनिया के विचारक कॉन्सेप्ट को लेकर भ्रमित (कंफ्यूज्ड) हैं। क्या भारत दे सकता है ?

भारत क्या दे सकता है, इसके बारे में मैंने विचार किया और एक कॉन्सेप्ट

दिया, कॉन्सेप्ट ऑफ सुमंगलम्—मंगल की अवधारणा।

जब हम किसी को कहते हैं कि तुम्हारा मंगल हो तो मंगल केवल पैसे से नहीं होता, मंगल के लिए पैसा भी चाहिए, पर केवल पैसा ही नहीं चाहिए। यह मल्टीडाइमेंशनल बहुआयामी है। इसमें आर्थिक कॉन्सेप्ट भी है, सामाजिक कॉन्सेप्ट भी है, सांस्कृतिक और राजनीतिक कॉन्सेप्ट भी है भी और प्रशासनिक कॉन्सेप्ट भी है, पारिवारिक कॉन्सेप्ट भी है। भगवान् राम का जन्म अपने यहाँ पर हुआ। तुलसीदासजी ने सोचा कि राम ने यहाँ जन्म क्यों लिया और रामचरितमानस में राम के जन्म का कारण बताया, "रामजनमु जग-मंगल हेतु", संसार का मंगल करने के लिए राम का जन्म हुआ।

हमारे संपूर्ण साहित्य का विचार करेंगे, चाहे वह सनातन धर्म का साहित्य हो या बौद्ध धर्म, जैन दर्शन का, उनमें यह मंगल का कॉन्सेप्ट कॉमन है। इसलिए मैंने सोचा, मंगल करेंगे, सुमंगल का कॉन्सेप्ट देंगे। मंगल विकास का नया रास्ता बनाएँगे। किसको कहेंगे मंगल विकास, सुमंगल का कॉन्सेप्ट क्या है? भारतीय चिंतन के हिसाब से हमने उसको परिभाषित किया है—अपनी प्रकृति, प्रवृत्ति, संस्कृति, अपने सवाल, संसाधन, परिवेश और पर्यावरण को ध्यान में रखकर समग्र संतुलित विकास का नाम है सुमंगलम्। इसी को पं. दीनदयालजी ने समझाने का प्रयास किया है। एकात्म मानव दर्शन के आधार पर विचार एकात्म ढंग से ही करना पड़ेगा। इसी पर दीनदयालजी ने कहा था कि हर देश के लिए अलग-अगल मार्ग होंगे। सबके लिए एक मार्ग नहीं हो सकता, भिन्न-भिन्न मार्ग होंगे। आप किस स्थिति में, किस अवस्था में हैं, हर एक देश के सवाल अलग हैं, साधन-संसाधन अलग हैं, समस्याएँ अलग हैं। अत: ऐसे में आप अमेरिकन मॉडल को हिंदुस्तान में कैसे हू-ब-हू लागू कर सकते हैं? गलत है। सोच ही मूलत: गलत है। अत: हमें विचार करना होगा एक नए प्रकार के अर्थतंत्र के बारे में। जब नए अर्थतंत्र के बारे में विचार करेंगे तो विकास के नए मॉडल के बारे में भी विचार करेंगे।

मेरे हिसाब से यह मॉडल हमको चार बातों की गारंटी देनेवाला होना चाहिए। उन चार बातों की गारंटी आज का कोई ग्रोथ मॉडल नहीं देता। यह सुमंगलम् का मॉडल, दीनदयालजी का एकात्म विकास का मॉडल, इन चार

बातों की गारंटी देगा, पहली बात, सबको रोटी। मैं रोटी बोलता हूँ तो यह एक प्रतीकात्मक शब्द है, रोटी का मतलब है देश में रहनेवाले प्रत्येक व्यक्ति की मूलभूत आवश्यकताओं की पूर्ति की गारंटी। दुनिया का कोई देश अमेरिका और यूरोप सहित क्या अपने देश में रहनेवाले प्रत्येक व्यक्ति की तमाम मूलभूत आवश्यकताओं की पूर्ति की गारंटी दे रहा है? नहीं दे पा रहा है। अत: नया विचार करना पड़ेगा। अपने देश की जो समस्याएँ हैं, उनका समाधान इसी में से निकलेगा।

दूसरी बात मैं बोलता हूँ—सबको स्वास्थ्य (हेल्थ फॉर ऑल)। सरकार ने भी पिछले काफी समय से हेल्थ फॉर ऑल का नारा पीटा है, पर उनको हेल्थ ही समझ में नहीं आता कि हेल्थ है क्या? हमारी भारतीय परंपरा में स्वास्थ्य तीन प्रकार का होता है। एक को हम शारीरिक स्वास्थ्य कहते हैं, दूसरे को मानसिक स्वास्थ्य और तीसरे को हम भावनात्मक स्वास्थ्य; इमोशनल हेल्थ कहते हैं। पहले दो स्वास्थ्यों के बारे में दुनिया के देश थोड़ा-बहुत समझने लगे हैं—शारीरिक स्वास्थ्य के साथ मेंटल हेल्थ की भी वे चर्चा करने लगे हैं। इसलिए मनोरोग विशेषज्ञों की संख्या बढ़ने लगी है, पर आपकी भावना अशुद्ध होगी तो आप उत्पात करोगे न, घोटाले करोगे न, व्यभिचार करोगे न। रेप कांड होंगे न। पर्यावरण को नष्ट करोगे न। पहले भावना खराब होती है और तब आपकी क्रिया में दोष आता है। इसलिए भावनात्मक स्वास्थ्य भी आवश्यक है।

अत: तीनों प्रकार के स्वास्थ्य को साधने का प्रयत्न जिस विकास मॉडल में, जिस अर्थव्यवस्था में होगा, वही सबको स्वास्थ्य देगा और इसको साधने का प्रयत्न हम जब करेंगे तो हमारे ध्यान में आएगा कि स्वास्थ्य प्रणाली दो प्रकार की हैं—एक को कहते हैं निरोधात्मक स्वास्थ्य प्रणाली, अर्थात् आप बीमार ही न पड़ो। इसके लिए तीन बातें हैं—आहार, विहार और व्यवहार। आपका आहार, विहार और व्यवहार इतना शुद्ध हो कि आपको बीमारी आए ही नहीं, बीमारी आते ही उसे निकालो।

हमारा आहार ठीक नहीं है, विहार ठीक नहीं है। हम गाड़ी में बैठकर घूमते हैं, पैदल तो चलते ही नहीं, एक्सरसाइज करते ही नहीं हैं। व्यवहार दोषपूर्ण रहता है, इसलिए निरोधात्मक स्वास्थ्य के जितने मैनर्स है, मर्यादाएँ हैं, व्यवहार

के, जीवन-शैली के जितने तौर-तरीके हैं, उनको फिर से सिखाना पड़ेगा, जनता के बीच उतारना पड़ेगा। वैसी स्कीम बनानी पड़ेगी।

हो सकता है, इसके बाद भी कोई बीमार पड़ जाए तो ऐसे बीमारों के लिए, जिसे उपचारात्मक स्वास्थ्य प्रणाली कहते हैं, वह भी लानी होगी। बीमारी हो जाए तो उपचारात्मक उपाय होने चाहिए। इन उपचारात्मक उपायों में से केवल एलोपैथी के सहारे सभी लोगों को स्वास्थ्य नहीं दिया जा सकता। एलोपैथी भी चाहिए, आयुर्वेद भी चाहिए, योग भी चाहिए, होम्योपैथी भी चाहिए। जिसे समग्र-समन्वित स्वास्थ्य प्रणाली (होलिस्टिक हेल्थ सिस्टम) कहते हैं, वह लाने का प्रयास करेंगे, यह हुआ हेल्थ फॉर ऑल।

तीसरी बात—सबको शिक्षा। जब मैं सबको शिक्षा बोलता हूँ तो उसका मतलब है सबको समाजोपयोगी संस्कारक्षम शिक्षा के समान अवसर, समान शिक्षा हो जाने से काम नहीं चलता। जिसके माँ-बाप की जेब में पैसा है, उसके बेटा-बेटी तो किसी अच्छे स्कूल में दाखिला ले लेंगे, जिसके माँ-बाप की जेब में पैसा नहीं है, उसके बेटा-बेटी ने क्या अपराध किया है ? हर एक बालक-बालिका के प्रतिभा-विकास की जिम्मेदारी समाज की होनी चाहिए। अर्थात् शिक्षा के समान अवसर मिलने चाहिए। ऐसी व्यवस्था करनी होगी, ऐसी अर्थव्यवस्था लानी होगी और शिक्षा कैसी हो, वह समाजोपयोगी हो, अर्थात् सोशली यूजफुल, हमारे देश की आवश्यकता के अनुसार शिक्षा, भारत-केंद्रित शिक्षा। हमारी समस्याओं का समाधान कर सकनेवाले व्यक्तित्व का निर्माण करनेवाली शिक्षा देनी पड़ेगी और यह शिक्षा संस्कारक्षम भी होनी चाहिए। आजकल तो उलटा हो रहा है। जितना ज्यादा शिक्षित उतना ही ज्यादा संस्कारशून्य। मैं कई बार कहता हूँ कि अगर हम हिसाब लगाएँ तो पता लगता है कि जितने उत्पात हो रहे हैं, जितने आतंकवादी गुट हैं, जितने विघटनवादी गुट हैं, जितने अलगाववादी गुट हैं, जो घोटाले, गलत काम किए जा रहे हैं, उनके सरगना कौन हैं, उनके प्रमुख कौन हैं ? बगैर पढ़े-लिखे आदमी नहीं हैं, सबके सब पढ़े-लिखे आदमी हैं। इसका मतलब शिक्षा में से संस्कार गायब है। हमें समाजोपयोगी संस्कारक्षम शिक्षा के समान अवसर दे सकनेवाली व्यवस्था लानी पड़ेगी।

अंतिम बात सबको रोजगार—एंप्लॉयमेंट फॉर ऑल की बात कही है।

दीनदयालजी ने सरल भाषा में कहा, 'हर हाथ को काम'। दुनिया में कोई देश नहीं है, कोई देश यह क्लेम नहीं कर सकता कि वह अपने देश में सबको रोजगार देता है। पिछले दिनों ओबामा भारत आए थे। उस समय वे अमेरिका के राष्ट्रपति पद का चुनाव दूसरी बार लड़ रहे थे। वे भारत के लोगों से, भारत सरकार से अपने देश के लिए रोजगार माँगने के लिए आए थे, और अपने देश वापस जाकर उन्होंने प्रेस कॉन्फ्रेंस की और कहा—मैं भारत से रोजगार माँगकर लाया हूँ, मुझे वोट दो। अमेरिका आज सब लोगों को रोजगार नहीं दे पा रहा है। यूरोप, ऑस्ट्रेलिया, दुनिया में सब जगह रोजगार का संकट है। भारत तो बहुत बड़ा देश है, इसलिए हमको रोजगार-प्रधान अर्थव्यवस्था बनाने का प्रयत्न करना पड़ेगा।

मैं इन सबको मिलाकर एक समान नाम देता हूँ—समग्र सामाजिक सुख दे सकनेवाला अर्थतंत्र। व्यक्तिविशेष का सुख नहीं, गुटविशेष का सुख नहीं, वर्गविशेष का सुख नहीं, समग्र सामाजिक सुख, ग्रॉस सोशल हैप्पीनेस। इसके आधार पर जब विचार होगा तो देश में एक नई तरह की अर्थव्यवस्था आएगी। यह अर्थव्यवथा कैसे आएगी? दो-तीन सरल बातें कहकर मैं अपनी बात पूर्ण करता हूँ। यह आएगा कैसे, इंप्लीमेंट कैसे होगा, इतना बढ़िया उद्देश्य है तो यह पूर्ण कैसे होगा, क्रियान्वयन कैसे होगा?

स्पष्ट है कि इसके लिए अर्थव्यवस्था का तंत्र बदलना पड़ेगा। हमको सोशल, पोलिटिकल, इकोनॉमिक सिस्टम (सामाजिक, राजनीतिक, आर्थिक प्रणाली) में बदलाव लाना पड़ेगा। बदलाव की दो-तीन बातें हैं। पहली बात, स्वदेशी स्वावलंबी विकेंद्रित अर्थतंत्र। हमारा इकोनॉमिक स्ट्रक्चर वह तीन बातों पर आधारित हो—स्वदेशी, स्वावलंबी और विकेंद्रितता। मैं बहुत सरल बात कह रहा हूँ। हमें 10-15 गाँवों के क्लस्टर (संकुल) बनाने होंगे। उन्हें स्वावलंबी बनाने के प्रयत्न करने होंगे। हमारे देश में यह हो सकता है। थोड़ी-बहुत कमी-बेसी रहेगी, अगले क्लस्टर से लेना-देना किया जा सकता है। इसके बाद भी थोड़ी-बहुत कमी रह जाए तो उस देश के बाकी इलाकों से पूरा कर लेंगे। कोई चीज अगर देश में उपलब्ध नहीं है तो उसे विश्व के बाजार से पूरा करेंगे। इस प्रकार एक सिस्टम बनाने का प्रयत्न करना होगा।

दूसरी बात आजकल टेक्नोलॉजी को लेकर बड़ी चर्चा होती है। आप

अपनी बात को एक्जिक्यूट करना चाहते हैं, पर आपके पास टेक्नोलॉजी कहाँ है ? दुनिया की ये जो बड़ी-बड़ी मल्टीनेशनल कंपनियाँ हैं, वे आकर हमको टेक्नोलॉजी के नाम पर डराती हैं, बहकाती हैं। कहती हैं, तुम बाकी बातों में आगे हो, पर टेक्नोलॉजी में तो पिछड़े हुए हो। विकास करना चाहते हो तो हमारी टेक्नोलॉजी ले लो। उस टेक्नोलॉजी को नाम दे दिया हाई टेक्नोलॉजी। टेक्नोलॉजी का विभाजन, क्लासिफिकेशन हाई टेक्नोलॉजी और लो टेक्नोलॉजी के रूप में कैसे किया है, यह समझ से परे है।

मैं बहुत से टेक्निकल इंस्टीट्यूट्स (तकनीकी संस्थानों) में गया हूँ। मैंने कहा, मुझे इसके बेसिक्स समझाओ कि टेक्नोलॉजी ऊँची या नीची कैसे होती है ? टेक्नोलॉजी तो टेक्नोलॉजी होती है। किसी एक देश में किसी एक समस्या को सुलझाने के लिए परिस्थिति विशेष में एक टेक्नोलॉजी उपयोगी हो सकती है और वही दूसरे संदर्भ में अनुपयोगी हो सकती है। इसलिए उसका रीक्लासिफिकेशन (पुनर्वर्गीकरण) होना चाहिए—एप्रोप्रिएट टेक्नोलॉजी और इनएप्रोप्रिएट टेक्नोलॉजी (उपयुक्त टेक्नोलॉजी एवं अनुपयुक्त टेक्नोलॉजी)। यह हाई और लो (क्लासिफिकेशन) (विभाजन) दोषपूर्ण है। इसे बदलना पड़ेगा। हम एप्रोप्रिएट टेक्नोलॉजी जरूर लेंगे। फिर हमारा देश टेक्नोलॉजी की दृष्टि से अभावग्रस्त रहा है क्या ? हिंदुस्तान पुराना देश है। हमारे यहाँ टेक्नोलॉजी का जितना भंडार रहा है, उतना अन्य कहीं नहीं रहा। हमारे यहाँ इतने बड़े-बड़े भवन खड़े हुए, स्थापत्य के इतने बड़े-बड़े काम हुए, हम दिल्ली में रहते हैं, वहाँ कुतुबमीनार के पास एक लौहस्तंभ है। वह जितना धरती के ऊपर है, उतना ही वह धरती के नीचे है। मोटाई भी काफी है, वह दोनों हाथों में नहीं आता। सिंगल पीस है। दुनिया की कोई लेटेस्ट स्टील इंडस्ट्री इतना बड़ा सिंगल पीस, जिसे हजार-पंद्रह सालों तक जंग न लगे, बना सकती है क्या, हमने बनाया है तो बगैर टेक्नोलॉजी के बनाया होगा क्या ?

जब ढाका के मलमल की चर्चा होती है तो कहा जाता है कि उसका 20 गज का थान अँगूठी में से निकल जाता था। हमारे कारीगर 2500 काउंट का सूत काता करते थे। आज लेटेस्ट टेक्सटाइल मिल 500 काउंट से ज्यादा नहीं जा पाती और हमको कहते हैं, तुम टेक्नोलॉजी में पिछड़े हो। इसका अर्थ यही

है कि हमें अपना स्वाभिमान जगाना होगा। आप लोगों ने डॉ. अब्दुल कलाम की बात पढ़ी होगी। उसमें उन्होंने यह उल्लेख किया है, मैं एक बार वैज्ञानिकों की सभा में भाषण देने के लिए गया था। वहाँ मैंने कहा कि रॉकेट टेक्नोलॉजी का प्रयोग सबसे पहले हिंदुस्तान में टीपू सुल्तान ने किया था। मैंने जैसे ही यह बात कही, एक साइंटिस्ट बोला—अब्दुल कलाम का दिमाग खराब है। भारत का आदमी इतने पुराने समय में कोई रॉकेट टेक्नोलॉजी का प्रयोग कर सकता है ? यह इंपॉसिबल है। गलत है, आप ऐसे ही हवाबाजी कर रहे हो। अब्दुल कलाम ने कहा—मैं इंग्लैंड गया। वहाँ की लंदन की लाइब्रेरी में अंग्रेजों के रिकॉर्ड निकालकर लाया, जिनमें उन्होंने इसे स्वीकार किया है। फिर मैंने आकर उन साइंटिस्ट महोदय के सामने वे रिकॉर्ड पेश किए, तब उन्होंने कहा—हाँ, हो सकता है, तो स्वाभिमान ही नहीं है देश का, कहीं आत्मगौरव नहीं है। मैं मजाक का एक उदाहरण सुनाया करता हूँ।

एक संन्यासी अमेरिका गए थे। वहाँ एक भाषण के बाद एक सज्जन खड़े हो गए। उन्होंने कहा—आपने आत्मा, परमात्मा, दर्शन की बड़ी-बड़ी बातें कीं, पर यह तो मान लीजिए कि आप टेक्नोलॉजी के बारे में पिछड़े हुए हैं। उन्होंने कहा—हम सत्य को माननेवाले लोग हैं। मानने में कोई दिक्कत नहीं है, पर मेरे एक सवाल का जवाब दो कि आपके देश में क्या केवल दो बरतनों में स्वादिष्ट खाना बनाकर खिलाया जा सकता है ? प्रश्नकर्ता चौंक गए। अमेरिकी रसोईघर में पूरा-का-पूरा तामझाम होता है, तब भी कोई स्वादिष्ट खाना नहीं बनता। इसलिए उन्होंने कहा—इंपॉसिबल! पर यह सही है कि यह हमारे देश में है। हमारे यहाँ दाल-बाटी चूरमा की रसोई बनती है। इसके लिए बरतन दो ही चाहिए; एक दाल के लिए और दूसरा आटा गूँथने के लिए। इस दाल-बाटी को चकाचक खाते हैं। इतना ही नहीं, हमारे यहाँ तो एक ही बरतन में स्वादिष्ट खाना बन जाता है। खिचड़ी के लिए कितने बरतन लगते हैं ? केवल एक बरतन। टेक्नोलॉजी किसका नाम है—इनपुट-आउटपुट रिलेशनशिप। बेस्ट टेक्नोलॉजी क्या है, जिसे हाई टेक्नोलॉजी कहा जाता है—ज्यादा इनपुट से ज्यादा आउटपुट दे रहे हो। इससे दुनिया में रिसोर्सक्रंच की प्रॉब्लम आ रही है, साधनों की कमी पैदा हो गई है। हमारे पास कुछ रहा ही नहीं, सारा लोहा खा गए, सारा कोयला

खा गए। छत्तीसगढ़ के लोग जानते हैं कि कोयला कौन-कौन खा गया। सारा पानी पी गए, तेल पी गए, वृक्ष खा गए। दुनिया के सामने कोई संसाधन बचा ही नहीं। इसलिए टेक्नोलॉजी के बारे में नए सिरे से सोचना प्रारंभ करना पड़ेगा। कम इनपुट से ज्यादा आउटपुट देनेवाली भारतीय परंपरा की जो टेक्नोलॉजी है, उसका विचार करना होगा।

एक तीसरा सवाल सारी दुनिया में घूम रहा है—टिकाऊपन का। सस्टेनेबल कैसे हो ? इसके लिए जीवन-शैली बदलनी होगी। वर्तमान जीवन-शैली पर चलते हुए दुनिया के किसी भी देश में, किसी भी समय सस्टेनेबल डेवलपमेंट या सस्टेनेबल इकोनॉमिक मॉडल हो ही नहीं सकता। Sustainable development is not possible without having sustainable consumption pattern, उपभोग-शैली को बदलो, जीवन-शैली को बदलो, जरूरत होने पर ही चीजों का उपयोग करो, अनावश्यक चीजों का उपयोग न करो, यह समझना पड़ेगा, यह बताना पड़ेगा, इसे सभी ओर से व्यवहार में लाना पड़ेगा। यह व्यवहार में लाया गया तो दुनिया सस्टेनेबल हो जाएगी, नहीं लाया गया तो सब गड़बड़ हो जाने वाला है।

गांधीजी ने यही कहा था। नेहरूजी, गांधीजी इलाहाबाद गए हुए थे। भोजन के बाद नेहरूजी गांधाजी के हाथ धुलाने के लिए दौड़े। पूरा लोटा उनके हाथों पर उड़ेल दिया। गांधीजी ने कहा—यह क्या कर दिया ? इतना पानी नहीं चाहिए था मुझे हाथ धोने के लिए। नेहरूजी ने कहा—बापू, चिंता क्यों करते हो, यहाँ इलाहाबाद में गंगा के किनारे खड़े हैं हम लोग। बापू का जवाब था—गंगा तेरे और मेरे लिए ही है क्या ? यह दृष्टि है। आप किसी चीज का उपयोग इस प्रकार से करते हैं या नहीं करते ? इसलिए सस्टेनेबल कंजंप्शन पैटर्न (धारणक्षम उपभोग-शैली) लाना पड़ेगा।

चौथी बात, हमारे अर्थशास्त्रियों ने जिसे गायब कर दिया, उसे फिर से लाने के प्रयत्न करने पड़ेंगे—दीनदयालजी और भारतीय चिंतन के प्रकाश में। हमने अर्थ को धर्म से अलग कर दिया। अर्थशास्त्र का मुझ जैसा विद्यार्थी ज्यों ही धर्म की बात करता है, मेरे अर्थशास्त्री मित्रों की भौंहें चढ़ जाती हैं। धर्म की बात करना कम्युनल बात करना हो गया है। धर्म का क्या मतलब है ? धर्म शब्द

'धृ' धातु से बना है जिसका अर्थ है—धारण, रक्षण व पोषण। वे सब नियम, व्यवहार व मर्यादाएँ जिनसे व्यक्ति, समाज व सृष्टि का धारण, रक्षण व पोषण हो, वह धर्म है।

इकोनॉमिक्स के कुछ मित्र यहाँ बैठे हैं। इकोनॉमिक्स में सबसे पहले क्या पढ़ाते हैं—इकोनॉमिक्स हैज नथिंग टु डू विद इथिक्स (अर्थशास्त्र का नैतिकता से कोई संबंध नहीं होता)। मैंने भी पढ़ाया है—ऑब्जेक्टिव एनालिसिस करना है हमें, सब्जेक्टिव नहीं होना है तो इथिक्स से कोई संबंध नहीं रखना होगा।

जिस अर्थशास्त्र का, जिस अर्थतंत्र का, जिस अर्थनीति का, जिस अर्थव्यवस्था का नैतिकता से संबंध नहीं होता, वह देश का, समाज का भला करनेवाली होगी क्या? घोटाला होगा ही, फिर बेईमानी होगी ही, तमाम प्रकार के स्कैंडल्स होंगे ही।

आजकल एम.बी.ए. के स्टूडेंट को हम क्या पढ़ाते हैं—यू हैव टू अचीव योर टारगेट दिस वे ऑर दैट वे (आपको अपने लक्ष्य को किसी भी तरीके से प्राप्त करना है) जोर किस पर है—टारगेट अचीव करने पर, मेथड पर नहीं है। तौर-तरीकों पर नहीं है। सारी दृष्टि बदल गई है।

इसलिए दीनदयालजी अर्थ और काम को धर्म से जोड़ने की धर्म, अर्थ, काम, मोक्ष की बात कहा करते थे। इस बारे में गांधीजी ने भी कहा था, "I must confess that I do not draw a sharp or any distinction between economics and ethics. Economics that hurts the moral wellbeing of an individual or a nation is immoral and therefore sinful." इतना स्ट्रॉन्ग स्टेटमेंट है गांधीजी का—'मैं ऐसे डिमार्केशन को स्वीकार नहीं करता, जो अर्थशास्त्र और नीतिशास्त्र में भेद करता है, वह अनैतिक है और आगे जाकर वे इसे पापपूर्ण कहते हैं। मतलब यही कि हमें एक ऐसे अर्थशास्त्र की, नए प्रकार की ऐसी अर्थव्यवस्था की रचना करने का प्रयत्न करना पड़ेगा जो मर्यादाओं पर आधारित हो; तभी व्यक्ति की, परिवार की, समाज की और सृष्टि की धारणा होगी। आज धारणक्षमता का जो सवाल खड़ा हो गया है, वह इथिक्स से दूर होने के कारण खड़ा हुआ है। सस्टेन ही नहीं हो रहा है। न पृथ्वी सस्टेन हो रही है, न सृष्टि और न समाज। इसलिए हमें धर्माधारित अर्थव्यवस्था का नया मॉडल लाने का प्रयत्न करना होगा।

एक और बात कहकर मैं अपनी बात पूर्ण करूँगा। नए अर्थतंत्र और नई अर्थव्यवस्था के संदर्भ में आज सबसे बड़ा सवाल आता है—विषमता, गैर-बराबरी दूर करने का। इसी से गरीबी की समस्या हल होगी, असमानता की समस्या हल होगी।

आजकल विद्रोह के हालात बन रहे हैं। पिछले सत्र में किसी ने आतंकवाद, अलगाववाद का जिक्र किया। इसका कारण भी घोर विषमता ही है। हमारे देश में कम-से-कम और अधिक-से-अधिक आयवाले के बीच 90 लाख गुना अंतर है। क्या हम इसकी कल्पना कर सकते हैं। आक्रोश तो नौजवान के भीतर आएगा ही, क्यों नहीं आएगा? एक तरफ मटरगश्ती करनेवाले परिवार हैं और दूसरी तरफ ऐसे परिवार हैं, जिन्हें अपने बच्चों के जीवन की आवश्यकताओं की पूर्ति के भी लाले पड़ जाते हैं—घोर विषमता।

इस घोर विषमता को दूर करने का कोई मार्ग दीनदयालजी के विचारों में से निकलता है क्या, भारतीय संस्कृति में से निकलता है क्या? निकलता है। उसकी ओर ध्यान देना पड़ेगा और जब हम विषमता को एड्रेस करेंगे तो सबसे पहले इस सवाल को एड्रेस करना पड़ेगा कि देश के संसाधनों पर अधिकार किसका हो? डॉ. मनमोहन सिंह की तरह यह नहीं कहेंगे कि देश के संसाधनों पर पहला अधिकार एक पर्टीक्युलर समुदाय का है, इससे काम नहीं बनेगा। यह गलत है, किसके हैं संसाधन, ये रिसोर्सेज किसके हैं?

दो तरह की एप्रोच दुनिया में चली—एक इंडिविजुवल ऑनरशिप (व्यक्तिगत स्वामित्व), यानी कैपिटलिज्म में व्यक्ति का अधिकार है मेरी खदान, मेरी दुकान, मेरा खेत। मैं इसका मालिक—इंडिविजुवल ऑनरशिप का कॉन्सेप्ट चला। इसने शोषण दिया, असमानता दी। इसके विरोध में कम्युनिज्म का कॉन्सेप्ट चला, स्टेट ओनरशिप। सब सरकार ले ले, व्यक्ति का कुछ नहीं। रूस में यही हुआ, चीन बेचारा न इधर का रहा, न उधर का, न घर का, न घाट का। चाइनीज इकोनॉमी को आज कम्युनिस्ट इकोनॉमी नहीं कह सकते, वह बीच में लटक रहा है। उसे छोड़ दें तो कम्युनिज्म ने फिलॉसफी दी कि सब स्टेट ले ले, क्या हुआ इससे, काम करने का इनसेंटिव और इनिशिएटिव (प्रेरणा और पहल) खत्म हो गया। रशियन इकोनॉमी और उसके साथ का सारा का सारा

कम्युनिस्ट एंपायर ढह गया।

भारत ने क्या कहा—साधन न व्यक्ति के हैं, न सरकार के, संसाधन तो परमात्मा के हैं। तुलसीदासजी ने सरल भाषा में कहा—'सियाराममय सब जग जानी'। उसी सरल भाषा में आचार्य विनोबा भावे ने समझाया—'सबै भूमि गोपाल की', यह नया कॉन्सेप्ट था। पुराने समय में रहा है, पर भूल गए। असल में संसाधनों का असली मालिक वह परमात्मा ही है, पर आप कहोगे, साहब, आपने तो हमारा सबकुछ ले लिया! लेकिन ऐसा नहीं है, छीना कुछ नहीं।

आपकी खदान है, दुकान है, खेत है, कौन सी ओनरशिप है आपके पास? डेलिगेटेड ओनरशिप है, अल्टीमेट ओनरशिप नहीं है। इसका सदुपयोग करो, जरूरत है जितनी, उतनी ही चीजों को उपयोग करो, बाकी समाज को फिर से दे दो, ओनरशिप के कॉन्सेप्ट को अगर हमने इस तरह से एड्रेस कर लिया तो फिर ममत्व से समत्व की धारा बह निकलेगी, कैसे बह निकलेगी? एक सरल उदाहरण से कहूँगा, पर उसके पीछे के मर्म को समझने का प्रयत्न करें।

मान लीजिए कि आपको मिठाई खाने की इच्छा हो गई। आप हलवाई की दुकान पर गए। वहाँ से बढ़िया मिठाई का एक किलो का डिब्बा लेकर आए। रास्ते में आपका दोस्त मिल गया। उसने पूछा—क्या लाए हो? आपको कहना पड़ेगा कि मिठाई लाया हूँ। इस पर वह कहेगा—लाया है तो दे भइया। क्या आप देना चाहोगे, बाँटना चाहोगे? नहीं, क्योंकि आपने इंडिविजुवल ओनरशिप मानी है, घर जाकर अकेले खाओगे।

दूसरी ओर, यही मिठाई आपने परमात्मा के मंदिर में प्रसाद चढ़ाने के लिए ली है और अगर आपका दोस्त पूछे तो आपका जवाब क्या होगा? मिठाई का डिब्बा नहीं कहेंगे। आप कहोगे, भगवान् का प्रसाद है। ओनरशिप बदल गई। आप मंदिर गए। प्रसाद चढ़ा दिया। पंडितजी ने घंटी बजाकर भोग लगा दिया। भोग लगाने के बाद शेष आपको प्रसाद के रूप में दे दिया, किसी ने प्रसाद का उपभोग क्या अकेले किया है? देनेवाला भी प्रसन्न, लेनेवाला भी प्रसन्न, जितना मिल गया, उसी में प्रसन्न। इसे ज्यादा-से-ज्यादा लोगों में बाँटा जाता है। इकोनॉमिक्स के कई प्राध्यापक यहाँ बैठे हैं। उपभोग का अंतिम उद्देश्य क्या बताया है—अधिकतम संतुष्टि, ठीक है न! जब आप अपने संसाधनों का

उपयोग प्रसाद भाव से, यज्ञशेष भाव से करेंगे, बाँटकर करेंगे तो ममत्व से समत्व की धारा चलेगी और सही वितरण की समस्या का समाधान होगा। समाज में तनाव घटेगा। मंगल विकास की नई धारणक्षम विकेंद्रित अर्थव्यवस्था लाने का पं. दीनदयालजी का सपना पूर्ण होगा।

□

धारणक्षम मंगल जीवन-शैली की तलाश

जीवन-शैली एक अत्यंत व्यापक, बहुआयामी-बहुपक्षीय अवधारणा है। सामान्यतया किसी समाज विशेष की जीवन-शैली उसके खान-पान, रहन-सहन, काम-धाम, चाल-चलन और आचार-विचार से संबंधित आदतों, व्यवहारों एवं परंपराओं से मिलकर बनती और प्रकट होती है। सरल एवं संक्षेप में जीवन-शैली से आशय है—'जीवन जीने का ढंग'। जीवन-शैली के तीन मुख्य घटक हैं—उपभोग-शैली, आचार-व्यवहारशैली और कार्यशैली। वस्तुतः ये तीनों घटक परस्पर संबंधित एवं परस्परावलंबित हैं। हिंदू चिंतन धारणा में जीवन-शैली को आहार, विहार और आचार की शब्दावली में निरूपित किया गया है।

जीवन-शैली किसी भी समाज की विकास-प्रक्रिया का कारण और परिणाम दोनों है। यह विकास की दिशा व दशा का निर्धारण करती है, सभ्यता, संस्कृति एवं जीवन-मूल्यों को अभिव्यक्ति देती है, सामाजिक-सांस्कृतिक संस्थाओं, व्यवस्थाओं एवं परंपराओं का सृजन एवं निर्वहन करती है, आर्थिक गतिविधियों का नियमन एवं निर्देशन करती है तथा उत्पादनशैली और तकनीक व टेक्नोलॉजी को धारण करती है। इस प्रकार जीवन-शैली समाज के संपूर्ण क्रियाकलापों में न केवल उपस्थित भर है, बल्कि उनके साथ सजीव एवं सक्रिय रूप से सदैव अंतर्क्रिया करती रहती है। यह समाज के समूचे कार्यकलाप के लिए आगत (इनपुट) है और निर्गत (आउटपुट) भी। वस्तुतः जीवन-शैली, उत्पादनशैली और विकासशैली का अन्योन्याश्रित संबंध है। आज के विकास एवं व्यवस्था के संकट के मूल में जीवन-शैली का संकट ही है। भ्रष्ट एवं दोषपूर्ण जीवन-शैली के रहते सर्वमंगलकारी विकास एवं व्यवस्था की कल्पना ही नहीं की जा

सकती। धारणक्षम मंगल विकास के लिए धारणक्षम मंगल जीवन-शैली का होना नितांत अनिवार्य है। इस बात पर तो अब लगभग सब सहमत हैं कि आधुनिकता के नाम पर वर्तमान में पाँव पसार रही आज की जीवन-शैली इस आवश्यकता की पूर्ति नहीं कर पा रही है। वह तो संकट का समाधान नहीं वरन् उसे और विकराल ही बना रही है। अत: आज संपूर्ण मानवता संकटापन्न है और विश्व के सभी प्रबुद्ध विचारक-मनीषी एक नई वैकल्पिक धारणक्षम जीवन-शैली की तलाश में हैं। इस तलाश में हिंदू मनीषियों द्वारा व्यक्त विचार और उनके द्वारा बताई गई मर्यादाएँ, व्यवस्थाएँ, आहार, विहार और आचार के धर्म निश्चित ही उपयोगी सिद्ध हो सकते हैं। इसलिए यहाँ वर्तमान जीवन-शैली की विशेषताओं व विसंगतियों का निष्पक्ष-निरपेक्ष मूल्यांकन और हिंदू जीवन-मूल्यों पर आधारित वैकल्पिक जीवन-शैली के आधारभूत तत्त्वों का एक संक्षिप्त विवेचन प्रस्तुत करने का विनम्र प्रयास किया गया है।

वर्तमान जीवन-शैली-उपभोग-शैली : समस्याएँ एवं विसंगतियाँ

इसमें तो कोई दो मत नहीं हैं कि बीसवीं शताब्दी के दौरान उपभोग की मात्रा और विविधता दोनों में ही असाधारण वृद्धि हुई है। 1998 में विश्व का कुल उपभोग बढ़कर 240 खरब (ट्रिलियन) डॉलर तक पहुँच गया था, जबकि 1900 में यह मात्र 15 खरब डॉलर ही था। भारत में भी कुल उपभोग में तो अच्छी वृद्धि हुई है, किंतु इस उपभोग का वितरण बहुत ही गलत ढंग से हुआ है। इसके परिणामस्वरूप अभावों के अंबार और असमानताओं में भी तेजी से वृद्धि हुई है। विश्व के लगभग एक अरब लोग (विश्व आबादी के लगभग 20 प्रतिशत) और भारत के लगभग एक-तिहाई लोग आज भी जीवन की मूलभूत आवश्यकताओं के लिए तरस रहे हैं। विश्व के कुल निजी उपभोग व्यय में अमीर देशों में रहनेवाले विश्व के 20 प्रतिशत लोगों का हिस्सा 86 प्रतिशत है, जबकि निर्धनतम 20 प्रतिशत लोगों का हिस्सा केवल 1.3 प्रतिशत है। अमीरों के लिए बाजार में जाकर खरीदारी करना फैशन और हॉबी हो गया है। खरीद और खर्च की होड़ लगी है। प्रतियोगी व्यय और प्रदर्शनकारी उपभोग के दबाव कुछ चंद लोगों को भले ही समृद्धि एवं सुख-सुविधाएँ दे देते हों, पर ज्यादातर को तो वे

अलग-थलग कर सामाजिक दृष्टि से किनारे ही खड़ा कर देते हैं। उपभोग की असमानता गरीबी और सामाजिक अलगाव के घाव को और अधिक गहरा कर देती है। उपभोक्तावाद के दबाव में उपभोक्ता ऋण बढ़ रहे हैं और पारिवारिक बचतें सिकुड़ती जा रही हैं। एक ओर जीवन की अनिवार्य आवश्यकताओं से वंचित और बीमारी से तड़पती विकट दरिद्रता है, तो दूसरी ओर मर्यादाहीन, निरंकुश, अश्लील और हिंसक भोगवाद है। इस भोगवादी जीवन-शैली ने स्थानीय, राष्ट्रीय एवं अंतरराष्ट्रीय सभी स्तरों पर ऐयाशी के पैरों तले दरिद्रता को रौंदने का दारुण चित्र उपस्थित कर दिया है।

जब उपभोग संसाधनों का क्षरण, पर्यावरण का प्रदूषण, विलासी एवं प्रदर्शनकारी उपभोग के लिए विनिर्मित वस्तुओं की प्राप्ति की ललक में वृद्धि देश के आम आदमी को आम जरूरत की वस्तुओं से वंचित करने लगे तो यह निश्चत ही चिंता का विषय हो जाता है। आज हम उपभोक्तावाद पर आधारित उपभोग की जिस शैली एवं तौर-तरीकों को अपना रहे हैं, उसका पर्यावरण और सामाजिक दोनों ही दृष्टियों से लंबे समय तक टिक पाना संभव नहीं लगता। जल, वायु और मिट्टी प्रदूषण के कारण हमारे चारों ओर प्रदूषित वातावरण का घेरा और अधिक गहरा होता जा रहा है। प्रदूषण और कचरे के ढेर धरती की हजम करने की हद पार करते जा रहे हैं। ऊर्जा के स्रोत के रूप में तेल, प्राकृतिक गैस और कोयले को जलाने से उत्पन्न ग्रीन हाउस प्रभावों के कारण धरती की तपन लगातार बढ़ती जा रही है। ओजोन की परत पतली पड़ती जा रही है। ओजोन परत के क्षय के कारणों में सबसे प्रमुख कारण है क्लोरो-फ्लोरो कार्बन (CFC) वर्ग के रसायनों का उत्पादन, जिनका उपभोग आए दिन रेफ्रीजरेटरों, वातानुकूलक यंत्रों, फोम, रंग-रोगन, ऐरोसोल आदि में बढ़ता जा रहा है। इतना ही नहीं, विश्व की 20 प्रतिशत जनसंख्यावाले संपन्न देश उत्पादन, उपभोग एवं जीवन-शैली के वर्तमान ढाँचे को बनाए रखने के लिए विश्व के 80 प्रतिशत संसाधनों, 50 प्रतिशत भू-क्षेत्र और 60 प्रतिशत ऊर्जा का उपयोग करते हैं और इनका विश्व की 85 प्रतिशत आय पर कब्जा है।

दुनिया के संपन्न देश पर्यावरण में 80 प्रतिशत सी.एफ.सी. (CFC) फेंकते हैं, जिसमें अकेले अमेरिका का हिस्सा 22 प्रतिशत है। अत: वर्तमान उपभोग

व जीवन-शैली न व्यवहारक्षम है और न ही धारणक्षम। अजीब बात तो यह है कि विश्व के कुल उपभोग में मुख्य हिस्सा तो अमीर देशों का है, किंतु विश्व के उपभोग से होनेवाली पर्यावरणीय हानि का मुख्य बोझा गरीब देशों को उठाना पड़ता है। विकासशील देशों के 30 से 50 बच्चों के मुकाबले औद्योगिक देशों का एक अकेला बच्चा विश्व के कुल उपभोग और प्रदूषण में अधिक वृद्धि करता है।

आक्रामक विज्ञापनों के माध्यम से उपभोक्ताओं को अपनी वस्तुएँ बेचने को लेकर भी जबरदस्त होड़ चल रही है। एक औसत अमेरिकन अपने जीवनकाल में टेलीविजन पर लगभग डेढ़ लाख विज्ञापन देखता है। एक अनुमान के अनुसार समस्त विश्व के विज्ञापनों पर प्रतिवर्ष लगभग 435 अरब डॉलर खर्च किए जा रहे हैं। भारत में भी इन आक्रामक प्रतियोगी विज्ञापनों का तेजी से प्रसार होता जा रहा है। विज्ञापनों में नारी देह को नग्न अथवा अर्धनग्न अवस्था में दिखाना, अश्लील एवं कामुक तौर-तरीकों से वस्तुओं को पेश करना, सिने अभिनेताओं, अभिनेत्रियों, सौंदर्य प्रतियोगिता की सुंदरियों, खेल जगत् के प्रसिद्ध खिलाड़ियों आदि के ग्लैमर को भुनाना, अबोध बालकों की बाल-सुलभ चेष्टाओं का शोषण करना तथा धार्मिक-सांस्कृतिक मान्यताओं एवं प्रतीकों का दुरुपयोग करना आम बात हो चली है। आज की उपभोक्तावादी जीवन-शैली के आकार लेने और उसके प्रचार-प्रसार में इस प्रकार के विज्ञापनों की दखलंदाजी लगातार बढ़ती जा रही है। विशेष चिंता की बात तो तब हो जाती है, जब ये विज्ञापन ग्राहकों को गलत व भ्रामक सूचनाओं के मोह-जाल में फँसाकर बहकाना-भरमाना-फुसलाना शुरू कर देते हैं। इससे उपभोक्ताओं पर ऊँची कीमत के रूप में बोझ बढ़ जाता है, उपभोग की विवेकसम्मत प्राथमिकताएँ उलट जाती हैं, फिजूलखर्ची बढ़ जाती है और देश की बचत एवं साधन गलत दिशा में मुड़ जाते हैं। इन विज्ञापनों के माध्यम से बालकों एवं महिलाओं की कोमल भावनाओं, संवेगों व संवेदनाओं को जिस प्रकार भुनाया जाता है, उसके कारण हमारे देश के संपूर्ण पारिवारिक-सामाजिक-सांस्कृतिक ताने-बाने के लिए ही खतरा उत्पन्न हो गया है।

वैश्वीकरण की प्रक्रिया ने विश्व भर के उपभोक्ता बाजारों का समन्वय कर वर्तमान उपभोग-शैली के घाव को और अधिक गहरा कर दिया है। उपभोक्ता बाजारों के वैश्वीकरण और आक्रामक विज्ञापनों के कारण विलासी

एवं प्रदर्शनकारी उपभोग के माध्यम से समाज में अपना विशिष्ट स्थान बना लेने की एक नई होड़ प्रारंभ हुई है। इस होड़ ने स्टेटस-गुड्स (Status goods), ग्लोबल-गुड्स (Global goods) आदि नामों से वस्तुओं की एक नई किस्म तथा ग्लोबल-इलीट्स (Global Elites), ग्लोबल-मिडिल क्लास (Global Middle Class) एवं ग्लोबल-टींस (Global Teens) जैसे नामों से शेष समाज से अलग-थलग उपभोक्ताओं के एक नए वर्ग का ही निर्माण कर डाला है। वैश्वीकरण की इस प्रक्रिया ने उपभोक्ता बाजारों में विविध प्रकार की चमचमाती-दमदमाती ढेर सारी वस्तुएँ भर डाली हैं। इसने कुछ थोड़े से अमीर लोगों को तो ढेर सारी वस्तुएँ उपलब्ध करा दी हैं, किंतु ज्यादातर लोग क्रयशक्ति के अभाव में उन वस्तुओं के मात्र दर्शक बनकर ही रह गए हैं। वे वस्तुएँ लेना तो चाहते हैं, पर ले नहीं पाते। इससे उनमें एक खास तरह की अतृप्त लालसा व कुंठा जन्म लेती जा रही है, जो कभी-कभार अपराधों व उपद्रवों के रूप में फूट पड़ती है। अकूत अमीरी, मल्टी चैनल रंगीन टी.वी., कामुक फिल्मों, बाजार, विज्ञापन, वैश्वीकरण और उपभोक्तावाद ने मिलकर ऐश्वर्य और समृद्धि की रंग-बिरंगी मायानगरी का एक ऐसा महादृश्य निर्माण कर डाला है, जिसे देखकर वंचित तबका पहले तो भौचक्का हो जाता है, फिर इस महँगी उपभोक्ता सामग्री तक न पहुँच पाने की मजबूरी से उसमें हताशा जन्म लेती है और आगे चलकर यह हताशा ही अपहरण, लूटमार, ठगी और समृद्धों की हत्याओं के रूप में प्रकट होने लगती है।

उपभोक्तावादी जीवन-शैली एक मधुर विष है, एक खास तरह का ग्लैमर है। मल्टी चैनल टी.वी. से चौबीसों घंटे बरसनेवाले विज्ञापन, सौंदर्य प्रतियोगिताएँ, फैशन परेड, बहुराष्ट्रीय कंपनियों द्वारा प्रायोजित खेल-टूर्नामेंट, तीज-त्योहार और मेले-नुमाइशें, राष्ट्रीय और अंतरराष्ट्रीय ट्रेड फेयर, ये सभी इस जीवन-शैली के अस्त्र-शस्त्र हैं।

आर्थिक संपन्नता एवं उसमें से जनमी जीवन-शैली को मानवीय व नैतिक दिशा न मिलने के कारण ही आज के संपन्न देशों व समाजों में सामाजिक-सांस्कृतिक व मनोवैज्ञानिक संकट पैदा हो रहे हैं। विवाह संबंधों में बढ़ती टूटन, तलाक, पारिवारिक विघटन, विवाहपूर्व गर्भवती स्त्रियों तथा विवाहेतर बच्चों की

संख्या में वृद्धि, अपराध और आपराधिक मानसिकता का बढ़ते जाना, हत्याएँ, आत्महत्याएँ, बलात्कार की बढ़ती जा रही घटनाओं, नशीली दवाओं के सेवन में वृद्धि, मानसिक असंतुलन, मनोरोग और मानसिक अशांति में वृद्धि आदि सभी समस्याएँ वर्तमान जीवन-शैली की ही देन हैं।

विशेषकर हमारी युवा पीढ़ी खान-पान, वेश-भूषा, रहन-सहन, आचार-विचार, मौज-मस्ती सभी दृष्टियों से उपभोक्तावादी जीवन-शैली की गिरफ्त में फँसती जा रही है। विचित्र व्यंजन, बहुविज्ञापित मदिराएँ, अन्य मादक पदार्थ, वेश-भूषा, साज-सज्जा और मेकअप पर अनाप-शनाप खर्च किया जाता है। नित्य नए फैशन जन्म लेते हैं। इसके परिणामस्वरूप सामाजिक विश्रृंखलता, अपसंस्कृति और नैतिक महाशून्यता की समस्याएँ उत्पन्न हो गई हैं। अनैतिक और अमर्यादित कमाई से अमीर बने माँ-बाप के बच्चे बेलगाम और बेनकेल होते जा रहे हैं। उन्हें चाहिए बेहतरीन कपड़े-लत्ते, बेपरवाही से ड्राइव करने के लिए गाड़ियाँ, नाचने-झूमने के लिए होटल, सैर-सपाटे के लिए नग्नता के नाच से सरोबार पर्यटन केंद्र, लड़कों को गर्लफ्रेंड और लड़कियों को ब्वॉयफ्रेंड, खाने-खरीदने, चीजों का इस्तेमाल करने और फेंकने की आजादी, देर रात की पार्टियाँ, पब, डिस्को, डेटिंग, विवाहेतर यौन संबंध, विवाहपूर्व यौन संबंध और अनेक लोगों के साथ यौन संबंध। यह आनंदवादी-सुखवादी उपभोक्तावाद की वह जीवन-शैली है, जो प्रगतिशीलता, आधुनिकता और औरत की आजादी के नाम पर पसरती जा रही है। इतना ही नहीं, नाइट क्लब और फाइव स्टार वाली जीवन-शैली किस हद तक क्रूर और अमानवीय हो सकती है, इसके अनेक उदाहरण सामने आने लगे हैं। इसी क्रम में तो व्हिस्की देने से इनकार करने पर कुछ मनचले नवयुवकों ने जेसिका लाल को गोली मार दी और लखनऊ में आइसक्रीमवाले रघुराज को 'कसाटा' न होने पर मार डाला गया। 'क्विक मनी' और 'क्विक पावर' वाला तथाकथित उच्च समाज अपनी मौज-मस्ती के लिए अलग-थलग गोपनीय अड्डे या आरामगाह की खोज में रहता है। बीना रमानी जैसे सोशलाइट्स इन नवसमृद्धों का खालीपन भरने के लिए ही तो अड्डे चलाते हैं। अजनबीपन, अकेलापन, असुरक्षा का अहसास, अपनी व्यक्तिगत पहचान खोजने की व्याकुलता, भागमभाग, शोर, क्षमता से अधिक हासिल करने का

दुर्दम्य प्रयास, दूसरों को कुचलकर आगे बढ़ने की हड़बड़ी, मानसिक तनाव, संत्रास, बेचैनी, क्षुद्रता का अहसास—ये सब आधुनिक महानगरीय जीवन-शैली के अनिवार्य अंग बन चले हैं। घर की जिंदगी, बातचीत, खानपान, पूजा-पाठ, रस्म-रीति-रिवाज, पर्व, परंपरा, अतिथि सत्कार, ये सब जो कभी सहभागिता, सहयोग और सहिष्णुता के बीज होते थे, खत्म होते जा रहे हैं। अब ज्यादा समय घर से बाहर होटल और दफ्तर में बीतता है। परिवार-संस्कृति का स्थान होटल-संस्कृति ने ले लिया है। उदग्र मन और चंचल चित्त के युवा मर्यादाओं को भंग करने के लिए नित नए नुस्खे ढूँढ़ते रहते हैं।

बदलते सांस्कृतिक परिदृश्य का सबसे भयावह पहलू है—अपसंस्कृतियों का उदय। सामाजिक सरोकारों से कटा, व्यक्ति-केंद्रित भोगवादी जीवनदृष्टि वाला नवसुखवाद हावी होता जा रहा है। यह 'प्ले ब्वॉय' और 'पेंटहाउस' की संस्कृति है, जो शरीर के अनिर्बंध प्रदर्शन में सौंदर्य की खोज करती है। मनोरंजन और मौज-मस्ती के नाम पर यौन-विकृतियाँ और अप्राकृतिक यौनाचार पनप रहा है। पारदर्शी टायलेट में स्त्री को मल-मूत्र त्याग करते हुए देखने के लिए और चॉकलेट में लिपटी नग्न लड़की को चाटने के लिए लोग सैकड़ों डॉलर खर्च कर डालते हैं। विशेष रूप से यूरोप, अमेरिका और जापान में मुक्त यौनाचार और कामुक चिंतन इतनी तीव्रता और उग्रता से बढ़ रहा है कि आधुनिक समाज की नींव ही डगमगाने लगी है। अमेरिकी गुड़िया बॉर्बी डॉल की पश्चिमी तहजीब भारत पर भी हावी होती जा रही है। इलाहाबाद की 'फैंटेसी' मैंगजीन ने एक 16 साल की लड़की की छह नग्न तसवीरें इसलिए छापीं, ताकि पत्रिका अधिक बिक सके। आश्चर्य तो इस बात पर है कि ऐसा महिलाओं की स्वतंत्रता के नाम पर किया जा रहा है। ऐसे कुत्सित माध्यमों से वे 'फ्री' (Free) 'सक्सेसफुल' (Successful) और 'वूमेन ऑफ सबस्टेंस'(Women of Substance) के नाम से महिलाओं की एक विशिष्ट छवि पेश करने में लगे हैं।

अब इस बात पर विश्व भर के सभी चिकित्सा एवं स्वास्थ्य विशेषज्ञ सहमत हैं कि हमारी शारीरिक (आधि), मानसिक (व्याधि) और भावनात्मक (उपाधि) बीमारियों का मुख्य कारण हमारे दोषपूर्ण आचार-विचार, खान-पान, रहन-सहन, उठने-बैठने, चलने-फिरने, सोने-जागने, नित्य कर्म-शौच, स्नान आदि

करने और कार्य करने के तौर-तरीकों में निहित है। चिकित्सा विज्ञान के विभिन्न निदानों ने यह सिद्ध किया है कि सिरदर्द से लेकर कैंसर तक और पीठदर्द से लेकर हृदयाघात तक सभी बीमारियों की जड़ में हमारी दोषपूर्ण जीवन-शैली, दृष्टिकोण एवं भावनाएँ ही हैं।

धारणक्षम मंगलजीवन-शैली—मुख्य दिशा-सूत्र

विकास के वर्तमान संकटों व समस्याओं का मूल कारण है—दोषपूर्ण एवं दिग्भ्रमित जीवन-शैली व उपभोग-शैली। क्या हम वर्तमान भोगवादी जीवन-शैली को अपनाए रखते हुए वर्तमान संकटों से बाहर आ सकते हैं? पिछली शताब्दी के अनुभवों का उत्तर है, 'नहीं, बिल्कुल नहीं।' तब विचारणीय प्रश्न यह है कि क्या हो वैकल्पिक जीवन-शैली? इस विकल्प को लाने के लिए क्या करना पड़ेगा और इसकी दिशा व दिशा-सूत्र क्या होंगे, आम आदमी के जीवन में क्या और कैसे बदलाव लाएँ, इनकी आचार संहिता और कर्म संहिता क्या हो? वर्तमान जीवन-शैली के तीन मुख्य दोष हैं—आहार दोष, विहार दोष और आचार दोष। इस त्रिदोषी जीवन-शैली में क्या और कैसे बदलाव लाएँ? इस दृष्टि से आहार शुद्धि, विहार शुद्धि और आचार शुद्धि लानी होगी, पर प्रश्न यह है कि इसके दिशा-सूत्र एवं आधार-सूत्र क्या होंगे? इन सब प्रश्नों का उत्तर खोजने में हिंदू मनीषियों द्वारा बताए गए मार्ग एवं हमारे शास्त्रों में वर्णित आहार, विहार और आचार के नियम एवं तौर-तरीके काफी उपयोगी साबित हो सकते हैं। हिंदू चिंतन, हिंदू परंपरा एवं हिंदू जीवन पद्धति में शुद्ध, सात्त्विक जीवन-शैली पर काफी जोर दिया गया है और इस संबंध में बहुत गहन, गंभीर एवं विस्तृत विवेचन किया गया है। आज के संदर्भ में हिंदू जीवन-शैली के इन सूत्रों का समुचित मूल्यांकन किए जाने की आवश्यकता है।

जीवन जीने की कला का पहला ककहरा है—सही आहार। क्या खाएँ, कितना खाएँ, कब खाएँ, कैसे खाएँ, कैसे पकाएँ और खाने-खिलाने के समय मन की स्थिति कैसी रहे? इन सबके बारे में हमारे मनीषियों ने बहुत विस्तृत विवेचन किया है। सही, सात्त्विक, संस्कारवर्धक आहार के लिए तीन महत्त्वपूर्ण सूत्र बताए गए हैं—

1. मित भुक् (मित आहार), अर्थात् भूख से कम खाना।
2. हित भुक् (हित आहार), भोजन केवल प्रियकर ही नहीं, हितकर भी होना चाहिए। भोजन की किस्म एवं मात्रा का निर्धारण करते समय षट् रस संतुलन, सुमेल एवं बेमेल भोज्य पदार्थों, ऋतु परिवर्तन, काल, उपभोक्ता की आयु, स्वर, काम-धंधा आदि को ध्यान में रखा जाना चाहिए।
3. ऋत भुक् (ऋत आहार), न्यायोपार्जित आहार हो। अधर्म का अन्न खाना पतनकारी माना और सदाचारी उपभोग पर जोर दिया है।

'गीता' में भी सात्त्विक, राजस और तामस तीन प्रकार के आहारों एवं उनके शरीर व मन पर पड़नेवाले प्रभावों का विस्तार से वर्णन किया गया है। स्वस्थ रहने के लिए पोषक आहार तो चाहिए ही, पर इससे भी अधिक महत्त्वपूर्ण बात यह है कि मनुष्य के खाने व पकाने की शैली क्या हो? आहार तैयार करने के बारे में भी गृहिणियों का प्रशिक्षण होना चाहिए। हमारे शास्त्रों में कहा गया है कि भोजन को भगवान् का प्रसाद मानकर प्रसन्नचित्त होकर ग्रहण करना चाहिए। चरक ने कहा है, 'प्रसन्नमना भुञ्जीत।'

साथ ही भोजन करनेवाला शुद्ध आचार-विचारवाला हो और भोजन कराते समय उसके मन में प्रेम, स्नेह व आत्मीयता का भाव रहे। वर्तमान समय में जब अधिक अप्राकृतिक, अखाद्य एवं गरिष्ठ वस्तुओं का प्रयोग बढ़ गया है और श्रम कम होने लगा है, उपवास का महत्त्व और अधिक बढ़ गया है। हिंदू चिंतन में इस बात पर भी हमेशा जोर दिया गया है कि व्यक्ति को अकेला न खाकर मिल-बाँटकर खाना चाहिए। उपभोग में बहुत अधिक असमानता को अच्छा नहीं माना गया है। 'समानी प्रपा सह वोऽन्नभागः' (अथर्व.), 'ॐ सह नाववतु सह नौ भुनक्तु', 'केवलाघो भवति केवलादी' (ऋ.), ' एकः स्वादु न भुञ्जीत' आदि के द्वारा समान एवं सह-उपभोग की बात कही गई है। हमारे शास्त्रों में एक गृहस्थ के लिए 'अमृत' (यज्ञ-शेष) और 'विघास' (भुक्त-शेष) भोजन को ही अच्छा बताया गया है।

चिकित्साशास्त्री इटरिट का मानना है कि लगभग 95 प्रतिशत रोग आहार की अनियमितता एवं असंयम के कारण उत्पन्न होते हैं। अतः संतुलित, सात्त्विक,

सुपाच्य एवं सीमित मात्रा में लिया गया आहार स्वस्थ जीवन के लिए अनिवार्य तत्त्व है। इसलिए हिंदू मनीषियों ने आहार शुद्धि को सर्वाधिक महत्त्वपूर्ण माना है। कहा है—

'आहारशुद्धौ सत्त्वशुद्धिः सत्त्वशुद्धौ ध्रुवा स्मृतिः।
स्मृतिर्लम्भे सर्वग्रन्थीनां विप्रमोक्षः॥'

—छान्दोग्योपनिषत्, 7-26-2

प्रश्न यह है कि संपन्न लोग आज की भाषा में पोषणयुक्त (प्रोटीन व विटामिन वाला) भोजन करते हैं, फिर भी उनकी स्थिति पोषणयुक्त भोजन करने का सामर्थ्य न रखनेवाले गरीब लोगों से भी गई-गुजरी क्यों है? मेडिकल साइंस के अनेक शोध संस्थान इस प्रश्न का उत्तर ढूँढ़ने में लगे हैं। इस उत्तर की तलाश में हिंदू मनीषियों द्वारा आहार के संबंध में बताए गए नियम-विधान काफी उपयोगी सिद्ध हो सकते हैं। डॉ. एच.एल. एंडरसन ने अपनी एक पुस्तक 'मानवोचित आहार' में स्पष्ट रूप से कहा है, 'खान-पान एवं स्वास्थ्य संबंधी ज्ञान प्राप्त करने के लिए पश्चिमी लोगों को हिंदू ग्रंथों का पर्यवेक्षण करना चाहिए।'

हमारे पहनावे, रहन-सहन, निवास, श्रम-परिश्रम, कार्य के तौर-तरीकों का भी जीवन पर महत्त्वपूर्ण प्रभाव पड़ता है। इन सबमें भी समुचित बदलाव लाए जाने की आवश्यकता है। वस्त्र यथासंभव कम और हल्के होने चाहिए, जिससे बदन को वायु और प्रकाश मिलता रहे। तंग और कसे हुए वस्त्र पहनने से त्वचा का मैल बाहर निकलने में बाधा उत्पन्न होती है और रक्तसंचार में विकृति आती है। लाड़-प्यार, दिखावे, फैशन व प्रतिष्ठा के नाम पर तरह-तरह के डिजाइनदार वस्त्रों का रिवाज चल पड़ा है, जो न केवल स्वास्थ्य के लिए नुकसानप्रद है, बल्कि आचार-विचार को भी दूषित करता है। यौन उन्माद भड़कानेवाले तंग व छोटे वस्त्र, जिनसे अंग प्रदर्शन होता है, ऐसे लिबास से बचे रहें और स्वच्छ व सादगी भरे लिबास अपनाएँ। अमेरिकन मेडिकल एसोसिएशन के डॉ. लिंडा एलेन ने बताया है कि शरीर को छूती तंग पोशाकें पहनने के कारण युवक-युवतियों के शरीर में लाल त्वचा, पपड़ीदार त्वचा, विंटर इच तथा खुजली जैसे त्वचा रोग तेजी से बढ़ रहे हैं। आजकल यूनीसेक्स फैशन (समयौन फैशन) अर्थात् जिन कपड़ों के पहनने से युवक व युवती में अंतर करना कठिन हो, चल पड़ा है।

वेश-भूषा का चयन देश की जलवायु, राष्ट्रीयता, संस्कृति, कार्य की सुविधा, आर्थिक सामर्थ्य एवं सामाजिकता को ध्यान में रखकर करना चाहिए।

आजकल मकान के कमरों को चारों ओर से बंद रखकर, सजावट के नाम पर परदे टाँगकर बिजली की कृत्रिम रोशनी और एयरकंडीशन से युक्त मकान में रहने को प्रगतिशील जीवन-शैली माना जा रहा है। ऐसे मकानों में रहने से ऊर्जा का संकट तो बढ़ता ही है, साथ ही शारीरिक, मानसिक एवं भावनात्मक स्वास्थ्य में भी कई प्रकार के विकार उत्पन्न हो जाते हैं। अत: निवास की जगह और मकान बनाते समय स्वच्छता, प्रकाश व वायु के प्रवेश की दृष्टि से खुलापन, सुंदर परिवेश, वास्तुशास्त्र, आस-पास पेड़-पौधे और उत्तम प्राकृतिक पर्यावरण आदि को ध्यान में रखा जाना चाहिए। हिंदू परंपरा में सूर्य और पवन को सब बीमारियों का नाश करनेवाले सर्वोत्तम चिकित्सक कहा गया है, इसीलिए इन्हें देवता माना है। हनुमानजी को पवनसुत और भीम को वायुपुत्र बताया गया है और हमारे ऋषिगण स्वच्छ वायु के कारण ही वन्य प्रदेशों में निवास करते थे।

शरीर को सक्रिय, स्फूर्तिवान, मन को प्रफुल्लित और एकाग्र बनाए रखने के लिए समुचित परिश्रम आवश्यक है। श्रम में शारीरिक और मानसिक दोनों प्रकार के श्रम का संतुलन आवश्यक है। श्रम से जी चुरानेवाले थुलथुले, मोटे, मधुमेह, रक्तचाप तथा पाचन संबंधी अनेक रोगों के जल्दी शिकार बनते हैं। अत: जिनकी कार्यपद्धति में शारीरिक श्रम की न्यूनता है, वे अपनी कार्यशैली में समुचित परिवर्तन लाएँ। व्यायाम करें, सवेरे की सैर, घर पर ही व्यायाम, आसन, प्राणायाम आदि का अभ्यास करें। इसके अलावा जीवन के संबंध में सम्यक् व संतुलित दृष्टिकोण अपनाते हुए तनाव मुक्ति के उपायों को अपनाया जाना चाहिए।

समुचित जीवन-शैली के निर्माण में योग्य दिनचर्या का भी बड़ा महत्त्वपूर्ण स्थान है। उचित समय पर की गई क्रिया अधिक फलदायी होती है। इस दृष्टि से भगवान महावीर का यह सूत्र मार्गदर्शक है, 'काले कालं समायरे' (जिस समय जो काम करने का है, वह काम उसी समय करो)। इसे सूतकृतांग में इस प्रकार समझाया गया है, 'अन्नं अन्नकाले, पाणं पाणकाले, सयणं सयणकाले' अन्न के समय अन्न खाओ, पानी पीने के समय पानी पियो और सोने के समय

सोओ आदि)। हमारे लिए यह जानना-समझना आवश्यक और उपयोगी है कि कौन सी क्रिया किस समय करनी चाहिए और किस समय नहीं करनी चाहिए। हिंदू मनीषियों ने हर क्रिया के लिए समय निर्धारित किए हैं। इसी में से हमारे यहाँ मुहूर्त परंपरा, दिनचर्या एवं कालचर्या विकसित हुई है। हम कम-से-कम सोने-जागने, खाना खाने और पानी पीने के लिए समय अवश्य निर्धारित करें। भारतीय समयविज्ञों ने जागने का समय ब्राह्ममुहूर्त (प्रात:काल लगभग चार बजे) निर्धारित किया है। इस समय मन को शांति व प्रसन्नता देनेवाले 'सेराटोनिन' नामक रसायन का स्राव होता है। इसके अलावा हम नित्य कर्म (मल-मूत्र व स्नान आदि) के समय व प्रकार को भी ठीक से समझें। साँस लेने की कला को ठीक से सीखें, समझें व प्रयोग में लाएँ। स्वस्थ जीवन के लिए अब मेडिकल साइंस के डॉक्टर भी व्यायाम, परिश्रम, सामाजिक सलीके के नाम पर भावनाओं के स्वाभाविक प्रकटीकरण को न रोकने, हँसने-हँसाने, प्रफुल्लित व प्रसन्नचित्त रहने, खेलने आदि पर जोर देने लगे हैं।

हिंदू चिंतन में आचार को सर्वाधिक महत्त्वपूर्ण स्थान दिया गया है। इसलिए तो व्यास ने कहा था कि 'आचारो प्रथमोधर्म:'। बौद्धमत में आचार को 'शील' कहा गया है और उसमें 'आर्यशील', अर्थात् श्रेष्ठशील पर जोर दिया गया है। सामान्य भाषा में आचार का अर्थ आचरण और व्यवहार है। हमारे शास्त्रों में सदैव ही सदाचार पर जोर रहा है। 'सदाचारेणैव नराणाभार्यत्वम्'। जो व्यक्ति जानकारी होने के बावजूद अच्छी बातों को आचरण में उतारता नहीं और बुरी बातों को छोड़ता नहीं, उसे आचरण-भ्रष्ट अथवा अधर्मी बताया गया है। दुर्योधन ऐसा ही चरित्र था। इसीलिए तो वह कहता है—

'जानामि धर्मं न च मे प्रवृत्तिः। जानाम्यधर्मं न च मे निवृत्तिः।'

—*महाभारत*

हमारी वर्तमान जीवन-शैली काम और अर्थ से अधिक प्रभावित है। धर्म और कर्म उपेक्षित हो रहे हैं। उसी का परिणाम है—स्वार्थ का एकच्छत्र साम्राज्य। अत: हमारी आचरणशैली धर्माधिष्ठित होनी चाहिए। एक सम्यक्, संतुलित, नैतिक आचरणशैली का विकास करने के लिए कामवृत्ति को उचित रूप से समझना नितांत आवश्यक है। कामवृत्ति का अविवेकपूर्ण गोपन अवांछनीय है;

क्योंकि इससे काम के प्रति विकृत दृष्टिकोण पनपता है। दूसरी ओर, वर्जनाहीन मुक्त यौनाचार भी अनेक समस्याओं को जन्म देता है। अत: इन दोनों के बीच संतोषप्रद मध्यम मार्ग निकालना दुष्कर होते हुए भी आवश्यक है। काम-विषयक संतुलित व्यवहार के विकास में ही मानव की गरिमा निहित है। इस दृष्टि से हिंदू चिंतन और आचार शास्त्र के नियमों में काफी महत्त्वपूर्ण दिशा-सूत्र मिल सकते हैं। हिंदू चिंतकों का मानना है कि यदि मानव के यौन संबंध प्रेम और गरिमा से शून्य हों तथा मात्र पाशविक वासना की तृप्ति बनकर ही रह जाएँ तो वे आध्यात्मिक पतन के कारण ही होंगे। अत: काम संबंधी नियम एवं मर्यादाएँ सर्वाधिक महत्त्वपूर्ण हैं, क्योंकि यौनभाव मानव प्रकृति के पाशव पक्ष का गंभीरतम पक्ष है। मानव की अन्य पाशव क्रियाएँ केवल एक व्यक्ति को प्रभावित करती हैं, किंतु यौन संबंध कम-से-कम दो व्यक्तियों और संतानोत्पत्ति होने पर अनेक व्यक्तियों को प्रभावित करते हैं। यौन संबंधों के समुचित नियमन से ही यह संभव है कि प्रकृति-प्रदत्त यौन आवेग को संतृप्ति का, प्रेम का अवलंब मिले; वह प्रेम के माध्यम से गौरवान्वित और सौंदर्यान्वित हो। यह एक अत्यंत महत्त्व की बात है कि हिंदू परंपरा में काम को देवता मानकर 'कामदेव' की कल्पना की गई है।

हिंदू आचार पद्धति में संयम को बहुत महत्त्व दिया गया है। कहा भी है—'संयमः खलु जीवनम्'। भगवान् महावीर द्वारा बताए गए अनेक संयमों में स्वास्थ्य की दृष्टि से छह संयम अधिक महत्त्वपूर्ण हैं—आहार का संयम, शरीर का संयम, इंद्रियों का संयम, श्वास का संयम, भाषा का संयम और मन का संयम। पतंजलि के अनुसार, संयम का अर्थ है—धारणा, ध्यान और समाधि। हिंदू मनीषियों ने योगमूलक जीवन के लिए यम-नियमों का पालन आवश्यक माना है। रोग का एक प्रमुख कारण है इंद्रियों की उत्तेजना अथवा अतिभोग। अत: इंद्रिय संयम और संयम-प्रधान जीवन-शैली स्वास्थ्य का मूलमंत्र है। उठना, बैठना, खड़ा होना, चलना-फिरना, सोना, जागना, श्वास लेना आदि ये सारी छोटी क्रियाएँ हैं, किंतु इनमें जितनी अधिक जागरूकता और संयम होगा, उतनी ही ये क्रियाएँ हमारी जीवन-शैली को निखारेंगी और तब जीवन प्रसन्नता से भरा होगा।

हमारे चारों ओर उपभोक्ता वस्तुओं का अंबार होते हुए भी हम पहले की ही

तरह अथवा उससे भी अधिक असंतुष्ट हैं, अतृप्त हैं। भौतिक सुख की आकांक्षा में हमने पृथ्वी के पर्यावरण को नष्ट कर डाला, किंतु फिर भी हमारी असंतुष्टि समाप्त नहीं हुई। अत: अति-उपभोग की समस्या का समाधान अधिक मात्रा में उपभोग वस्तुओं के उत्पादन में निहित नहीं है, वरन् उपभोग की इच्छाओं को नियंत्रित करने में है। जब उपभोग की वृद्धि दर संसाधनों के पुनरुत्पादन की दर से कम होगी, तभी उपभोग-शैली धारणक्षम बन सकेगी। भारत के प्राचीन हिंदू शास्त्र उपभोग एवं इच्छाओं को नियंत्रित करने की शिक्षाओं से भरे पड़े हैं। हमने अपने मन पर संस्कारों के माध्यम से संयमित उपभोग को व्यवहार में उतारा भी था। हमारे मनीषियों ने प्रेय के स्थान पर श्रेय को और भव्य के स्थान पर दिव्य को महत्त्व देने पर जोर दिया था।

जीवन में इस दृष्टिकोण के आ जाने के बाद व्यक्ति स्वयं ही भोग-लिप्सा एवं उपभोक्तावाद से मुक्त होकर एक सीधी-सादी सात्त्विक जीवन-शैली को अपनाने लगता है। भारतीय चिंतन के अनुसार, संयम और सीमाकरण ऐसे दो आधारभूत सूत्र हैं, जिनके आधार पर आज के संदर्भ में एक व्यावहारिक जीवन-शैली व उपयोगशैली निर्धारित की जानी चाहिए। इस प्रश्न का उत्तर तलाशना होगा कि सीमित, संयमित उपभोग का अर्थ क्या है, सीमित की सीमा कौन और कैसे तय करें, इसकी कसौटियाँ क्या हैं, आवश्यकताओं की सीमा और संयम कौन सी मानसिक अवस्था के बाद आएगा, ऐसी मानसिक अवस्था कैसे तैयार हो ? ये सब ऐसे प्रश्न हैं जिनका उत्तर तलाशने का काम आज की मनीषा को करना होगा। इन प्रश्नों के उत्तर में से ही एक युगानुरूप सही, संतुलित एवं धारणक्षम उपभोग एवं जीवन-शैली का उद्भव हो सकेगा।

पश्चिमी दार्शनिक परंपरा यांत्रिक विश्वदृष्टि एवं भौतिकवादी व भोगवादी जीवन पद्धति को स्वीकार करती है, जबकि हिंदू चिंतन में सावयवी, समग्र, एकात्म एवं अध्यात्मवादी विश्वदृष्टि और त्यागमयी जीवन को अपनाया गया है। हमारे मनीषियों ने प्रकृति को माता और देव मानकर आराधना की है। अत: हमारी जीवन-शैली में प्रकृति का शोषण नहीं, दोहन है, जो सबका पोषण करता है। समूची प्रकृति, सृष्टि-समष्टि के प्रति मातृभाव, भ्रातृभाव और एकात्मभाव के कारण हमने साधन-सामग्री को प्रत्येक के साथ बाँटकर उपभोग करने को

प्राथमिकता दी है। 'ईशोपनिषद्' में 'तेन त्यक्तेन भुञ्जीथा:', 'गीता' में 'यज्ञ चक्र', 'सुहृद: सर्वभूतानाम्' और सर्वभूतहिते रत: ' के माध्यम से इसी बात को समझाया गया है। हिंदू चिंतन में उपभोग को नकारा नहीं गया है; केवल इतना कहा गया है कि हमारा भोग, उपभोग धर्मयुक्त रहे, धर्मविरुद्ध नहीं। 'गीता' में कृष्ण ने कहा है कि 'धर्माविरुद्धो भूतेषु कामोऽस्मि भरतर्षम्' (मैं धर्म अविरुद्ध काम हूँ। हिंदू दर्शन कोरा सिद्धांत का विषय नहीं, बल्कि जीवन का प्रत्यक्ष व्यवहार रहा है। हमने दर्शन को जिया है और जीने के तौर-तरीके विकसित किए हैं। हमारे मनीषियों ने धर्म को समझते हुए अनेक करणीय-अकरणीय व्यवहारों की विस्तार से चर्चा की है और उन्हीं के आधार पर पर्व, परंपराएँ आदि विकसित हुए हैं। जो पर्यावरण की रक्षा करने में काफी सहायक सिद्ध हुए हैं। इसीलिए हिंदू पद्धति पर्यावरण-प्रेमी एवं धारणक्षम जीवन-शैली को जन्म दे सकती है।

अब नवीनतम खोजों से यह सिद्ध हो गया है कि शरीर पर वास्तविक नियंत्रण मन का है। मन-मस्तिष्क के गड़बड़ाने से ही शारीरिक रोग होते हैं और मानसिक विकार भी बढ़ जाते हैं। वासना, तृष्णा, अहंता-लोभ, मोह, अहंकार के कुविचार मनुष्य को संकीर्ण और स्वार्थी बना देते हैं। शत्रुता, ईर्ष्या, कुढ़न, भय व आशंका के कारण कई प्रकार के रक्तविकार हो जाते हैं। अनिद्रा का प्रधान कारण चिंतातुर या भयग्रस्त रहना होता है। कुढ़नेवाले व्यक्ति को दस्त, पेट फूलना, डकारें आना आदि बीमारियाँ विशेष रूप से हो जाती हैं। बदला लेने, नीचा दिखाने की मन:स्थितिवाले व्यक्ति को सिरदर्द घेर लेता है। हँसते-मुसकराते रहने, निश्‍चित निर्णय और संतुष्ट रहने का स्वभाव न केवल मनुष्य को सुंदर, चरित्रवान, सद्‍गुणी एवं साहसी बनाता है, वरन् शरीर के भीतरी क्रियाकलापों को भी ऐसा बनाए रखता है, जिस पर बीमारियों का असर न पड़े। इस प्रकार सद्‍संस्कारों के माध्यम से मन के विकारों को दूर करते हुए सदाचरण के मानदंडों पर चलकर ही धारणक्षम जीवन-शैली को जिया जा सकता है।

इतना तो निश्‍चित है कि वर्तमान विकास प्रक्रिया में से उपजे संकटों व समस्याओं से यदि हमें बचना है तो सामाजिक आचरण के मानदंडों एवं जीवन-मूल्यों में सम्यक् परिवर्तन के माध्यम से हमें सीमित, संयमित, सदाचारी एवं मितव्ययी जीवन-शैली एवं उपभोग-शैली को विकसित करने की ओर ध्यान

देना होगा। हमें एक ऐसी जीवन-शैली के विकास पर ध्यान देने की आवश्यकता है, जो पर्यावरणपोषक हो, गरीबों की हितसंवर्धक हो, जिससे सहभागिता पनपे, मानवीय क्षमताओं का विस्तार हो, सामाजिक जिम्मेवारी आए, जो वर्तमान पीढ़ी का ही नहीं वरन् भावी पीढ़ियों की आवश्यकताओं की भी चिंता करे और जो सृजनशील व्यक्तियों एवं समुदायों को प्रोत्साहित करे। भारत के संदर्भ में हमें विशेष रूप से यह ध्यान रखना है कि हमें अपने उपभोग में वृद्धि तो अवश्य करनी है, किंतु विश्व के अमीर देशों के लोगों की उपभोग-शैली की नकल करने की कतई आवश्यकता नहीं है। इस उपभोग-शैली-जीवन-शैली में इस बात की चिंता अवश्य की जानी चाहिए कि देश के सभी लोगों की भोजन, कपड़ा, मकान, शिक्षा और स्वास्थ्य से संबंधित आधारभूत आवश्यकताओं को पूरा करने के लिए वस्तुएँ व सेवाएँ उपलब्ध हो सकें। इस काम को अंजाम देने की दृष्टि से गरीब लोगों के काम आनेवाली उपभोक्ता वस्तुओं, कम लागतवाली मकान निर्माण सामग्री, ऊर्जा बचानेवाले उपकरणों आदि के उत्पादन तथा खाद्यान्न की सस्ती व सुरक्षित भंडारण प्रणाली के विकास पर तुरंत ध्यान दिए जाने की आवश्यकता है।

जैविक खेती, रसायनों से मुक्त खाद्य पदार्थ एवं हर्बल आधारित विभिन्न प्रकार की वस्तुओं के उत्पादन एवं उपभोग पर भी ध्यान दिया जाना चाहिए। उपभोक्ताओं को विशेषतः खाद्य व पेय पदार्थों, दवाओं, स्वास्थ्य सेवाओं, घरेलू साज-सामानों, यातायात सुरक्षा आदि के बारे में सही व स्पष्ट जानकारियाँ भी मिलनी चाहिए। वस्तुओं के बहुविध प्रयोग, कम खर्च व कम साधनों से काम करने की शैली को अपनाना होगा। स्वास्थ्य के सामान्य नियमों, आहार-विहार पर संयम, जड़ी-बूटियों, योग, आसन, प्राणायाम, आयुर्वेद, घरेलू उपचार आदि का प्रयोग, सामाजिक एवं दैनंदिन के क्रियाकलापों में परिवार की कम होती जा रही भूमिका को पुनः प्रतिष्ठित करने जैसे उपायों से भी सहज-सरल एवं सादा जीवन-शैली के विकास में मदद मिलेगी। उपयुक्त कसौटी के आधार पर खान-पान, वेश-भूषा, साज-सज्जा, भवन निर्माण, जल एवं बिजली और ऊर्जा के अन्य साधनों का प्रयोग, शादी-विवाह, तीज-त्योहार, मंगल-प्रसंगों, उत्सवों आदि में समयानुकूल समुचित बदलाव लाने का प्रयास करना होगा। जीवन के विविध क्षेत्रों के लिए मानक रीति-रिवाजों एवं परंपराओं का विकास कर, उनको

सामाजिक जीवन में व्यापक प्रचार-प्रसार कर मान्यता दिलानी होगी। प्रसिद्ध समाजशास्त्री डॉ. श्यामाचरण दुबे ने वैकल्पिक जीवन-शैली की अपनी कल्पना को इन शब्दों में व्यक्त किया है, 'वर्तमान जीवन-शैली व्यक्तिगत मौज-मस्ती, संतुष्टि और निजी उपभोग की ओर झुकी हुई है, इसे बदलना होगा। नए परिवेश में समाज की समृद्धि करने में, चाहे अपनी इच्छापूर्ति को रोकना ही क्यों न पड़े, आनंद की अनुभूति होगी और तृप्ति मिलेगी। सफलता का पैमाना व्यक्ति अपने लिए या अपने परिवार के लिए क्या कर सका है, के बदले समाज के लिए क्या कर सका है, यह होगा। व्यक्ति की सफलता का मूल्यांकन उसकी सामाजिक प्रासंगिकता और समाज कल्याण में योगदान से होगा और औचित्य की सीमा का अतिक्रमण करनेवाले व्यक्तिगत उपभोग को हेय दृष्टि से देखा जाएगा।' उपभोग एवं उत्पादन के स्वरूप में समुचित दिशा में परिवर्तन लाने के लिए हमें भारतीय परिस्थितियों के अनुरूप उपयुक्त टेक्नोलॉजी के विकास एवं प्रयोग पर भी ध्यान देना होगा। यह एक ऐसी टेक्नोलॉजी होनी चाहिए, जो प्रति इकाई उत्पादन पर अधिकतम रोजगार दे सके, पूँजी के प्रयोग, उत्पादन लागत एवं ऊर्जा के इनपुट को न्यूनतम कर सके तथा पर्यावरण को शुद्ध व स्वच्छ बनाए रखकर प्रदूषण को घटा सके। कुल मिलाकर सीमित-संयमित शुद्ध-सात्त्विक धारणक्षम उपभोग व जीवन-शैली के विकास पर समुचित ध्यान देकर ही हम विकास की वर्तमान विसंगतियों को दूर कर सार्वजनीन लोकमंगल का मार्ग प्रशस्त कर सकेंगे।

□

यह कैसा विकास

हर व्यक्ति पर 33 हजार रुपए का कर्ज

अंग्रेजी शासन से पूर्व भारत आर्थिक क्षेत्र में दुनिया का सिरमौर था। यहाँ आने के बाद अंग्रेजों ने अपनी आर्थिक और व्यापारिक नीतियों के द्वारा भारत का खूब शोषण किया था। इसलिए स्वाधीनता आंदोलन की एक प्रेरणा यह थी कि हम यहाँ से अंग्रेजों को भगाकर स्वाधीन भारत में विकास का एक ऐसा रास्ता बनाएँगे, जिससे देश में भूख, गरीबी, विषमता एवं बेरोजगारी समाप्त होकर एक स्वावलंबी समृद्धशाली आर्थिक व्यवस्था का निर्माण हो सकेगा, किंतु आजादी के लगभग 66 साल बीत जाने के बाद, आज जब भारत की स्थिति पर निगाह डालते हैं तो निराशा ही हाथ लगती है। स्वाधीनता सेनानियों ने जो सपने सँजोए थे, आज वे पूरे होते नहीं दिख रहे हैं। उनकी आशा-अपेक्षाओं का विध्वंस हुआ है। स्वाधीनता के बाद देश के आम व्यक्ति ने यह आशा की थी कि गरीबी मिटेगी, विषमता कम होगी और सब लोगों को रोजगार मिलने से हम एक सुखी-संपन्न नागरिक के रूप में अपना जीवन-यापन कर सकेंगे, किंतु भारत ने विकास का जो रास्ता अपनाया है, उसमें विकास की बजाय विनाश ही ज्यादा हुआ है। समस्याएँ सुलझने की बजाय उलझती जा रही हैं। इसलिए आज तक हम किसी भी समस्या का समाधान नहीं कर पाए हैं। पर्यावरण ह्रास के कारण हमारे अस्तित्व को ही खतरा उत्पन्न हो गया है। उत्तराखंड की त्रासदी काफी कुछ इस बात का संकेत है। आज भी भारत में दुनिया के सबसे अधिक गरीब लोग रहते हैं।

सरकारी आँकड़ों के अनुसार 1973 में 32 करोड़ लोग गरीबी-रेखा से

नीचे थे। 2010 में यह आँकड़ा 35.5 करोड़ का हो गया है, यानी गरीबों की संख्या घटने के बजाय बढ़ रही है। देश के अर्थशास्त्रियों का तो यहाँ तक कहना है कि भारत में 45 से 50 फीसदी आबादी गरीबी-रेखा के नीचे जीवन-यापन कर रही है। कई राज्यों में तो और भी खराब स्थिति है। बिहार में 54 प्रतिशत और असम में 38 प्रतिशत लोग गरीबी रेखा से नीचे रह रहे हैं। गरीबी तब और अधिक चुभती है, जब देश के कुछ लोगों की तो आय और धन के संसाधन बढ़ते चले जाते हैं और गरीब को अपनी न्यूनतम आवश्यकताओं की पूर्ति करने लायक भी आय प्राप्त नहीं हो पाती है। ऐसा अनुमान है कि विकास के जिस रास्ते को हमने अपनाया है, उसके परिणामस्वरूप अमीर और अमीर हुए हैं और गरीब और गरीब। इस कारण विषमता की खाई और अधिक चौड़ी हो गई है। देश के उच्चस्थ 10 प्रतिशत लोगों के पास संपूर्ण देश की कुल क्रयशक्ति का 34 प्रतिशत हिस्सा है। इसका अर्थ है कि देश के शेष लोग अत्यंत दयनीय दशा में जीने के लिए मजबूर हो रहे हैं। रोजगार नहीं बढ़ पा रहा है। बेरोजगारी लगातार बढ़ती जा रही है या कम नहीं हो पा रही है। इसलिए देश का नौजवान हताश है, निराश है। यदि पढ़ाई-लिखाई के बाद नौजवानों को सम्मानजनक रोजगार के अवसर नहीं मिलते हैं तो इससे ज्यादा दुखदायी और दुर्दिन किसी देश के लिए और क्या हो सकता है?

नवीनतम आँकड़ों के अनुसार 2009-10 में बेरोजगारी की दर 6.6 प्रतिशत आँकी गई थी। ऐसा अनुमान है कि देश में 2009-10 में लगभग 2.8 करोड़ लोग बेरोजगार थे। इसके अलावा देश में अल्पकालीन बेरोजगारी, मौसमी बेरोजगारी और गुप्त बेरोजगारी भी बढ़ रही है। इन सब प्रकार की बेरोजगारियों का आकलन करेंगे तो मालूम होगा कि देश की करीब आधी आबादी बेरोजगार है या अल्प बेरोजगार है या उनकी योग्यता के हिसाब से उन्हें काम नहीं मिल पा रहा है। इसका अर्थ है कि इतने वर्षों बाद भी हम देश की युवा पीढ़ी की प्रतिभा और क्षमता का उपयोग देश के उत्पादन के लिए, देश के विकास के लिए नहीं कर पा रहे हैं। कुल मिलाकर अभी देश की अत्यंत दुखदायी अवस्था है। हाल के दिनों का घटनाक्रम तो और भी चिंताजनक है। रुपए की विनिमय दर लगातार गिर रही है। 1947 में जब देश

आजाद हुआ था, उस समय इतनी लूट के बावजूद डॉलर और रुपया लगभग बराबर के स्तर पर था। 1990 में भी डॉलर 16 रुपए के बराबर था। अब हालत यह है कि एक डॉलर के मुकाबले हमें 60 रुपए से अधिक देने पड़ रहे हैं। यह हमारे लिए चिंता की बात है। कभी-कभार रुपया थोड़ा-बहुत सुधरता भी है तो सेंसेक्स गिर जाता है और कभी सेंसेक्स ऊपर उठता है तो रुपया नीचे गिर जाता है। रुपए और सेंसेक्स का यह खेल देश को अनिश्चय की स्थिति में डाल देता है। ऐसी स्थिति में सरकार भी कुछ कर नहीं पाती है और जनता भी हतप्रभ है।

डॉलर के मुकाबले जब रुपया गिरता है तो हमारे आयात महँगे हो जाते हैं। आयात जब महँगे हो जाते हैं तो आयात आधारित उद्योग संकट में पड़ जाते हैं। आज रंग-रसायन से लेकर लोहे के कारखाने तक कंगाली के स्तर पर पहुँच रहे हैं। निर्यात की दृष्टि से ज्यादा-से-ज्यादा माल बाहर भेजकर भी हम डॉलर कम कमा पा रहे हैं। अधिक माल बाहर भेजने से देश के लोगों के लिए वस्तुओं और सेवाओं की कमी हो जाती है। इस कारण महँगाई दिन-प्रतिदिन बढ़ती जा रही है। चाहे किसान हों, उद्योग चलानेवाले हों या छोटे-मोटे काम करनेवाले अन्य लोग, सब परेशान हैं। रोजमर्रा की चीजें गरीब की क्रयशक्ति से बाहर होती जा रही हैं। दालें, दूध, फल-सब्जी और खाद्य वस्तुओं की कीमतें बढ़ती ही जा रही हैं। आम लोगों की कमाई का एक बड़ा हिस्सा खाने-पीने में ही खर्च हो रहा है। इस हालत में आम आदमी का जीना दूभर होता जा रहा है। ऊपर से सरकार जब चाहती है, तब पेट्रोल, डीजल, गैस की कीमतें भी बढ़ा देती है। गत 15 जून को पेट्रोलियम मंत्री वीरप्पा मोइली ने कहा कि देश में पेट्रोलियम पदार्थ आयात करनेवाली कंपनियों की लॉबी हर पेट्रोलियम मंत्री को धमकाती है कि पेट्रोलियम का आयात कम न किया जाए। इससे उन कंपनियों का मुनाफा मारा जाता है। यदि यह बात सही है तो इस पर सरकार को सफाई देनी चाहिए। यह बहुत ही गंभीर बात है। यह मामला सरकार पर ही सवाल खड़े करता है।

यह भी एक कटु सत्य है कि भारत में पेयजल की स्थिति भी चिंताजनक हो गई है। अधिकांश लोगों को पीने का स्वच्छ पानी नहीं मिलता है। नगरों में पेयजल की आपूर्ति का जिम्मा निजी हाथों में दिया जा रहा है। ऐसी

स्थिति में देश का आम आदमी पानी खरीदकर पीने के लिए मजबूर है। सब लोग पानी खरीद भी नहीं सकते हैं तो उनका क्या होगा? कई राज्यों में तो लोग नदी या नालों का बिना निथारा हुआ पानी पीते हैं। इस कारण वे लोग अनेक बीमारियों से ग्रस्त हैं।

अभी हाल ही में सरकार ने प्रत्यक्ष विदेशी निवेश (एफ.डी.आई) की सीमा बढ़ाई है। सरकार परेशान है कि देश में विदेशी पूँजी का निवेश नहीं हो रहा है। इसलिए उसने विदेशी कंपनियों और कुछ धनी देशों के सामने घुटने टेककर कई संवेदनशील क्षेत्रों के द्वार भी उनके लिए खोल दिए हैं। रक्षा क्षेत्र में एफ.डी.आई. की सीमा 26 प्रतिशत से बढाकर 49 प्रतिशत, दूरसंचार क्षेत्र में 74 प्रतिशत से बढ़ाकर 100 प्रतिशत, बीमा क्षेत्र में 49 प्रतिशत आदि। कुछ क्षेत्रों में तो निवेश के लिए किसी विदेशी कंपनी को सरकार से प्रारंभिक मंजूरी भी नहीं लेनी पड़ेगी। इस कारण देश की संप्रभुता और सार्वभौमिकता खतरे में है। पिछले दिनों हमारी सरकार ने खुदरा क्षेत्र में भी सबके विरोध के बावजूद एफ.डी.आई. को मंजूरी दी थी। सरकार ने लोगों को सब्जबाग दिखाया था कि इससे विदेशी पैसा भारत में आएगा और रोजगार के साधन बढ़ेंगे, पर खुदरा क्षेत्र में भी विदेशी निवेशक नहीं आ रहे हैं।

भारतवर्ष पर लगातार विदेशी कर्ज का भी बोझ बढ़ता चला जा रहा है। इस समय यह कर्ज लगभग 400 अरब डॉलर तक पहुँच गया है। इसके अनुसार, देश के हर व्यक्ति पर करीब 33 हजार रुपए का विदेशी ऋण है। यह भी हमारी संप्रभुता के लिए ठीक नहीं है। जब हम अपनी स्वाधीनता की वर्षगाँठ मनाएँ, तब एक बार यह जरूर विचार करें कि हमारी यह स्थिति क्यों हुई है? विदेशी संस्थागत निवेशक भारतीय शेयर बाजार से अपनी पूँजी निकाल रहे हैं। यहाँ तक कि घरेलू निवेशक भी अपने देश में पूँजी नहीं लगा रहे हैं। वे विदेशों में निवेश कर रहे हैं। परिणामस्वरूप डॉलर की माँग बढ़ती जा रही है और रुपया कमजोर होता चला जा रहा है।

आयात तेजी से बढ़ने की वजह से हमारे घरेलू उद्योग खत्म हो रहे हैं। खासतौर से चीन से आनेवाली वस्तुएँ हमारी अर्थव्यवस्था को गंभीर चोट पहुँचा रही हैं। चीन से आयातित सामान से भारतीय बाजार अँटे पड़े हैं। बाजार में ऐसी कोई चीज नहीं, जो चीन से न आई हो। चीन से निर्यात की

तुलना में आयात बहुत अधिक है। परिणामस्वरूप चीन से भारत का व्यापार संतुलन घाटा 40 अरब डॉलर वार्षिक से भी अधिक हो गया है। हमारे देश का व्यापार घाटा निरंतर बढ़ता जा रहा है। 2013 में यह घाटा लगभग 191 अरब डॉलर का हो गया है और चालू खाते का घाटा करीब 100 अरब डॉलर तक पहुँच गया है। 2008 में विदेशी विनिमय कोष तीन वर्षों के आयातों के बिलों को चुकाने के लिए पर्याप्त था, किंतु अब केवल छह माह के आयातों के बिलों को चुकाने की क्षमता ही हमारे पास बची है। इस कारण देश के सामने बहुत विकट स्थिति खड़ी हो गई है।

सरकार ने 1990-91 में बहुत ही धूम-धड़ाके से नई आर्थिक नीति, नए आर्थिक सुधार और वैश्वीकरण की नीति अपनाई थी, किंतु इसके बाद से विश्व व्यापार और विश्व व्यापार संगठन में भारत की स्थिति लगातार कमजोर होती जा रही है। उस समय लोगों के सामने यह सिद्धांत परोसा गया था कि नई आर्थिक नीति से देश में विकास का पहिया तेजी से घूमेगा, किंतु हो क्या रहा है, यह सबके सामने है। अब तो विकास की दर भी लगातार घट रही है और वह 5 प्रतिशत से भी कम हो गई है। भ्रष्टाचार और कालेधन की समस्या ने तो देश के अर्थतंत्र की कमर ही तोड़ दी है। सत्ताधीशों के भ्रष्टाचार के सहारे उनके साथ मिलीभगत से विदेशी कंपनियाँ कई अनैतिक धंधों में संलग्न हो रही हैं। ऐसा कोई अंतरराष्ट्रीय व्यापार नहीं होता है, जो कि आंतरिक और बाहरी दबावों से मुक्त हो। इसलिए जो देश इस भ्रम में रहते हैं कि विदेशी व्यापार विकास के इंजन के रूप में काम करता है, वे आगे चलकर काफी बड़े खतरों का शिकार बनते हैं। दुनिया के बड़े देश बड़ी चालाकी से कमजोर देशों को व्यापार घाटा सहने को मजबूर कर देते हैं। भारत की कहानी भी ठीक इसी प्रकार की है। विश्व के विकसित देशों, खासकर अमेरिका और यूरोपीय देशों, को पिछले दिनों जो वित्तीय संकट का सामना करना पड़ा था, उससे उबरने के लिए उन्होंने बेल आउट पैकेजेज, वीसा के नियमों में कड़ाई जैसी संरक्षण देनेवाली नीतियाँ अपनाई हैं। इन नीतियों को अपनाकर उन्होंने विश्व व्यापार संगठन के मूल चरित्र और मूल भावना को ही खत्म कर दिया है। वर्तमान में भारत का राजकोषीय घाटा बढ़कर 5.3 प्रतिशत और चालू खाते का घाटा बढ़कर 5.4 प्रतिशत हो गया

है। यह बहुत ही चिंता की बात है।

यह बात सच है कि आजादी के बाद भारत ने कुछ मात्रा में विकास जरूर किया है, पर उस विकास का फल संपन्न लोगों को मिला है। इसलिए इस विकास से आम आदमी का स्तर नहीं सुधरा है। अत: हमें अपनी नीतियाँ बदलने की आवश्यकता है। हमारी आर्थिक नीतियाँ एवं विकास का मॉडल भारत की प्रकृति, प्रवृत्ति, संस्कृति, संसाधन और सवालों-समस्याओं को ध्यान में रखकर बनें, तभी हम सर्वसमावेशी सर्वमंगलकारी अर्थतंत्र का निर्माण कर सकेंगे।

□

विकास क्यों अटका, क्यों भटका : एक विवेचन

पिछले वर्षों के दौरान दुनिया विकास के जिस रास्ते पर चली, उसने उसे कहाँ पहुँचाया ? इसमें तो कोई दो मत नहीं कि आज संसार पहले की तुलना में अधिक संपन्न हुआ है और उसने अनेक क्षेत्रों में कई उपलब्धियाँ हासिल की हैं। 1950–92 के बीच विश्व की कुल आय 40 खरब (ट्रिलियन) डॉलर से बढ़कर 230 खरब डॉलर हो गई और प्रतिव्यक्ति आय तीन गुने से भी अधिक हो गई। तकनीकी क्षेत्र में चामत्कारिक काम हुए हैं। इसके अलावा शिक्षा, स्वास्थ्य एवं परिवहन की सुविधाओं में वृद्धि हुई है। अनेक बीमारियों पर नियंत्रण करके व्यक्ति की औसत आयु बढ़ी है, मृत्यु दर कम हुई है। कृषि व उद्योग दोनों ही क्षेत्रों में उत्पादन बढ़ा है तथा मनुष्य की सुख–सुविधा एवं भोग–विलास के अनेकानेक साज–सामानों के ढेर में भी वृद्धि हुई है, किंतु इन सब उपलब्धियों के बावजूद संसार आज अनेक अभावों व समस्याओं से ग्रस्त व त्रस्त है और नित नई समस्याएँ खड़ी होती जा रही हैं। विकास के बारे में जो सोचा था, वह न होकर कुछ और ही हो गया है और जो हो गया है, वह ही डरावना चित्र प्रस्तुत करता है।

आज भी हम एक ऐसे संसार में रहते हैं, जिसकी काफी बड़ी जनसंख्या भूख, गरीबी, बेकारी एवं गैर–बराबरी की समस्याओं से पीड़ित है। हम एक अजीब विरोधाभास के बीच जी रहे हैं, एक ओर विश्व की एक बड़ी आबादी भूख एवं अभावों के बीच जीने को मजबूर है तो दूसरी ओर कुछ देशों में, धन संपदा की बरबादी हो रही है। गरीब देशों की 80 प्रतिशत जनसंख्या का विश्व

की कुल आय में केवल 16 प्रतिशत हिस्सा है, तो दूसरी ओर अमीर देशों की 20 प्रतिशत जनसंख्या ने विश्व की 84 प्रतिशत आय पर कब्जा जमाया हुआ है। बेरोजगारी का संकट अब तो तथाकथित विकसित देशों में भी बढ़ता जा रहा है। विकासशील देशों की हालत तो बहुत ही चिंताजनक है। इन देशों में संक्रामक बीमारियों से हर साल लगभग 1.7 करोड़ लोगों की मौत होती है, 80 करोड़ लोगों को पर्याप्त भोजन नहीं मिल पाता और लगभग 50 करोड़ लोग कुपोषण के शिकार हैं, 1.3 अरब लोग (लगभग एक-तिहाई जनसंख्या) गरीबी-रेखा के नीचे गुजर करते हैं, प्राइमरी स्तर पर 13 करोड़ बच्चे स्कूल नहीं जा पाते। इसके अलावा शिशु मृत्यु दर एवं मातृ मृत्यु दर ही नहीं, जन्म दर भी काफी ऊँची है। इन देशों का समूचा चित्र बहुत ही दर्दनाक और भयावह है। खाली एवं चिपके हुए पेटों, नंगे अथवा अर्धनंगे शरीरों, मुरझाई आँखों व पिचके गालों, अनेक बीमारियों से ग्रस्त घूमते-फिरते हड्डी के ढाँचे बने लोगों को देखकर मानो गरीबी के साक्षात् दर्शन हो जाते हैं। यहाँ हमें भूख से बिलबिलाते बच्चे, दर्द से कराहते लोग, प्रसव-पीड़ा में दम तोड़ती माताएँ तथा अपनी रोजी-रोटी की तलाश में दर-दर की ठोकरें खाते बेरोजगार नौजवान काफी बड़ी तादाद में दिखाई दे जाएँगे। यहाँ बदबू और दुर्गंध के बीच बसी हुई शहरी गंदी बस्तियाँ, बनती-बिगड़ती झुग्गी-झोंपड़ियाँ, बरसात में टपकते और धूप में जलते कच्चे कोठर, जिनमें मनुष्य और पशु साथ-साथ ही रहते हैं। इस प्रकार इन देशों की गरीबी मात्र गरीबी ही नहीं, यह मनुष्य के अस्तित्व का ही मानो प्रतिवाद है।

दूसरी ओर, दुनिया के संपन्न औद्योगिक देशों के हालात भी कुछ अच्छे नहीं हैं और लगातार बिगड़ते ही जा रहे हैं। इन देशों में 15 लाख से भी अधिक लोग एड्स से पीड़ित हैं, कुल बेरोजगारी की दर 15 प्रतिशत है। 40 प्रतिशत गरीबतम परिवारों का कुल आय में केवल 18 प्रतिशत हिस्सा है। 10 करोड़ लोग गरीबी-रेखा के नीचे हैं और 50 लाख से भी अधिक लोगों के पास रहने को घर नहीं हैं। एक-तिहाई से भी अधिक विवाहों का अंत तलाक में होता है तथा हर साल 1,30,000 बलात्कार होते हैं। वायु प्रदूषण के कारण अकेले यूरोप में जंगलों के नष्ट होने से हर साल 3.5 करोड़ डॉलर का नुकसान हो रहा है। इस प्रकार कुल मिलाकर ऐसा दिखाई देता है कि विकास का रथ कहीं अटक

गया है तो कहीं वह भटक गया है। आज आवश्यकता है इस बात को जाँचने की कि विकास क्यों अटका, क्यों भटका? विकास के अटकाव एवं भटकाव की इस कारण मीमांसा में से ही शायद इस समस्या के समाधान की एक नई वैकल्पिक राह बन सकेगी।

आधुनिक युग में विकास के जिस पश्चिमी मॉडल को स्वीकार किया गया, वह स्वयं ही दोषपूर्ण है। विकास का पश्चिमी मॉडल रहन-सहन स्तर में वृद्धि को जीवन का लक्ष्य मानता है, अत: उसके अनुसार विकास का अर्थ है—प्रतिव्यक्ति आय में वृद्धि। यह मॉडल वस्तुओं का उत्पादन बढ़ाने के लिए प्राकृतिक साधनों का भरपूर शोषण करने और मशीन चालित ऊर्जाभक्षी टेक्नोलॉजी पर आधारित बड़े-बड़े उद्योगों वाले उत्पादनतंत्र के निर्माण करने पर जोर देता है। विकास की ललक में पश्चिमी मॉडल की इस राह पर दौड़े जानेवाले देशों ने न केवल अपने लिए ही, बल्कि समूचे प्राणिमात्र के लिए अस्तित्व का संकट खड़ा कर दिया है। जल प्रदूषण, वायु प्रदूषण और मृदा प्रदूषण के कारण हमारे चारों ओर प्रदूषित पर्यावरण का घेरा गहरा होता जा रहा है। ग्रीन हाउस प्रभावों के कारण ओजोन गैस की परत पतली पड़ती जा रही है और धरती की तपन बढ़ती जा रही है। आज हमें प्राकृतिक साधनों के तेजी से क्षरण, ऊर्जा संकट, वनों के विनाश, भू-जल स्तर में कमी, जलवायु व वर्षा की अनियमितता, भूक्षरण, मनुष्य के नैतिक व मानवीय मूल्यों में ह्रास, सामाजिक विघटन आदि बढ़ती हुई समस्याएँ दिखाई देती हैं। उन सबका मूल कारण भी विकास के इस पश्चिमी मॉडल में ही निहित है। इतना ही नहीं, विकास का यह मॉडल न तो व्यावहारिक है और न ही धारणक्षम है। विश्व के ज्ञात संसाधनों के द्वारा दुनिया के देशों के सब लोगों को आज के समान देशों के बराबर रहन-सहन स्तर दिया ही नहीं जा सकता। विश्व की 20 प्रतिशत जनसंख्या वाले संपन्न देश ही अपने उपभोग-स्तर को बनाए रहने के लिए दुनिया के 80 प्रतिशत संसाधनों का और 60 प्रतिशत ऊर्जा का उपयोग करते हैं, तब शेष विश्व के लिए तो संसाधन बहुत ही कम बचे रह जाते हैं।

इस प्रकार आज इस बात पर तो दुनिया के सभी मनीषी-विद्वानों में सहमति बनती जा रही है कि पश्चिम के भ्रांत एवं आत्मघाती विकास दर्शन के आधार पर संसार के समस्त लोगों के लिए समुचित विकास की राह नहीं बनाई जा

सकती। विभिन्न नीतियों, दर्शनों, दृष्टिकोण एवं वादों के दीर्घकालीन अनुभवों के बाद आज संपूर्ण संसार एक नए वैकल्पिक दृष्टिकोण की बड़ी आतुरता से प्रतीक्षा कर रहा है। नए विकल्प की इस तलाश में भारतीय चिंतन निश्चित ही हमारी सहायता कर सकता है।

भारतीय चिंतन ने मनुष्य को मात्र जैविक, भौतिक एवं अर्थ मानव के रूप में न मानकर उसे संपूर्ण, अखंड एवं एकात्म मानव के रूप में स्वीकार किया है। मनुष्य के सुख का विचार करते समय शरीर, मन, बुद्धि और आत्मा सभी की संतुष्टि का विचार करना होगा। यह एक अनुभवसिद्ध तथ्य है कि मात्र भौतिक एवं आर्थिक वस्तुएँ मनुष्य को सुख नहीं प्रदान कर सकतीं अर्थात् धन-दौलत की वृद्धि एवं सुख हमेशा सकारात्मक सहसंबंध (positive co-relation) नहीं पाया जाता; किंतु यह भी उतना ही सत्य है कि मनुष्य की भौतिक एवं शारीरिक आवश्यकताओं की पूर्ति के लिए आवश्यक साधनों के अभाव में भी मनुष्य सुखी नहीं हो सकता है। अत: जहाँ उसके लिए आवश्यक भौतिक सेवाएँ उसे उपलब्ध करानी होंगी, वहाँ उसके मन, बुद्धि और आत्मा की आवश्यकता की पूर्ति के लिए आवश्यक दर्शन, दृष्टिकोण, जीवन-मूल्य सामाजिक-मानवीय संस्थाओं की रचना भी करनी होगी। इसलिए भारतीय चिंतन में रहन-सहन स्तर की बजाय जीवन-स्तर में वृद्धि करने पर जोर दिया गया है। रहन-सहन का स्तर मनुष्य के केवल आर्थिक व्यक्तित्व को अभिव्यक्त करता है। अब समय आ गया है, जब हमें एक ऐसी नई वैकल्पिक विकास-राह को खोजना होगा, जिसमें वित्तीय निवेश के साथ-साथ सामाजिक व मानवीय कारकों की भी महत्त्वपूर्ण भूमिका हो, जो मानव-केंद्रित पर्यावरण पोषक टेक्नोलॉजी को अपनाए, जो स्वायत्त व स्वावलंबी ग्राम समूह पर आधारित विकेंद्रित रचना का निर्माण करे और जो परिवार भावना को जगाए। संक्षेप में, पोषणक्षम अर्थतंत्र धारणक्षम टेक्नोलॉजी और संस्कारक्षम समाज तंत्र का निर्माण ही इस नए विकास मॉडल की आधारभूमि बने।

□

विकास की भारतीय संकल्पना 'सुमंगलम्'

आज समूचे संसार में विशेषज्ञों एवं चिंतकों के बीच एक प्रकार की आम सहमति उभरती हुई दिखाई देती है कि प्रचलित पश्चिमी विकास मॉडल हमारी समस्याओं के समाधान में असमर्थ एवं असफल है, अत: विकास के एक नए प्रतिमान को तलाशना एक अनिवार्य आवश्यकता है। इस लेख में पश्चिमी विकास मॉडल के विरोधाभासों एवं कमियों को दरशाने और एक नए विकास-पथ की एक मोटी रूपरेखा प्रस्तुत करने का प्रयास किया गया है।

पश्चिमी विकास मॉडल के आधारभूत तत्त्व एवं इसकी विसंगतियाँ—

1. **आर्थिक मनुष्य की अवधारणा**—इस मान्यता के अनुसार मनुष्य प्रत्येक निर्णय धन के आधार पर करता है। ऐसा मान लेने पर देश में लूट-खसोट, कालाबाजारी, मुनाफाखोरी, घोटाला, शोषण जैसी प्रवृत्तियों को बल मिलेगा।
2. **विकास को प्रतिव्यक्ति वास्तविक जी.डी.पी. के रूप में परिभाषित करना**—जी.डी.पी. गणना अधूरी व दोषपूर्ण है। इसमें महिलाओं के गृहकार्य, स्वउपभोग के लिए उत्पादन, सामाजिक-स्वैच्छिक कार्यों आदि को शामिल नहीं किया जाता। दूसरी ओर, पेड़ काटकर फर्नीचर बनाने, मोटरवाहन से सैर पर जाने पर फैलनेवाले प्रदूषण, कारखानों की चिमनी के धुएँ आदि को गणना से बाहर नहीं किया जाता। अत: आज जी.डी.पी. आधारित विकास अव्यावहारिक एवं असंगत हो गया है।
3. अधिकाधिक वस्तुओं व सेवाओं का उपभोग करते हुए रहन-सहन स्तर

में वृद्धि को ही जीवन का लक्ष्य मान लिया गया है। इससे उपभोक्तावाद एवं भोगवादी जीवन-शैली को बढ़ावा मिलता है, जो आज सब प्रकार की आर्थिक समस्याओं एवं संकट के लिए जिम्मेदार है।

4. उपभोग की सतत वर्धमान आकांक्षा व लालसा को पूरा करने के लिए उत्पादन वृद्धि पर जोर और उत्पादन वृद्धि के लिए—
   (अ) प्राकृतिक साधनों का बेरहमी से भरपूर शोषण, इसके परिणामस्वरूप पर्यावरण हानि एवं प्रदूषण की समस्या बढ़ती जा रही है।
   (आ) मशीन-चालित ऊर्जाभक्षी टेक्नोलॉजी पर आधारित बड़े-बड़े उद्योगों वाले उत्पादन-तंत्र का निर्माण करना। इसके परिणामस्वरूप ऊर्जा-सकंट एवं बेरोजगारी की समस्याएँ उत्पन्न हो गई हैं।
5. इस उत्पादन-तकनीक एवं उत्पादन-तंत्र के संचालन के लिए (सामाजिक-सांस्कृतिक व मानवीय कारकों को स्थिर मानते हुए) पूँजी निवेश पर जोर, इसके फलस्वरूप विकासशील देश विदेशी कर्ज सकंट, विदेशी बहुराष्ट्रीय कंपनियों के बढ़ते हस्तक्षेप एवं देश की स्वतंत्रता व सार्वभौमिकता को खतरा जैसी समस्याओं से घिरते जा रहे हैं।

इस मॉडल को अपनाकर दुनिया के चंद देशों ने विकास के नाम पर जो कुछ हासिल किया है, उसे देखकर दो प्रश्न उत्पन्न होते हैं—

- क्या इसे सही मायने में मनुष्य को सुखी बनानेवाला विकास कहा जा सकता है?
- क्या इस प्रकार के विकास को दुनिया के सब देशों व सब मनुष्यों के लिए उपलब्ध करा पाना संभव और व्यावहारिक है अथवा क्या यह एक व्यवहारक्षम और धारणक्षम विकास-मार्ग (Practicable and sustainable development path) है?

तथ्यों के आलोक में जब हम इन प्रश्नों की जाँच करते हैं तो इन दोनों ही प्रश्नों का उत्तर 'न' में पाते हैं। विश्व जनसंख्या के 20 प्रतिशत भाग वाले संपन्न देश अपने उपभोग व उत्पादन-ढाँचे एवं जीवन-शैली के लिए विश्व के कुल संसाधनों के 80 प्रतिशत भाग का उपयोग करते हैं। इनके पास विश्व के कुल भू-क्षेत्र का 50 प्रतिशत भाग है, ये 60 प्रतिशत ऊर्जा का उपयोग करते हैं और विश्व की कुल आय में इनका 85 प्रतिशत हिस्सा है। विकास की ललक में इन

देशों ने न केवल अपने लिए ही, बल्कि समूचे प्राणिमात्र के लिए अस्तित्व का संकट खड़ा कर दिया है। जल प्रदूषण, वायु प्रदूषण और मृदा प्रदूषण के कारण हमारे चारों ओर प्रदूषित पर्यावरण का घेरा गहरा होता जा रहा है। इतना ही नहीं, मानवीय संबंध, संवेदनाएँ एवं भाव-भावनाएँ भी प्रदूषित होती जा रही हैं।

इन तथ्यों से यह स्पष्ट हो जाता है कि दुनिया के सब देश यदि पश्चिम के विकसित देशों, विशेषकर अमेरिका, के रहन-सहन स्तर को प्राप्त करना अपने विकास का लक्ष्य मान लें तो विश्व के वर्तमान ज्ञात संसाधनों के द्वारा इस लक्ष्य तक पहुँच पाना किसी भी प्रकार संभव ही नहीं हो सकता। इसके अलावा विकास की इस टेक्नोलॉजी को दुनिया के सब देशों द्वारा अपना लेने पर बड़ी भारी मात्रा में उत्पन्न ग्रीन हाउस गैसों से विषैले बने पर्यावरण में कैसे जीवन संभव हो पाएगा, इसकी कल्पना ही अपने आपमें भयावह है। अत: विकास की वर्तमान टेक्नोलॉजी न तो व्यवहार्य है और न ही धारणक्षम (टिकाऊ)।

एक नई राह धर्माश्रयी मानव-केंद्रित सर्वंकश-दृष्टिकोण : सुमंगलम् की अवधारणा—विकास के अर्थ एवं माप को लेकर अर्थशास्त्रियों के बीच गंभीर मतभेद हैं। विकास को मापने के लिए भिन्न-भिन्न अर्थशास्त्रियों ने भिन्न-भिन्न मापदंड सुझाए हैं, उदाहरण के लिए सकल घरेलू उत्पाद (जी.डी.पी.), प्रतिव्यक्ति जी.डी.पी., प्रति व्यक्ति उपभोग, आर्थिक कल्याण आदि, किंतु वास्तविक व्यवहार में विकास को मापने के लिए प्रतिव्यक्ति जी.डी.पी. के सूचक का ही प्रयोग किया जाता है और इसके आधार पर ही विश्व की अर्थव्यवस्थाओं को विकसित अर्थव्यवस्था, विकासशील अर्थव्यवस्था और अविकसित अर्थव्यवस्था के रूप में वर्गीकृत किया गया है। 1990 से मानव विकास सूचक (एच.डी.आई.) के रूप में एक नई अवधारणा का जन्म हुआ है। मानव विकास की अवधारणा यह बताती है कि विकास का उद्देश्य एक ऐसे वातावरण का निर्माण करना है, जिसमें लोग दीर्घ, स्वस्थ एवं सृजनात्मक जीवन जी सकें। मानव विकास-सूचक में तीन सूचक शामिल हैं—जीवन प्रत्याशा, शैक्षिक उपलब्धि और वास्तविक सकल घरेलू उत्पाद। इस प्रकार यह प्रतिव्यक्ति सकल घरेलू उत्पाद का एक विकल्प है और अब विभिन्न देशों की प्रगति को मापने के लिए इसका प्रयोग तेजी से बढ़ता जा रहा है। अब प्रश्न यह उठता है

कि इन दो मापदंडों—प्रतिव्यक्ति जी.डी.पी. और मानव विकास-सूचक में कौन सा अधिक उपयुक्त है ? पश्चिमी विकास अर्थशास्त्र इस प्रश्न का कोई निश्चित उत्तर नहीं दे पा रहा है। इसके आलावा मानव विकास-सूचक की सीमा को भी स्वयं मानव विकास रिपोर्ट (1995) में ही स्वीकार कर लिया गया है।

इस प्रकार स्पष्ट है कि विकास के अर्थ और माप के बारे में आधुनिक अर्थशास्त्रियों में ही जबरदस्त भ्रम एवं विवाद हैं। विकास की समूची पश्चिमी अवधारणा मानव-मन के मंगल एवं आनंद के साथ सुसंगत साबित नहीं हो पा रही है। अत: अब एक नए दृष्टिकोण की आवश्यकता है, जो एक एकात्म मानव के सर्वतोमुखी विकास को सुनिश्चित कर सके। इसी दृष्टि से यहाँ 'सुमंगलम्' के रूप में एक नई अवधारणा को प्रस्तुत करने का प्रयास किया गया है।

सुमंगलम् (या मंगल विकास) से तात्पर्य है मुख्यत: स्वसाधनों से देश के समस्त लोगों के जीवन-स्तर को ऊपर उठाते हुए दीर्घकालीन समग्र सामाजिक सुख में वृद्धि करना।

इस परिभाषा में प्रयुक्त 'जीवन-स्तर' शब्द सामान्यत: प्रयोग में लाए जानेवाले 'रहन-सहन' स्तर शब्द से अधिक व्यापक अर्थवाला है। रहन-सहन स्तर को तो सामान्यत: उपभोग के लिए वस्तुओं व सेवाओं की प्रतिव्यक्ति उपलब्धि के रूप में ही परिभाषित किया जाता है, किंतु जीवन-स्तर में कई अन्य बातें भी शामिल होती हैं, जैसे—जीवनादर्श एवं जीवन-मूल्य आदि। इस प्रकार रहन-सहन का स्तर मनुष्य के केवल आर्थिक व्यक्तित्व को अभिव्यक्त करता है, जबकि जीवन-स्तर से मनुष्य के संपूर्ण व्यक्तित्व की अभिव्यक्ति होती है।

इसी प्रकार 'सुख' शब्द भी शरीर, मन, बुद्धि और आत्मा से संबंधित एक बड़ी व्यापक अवधारणा है, जिसे मात्र आर्थिक उपयोगिताओं के रूप में प्रकट नहीं किया जा सकता। एक ओर हमें मनुष्य को जीवन के अस्तित्व एवं उसके सामाजिक-पारिवारिक दायित्वों के निर्वाह के लिए आवश्यक सभी वस्तुएँ व सेवाएँ उपलब्ध करानी होंगी तथा दूसरी ओर उसके मन-बुद्धि एवं आत्मा की संतुष्टि के लिए भी प्रावधान करने होंगे।

इस प्रक्रिया में हमें यह भी ध्यान में रखना होगा कि इसके द्वारा देश में रहनेवाले प्रत्येक व्यक्ति के जीवन-स्तर अथवा सुख में वृद्धि हो। यह समतावादी

दृष्टिकोण न्याय के साथ विकास की ओर संकेत करता है। यह हमें 'सर्वजन हिताय सर्वजन सुखाय' के भारतीय दृष्टिकोण का स्मरण कराता है।

यहाँ 'स्वसाधन' शब्द का प्रयोग देश में उपलब्ध साधनों का प्रयोग करते हुए स्वदेशी दर्शन पर आधारित स्वावलंबी अर्थव्यवस्था खड़ी करने पर जोर देने के लिए किया गया है। स्वदेशी दर्शन का अर्थ है अपने शाश्वत जीवन-मूल्यों के प्रकाश में और अपने देश की प्रकृति, प्रवृत्ति, संस्कृति की आवश्यकताओं एवं सामाजिक-आर्थिक परिस्थितियों के संदर्भ में मुख्यत: अपने ही शक्ति-सामर्थ्य, साधन-संपदाओं एवं कौशल-प्रतिभाओं के बल-बूते पर देश की कर्मशक्ति एवं ऊर्जाशक्ति के जागरण के माध्यम से एक धारणक्षम, संस्कारक्षम एवं सर्वतोमुखी विकास का मॉडल खड़ा करना।

सुमंगलम् की आधारभूत विशेषताएँ

1. एकात्म मानव की अवधारणा—पश्चिमी दृष्टिकोण एक ऐसे 'आर्थिक मनुष्य' की अवधारणा पर आधारित है, जिसके निर्णय मात्र वित्तीय एवं भौतिक संपत्ति के रूप में लाभ-हानि की गणनाओं पर आधारित होते हैं, किंतु भारतीय दृष्टिकोण 'आर्थिक मनुष्य' की इस अवधारणा को पूर्णतया नकारकर इसके स्थान पर 'एकात्म मानव' की अवधारणा को प्रस्तुत करता है। भारतीय चिंतकों ने मनुष्य को केवल अपनी जैविक एवं भौतिक आवश्यकताओं की पूर्ति के लिए यंत्रवत् काम करनेवाली किसी भौतिक एवं स्थूल इकाई के रूप में ही नहीं देखा है, बल्कि वे तो उसे सर्वव्यापक ब्रह्म के स्वरूप में सूक्ष्म एवं चैतन्य 'एकात्म मानव' के रूप में ही स्वीकार करते हैं। इस प्रकार भारतीय दृष्टिकोण के अनुसार, मनुष्य आर्थिक इकाई से कहीं अधिक बड़ी व व्यापक इकाई है।

2. विकास की प्रक्रिया में सामाजिक-सांस्कृतिक-मानवीय कारकों की अधिक सक्रिय भूमिका—विकास को सुमंगलम् के अनुरूप परिभाषित करने के बाद हमें विकास के निर्धारक कारकों के बारे में भी अपने दृष्टिकोण में बदलाव करना होगा। विकास के कारकों को साधारणतया दो भागों में बाँटा जाता है—आर्थिक कारक एवं गैर-आर्थिक कारक। यद्यपि विकास-योजनाओं में हम गैर-आर्थिक कारकों के महत्त्व को स्वीकार करते हैं, किंतु वास्तविक-

प्रक्रिया के दौरान हम उनकी उपेक्षा करते हैं। किसी भी प्रकार का विकास मॉडल बनाते समय हम इन कारकों को 'स्थिर' मानकर चलते हैं। अब हमें इस दृष्टिकोण को छोड़कर मानवीय कारकों की अधिक सक्रिय भूमिका वाले मॉडल के बारे में विचार करना होगा।

भारत जैसे विकासशील देश में आर्थिक संसाधनों, विशेषत: पूँजी की कमी है। विदेशी ऋण एवं विदेशी निवेश के द्वारा भी इस कमी को पूरा नहीं किया जा सकता और फिर इसके अनेक नकारात्मक पहलू भी हैं। अत: यदि भारत जैसे देशों को अपने विकास की गति को बढ़ाना है तो पूँजी-निवेश में वृद्धि करने के अलावा अन्य वैकल्पिक मार्ग के बारे में भी विचार करना होगा। इस दृष्टि से विकास-प्रक्रिया में सामाजिक-मानवीय कारकों की भूमिका सामने आती है। यह एक नई राह है, जो एक नए दृष्टिकोण और नए प्रकार के विकास मॉडल को जन्म देगी।

3. धर्म (अथवा नैतिकता) विकास मॉडल के आधार रूप में—धर्म शब्द 'धृ' धातु से बना है, जिसका अर्थ है धारण करना, निर्वाह करना और पोषण करना। यह स्पष्ट रूप से दरशाता है कि 'धर्म' की अवधारणा ऐसी व्यवस्थाओं एवं क्रियाकलापों का नाम है, जो मनुष्य जीवन का धारण, निर्वाह और पोषण करती है। इस दृष्टि से धर्म का अर्थ उन सामाजिक-नैतिक नियमों एवं मर्यादाओं से है, जो समाज के सुचारु संचालन और संतुलित विकास के लिए आवश्यक हैं। भारतीय चिंतन के अनुसार नैतिकता (अथवा धर्म) को अर्थशास्त्र एवं आर्थिक नियमों से न तो अलग किया जा सकता है और न ही अलग किया जाना चाहिए। इसी बात को समझाते हुए गांधीजी ने कहा था—

"I must confess that I do not draw a sharp or any distinction between economics and ethics-Economics that hurts the moral well-being of an individual or a Nation is immoral and therefore sinful."

डॉ. वी.के.आर.वी. राव भी इस मत के थे कि आर्थिक विकास और आध्यात्मिक मूल्यों के बीच समन्वय होना चाहिए। प्रो. गुन्नर मिर्डल ने भी कहा था कि अर्थशास्त्र एक नैतिक विज्ञान है। भारतीय जीवन-मूल्यों के अनुसार, अर्थ एवं काम के महत्त्व को स्वीकार करने के बावजूद इस बात पर सदैव जोर रहा है कि वे हमेशा धर्म (नैतिक नियमों) के अनुसार चलें और इसका उपयोग

भी धर्म (अर्थात् सामाजिक हित) के लिए होता रहे।

इस प्रकार भारतीय दृष्टिकोण हमें उन सामाजिक-नैतिक मूल्यों की याद दिलाता है, जिनके आधार पर युगानुकूल सामाजिक-आर्थिक संरचना का निर्माण किया जाना चाहिए। इसके अनुसार संग्रह की बजाय त्याग, स्वार्थ की बजाय सेवा, शोषण की बजाय पोषण, संघर्ष की बजाय सहयोग, घृणा की बजाय स्नेह और संपत्ति पर पूर्ण स्वामित्व की बजाय ट्रस्टीशिप, इस नई अर्थरचना के आधार-सूत्र होने चाहिए।

4. समन्वित दृष्टिकोण—भारतीय दर्शन एक समग्र समन्वित एवं संतुलित दृष्टिकोण में विश्वास रखता है। हमें एक ऐसी आर्थिक प्रणाली का विकास करना होगा, जिससे व्यष्टि और समष्टि के बीच उचित समन्वय बनाए रखा जा सके। आर्थिक क्षेत्र में किसी एक सीमा तक स्वतंत्रता एवं स्वहित की प्रेरणा का महत्त्व होता है, किंतु इसे नैतिक मूल्यों एवं वैधानिक प्रावधानों के माध्यम से सार्वजनिक हित में निर्देशित एवं नियमित भी किया जाना चाहिए। निजी उद्यम के साथ-साथ सामाजिक नियंत्रण के लिए भी स्थान हो। इसके अलावा हमें सामाजिक-आर्थिक जीवन के विभिन्न तत्त्वों के बीच उचित तालमेल बनाए रखने का भी प्रयास करना होगा।

5. न्यायपूर्ण वितरण : सामाजिक न्याय के साथ विकास—यद्यपि धनार्जन जीवन का एक महत्त्वपूर्ण क्रियाकलाप है, किंतु मनुष्य जीवन का यह एकमात्र क्रियाकलाप नहीं हो सकता और न ही यह अपने आपमें जीवन का अंतिम उद्देश्य ही हो सकता है। चार पुरुषार्थों (धर्म-अर्थ-काम-मोक्ष) में यह केवल एक पुरुषार्थ है। इस प्रकार यह जीवन का एक भाग है, संपूर्ण जीवन नहीं। यही कारण है कि भारतीय दृष्टिकोण में इस बात पर जोर दिया गया है कि धनार्जन हमेशा वैधानिक मार्ग से, उचित प्रकार और नैतिकता से ही होना चाहिए (धर्मेण धनः)। इसके अलावा भारतीय दृष्टिकोण का यह भी विश्वास है कि व्यक्ति को स्वयं ही सब वस्तुओं का उपभोग नहीं करना चाहिए, बल्कि समाज के अन्य लोगों के साथ बाँटकर उपभोग करना चाहिए। अतिरिक्त संपत्ति को समाज के कल्याण के लिए प्रयोग में लाना चाहिए। उद्देश्य 'धर्माय धनः' का होना चाहिए। वितरण की सर्वोत्तम प्रणाली वह होगी, जो अर्थव्यवस्था का पोषण

करती हो, इसे शोषण से मुक्त रखती हो, इसकी उत्पादकता में वृद्धि करती हो और सबको जीवन चलाने और प्रगति करने के समान अवसर प्रदान करती हो। इस प्रकार एक समुचित वितरण प्रणाली का आधारभूत तत्त्व होगा—सामाजिक न्याय के साथ सतत विकास।

6. मानव-केंद्रित पर्यावरण प्रेमी टेक्नोलॉजी—भारत के लिए एक ऐसी टेक्नोलॉजी की आवश्यकता है, जो इसकी विशिष्ट प्रकृति, आवश्यकताओं, जीवनादर्शों व मूल्यों के अनुकूल हो, देश के सामने उपस्थित समस्याओं का उचित ढंग से एवं उचित समय में समाधान कर सके और जो देश की वर्तमान सामाजिक-आर्थिक परिस्थितियों में काम कर सके। हमारी टेक्नोलॉजी प्रकृति के शोषण पर नहीं, बल्कि प्रकृतिमाता के दोहन पर आधारित होनी चाहिए। हमें एक ऐसी टेक्नोलॉजी की आवश्यकता है, जो पूँजी व ऊर्जा की बचत कर सके और जो श्रम गहन होने के साथ-साथ उत्पादकता में भी वृद्धि कर सके।

उपयुक्त टेक्नोलॉजी के विकास के लिए भारत को एक साथ दो दिशाओं में प्रयास करने होंगे—

(क) देश में पहले से उपलब्ध परंपरागत टेक्नोलॉजी में सुधार करना। भारत के भावी विकास की दृष्टि से इस क्षेत्र में काफी बड़ी संभावनाएँ मौजूद हैं।

(ख) आधुनिक टेक्नोलॉजी को देश की आवश्यकताओं एवं संसाधनों के अनुकूल बनाना। विदेशी टेक्नोलॉजी का सीधा हस्तांतरण एक खतरनाक प्रक्रिया है। टेक्नोलॉजी को इस प्रकार ढालना होगा, जिससे कि वह हमारे निर्धारित मूल्यों व लक्ष्यों को कमजोर करने के बजाय उनका संरक्षण व संवर्धन कर सके।

7. मंगल आर्थिक संरचना का प्रस्ताव—हमें एक ऐसी प्रणाली का विकास करना चाहिए, जिससे वस्तुओं का स्वस्थ उपभोग और प्रसन्नतापूर्वक उत्पादन हो सके। भारत के लिए एक ऐसी प्रणाली की मोटी रूपरेखा इस प्रकार हो सकती है—

मंगल-दृष्टिकोण का मानना है कि पूँजीवादी एवं साम्यवादी प्रणालियों का सही विकल्प धर्म के प्रकाश में लोगों द्वारा संचालित एवं नियंत्रित-विकेंद्रित

स्वावलंबी अर्थतंत्र ही है, किंतु इस विकेंद्रित अर्थतंत्र को पहले की तुलना में अधिक उत्पादक बनाया जाना चहिए।

आर्थिक विकेंद्रीकरण के लिए आवश्यक है कि उत्पादन की इकाइयाँ छोटी रहें। दस से पंद्रह गाँवों को मिलाकर एक इष्टतम सामुदायिक इकाई हो सकती है, जो देश में कृषि-औद्योगिक उत्पादन में वृद्धि करने के लिए कुशलता से काम कर सकेगी और इसे स्वावलंबी ग्राम समुदाय के रूप में भी स्थापित किया जा सकेगा। यह रचना स्थानीय पहल, कौशल और उद्यम का उपयोग करने के पर्याप्त अवसर प्रदान कर सकेगी। इस प्रकार भारत के गाँवों को स्वशासित इकाइयों के रूप में पुनर्गठित एवं पुनर्जीवित कर भारत के क्षतिग्रस्त आर्थिक-राजनीतिक तंत्र के पुनर्गठन की आवश्यकता है।

मंगल प्रणाली एकात्म-दृष्टि की होने के कारण यह कृषि और उद्योग के बारे में 'यह अथवा वह' की नीति को ठीक नहीं मानती। यह तो अर्थव्यवस्था के कृषि, सेवा एवं औद्योगिक क्षेत्रों के बीच पूरकता एवं पारस्परिक सहयोग में विश्वास रखती है, किंतु यह सब संबंधों को अपने ढंग से परिभाषित करती है, जो वर्तमान संबंधों के प्रारूप से सर्वथा भिन्न हैं। इसके अनुसार, कृषि को अर्थव्यवस्था का प्रमुख एवं आधारभूत क्रियाकलाप माना जाना चाहिए। प्राथमिक क्रियाकलाप के चारों ओर कृषि आधारित उद्योगों एवं आवश्यक कुटीर व लघु उद्योगों का गठन किया जाना चाहिए। इस समूह-शृंखला के चारों ओर ऐसे भारी व बड़े उद्योगों की स्थापना की जानी चाहिए, जो प्रथम एवं द्वितीय समूहों की सहायता के लिए आवश्यक हो। भारत की विशाल अर्थव्यवस्था की विभिन्न समस्याओं का समाधान कर उसे शीघ्रता से प्रगति-पथ पर अग्रसर करने की दृष्टि से आज सर्वाधिक महत्त्वपूर्ण भूमिका लघु उद्योगों की है। रोजगार-वृद्धि, आय व धन के वितरण में समुचित समानता बनाए रखने, भारत की विशाल श्रमशक्ति, स्थानीय संसाधनों व कौशल का सर्वोत्तम उपयोग करने, औद्योगिक विकेंद्रीकरण तथा निर्यात बाजार के लिए विभिन्न वस्तुओं का उत्पादन करने आदि अनेक दृष्टियों से भारतीय अर्थव्यवस्था में लघु उद्योगों की महत्त्वपूर्ण भूमिका व स्थान है, किंतु आज भारत के लघु उद्योग क्षेत्र को वित्तीय संसाधनों, समय एवं समुचित कीमत पर कच्चे माल की उपलब्धता, उचित दर पर पर्याप्त

बिजली न मिल पाना, उत्पादन की बिक्री, सरकारी संरक्षण का अभाव व घोर उपेक्षा, बड़ी कंपनियों एवं विदेशी फर्मों की प्रतियोगिता आदि अनेक समस्याओं से जूझना पड़ रहा है। इस ओर तुरंत ध्यान देकर भारत के लघु क्षेत्र को सशक्त व समर्थ बनाया जाना चाहिए।

- परिवार संस्था को सच्चे अर्थों में भारतीय भावनाओं के अनुरूप पुनर्स्थापित किया जाना चाहिए। परिवार एक सामाजिक इकाई के साथ-साथ आर्थिक इकाई के रूप में भी क्रियाशील रहे। हमें प्रत्येक स्तर पर परिवार-भावना का जागरण करने का प्रयास करना चाहिए।
- मंगल-दृष्टिकोण सरकार-आश्रित अथवा बाजार-आश्रित अर्थव्यवस्था में विश्वास नहीं करता, यह तो जनाश्रित अर्थव्यवस्था अथवा जन-भागीदारी के माध्यम से विकास में विश्वास करता है। सरकार तो जनता के अभियान में सहयोग करने की भूमिका अदा करे। अत: वैज्ञानिकों, तकनीशियनों, प्रशासकों, सामाजिक कार्यकर्ताओं, समाज-वैज्ञानिकों, संपन्न समाजसेवियों, ग्रामीण व शहरी क्षेत्रों के प्राथमिक एवं द्वितीयक उत्पादकों को संगठित कर देश के विकास के काम में लगाने की सर्वाधिक महत्त्वपूर्ण आवश्यकता है। इस प्रकार हम जनोन्मुखी सामाजिक-आर्थिक प्रणाली की स्थापना करना चाहते हैं।

अंत में मैं इस बात पर जोर देना चाहता हूँ कि यदि हम मंगल दृष्टिकोण के अनुसार समाज का पुनर्गठन करना चाहते हैं तो दो बातें आवश्यक हैं—एक, आत्मविश्वास और प्रगति की तीव्र इच्छा और दूसरी, राष्ट्रीय हितों के लिए समर्पित नैतिक नेतृत्व। हम एक ऐसी मंगलकारी सामाजिक-आर्थिक संरचना का निर्माण करना चाहते हैं, जो पोषणक्षम अर्थतंत्र, धारणक्षम टेक्नोलॉजी एवं संस्कारक्षम समाजतंत्र की दिशा में काम कर सके।

□

उपभोक्तावाद नहीं, 'तेन त्यक्तेन भुञ्जीथा' है हिंदू दृष्टिकोण

उपभोग मात्र आर्थिक क्रिया ही नहीं अपितु एक बहुआयामी-बहुपक्षीय अवधारणा है, जो समाज-जीवन के सभी क्षेत्रों (आर्थिक, सामाजिक, धार्मिक, सांस्कृतिक व राजनीतिक) को प्रभावित करता है और उनसे प्रभावित भी होता है। उपभोग और विकास के बीच एक अत्यंत जटिल एवं नाजुक संबंध है, जिसके नकारात्मक एवं सकारात्मक दोनों पहलू हैं। इन दोनों पहलुओं की योग्य समझ और इनके समुचित संतुलन एवं सामंजस्य में से ही एक सही उपभोग-शैली, जीवन-शैली जन्म ले सकती है।

किसी भी समाज का चित्र और चरित्र, दिशा और दशा बहुत कुछ उपभोग-शैली जीवन-शैली पर निर्भर करता है। अत: वर्तमान में पाँव पसार रही उपभोक्तावादी जीवन-शैली और उसमें से उपज रही समस्याओं व चुनौतियों को ठीक ढंग से समझ लेना आवश्यक है। इसमें तो कोई दो मत नहीं कि पिछली शताब्दी के दौरान उपभोग की मात्रा और विविधता दोनों में ही असाधारण वृद्धि हुई है, किंतु इस उपभोग का वितरण बहुत ही गलत ढंग से हुआ है। इसके परिणामस्वरूप अभावों के अंबार और असमानताओं में भी तेजी से वृद्धि हुई है। विश्व के लगभग एक अरब लोग आज भी जीवन की मूलभूत आवश्यकताओं के लिए तरस रहे हैं। उपभोग की असमानता गरीबी और सामाजिक अलगाव के घाव को और अधिक गहरा कर देती है। एक ओर जीवन की अनिवार्य आवश्यकताओं से वंचित और बीमारी से तड़पती विकट दरिद्रता है तो दूसरी ओर मर्यादाहीन, निरंकुश, अश्लील और हिंसक भोगवाद है। इस भोगवादी

जीवन-शैली ने स्थानीय, राष्ट्रीय एवं अंतरराष्ट्रीय सभी स्तरों पर ऐयाशी के पैरों तले दरिद्रता को रौंदने का दारुण दृश्य उपस्थित कर दिया है। आक्रामक विज्ञापनों के माध्यम से उपभोक्ताओं को अपनी वस्तुएँ बेचने को लेकर भी जबरदस्त होड़ चल रही है। इन विज्ञापनों के माध्यम से बालकों व महिलाओं की कोमल भावनाओं, संवेगों व संवेदनाओं को जिस प्रकार भुनाया जाता है, उसके कारण संपूर्ण पारिवारिक-सामाजिक-सांस्कृतिक ताने-बाने के लिए ही खतरा उत्पन्न हो गया है। ऐसा लगता है कि उपभोग-गरीबी-बेकारी-बीमारी-असमानता-प्रदूषण के बीच एक दुष्ट गठबंधन पनप रहा है। उपभोक्ता बाजारों के वैश्वीकरण और आक्रामक विज्ञापनों के कारण विलासी एवं प्रदर्शनकारी उपभोग के माध्यम से अपना विशिष्ट स्थान बना लेने की एक नई होड़ ने 'स्टेटस गुड्स', 'ग्लोबल गुड्स' (Status Goods, Global Goods) आदि नामों से वस्तुओं को एक नई किस्म तथा 'ग्लोबल इलीट', 'ग्लोबल मिडिल क्लास' एवं 'ग्लोबल टींस' (Global Elites, Global Middle Class, Global Teens) जैसे नामों से शेष समाज से अलग-थलग उपभोक्ताओं के नए वर्ग का ही निर्माण कर डाला है। आज हम उपभोक्तावाद पर आधारित उपभोग की जिस शैली व तौर-तरीकों को अपनाते जा रहे हैं, उसका पर्यावरण एवं सामाजिक दोनों ही दृष्टियों से लंबे समय तक टिक पाना संभव नहीं लगता। इतना ही नहीं, यह सबके लिए धारणक्षम एवं व्यवहारक्षम विकास की संभावनाओं को ही कमजोर किए जा रही है।

कुल मिलाकर विकास के वर्तमान संकटों व समस्याओं का मूल कारण दोषपूर्ण उपभोग-शैली व जीवन-शैली ही है। अत: इन सब संकटों व समस्याओं से यदि बचना है तो सामाजिक आचरण के मानदंडों, जीवन-मूल्यों एवं जीवन-व्यवहारों में सम्यक् परिवर्तन के माध्यम से हमें सीमित, संयमित, सदाचारी एवं मितव्ययी जीवन-शैली एवं उपभोग-शैली को विकसित करने की ओर ध्यान देना होगा। इसी दृष्टि से हिंदू-चिंतन में बहुत गहन, गंभीर एवं विस्तृत विचार किया गया है। अत: आज के संदर्भ में हिंदू उपभोग-शैली व जीवन-शैली के सूत्रों का समुचित मूल्यांकन किया जाना चाहिए।

हिंदू विचार परंपरा के अनुसार रहन-सहन स्तर (Standard of living) की तुलना में जीवन-स्तर (Standard of Life) एक अधिक व्यापक

अवधारणा है। हिंदू शास्त्रों में रहन-सहन स्तर के लिए 'प्रेय' अथवा 'भव्य' और जीवन-स्तर के लिए 'श्रेय' अथवा 'दिव्य' शब्द का प्रयोग हुआ है। जहाँ रहन-सहन का स्तर केवल प्रतिव्यक्ति वस्तुओं व सेवाओं की उपलब्धि पर निर्भर करता है, वहाँ जीवन-स्तर में इसके अतिरिक्त जीवनादर्श, जीवन-मूल्य, मानवीय, सामाजिक एवं नैतिक गुण, तनावरहित जीवन, प्रदूषणरहित पर्यावरण, प्रेम, स्नेह, सहयोग, आत्मसम्मान, आत्मविश्वास, समर्पण की भावना आदि बातें भी शामिल होती हैं। संक्षेप में रहन-सहन का स्तर मनुष्य के केवल आर्थिक व्यक्तित्व को अभिव्यक्त करता है, जबकि जीवन-स्तर से मनुष्य के संपूर्ण व्यक्तित्व की अभिव्यक्ति होती है। अतः हिंदू-दर्शन व परंपरा में जीवन-स्तर (अथवा श्रेय) को ही अधिक महत्त्वपूर्ण बताकर इसे ही संपूर्ण जीवन-शैली का आधार माना है।

पश्चिमी दार्शनिक परंपरा यांत्रिक विश्वदृष्टि एवं भौतिकतावादी और भोगवादी जीवन-पद्धति को स्वीकार करती है, जबकि हिंदू-चिंतन में सावयवी, समग्र, एकात्म एवं अध्यात्मवादी विश्वदृष्टि और त्यागमयी जीवन-प्रणाली को अपनाया गया है।

हमारे मनीषियों ने प्रकृति को माता और देवी मानकर आराधना की है। अतः हमारी जीवन-शैली में प्रकृति का शोषण नहीं दोहन है, जो सबका पोषण करता है। समूची प्रकृति, सृष्टि एवं समष्टि के प्रति मातृभाव, भ्रातृभाव और एकात्मभाव के कारण हमने साधन-सामग्री को प्रत्येक के साथ बाँटकर उपभोग करने को प्राथमिकता दी है। ईशोपनिषद् का 'तेन त्यक्तेन भुञ्जीथाः' इसी बात की ओर संकेत करता है कि व्यक्ति अपनी साधन-संपदा का उपयोग केवल व्यक्तिगत कामों के लिए ही न करके उसका ट्रस्टी के रूप में उपयोग करे। इसी में यह भी अंतर्निहित है कि अपनी आय और उत्पादन में से मात्र अपनी आवश्यकता के अनुसार ग्रहण कर शेष को सृष्टि के प्राणियों और समाज के हित के लिए समर्पित कर देना चाहिए। इस प्रकार जब व्यक्ति की नैतिक-मानवीय भावनाओं को जगाकर अपनी अतिरिक्त साधन-संपदा को समाज हित में समर्पित कर देने की प्रेरणा जगाई जाती है तो इससे ममता से समता का मार्ग और परंपरा प्रशस्त होती है। इसीलिए तो हिंदू जीवन-व्यवस्था में इष्ट (यज्ञ, दान, दक्षिणा

आदि) और पूर्त (जनकल्याण के विभिन्न काम, जैसे—कुएँ, तालाब, बावड़ी, नहर, प्याऊ, गौशाला, धर्मशाला, निःशुल्क चिकित्सालय, निःशुल्क पाठशालाएँ, बाग-बगीचे, वृक्षारोपण आदि) की महत्त्वपूर्ण संकल्पनाएँ मिलती हैं। इनके माध्यम से समाज में सहज रीति से धन व आय का वितरण होता रहा है और विषमता पर अंकुश लगता रहा है। भोगवादी जीवन-शैली के फेर में न पड़कर अपनी उचित आवश्यकताओं की पूर्ति के बाद समाज की संपत्ति को समाज को ही समर्पित कर देने की भावना एवं परंपरा का विकास करना ही 'तेन त्यक्तेन भुञ्जीथाः' का मूल आधार है।

'गीता' में 'यज्ञ चक्र', 'सुहृदयः सर्वभूतानाम्' और 'सर्वभूतहिते रताः' के माध्यम से इसी बात को समझाया गया है। हिंदू-चिंतन में उपभोग को नकारा नहीं गया है, केवल इतना कहा गया है कि हमारा भोग, उपभोग धर्मयुक्त रहे, धर्मविरुद्ध नहीं। 'गीता' में श्रीकृष्ण ने कहा है कि 'धर्माविरुद्धो भूतेषु कामोऽस्मि भरतर्षभ' (मैं धर्म. अविरुद्ध काम हूँ)। हिंदू दर्शन केवल सिद्धांत का विषय नहीं, बल्कि जीवन का प्रत्यक्ष व्यवहार रहा है। हमने दर्शन को जिया है और जीने के तौर-तरीके विकसित किए हैं। कुल मिलाकर, सीमित-संयमित, शुद्ध-सात्त्विक, धारणक्षम उपभोग व जीवन-शैली के विकास पर समुचित ध्यान देकर ही हम विकास की वर्तमान विसंगतियों को दूर कर सार्वजनीन लोकमंगल का मार्ग प्रशस्त कर सकेंगे।

□

असफल और असंगत होते जा रहे विकास के वर्तमान प्रतिमान

औद्योगिक क्रांति की शुरुआत पूँजीवाद के साथ हुई और इसी में से अहस्तक्षेप-नीति अथवा मुक्त बाजार अर्थव्यवस्था का प्रादुर्भाव हुआ। आर्थिक क्षेत्र में हस्तक्षेप न करने की इस नीति का मानना है कि बाजार में स्वतंत्र व पूर्ण प्रतियोगिता के सहारे अधिकतम सामाजिक कल्याण के लक्ष्य को पाया जा सकता है, किंतु अनुभव यह बताते हैं कि यह नीति शोषण एवं विषमता बढ़ानेवाली ही सिद्ध हुई और 1930 की महामंदी ने भी इसकी असफलता को ही उजागर किया था। इसके विपरीत, मार्क्सवादी दर्शन पर आधारित साम्यवादी प्रणाली ने केंद्रीय सत्ता (अर्थात् सरकार) द्वारा बाजार शक्तियों एवं अर्थव्यवस्था पर पूर्ण नियंत्रण की वकालत की और देश की संपूर्ण साधन-संपदा के सरकारीकरण पर जोर दिया। साम्यवादी देशों के अनुभव यह बताते हैं कि ऐसी अर्थव्यवस्थाओं में प्रेरणा एवं पहल दोनों समाप्त हो जाते हैं। सोवियत रूस एवं उसके साथ संलग्न देशों के बिखराव के साथ साम्यवादी अर्थव्यवस्था लगभग समाप्तप्राय हो गई है। आज चीन पूर्णतया साम्यवादी ढाँचे पर नहीं चल रहा है, बल्कि वह काफी कुछ पूँजीवादी बाजार अर्थव्यवस्था के निकट पहुँच गया है। इस प्रकार आज पूँजीवाद ही विभिन्न रूपों एवं प्रकारों में चल रहा है और आए दिन नित नई परेशानियाँ खड़ी कर रहा है।

अमेरिका, पश्चिमी यूरोप एवं अरब देशों में हुई हालिया घटनाओं ने साबित कर दिया है कि उत्पादन एवं भौतिक वस्तुओं की निरंतर वृद्धि पर आधारित आर्थिक मॉडल मूलतः एवं मुख्यतः अस्थिर होते हैं। इसी का परिणाम है कि

अमेरिका एवं पश्चिम यूरोप के देश भी आज भीषण बेरोजगारी का संकट झेल रहे हैं। स्पेन, पुर्तगाल और इटली जैसे दक्षिणी यूरोपीय देशों ने यूरोप की अर्थव्यवस्था की स्थिरता को छिन्न-भिन्न कर दिया है। ग्रीस की अर्थव्यवस्था को सँभालने के लिए यूरोपियन यूनियन द्वारा एक भारी पैकेज दिया गया, परंतु इसने यूरो देश के भविष्य पर ही प्रश्नचिह्न लगा दिया है।

सन् 2008 में अमेरिका से शुरू हुई वैश्विक आर्थिक मंदी ने पूरे विश्व को हिला दिया था। इसने अनियंत्रित पूँजीवादी दर्शन के खोखलेपन को उजागर कर दिया है। आज विश्व तेजी के साथ घोर असमानता की दिशा में बढ़ता जा रहा है। लगभग आधी दुनिया अर्थात् तीन अरब से भी अधिक लोग दो डॉलर प्रतिदिन से भी कम में गुजारा करते हैं और 1.3 अरब लोग प्रतिदिन एक डॉलर से भी कम पर गुजारा करने को मजबूर हैं। इसी प्रकार विश्व की 80 प्रतिशत आबादी ऐसे देशों में बसती है, जहाँ आय की असमानता में लगातार वृद्धि हो रही है। अमेरिका की एक प्रतिशत जनसंख्या का देश की 40 प्रतिशत संपत्ति पर आधिपत्य है और यह कुल आय का 20 प्रतिशत कमाती है। आय की इस असमानता ने ही 'वालस्ट्रीट पर कब्जा करो' (occupy wallstreet movement) को जन्म दिया। आंदोलनकारी बड़ी-बड़ी कंपनियों के लालच और वित्तीय असमानता के विरुद्ध नारे लगा रहे थे। 'नोबेल पुरस्कार' प्राप्त प्रो. स्टिगलिट्ज ने बताया कि अमेरिका की संपूर्ण राजनीतिक व आर्थिक व्यवस्था एक प्रतिशत की, एक प्रतिशत के द्वारा और एक प्रतिशत के लिए काम कर रही है। इस प्रकार यह अन्याय एवं असमानता के सिद्धांत पर टिकी हुई है।

अभी-अभी अमेरिका फिर से आर्थिक संकट में फँस गया। उसकी संसद् ने कर्ज की सीमा बढ़ाने की अनुमति नहीं दी। इससे अमेरिका को शटडाउन जैसा कदम उठाना पड़ा। कर्मचारियों को वेतन न दे पाने के कारण उन्हें अवकाश पर भेज दिया गया। बहुत से संस्थानों में काम-काज बंद हो गया। यदि ऐसी स्थिति लंबी चलती गई होती तो अपनी सेना को चलाने और बॉण्ड मार्केट में निवेश करने के लिए भी अमेरिका के पास धन नहीं रहता। अमेरिकी शेयर बाजार थम जाता, बॉण्ड मार्केट को ग्रहण लग जाता, बेरोजगारी बढ़ जाती, इस प्रकार पूरी अर्थव्यवस्था ही चरमरा जाती। इसका असर भारत सहित समूची विश्व

अर्थव्यवस्था पर होता। अभी जैसे-तैसे कर्ज की सीमा को बढ़ाकर अमेरिका ने इस संकट को टाल दिया है, तो भी इसे समस्या का स्थायी समाधान नहीं कहा जा सकता। प्रश्न यह है कि ऐसे संकट बार-बार आते क्यों हैं ? क्या आर्थिक दर्शन, आर्थिक चिंतन एवं विकास के वर्तमान प्रतिमानों में ही कोई मूलभूत दोष है ? आज आवश्यकता है कि इसकी कारण-मीमांसा हो, तभी हम स्थायी निदान और स्थायी समाधान दे पाएँगे।

□

धर्मेण धर्माय च धनः–अर्जन एवं वितरण की नैतिक प्रणाली

धन निस्संदेह रूप से व्यक्ति के दैनंदिन जीवन में उसकी मूलभूत आवश्यकताओं की पूर्ति का एक महत्त्वपूर्ण साधन है, किंतु धन और अर्थ अर्जन के क्रिया-कलापों के संबंध में समुचित दृष्टिकोण को लेकर संपूर्ण विश्व में व्यापक स्तर पर संभ्रम एवं गलतफहमी व्याप्त है। इस दृष्टि से, प्राचीन भारतीय मनीषियों एवं शास्त्रों में व्यक्त विचार संभवतः वर्तमान समय में काफी उपयोगी एवं दिशादर्शक हो सकते हैं।

धन के संबंध में वैदिक दृष्टिकोण (Vedic View Regarding Wealth)

(क) धन का अर्थ एवं महत्त्व

वेदों में धन के समानार्थक अनेक शब्दों का प्रयोग हुआ है, जैसे—राय, अर्थ, धेनु, वित्त, धन, रेक्ण, द्रविण, राध, रिक्थ, वसु आदि। वेदों के महान् भाष्यकार यास्क ने निघंटु में धन के 28 समानार्थक शब्द दिए हैं—

मघम्। रेक्णः। रिक्थम्। वेदः। वरिवः। श्वात्रम्। रत्नम्। रयिः। क्षत्रम्। भगः। मीढुम्। गयः। द्युम्नम्। नृम्णम्। तना। बन्धुः। इन्द्रिम्। वसु। रायः। राधः। भोजनम्। मेधा। यशः। ब्रह्म। द्रविणम्। श्रवः। वृत्रम्। वृतम्। इत्यष्टाविंशतिरेव धननामानि॥

—निघंटु, 2.10

धन के लिए प्रयुक्त विभिन्न शब्दों को अलग-अलग एवं विशिष्ट अर्थों में प्रयोग किया गया है। उदाहरण के लिए यहाँ कुछ शब्दों के अर्थ दिए जा रहे हैं—

धन—पशु धन, पुनर्उत्पादनीय वस्तुएँ, पूँजी।

अर्थ—अर्जन व संचय का प्रतिफल, आवश्यकताओं की पूर्ति का साधन, (आधुनिक अर्थों में आर्थिक वस्तु) श्री, लक्ष्मी, वैभव का रूप।

रेक्ण—वह संपत्ति, जिसकी प्राप्ति की आशा कम हो।

रिक्थ—मृत्यु के समय दायभाग के लिए रखी संपत्ति।

रायः—कोष, धन, गतिशील धन।

वसु—वस्तुएँ, संपत्ति, भूसंपत्ति, मकान आदि।

द्रविणः—गतिशील धातु, अन्य पदार्थों के विनिमय के माध्यम रूप में प्रयुक्त वस्तु।

वित्तम्—अर्जित राशि।

हिरण्य—स्वर्ण।

धेनु—संज्ञक धन, आय प्रदान करनेवाली पूँजी।

इष्टका—व्यापार की मूल पूँजी।

ब्रह्म—पूँजी प्रयोग के फलस्वरूप बढ़ी हुई राशि।

वेद—लाभांश।

श्वात्र—व्यापार में लगा अथवा अल्पावधि वाला धन।

वैदिक साहित्य और उसके बाद प्राचीन भारतीय साहित्य में धन के जितने अधिक संख्या में समानार्थक शब्द पाए जाते हैं, उतने समूचे विश्व के आर्थिक साहित्य में कहीं भी नहीं मिलते। सबसे महत्त्व की बात तो यह है कि भारतीय मनीषियों ने विभिन्न आर्थिक क्रियाकलापों की स्थिति और संदर्भ के अनुसार जिस प्रकार से धन के इन विभिन्न समानार्थक शब्दों का प्रयोग किया है, वह अद्‌भुत है और यह उनकी आर्थिक क्रियाओं के संबंध में गहरी और व्यापक दृष्टि का परिचायक है।

वैदिक ऋषियों ने धन को जीवन के लिए महत्त्वपूर्ण माना है। इसीलिए वेदों में हमें अनेक ऐसे मंत्र मिलते हैं, जिनमें देवों से धन, धान्य, सोना, गाय, हिरण्य, सुद्रविणः, राधसाः, सुराधाः (उत्तम धन), मघवानः (प्रशंसा योग्य धन), रायस्कामः (धन की इच्छा), सुभगः (श्रेष्ठ धन और ऐश्वर्य), द्रविण

आदि शब्दों का प्रयोग धन देने के लिए ही हुआ है। ऋग्वेद (1.74.3; 3.42.6; 8.45.13; 9.46.5; 9.84.5) और अथर्ववेद (4.14.2) के अनेक मंत्रों में अग्नि, इंद्र, सोम आदि को धनंजय कहा गया है और अथर्ववेद के कुछ मंत्रों (4.22.3; 5.23.2; 10.10.11; 2.36.6) में 'धनपति' की चर्चा है। वैदिक साहित्य में 'मघवा' शब्द धनवान दानी के अर्थ में आया है।

ऋग्वेद के विभिन्न मंत्रों में इंद्र से सुंदर और असंख्य गायें, घोड़े व जल देने (1.104.7) तथा दरिद्रता व क्षुधा से मुक्त करने (8.66.14); अश्विनीकुमारों से अन्न, गायें और सोना देने (1.30.17), वरुण से दूसरों के द्वारा उपार्जित धन के उपभोग से मुक्त रखने (माहं राजन्नन्यकृतेन भोजम् 2.28.9) तथा घर को धन-धान्य से पूर्ण करने (3.36.16); दस सुवर्णपिंड, दस हिरण्यपिंड देने (6.47.22, 23); अन्न की दरिद्रता व रोग दूर करने (7.71.2) की प्रार्थनाएँ की गई हैं।

यजुर्वेद में भी हमें धन देने संबंधी अनेक प्रार्थना-मंत्र मिलते हैं, जैसे—'स नो वसून्याभर' (परमात्मा हमें धनों से पूर्ण करे—15.30); 'उभा हि हस्ता वसुना पृणस्वा' (हे प्रभु! हमारे दोनों हाथों को धन से अच्छी तरह भर दो—5.19); 'वयं भगवन्तः स्याम' (सब प्रकार के ऐश्वर्यों से परिपूर्ण हों—34.38), 'वयं स्याम पतयो रयीणाम्' (हम धनों के स्वामी बनें—10.20) इत्यादि। इसी प्रकार अथर्ववेद के तीसरे कांड के बारहवें सूक्त में ऐसे आवास-गृह की कल्पना की गई है, जो बहुत से घोड़ों, गायों, अन्न, घी और दूध से भरा हो।

प्राचीन भारतीय विचारकों ने धर्म, अर्थ, काम और मोक्ष के रूप में जिन चार पुरुषार्थों (जीवन के प्रमुख लक्ष्यों) की कल्पना की थी, उनमें से 'अर्थ' का एक होना प्राचीन भारतीय जीवन में इसके महत्त्वपूर्ण स्थान को साबित करता है। वेदों में हमें ऐसी अनेक प्रार्थनाएँ मिलती हैं, जिनमें देवों से धन, धान्य, स्वर्ण, गाय व घोड़े देने की प्रार्थनाएँ की गई हैं। ये विभिन्न प्रार्थनाएँ इस बात को साबित करने के लिए पर्याप्त हैं कि वैदिक ऋषियों व मनीषियों का दृष्टिकोण किसी भी प्रकार से धन के प्रति उपेक्षा व तिरस्कार का नहीं था। कौटिल्य (1.7) ने तो स्पष्ट कहा है, ''धन बहुत ही महत्त्वपूर्ण है, क्योंकि दान व इच्छाओं की पूर्ति धन पर ही निर्भर करती है।'' महाभारत के शांतिपर्व में तो स्पष्ट रूप से दरिद्रता को पातक कहा गया है (द्ररिद्रं पातकं लोके)। शांतिपर्व के आठवें अध्याय में

अर्जुन ने मनुष्य जीवन के विभिन्न उद्देश्यों की प्राप्ति में धन की भूमिका एवं गरीबी के दुष्प्रभावों को जिस ढंग से समझाया है, धन की महत्ता के संबंध में उससे अधिक अच्छा वर्णन शायद ही हमें कहीं प्राप्त हो। 'नारद स्मृति' में भी स्पष्ट रूप से घोषणा की गई है, "सब प्रकार के कार्य धन पर निर्भर करते हैं, अत: इसे पूरे परिश्रम के साथ अर्जित किया जाना चाहिए।" (धनमूला: क्रिया: सर्वा यत्नस्तस्यार्जने मत:—नारद स्मृति)

इन सब संदर्भों से यह स्पष्ट हो जाता है कि सामान्यत: प्रचलित यह धारणा कतई सत्य नहीं है कि भारतीय हमेशा ही भौतिक समृद्धि से मुँह मोड़े रहते हैं तथा प्राचीन भारतीय व्यक्ति धनार्जन के प्रति उदासीन रहे हैं। इसके विपरीत, वे तो अधिकाधिक अर्जन करने को उत्सुक रहे हैं, अधिकतम उत्पादन के लिए प्रयत्नशील रहे हैं। यही वह दृष्टिकोण है, जिसके कारण देश के उत्पादक-साधनों का कुशलतम उपयोग करके राष्ट्रीय एवं प्रतिव्यक्ति आय के सर्वोच्च स्तर को प्राप्त किया जा सकता है। ऐसा दिखाई देता है कि प्राचीन भारतीय विचारक इस तथ्य के प्रति पूर्णतया जागरूक थे और इसीलिए उन्होंने विभिन्न माध्यमों से समाज के आम व्यक्ति के मन में धनार्जन एवं अधिकतम उत्पादन के विचार को बिठाने का प्रयत्न किया था। इतिहास इस बात का साक्षी है कि इस दृष्टिकोण के परिणामस्वरूप ही प्राचीन भारत ने उत्पादन कार्य को अधिक-से-अधिक गति प्रदान कर काफी बड़ी मात्रा में धनार्जन किया था और इसी कारण वह दुनिया का सबसे समृद्ध देश बन सका था।

उचित मार्ग से धनार्जन

यद्यपि प्राचीन भारतीय विचारकों ने धनार्जन को मनुष्य जीवन की एक महत्त्वपूर्ण गतिविधि माना है, पर इसके साथ ही वे इस तथ्य से भी भली-भाँति अवगत थे कि अर्थ मनुष्य जीवन की एकमात्र गतिविधि नहीं हो सकता और इसे अपने आपमें जीवन का लक्ष्य स्वीकार नहीं किया जा सकता। यदि समस्त मानवीय क्रिया-कलाप केवल और केवल अर्थार्जन की ओर ही प्रवृत्त हो जाएँ और समाज का प्रत्येक व्यक्ति येन-केन-प्रकारेण धनार्जन में ही जुट जाए तो समाज में अराजकता आ जाएगी। इसीलिए भारतीय मनीषियों ने इस बात पर जोर

दिया है कि धनार्जन उचित या न्यायपूर्ण तरीके या धर्ममार्ग (धर्मेण धन:) से ही करें। इसीलिए उन्होंने पुरुषार्थ चतुष्टय की संकल्पना में अर्थ को धर्म की तुलना में दूसरा स्थान देते हुए धर्म के नियंत्रण व निर्देशन में ही आर्थिक गतिविधियाँ चलाने को कहा है। ऋग्वेद (8.95.8) में शुद्धो रयिं नि धारय, यजुर्वेद (7.43) में 'अग्ने नय सुपथा राये' जैसी प्रार्थना करनेवाले अनेक मंत्र मिलते हैं। इसी परंपरा को आगे बढ़ाते हुए मनुस्मृति में 'कर्मभिरगर्हितैः' (अगर्हित कर्मों से) तथा 'सर्वेषामेव शौचानां अर्थशौचं परं स्मृतम्' (सब शुद्धियों में अर्थशुद्धि सर्वोत्कृष्ट), महाभारत में 'धर्मागतं प्राप्यं धनं यजेत्' (धर्म मार्ग से प्राप्त धन की ही आशा करें), 'न्यायागत धनं चैव न्यायेनैव विवर्धितम्' (न्याय मार्ग से धनार्जन करना और न्यायपूर्ण ढंग से ही उसकी वृद्धि करना), स्कंधगुप्त के जूनागढ़ अभिलेख में 'न्यायार्जने अर्थः' (न्यायपूर्ण तरीके से अर्थ का अर्जन) जैसे अनेक मार्गदर्शक सूत्र मिलते हैं। ऐसा लगता है कि महाभारत में धनंजय (अर्जुन) को धर्मराज (युधिष्ठिर) के निर्देशों के अनुसार काम करने को कहकर महाभारतकार ने इसी बात को समझाने का प्रयास किया है। भारतीय मनीषियों ने विभिन्न शास्त्रों में धनार्जन के बारे में जो दिशा-निर्देश दिए हैं उन सबको मिलाकर धनार्जन की एक व्यावहारिक आचार संहिता प्राप्त हो जाती है, इसकी मुख्य बातें इस प्रकार हैं—

1. सभी शास्त्रों में इस बात पर जोर दिया गया है कि व्यक्ति को अपने जीविकोपार्जन के लिए अगर्हित एवं अनिंदनीय (शास्त्रानुकूल तथा देश-काल की वैधानिक, सामाजिक-नैतिक मर्यादाओं के अनुकूल) वृत्ति को ही अपनाना चाहिए। इसका अर्थ है कि प्रत्येक व्यक्ति को जीविकोपार्जन के लिए असत्य, दंभ और मत्सर से मुक्त शुद्ध, उचित एवं नैतिक मार्ग को ही अपनाना चाहिए।

2. व्यक्ति को जीविकोपार्जन के लिए ऐसे माध्यम को ही अपनाना चाहिए जो अन्य प्राणियों को बिल्कुल भी कष्ट न दे अथवा न्यूनतम कष्ट दे (अद्रोहेण भूतानामल्पद्रोहेण वा पुनः (मनुस्मृति 4.2; महाभारत शांति 262.6)।

3. धनार्जन का काम अपने शरीर एवं मन-मस्तिष्क को बहुत अधिक पीड़ा पहुँचाकर नहीं करना चाहिए (अक्लेशेन शरीरस्य कुर्वीत धनसंचयम्—मनु. 4.3)। इसका अर्थ है कि काम का समय एवं स्वरूप ऐसा होना चाहिए जिससे न तो शारीरिक स्वास्थ्य पर बुरा प्रभाव पड़े और न ही मानसिक तनाव उत्पन्न हो।

4. धनार्जन के ऐसे उपायों से भी दूर रहना चाहिए जिससे ज्ञानार्जन एवं स्वाध्याय के काम में बाधा पड़े। (सर्वान् परित्यजेदर्थान्स्वाध्यायस्य विरोधिनः- मनु 4.17)

5. अपनी पारिवारिक, सामाजिक व धार्मिक आवश्यकताओं की पूर्ति के लिए व्यक्ति को अपने स्वयं के प्रयत्न व परिश्रम से ही धनार्जन करने का प्रयास करते रहना चाहिए तथा जहाँ तक संभव हो, उसे अपने निर्वाह के लिए दूसरों पर निर्भर नहीं रहना चाहिए।

धनार्जन की इस नैतिक आचार संहिता के माध्यम से समाज को शोषण, संघर्ष, लूटपाट, धोखाधड़ी, चोरबाजारी, कालाबाजारी, भ्रष्टाचार एवं कालेधन जैसी समस्याओं से बचाया जा सकता है। इस प्रकार प्राचीन भारतीय मनीषियों द्वारा अर्थार्जन के संबंध में दिए गए दिशा-निर्देशों में दोनों बातों की ओर समुचित ध्यान रखा गया है कि जहाँ एक ओर, अर्थार्जन की प्रवृत्ति व प्रेरणा मंद न पड़ने पाए वहाँ दूसरी ओर वह अनियंत्रित व उच्छृंखल बनकर समाज के लिए अभिशाप भी न बन जाए।

न्यायशील वितरण व्यवस्था (धर्माय धनः)

भारतीय मनीषियों ने एक व्यावहारिक न्यायशील वितरण व्यवस्था का बड़ी ही सूक्ष्मता व सफलता से विकास एवं क्रियान्वयन किया था। इस वितरण व्यवस्था के मुख्य पहलू इस प्रकार हैं—

1. समाज के सभी व्यक्तियों को उनके जीवन-निर्वाह के लिए आवश्यक वस्तुएँ व सेवाएँ अवश्य उपलब्ध हों। अर्थात् देश के प्रत्येक व्यक्ति की अनिवार्य आवश्यकताओं की पूर्ति की गारंटी हो। किसी भी कार्य को करने के लिए शरीर का रक्षण व पोषण अनिवार्य आधार है (शरीरमाद्यं खलु धर्मसाधनम्)। इसीलिए जीवन निर्वाह के लिए भोजन, वस्त्र, मकान, शिक्षा व स्वास्थ्य सुविधाओं की चिंता हमारे प्राचीन विचारकों ने बड़ी तत्परता से की है। साथ ही, परिवार के भरण-पोषण से अधिक अनावश्यक संग्रह को भी अच्छा नहीं माना गया है। श्रीमद्भागवत में तो अपनी आवश्यकताओं की पूर्ति से अधिक रखनेवालों को चोर के समान दंडित करने का निर्देश दिया गया है—

'यावद् भ्रियते जठरं तावत् स्वत्वं हि देहिनाम्।
अधिकं योऽभिमन्येत स स्तेनो दण्डमर्हति॥'

—श्रीमद्भागवत

2. समाज के सभी व्यक्तियों की अनिवार्य आवश्यकताओं की पूर्ति हो चुकने के बाद ही समाज के किसी व्यक्ति को आरामदायक एवं विलासिता की वस्तुओं के प्रयोग की इजाजत दी जा सकती है। इससे पहले नहीं। इन आरामदायक एवं विलासिता की वस्तुओं के वितरण में व्यक्ति की व्यक्तिगत एवं व्यावसायिक आवश्यकता, योग्यता, परिश्रम एवं समाज-जीवन में उसके स्थान में अंतर रहने के कारण; किसी सीमा तक अंतर रहना स्वाभाविक है, किंतु यह अंतर अखरनेवाला अंतर नहीं होना चाहिए और हरसंभव तरीके से इस अंतर को कम करने के प्रयास होते रहने चाहिए।

3. अपनी आवश्यकताओं की पूर्ति के बाद बचे हुए आधिक्य के वितरण की प्रक्रिया सतत चलती रहनी चाहिए। पदार्थों का अनावश्यक संचय करते जाने एवं विषमता के बढ़ते जाने को भारतीय चिंतन परंपरा में अच्छा नहीं माना गया है। भारतीय मनीषी अनावश्यक आवश्यकताएँ बढ़ाकर प्रदर्शनकारी एवं विलासी उपभोग-शैली के पक्षपाती नहीं थे और न ही वे उपभोक्तावाद को बढ़ावा देना चाहते थे। वे तो सीमित, संयमित, सदाचारी उपभोग-शैली के ही पक्षधर थे। आज संपूर्ण विश्व में यह महसूस किया जा रहा है कि आज के अनेक आर्थिक संकटों के मूल में भोगवादी जीवन-शैली ही है, अत: इसे बदला जाना चाहिए।

भारतीय चिंतन में इस बात पर विशेष जोर रहा है कि व्यक्ति उपभोग्य पदार्थों का अकेला ही उपभोग न करे, बल्कि समाज के अन्य व्यक्तियों में बाँटकर ही इनका उपभोग करे। इसी में से हमारे यहाँ 'सह-उपभोग' की संकल्पना विकसित हुई थी।

हमारी परंपरा में ऐसे व्यक्ति को निंदनीय एवं घृणास्पद माना गया है, जो भूख से तड़पते हुए गरीब व अभावग्रस्त व्यक्तियों को कुछ न देकर अकेला ही खाता रहता है। ऐसे व्यक्ति को ऋग्वेद (10.117.6) में पापी कहा गया है (केवलाघो भवति केवलादी—ऋग्वेद)। इसी बात का समर्थन हम मनुस्मृति

(3.18) में 'अघं स केवलं भुङ्क्तेयः पचत्यात्मकारणात्', महाभारत के शांतिपर्व (243.5) में 'नात्मार्थं पाचयेदन्नं' तथा गीता (3.12-13) में 'भुञ्जते ते त्वघं पापा ये पचन्त्यात्मकारणात्' के रूप में पाते हैं।

भारतीय परंपरा में गृहस्थ के लिए दो प्रकार का भोजन ही उत्तम बताया गया है—अमृत और विघस। यज्ञ करने पर जो शेष रह जाता है, उसे 'यज्ञ-शेष या अमृत कहा जाता है। इसका अर्थ है कि व्यक्ति को अपनी सब संपत्ति समाज को अर्पित कर देनी चाहिए और इस अर्पित संपत्ति में से जो हिस्सा मिले, उसे ही यज्ञ-प्रसाद मानकर उपभोग करना चाहिए। ईशोपनिषद् में 'तेन त्यक्तेन भुञ्जीथा' इसी भाव को प्रकट करता है। 'विघस' से तात्पर्य परिवार के सब सदस्यों, आश्रितों, अतिथियों, दीन-दुखियों व जीव-जंतुओं को उनका हिस्सा अर्पित करने के बाद जो बचे (भुक्त-शेष), उससे है। इसका स्पष्ट अर्थ है कि भारतीय चिंतकों के अनुसार गृहस्थ को अपने समस्त संसाधनों का अन्य लोगों में बाँटकर ही उपयोग करना चाहिए। 'इष्टापूर्त' (यज्ञ-भाव एवं जनकल्याण के लिए किए जानेवाले विभिन्न कार्य) की संकल्पना भी इसी भाव को प्रकट करती है। इसके अलावा, प्राचीन भारतीय ग्रंथ समाज में समता-समरसता निर्माण करने एवं सर्वकल्याण की भावना से भरे पड़े हैं। हमारे यहाँ अर्जित संपत्ति एवं उपभोग के साधनों को अपने तक ही सीमित न रखकर समाज में वितरित कर देने पर ही जोर रहा है। अथर्ववेद (8.19.37) में स्पष्ट रूप से कहा गया है कि सौ हाथों से अर्जन करो और हजार हाथों से वितरित कर दो (शतहस्त समाहर सहस्रहस्त सं किर)। इसी क्रम में श्रीमद्भागवत (8.19.37) में अर्जित संपत्ति को पाँच भागों में बाँटकर धर्म, यश, अर्थ (निवेश), काम (उपभोग) और स्वजनों में वितरित कर देना चाहिए—

धर्माय यशसेऽर्थाय कामाय स्वजनाय च।
पञ्चधा विभजन्वित्तमिहामुत्र च मोदते॥

हमारी संस्कृति व परंपरा सदैव विशाल दृष्टिकोण एवं सबके कल्याण की पक्षपाती रही है। इसीलिए हमारे यहाँ 'उदारचरितानां तु वसुधैव कुटुम्बकम्', 'सर्वे भवन्तु सुखिनः', 'सर्वेषां च हिते रतः' और 'सर्वभूतहिते रतः' जैसी प्रेरणाएँ एवं कामनाएँ व्यक्त होती रही हैं। इस प्रकार भारत में व्यक्ति की नैतिक, धार्मिक,

मानवीय एवं दैवीय भावनाओं को जगाकर अपनी आवश्यकताओं से अतिरिक्त संपत्ति को समाज हित के लिए समर्पित कर देने की प्रेरणा जगाई जाती है और इसे ही हम वितरण की नैतिक प्रणाली कह सकते हैं। यह प्रणाली ममत्व से समत्व लाने की दिशा में काम करती है।

इस प्रकार प्राचीन भारतीय मनीषियों ने एक सही, संतुलित, न्यायशील एवं विवकेशील वितरण प्रणाली विकसित करने का गंभीर एवं सार्थक प्रयास किया था। उनके अनुसार पोषणक्षम, शोषणरहित, उत्पादन-प्रेरक और जीवन-निर्वाह एवं विकास के लिए समान अवसर प्रदान करनेवाली वितरण व्यवस्था को ही श्रेष्ठ व्यवस्था कहा जा सकता था। आज आवश्यकता इसी बात की है कि प्राचीन भारतीय दिशा-निर्देशों को ध्यान में रखकर समयानुकूल अर्थार्जन एवं वितरण की एक नैतिक व्यवस्था विकसित करने की दिशा में काम किया जाए।

□

पं. दीनदयाल उपाध्याय व एकात्म मानववाद

पं. दीनदयाल उपाध्याय द्वारा प्रतिपादित एकात्म मानववाद का विचार एक ऐसा दर्शन है, जिस पर देश के समस्त विचारकों एवं नीति-निर्माताओं को गंभीरतापूर्वक विचार करना चाहिए। जिन्होंने दीनदयालजी को पढ़ा, देखा या सुना होगा, उनके ध्यान में आया होगा कि वे वास्तव में एक राजनीतिक मनीषी ही थे। भारत को जब स्वतंत्रता मिली तो उन्होंने विचार करना प्रारंभ किया कि इस स्वतंत्रता में 'स्व' कहाँ है। और धीरे-धीरे अपने देश में आजादी के बाद जिस प्रकार का सामाजिक, राजनीतिक व आर्थिकतंत्र चला, तो उन्हें पीड़ा होने लगी। उनका सपना टूट गया, विश्वास बिखर गया। उनको लगा, हम तो अभी भी मानसिक गुलामी के तंत्र को ढोते चले जा रहे हैं। तब शायद वैचारिक क्षेत्र में साहस के साथ ऐसा नया विचार देने की कोई कल्पना भी नहीं कर सकता था। हम अकादमिक क्षेत्र के लोग भी या तो पूँजीवाद पर आधारित विचार को पढ़ाया करते थे या फिर नए-नए साम्यवाद पर आधारित चिंतनधारा को आगे बढ़ाया करते थे। उस समय पर, आज से 45-46 साल पहले 1965 में दीनदयालजी ने उस चुनौती को स्वीकारा और कहा कि राजनीतिक स्वतंत्रता भले ही हमें मिल गई हो, लेकिन देश को अभी भी सामाजिक, आर्थिक और सांस्कृतिक स्वतंत्रता प्राप्त करनी है। इसलिए उन्होंने एकात्म मानववाद के नाम से एक नया दर्शन दिया।

उनका विश्वास था कि भारत की प्रकृति, प्रवृत्ति और संस्कृति को ध्यान में रखकर ही उसके लिए एक वैचारिक-सैद्धांतिक अधिष्ठान (Conceptual

Framework) देना होगा। इस सैद्धांतिक अधिष्ठान के प्रकाश में ही देश का नीतिगत ढाँचा (Policy Framework) बनाना चाहिए। इसी आधार पर देश में भिन्न-भिन्न प्रकार के सिस्टम बनने चाहिए। इसको देने का साहस एकात्म मानववाद के रूप में दीनदयालजी ने उस जमाने में किया था।

दीनदयालजी के एकात्म मानववाद के चार भाषणों के उस छोटे से संकलन को जब हम पढ़ते हैं, तो वस्तुतः उन्होंने बीज रूप में बहुत महत्त्व की बात कही है। एकात्म मानववाद दर्शन का महत्त्व इसलिए भी है, क्योंकि इस विचार की प्रस्तुति करते समय दीनदयालजी ने भारतीय वाङ्मय की पारिभाषिक शब्दावलियों का ही प्रयोग किया है। पश्चिमी अधिष्ठान (Western Paradigm) का प्रयोग उन्होंने नहीं किया। पश्चिमी शब्दावली (Terms and Termology) का प्रयोग भी उन्होंने नहीं किया। भारतीय विचार व दर्शन की अभिव्यक्ति के लिए अगर कोई सशक्त माध्यम हो सकता है तो भारतीय शब्दावली ही हो सकती है। इसलिए उन्होंने उसमें कहा कि अगर भारत को अपने नए तंत्र को खोजना है, भारत को कोई नया सिद्धांत देना है, भारत को वैकल्पिक दर्शन देना है, वैकल्पिक नीतियों के आधार पर कोई नया मॉडल खड़ा करना है, तो वह उसकी 'चिति' के प्रकाश में ही होना चाहिए।

बहुत से विश्वविद्यालयों में मित्रों से चर्चा होती है तो वे पूछते हैं—यह चिति क्या है? तो सबसे पहले तो चिति को ही समझना पड़ेगा। चिति को हम सहज-सरल ढंग से कह सकते हैं, भारत के सांस्कृतिक जीवन-मूल्य और उसके आधार पर परिवर्तन लाना है तो 'विराट्' को जगाना पड़ेगा। इस प्रकार दीनदयालजी ने उस जमाने में साहस करके एक नया विकल्प प्रस्तुत करने का प्रयास किया था। यह हमारा दुर्भाग्य रहा कि इसके कुछ वर्षों बाद ही दीनदयालजी की हत्या हो गई और वे हमारे बीच नहीं रहे। इस विकल्प पर, एकात्म मानवदर्शन पर और गहरा कार्य होना चाहिए था, या फिर उनके माध्यम से हमें हर विषय पर एवं अधिक सुनने और समझने का मौका मिलना चाहिए था, यह देश उससे वंचित हो गया।

अतः आज इस बात की आवश्यकता है कि दीनदयाल उपाध्याय के चिंतन को आगे बढ़ाने का कार्य किया जाए। इतना ही नहीं, बल्कि मौका मिलने पर

उस चिंतन को व्यवहार में क्रियान्वित करने का साहस भी दिखाया जाए। आज ज्ञान और कर्म के बीच जो एक खाई दिखाई देती है, उसे पाटने की आवश्यकता है। दीनदयालजी ने इस विचार-दर्शन को प्रस्तुत करते समय तीन-चार अत्यंत महत्त्व की बातें कहीं। मैं केवल उनका संकेत मात्र ही करूँगा।

उन्होंने कहा कि भारत के सवाल अलग हैं, भारत के साधन-संसाधन अलग हैं, भारत विचित्रताओं और विविधताओं से भरा देश है, इसलिए भारत में कोई भी तंत्र विकसित करते समय केवल पश्चिम की नकल से काम नहीं चलाया जा सकता। उन्होंने इस विषय का बहुत गहराई व विस्तार से विश्लेषण किया। उस जमाने में चलनेवाले भिन्न-भिन्न तंत्रों एवं विचारों का अध्ययन करने के उपरांत दीनदयालजी ने कहा—ये सब आंशिक हैं, खंडित हैं, खंडित (Fragmented) अप्रोच पर आधारित हैं। वे समग्र (Holistic) नहीं हैं, एकात्म (Integral) नहीं हैं। मनुष्य की समस्याएँ कभी आंशिक नहीं होती हैं, वे कभी भी खंडित नहीं होती हैं। मनुष्य तो मनुष्य है। उसकी समस्याएँ एकात्म हैं, समग्र हैं, एक समस्या का दूसरी के साथ गहरा नाता-रिश्ता होता है। व्यष्टि, समष्टि, सृष्टि और परमेष्ठि के बीच का संबंध भी एकात्म और अखंड मंडलाकार है। इसीलिए दीनदयालजी ने उस समय एक समग्र-एकात्म रूपरेखा का प्रस्ताव (Integral Holistic Blue Print) रखा था।

सभी विषयों में आज हम सब अकादमिक दृष्टि से एक नए बदलाव को देख रहे होंगे। आज दुनिया बोल रही है कि समग्र-समन्वित दृष्टिकोण को अपनाना होगा। Inter disciplinary studies होनी चाहिए। इतने वर्षों बाद अकादमिक लोगों ने भी वही और उसी एकात्म दृष्टिकोण की बात करनी शुरू की है, जो उस समय दीनदयालजी ने कही थी।

दीनदयालजी ने दूसरी बात यह कही कि भारत के संबंध में विचार करते हुए हमारा अधिष्ठान क्या होगा, हमको जवाब कहाँ से मिलेगा? जाहिर है, यह तो भारतीय परंपरा में से ही मिलेगा। भारत की संस्कृति के जीवन-मूल्यों के अधिष्ठान पर खड़े होकर ही हम भारत के लिए नए तंत्र और नए सिद्धांत गढ़ सकते हैं, परंतु इस मामले में कुछ लोगों को डर लगता है कि क्या हम अब पिछड़े जमाने की बात करेंगे? आज की विचार गोष्ठी का प्रश्न भी यही

है कि दीनदयालजी के विचारों की आधुनिक युग में कोई प्रासंगिकता है भी या नहीं। दीनदयालजी ने तो शाश्वत बातें कही हैं, पर इसके साथ ही दीनदयालजी ने उस समय भी सावधानी रखी थी और कहा था कि हमको देश-दुनिया में चलनेवाली नए-नए प्रकार की ज्ञानधारा से आँखें बंद करके नहीं चलना चाहिए।

हम बंद अर्थव्यवस्था (Closed door Economy) और बंद व संकीर्ण (Closed door) विचार के पक्षपाती नहीं हैं। उन्होंने कहा कि जो दुनिया में नवीनतम विचार हैं, जो Latest Inventions हो रहे हैं, उनको समझिए-सीखिए, बस एक ही सावधानी की जरूरत है कि उनको देशानुकूल बनाकर ग्रहण करें। अंधी नकल नहीं करनी है। इसलिए दीनदयालजी ने आग्रह किया कि जो बाहर का है, उसे देशानुकूल बनाकर ग्रहण करना है और जो अपना है, पुरातन है, उसे युगानुकूल बनाकर ग्रहण करना है, नहीं तो अनुसंधान की कोई जरूरत ही नहीं रहेगी, नए विचार की जरूरत ही नहीं होगी। अपना पुराना है, उसका भी अंधानुकरण नहीं करना है और जो बाहर का है, उसका भी अंधानुकरण नहीं करना है। अकादमिक जगत् के लिए व विचारवानों के लिए यही वास्तविक चुनौती है।

तीसरी बात, जो दीनदयालजी ने उस समय कही थी कि यह सब करते हुए हमें सृष्टि और प्रकृति के प्रति कैसा दृष्टिकोण रखना है? आज हम कह सकते हैं कि पर्यावरण एवं प्रदूषण की समस्या आ गई है। ये समस्याएँ क्यों आईं? दीनदयालजी ने उस समय भी सचेत किया था कि जब किसी भी तकनीक, टेक्नोलॉजी या Methodology को Adopt करते हैं तो वह प्रकृति के साथ सुसंगत होनी चाहिए। प्रकृति की विरोधी नहीं होनी चाहिए, केवल सुख-सुविधाओं की दौड़ में भोग-लिप्सा प्राप्त करने हेतु इच्छा और आवश्यकताओं को अनावश्यक रूप में बढ़ाकर उसकी पूर्ति हेतु उत्पादन करते जाने का संकट तो झेलना ही पड़ेगा। दीनदयालजी की भविष्यवाणी आज सत्य सिद्ध हो रही है। जिस प्रकार की तकनीक व टेक्नोलॉजी और जिस प्रकार की उत्पादन संरचना दुनिया में चली है, उससे प्रदूषण की समस्या खड़ी हो गई है, पर्यावरण की समस्या खड़ी हो गई है। इसलिए इन सब बातों पर विचार करते समय प्रकृति के साथ सुसंगत टेक्नोलॉजी बने, यह टेक्नोक्रेट्स के सामने

चुनौती है, यह दीनदयालजी ने उसी समय बता दिया था।

चौथी बात दीनदयालजी ने कही थी कि हमें कुल मिलाकर अपने विकास का पथ निर्धारित करते समय देश का जो आखिरी आदमी खड़ा है, पंक्ति में जो सबसे अंत में खड़ा है, उसके कल्याण की दृष्टि से सोचना चाहिए। कोई नीति सही है या गलत है, उचित है या अनुचित है, समाज का उससे भला होनेवाला है या नहीं, उसका Test क्या है, उसकी कसौटी क्या है ? उस नीति के द्वारा, उस कार्यक्रम के द्वारा उस अंतिम आदमी को कोई लाभ हो रहा या नहीं हो रहा, यही उस नीति की सही-सच्ची कसौटी है। समाज के एक छोटे से हिस्से की सुख-सुविधाओं के बढ़ते जाने को समाज का विकास नहीं कहा जा सकता। इनसे समाज का कल्याण नहीं होनेवाला। यदि सर्वकल्याणकारी रचना देनी है, सर्वमंगलकारी रचना देनी है, तो हमारी तमाम नीतियों और कार्यक्रमों का उद्देश्य होना चाहिए कि उस आखिरी व्यक्ति के सुख को, उसकी पीड़ा को समझकर, उसके दु:ख और दैन्य को समझकर उसको दूर करने का प्रयत्न जिस नीति के द्वारा होगा, वही विकास-पथ सही है, ऐसा दीनदयालजी ने उस जमाने में कहा था। यही दीनदयालजी का अन्त्योदय का सिद्धांत था।

उन्होंने सरल रूप में तीन बातें कही थीं। आप विकास-पथ बनाते समय विचार कर लीजिए, हर पेट को रोटी मिल जाए अर्थात् मनुष्य की जो अनिवार्य आवश्यकताएँ रहती हैं, देश और समाज में रहनेवाले हर व्यक्ति की इन अनिवार्य आवश्यकताओं की पूर्ति की गारंटी अपनी विकास नीति को देनी चाहिए। दूसरा दीनदयालजी ने कहा था कि हर खेत को पानी मिले, क्योंकि भारत कृषि-प्रधान देश है, भारत की प्रगति और उन्नति किसान और खेती द्वारा ही होगी। इसलिए हर खेत को पानी मिलना चाहिए और तीसरी बात जो उन्होंने कही थी कि हर हाथ को काम मिले। आज सारी दुनिया जो झेल रही है, वह बेरोजगारी का संकट है। अमेरिका भी चिल्ला रहा है कि बेरोजगारी है। यूरोप भी चिल्ला रहा है और भारत तो इतना बड़ा देश है कि यहाँ तो बेराजगारी होगी ही। इसलिए प्रत्येक के लिए समुचित रोजगार की व्यवस्था होनी ही चाहिए। इस प्रकार नीति ऐसी होनी चाहिए, जिससे हर हाथ को काम, हर पेट को रोटी, हर खेत को पानी मिले। यह सब काम करनेवाला जो तंत्र होगा, जो विचार

होगा, उसी से देश का कल्याण होगा। ऐसा एकात्म मानव दर्शन का विचार दीनदयालजी ने हमारे सामने देने का प्रयत्न किया था।

आज आवश्यकता इस बात की भी है कि एकात्म मानववाद का दुनिया में चल रही विचारधाराओं एवं सिद्धांतों के साथ तुलनात्मक अध्ययन भी होना चाहिए।

□

विकास की सुदर्शन-संकल्पना

माननीय श्री सुदर्शनजी संघ के विभिन्न बौद्धिक वर्गों, प्रवचन-सत्रों, परिसंवादों, वार्त्ताओं, प्रश्नोत्तर सत्रों एवं विभिन्न संगठनों/संस्थाओं द्वारा आयोजित कार्यक्रमों में व्याख्यानों के माध्यम से विकास की वर्तमान दृष्टि एवं दिशा तथा विकास की भारतीय संकल्पना के बारे में समय-समय पर महत्त्वपूर्ण विचार व्यक्त करते रहे हैं। उनके द्वारा प्रकट किए जाते रहे इन विचारों के विभिन्न सूत्रों को जोड़कर उनकी विकास-संकल्पना को संक्षेप में प्रस्तुत करने का प्रयास इस लेख में किया जा रहा है। सुदर्शनजी ने इस विषय के बारे में जहाँ सैद्धांतिक विवेचन प्रस्तुत किया, वहाँ देश में यत्र-तत्र बिखरी पड़ी पुरातन-परंपरागत टेक्नोलॉजी एवं देशभर में चल रहे विकास के विभिन्न मूलवर्ती प्रकल्पों-प्रयोगों का गंभीर अध्ययन विवेचन-विश्लेषण कर उनको समयोचित योग्य मार्गदर्शन दिया और उन्हें सब प्रकार से संरक्षण, समर्थन एवं प्रोत्साहन भी प्रदान किया। इस प्रकार सुदर्शनजी की विकास-संकल्पना में हम सिद्धांत एवं व्यवहार का अद्भुत समन्वय पाते हैं।

सुदर्शनजी का पक्का विश्वास था कि वर्तमान पश्चिमी विकास-दर्शन एवं विकास-पथ समस्याओं का समाधान प्रस्तुत करने की बजाय इन समस्याओं को और अधिक उलझा रहा है और नित नई समस्याएँ खड़ी कर रहा है। अत: सबसे पहले इस आत्मघाती विकास के दुश्चक्र से बाहर आने का साहस करना होगा तथा इसके साथ ही भारतीय चिंतन एवं भारतीय जीवन-शैली के आधार पर समयानुकूल नया विकास दर्शन एवं नया विकास-पथ अपनाने की दिशा में भी आगे बढ़ना होगा। इस दृष्टि से सुदर्शनजी ने पश्चिमी विकास दर्शन और

भारतीय विकास दर्शन का जो तुलनात्मक विवेचन प्रस्तुत किया है, उसके मुख्य दिशा-सूत्र इस प्रकार हैं—

1. पश्चिम का समूचा विकास चिंतन कार्टेजियन-न्यूटोनियन दर्शन पर आधारित खंडित यांत्रिक विश्व-दृष्टि की उपज है। इस विश्व-दृष्टि में पदार्थ को ही सब प्रकार के अस्तित्व का आधार माना जाता है और भौतिक जगत् को अलग-अलग हिस्सों को जोड़कर बनाई गई मशीन के समान माना जाता है। यही कारण है कि इस चिंतन में व्यष्टि एवं समष्टि को एक-दूसरे से पूर्णतया अलग-थलग इकाई मानकर इनके बीच संकेंद्री संबंध माना है, परिणामस्वरूप व्यक्ति समाज के सुख-दुःख के प्रति संवेदनाशून्य हो जाता है। इसके विपरीत भारतीय चिंतन ने सर्वंकश एकात्म विश्व-दृष्टि को स्वीकार किया है और व्यष्टि, समष्टि व सृष्टि के बीच सावयवी-अंगांगी अखंड मंडलाकार संबंध माना है। परिणामस्वरूप समाज की विभिन्न इकाइयों के बीच संवेदनशील, सहभागी, एकरसता एवं एकलयता बनाए रखते हुए समस्त सामाजिक-आर्थिक रचना की जाती है। इसी क्रम में सुदर्शनजी आग्रहपूर्वक यह प्रतिपादन करते थे कि आर्थिक मनुष्य के स्थान पर शरीर, मन, बुद्धि, आत्मा के समुच्चय के रूप में 'एकात्म मानव' की अवधारणा ही हमारी भावी आर्थिक-सामाजिक संरचना का आधार बननी चाहिए।
2. डार्विन के विकासवाद के सिद्धांत से प्रभावित होकर पश्चिमी विचारकों ने अर्थव्यवस्था में भी 'सर्वोत्तम का अस्तित्व' के सिद्धांत को ही स्वीकार किया है। इस सिद्धांत के अनुसार प्रतियोगिता एवं संघर्ष के दौरान वही अपना अस्तित्व बनाए एवं बचाए रख सकता है, जो दूसरों की तुलना में स्वयं को आर्थिक दृष्टि से अधिक सशक्त एवं उत्तम सिद्ध कर पाता है। परिणामस्वरूप आर्थिक दृष्टि से कमजोर व अशक्त अपने आप ही नष्ट होता चला जाता है। इसके विपरीत सुदर्शनजी तो उस भारतीय चिंतन एवं व्यवस्था के प्रबल समर्थक थे, जिसमें निम्नतम के ससम्मान उत्थान के पूर्ण अवसर उपलब्ध हों। इस अर्थ में वे गांधीजी एवं दीनदयालजी की अंत्योदय की संकल्पना को साकार होते देखना चाहते थे।

3. सुदर्शनजी प्रकृति को दासी मानकर अपनी सुख-सुविधा के लिए उसका अमर्यादित उपभोग व शोषण करने के दृष्टिकोण के सख्त खिलाफ थे। उनके अनुसार, इस प्रकार के चिंतन एवं व्यवहार के कारण ही आज संसार प्रदूषण एवं पर्यावरण ह्रास की समस्या से जूझ रहा है। अत: वे प्रकृति के प्रति सहअस्तित्व, सामंजस्य और सौहार्द के साथ दैवी-मातृत्वभावयुक्त सम्मान दृष्टि के विचार एवं व्यवहार में पूर्ण विश्वास करते थे। इसीलिए वे प्रदूषणमुक्त पर्यावरण-प्रेमी तकनीक-टेक्नोलॉजी एवं उत्पादन-तंत्र अपनाने पर जोर देते थे। इसके साथ ही वे कम ऊर्जा की खपत करनेवाली टेक्नोलॉजी के भी पक्षपाती थे। इसी क्रम में उन्होंने लोहा गलानेवाली परंपरागत देसी भट्ठियों को खोज निकाला था।
4. सुदर्शनजी का मानना था कि अर्थ-काम केंद्रित भोगवादी जीवन-शैली ही आज के अनेकविध संकटों का मूल कारण है। अत: हमें धर्म, अर्थ, काम, मोक्ष के पुरुषार्थ चतुष्टय के आधार पर ही अपना विकास प्रारूप एवं अर्थव्यवहार सुनिश्चित करना होगा। केवल अर्थ और काम की उपासना करना आसुरी जीवन है और इसी कारण से तो आज समूची दुनिया उपभोक्तावाद की समस्या से पीड़ित है। अत: हमारे मनीषियों ने अर्थार्जन के समस्त क्रिया-कलापों एवं उपभोग कार्यों को धर्म की मर्यादा के अनुसार चलाने पर जोर दिया था। इसीलिए सुदर्शनजी फिजूलखर्ची एवं अत्यधिक उपभोग के स्थान पर सीमित, संयमित, सदाचारी उपभोग शैली व जीवन-शैली अपनाने पर जोर देते थे। 'तेन त्यक्तेन भुञ्जीथा:' के आदर्श को जीवन में अपनाना होगा। वे स्वयं भी जीवन में इसका पालन करते थे। वे भोजन करते समय उतना ही पानी लेते थे, जितना पिया जा सके और अन्यों से भी ऐसा ही करने का आग्रह करते थे।
5. सुदर्शनजी अकसर कहा करते थे कि यदि भारत में गरीबी, विषमता एवं बेरोजगारी जैसी समस्याओं से छुटकारा पाना है तो इसके लिए हमें स्वदेशी, स्वावलंबी, विकेंद्रित अर्थतंत्र की रचना करनी होगी। अधिक ऊर्जा की खपत पर आश्रित एवं स्वचालित बड़ी-बड़ी मशीनोंवाले कारखाने भारत के लिए उपयुक्त नहीं हो सकते। हमें अपने देश की

आवश्यकता एवं संसाधनों को ध्यान में रखकर ग्रामीण क्षेत्र एवं नगरीय क्षेत्र के लिए अलग-अलग प्रकार की समयानुकूल व्यावहारिक योजनाएँ बनानी होंगी। ग्रामीण क्षेत्र में दस-पंद्रह गाँवों को मिलाकर ग्राम-संकुल आधारित कार्य-योजना पर काम करना होगा। इस दृष्टि से गाँव के समग्र विकास पर ध्यान देना होगा। इसके लिए गाँवों में संस्कारयुक्त समाजोपयोगी शिक्षा, सब प्रकार के भेदभावों को दूर कर समरसता, सामाजिक स्वास्थ्य, ग्राम सुरक्षा तथा समृद्धि-स्वावलंबन जैसे सभी पहलुओं पर एक साथ ध्यान देना होगा। सिंचाई, परंपरागत जल-स्रोतों के संरक्षण, जैविक-परंपरागत-प्राकृतिक खेती की पद्धति, देसी बीजों एवं पशुओं की देसी नस्लों के संरक्षण, पंचगव्य के उत्पादों में वृद्धि, जैव विविधता के संरक्षण व सदुपयोग, बायो-गैस, बायो-ऊर्जा जैसे कार्यों को तेजी से आगे बढ़ाने के ठोस उपाय करने होंगे। देश में प्रदूषणमुक्त उपयुक्त टेक्नोलॉजी पर आधारित उत्पादन-कुशल कुटीर व लघु उद्योगों की श्रृंखला को बल प्रदान करना होगा। कृषि एवं लघु उद्योगों की आवश्यकताओं को पूरा करने एवं अंतरराष्ट्रीय बाजार में भारत की क्षमता में वृद्धि करने की दृष्टि से देश में बड़े उद्योगों के विकास के बारे में भी सोचना होगा। छोटे-छोटे शिल्पकारों एवं अन्य कौशल के जानकार व्यक्तियों की क्षमता-प्रतिभा का पूर्ण उपयोग करते हुए देश के दस्तकारी उद्योगों का नए सिरे से पुनर्गठन किया जाना चाहिए। कुल मिलाकर हमें जल, जमीन, जंगल, जीव और जन के बीच समुचित संतुलन बनाते हुए अपनी रचना-योजना बनानी होगी।

6. श्री सुदर्शनजी बाजार-नियंत्रित विकास एवं सत्ता-नियंत्रित विकास, दोनों के ही पक्षधर नहीं थे। उनकी दृष्टि में बाजार और सत्ता की भूमिका तो अवश्य है, पर इन्हें शोषक व निरंकुश बनने से बचाए रखने के उपाय करना आवश्यक है। अत: वे समाज-केंद्रित विकास की राह बनाना चाहते थे और इसके लिए समाज को सुदृढ, संगठित एवं जाग्रत् करने पर जोर देते थे। उनका सपना ऐसा विकास था, जिसमें आम आदमी की साझेदारी और भागीदारी हो। इसीलिए वे 'सब समाज को लिये साथ में आगे ही बढ़ना होगा' इस गीत की पंक्तियाँ अकसर दोहराया करते थे।

प्रसिद्ध विद्वान् कापरा विकास की नई संकल्पना एवं नई राह बनाने की दिशा में सुदर्शनजी के विचारों के काफी नजदीक जान पड़ते हैं, जब वे कहते हैं, ''पश्चिमी देशों के विचारकों एवं विद्वानों ने अभी तक अंतर्ज्ञान के स्थान पर विज्ञान, सहयोग की बजाय प्रतिस्पर्धा, संरक्षण के स्थान पर प्राकृतिक साधनों व स्रोतों का शोषण करने का समर्थन किया है।...और अन्यान्य कारणों के साथ-साथ इन तत्त्वों ने गंभीर सांस्कृतिक असंतुलन पैदा कर दिया है। वर्तमान मानवीय सभ्यता के सम्मुख उपस्थित संकट का कारण यही है, क्योंकि इसने हमारे विचारों और भावनाओं, मूल्यों और दृष्टिकोणों तथा सामाजिक एवं राजनीतिक संरचनाओं में असंतुलन की सृष्टि कर दी है।'' सुदर्शनजी का मानना था कि अब समय आ गया है, जब आत्मविनाशी विकास के स्थान पर विश्व के सामने समग्र सामाजिक सुख आधारित विकास का एक अविनाशी हिंदू एजेंडा प्रस्तुत किया जाए। इसमें संग्रह की बजाय त्याग, स्वार्थ की बजाय सेवा, शोषण की बजाय पोषण, प्रतिस्पर्धा व संघर्ष की बजाय सहयोग, सहजीवन के स्थान पर परस्परावलंबन, घृणा की बजाय स्नेह, संपत्ति-संसाधनों पर पूर्ण निजी या सरकारी स्वामित्व की बजाय ईश्वर स्वामित्व व ट्रस्टीशिप की भावना का पुट हो। इस संदर्भ में स्वामी विवेकानंद, श्रीअरविंद, महात्मा गांधी, श्री माधवराव सदाशिवराव गोलवलकर (उपाख्य श्रीगुरुजी) और श्री दीनदयाल उपाध्याय जैसे चिंतकों के विचारों के प्रकाश में सबकी मूलभूत आवश्यकताओं की पूर्ति की गारंटी, सबको समग्र स्वास्थ्य, सबको संस्कारक्षम शिक्षा के समान अवसर और सबको रोजगार देनेवाले विकास प्रारूप पर काम करना होगा। यह केवल भारत ही नहीं, समस्त विश्व के सार्वजनीन मंगल का मार्ग प्रस्तुत कर सकेगा।

□

सहकार-केंद्रित विकास प्रतिमान (आज की आवश्यकता)

वर्तमान परिदृश्य

औद्योगिक क्रांति का प्रारंभ पूँजीवाद के साथ हुआ और इसी में से अहस्तक्षेप की नीति अथवा स्वतंत्र बाजार अर्थव्यवस्था का जन्म हुआ। इस अहस्तक्षेप की नीति का मानना है कि बाजार में स्वतंत्र एवं पूर्ण प्रतियोगिता की प्रणाली के द्वारा ही अधिकतम सामाजिक कल्याण प्राप्त किया जा सकता है। किंतु अनुभवों ने यह सिद्ध कर दिया है कि यह नीति शोषण का दर्शन बनकर रह गई और 1929–32 की महामंदी ने तो इसे नकारा ही साबित कर दिया। इसके विपरीत, मार्क्स के दर्शन पर आधारित साम्यवादी प्रणाली ने बाजार शक्तियों और अर्थव्यवस्था पर केंद्रीय सत्ता के पूर्ण नियंत्रण की वकालत की। साम्यवादी जगत् के अनुभव इस बात के साक्षी हैं कि इस प्रणाली ने प्रेरणा और पहल की समस्याएँ उत्पन्न कर दी। यह प्रणाली भी सोवियत संघ और इसके सहयोगी राज्यों के पतन के साथ शीघ्र ही समाप्त प्राय: हो गई। आज का चीन पूर्णतया साम्यवादी प्रणाली का अनुसरण नहीं कर रहा है। बल्कि यह तो बाजार अर्थव्यवस्था के काफी निकट आ गया है। अत: आज तो विभिन्न रूपों एवं प्रकारों में पूँजीवाद ही चल रहा है, किंतु हर क्षण वह अनेक कठिनाइयों व समस्याओं से ग्रस्त भी होता जा रहा है।

अमेरिका, पश्चिमी यूरोप एवं अरब देशों के वर्तमान घटनाक्रम यह दरशाते हैं कि भौतिक वस्तुओं के उत्पादन व उपभोग की सतत वृद्धि पर आधारित आज का आर्थिक मॉडल अस्थिर एवं खोखला है। अमेरिका और पश्चिमी यूरोपीय देश लगातार भयंकर बेरोजगारी से ग्रस्त होते जा रहे हैं और यहाँ बेरोजगारी

की दर अपने कार्यबल के 10 प्रतिशत से भी अधिक हो गई है। स्पेन, पुर्तगाल और इटली जैसे दक्षिणी यूरोपीय देशों ने यूरोपीय अर्थव्यवस्था की स्थिरता के लिए ही संकट पैदा कर दिया है। ग्रीस (यूनान) की अर्थव्यवस्था को बचाने के लिए यूरोपीय यूनियन ने राहत पैकेज दिया है, किंतु इसके कारण स्वयं यूरोप के भविष्य पर ही प्रश्न चिह्न लग गया है।

वर्ष 2008 में अमेरिका से प्रारंभ हुआ वैश्विक वित्तीय संकट अब भारत समेत समूचे विश्व में फैल गया है। इस वैश्विक आर्थिक मंदी ने स्वतंत्र एवं अनियंत्रित बाजारों वाले उन्मुक्त पूँजीवादी दर्शन के खोखलेपन को जगजाहिर कर दिया है। विश्व बेतुकी असमानता की ओर बढ़ता जा रहा है। संसार की लगभग आधी आबादी—तीन अरब से अधिक लोग 2 डालर प्रतिदिन से कम पर गुजारा करते हैं, जबकि 1.3 अरब लोगों को प्रतिदिन 1 डालर से भी कम ही मिल पाता है। कम-से-कम 80 प्रतिशत जनसंख्या प्रतिदिन 10 डालर से भी कम पर गुजारा करती है। विश्व की 80 प्रतिशत से अधिक जनसंख्या उन देशों में रहती है, जहाँ आय की विषमताएँ लगातार बढ़ती जा रही हैं।

अभी हाल ही में अमेरिका में वॉल स्ट्रीट पर कब्जा करो (Occupy Wall Street- OWS) आंदोलन प्रारंभ हुआ है। इस आंदोलन का जन्म अमेरिका की आय की असमानताओं में से हुआ है, जहाँ 1 प्रतिशत जनसंख्या देश की 40 प्रतिशत परिसंपत्तियों को नियंत्रित करती है और 20 प्रतिशत आय प्राप्त करती है। इस बारे में जोसेफ स्टिगलिट्ज (नोबेल पुरस्कार विजेता) ने कहा कि "The rise in inequality is the product of a vicious spiral : the rich rent- seekers use their wealth to shape legislation in order to protect and increase their wealth and their influence" (असमानता में वृद्धि एक विषम चक्र का परिणाम है : किराए की कमाई वाले समृद्ध लोग अपने धन का उपयोग, अपने धन और प्रभाव की रक्षा और वृद्धि करने की दृष्टि से कानून बनवाने में करते हैं।) इस आंदोलन के आंदोलनकारी कॉर्पोरेट लालच और असमानता के विरोध में आंदोलन कर रहे हैं। अमेरिका की वर्तमान राजनीतिक-आर्थिक प्रणाली का वर्णन करते हुए स्टिगलिट्ज कहते हैं कि यह 1 प्रतिशत की, 1 प्रतिशत द्वारा और 1 प्रतिशत के लिए चलाई जा रही है। इस

प्रकार यह अन्याय और असमानता के सिद्धांत पर टिकी और चल रही प्रणाली है।

अमेरिका की 'The Financial crisis inquiry report' ने बताया है कि अमेरिका में इस वित्तीय संकट के परिणामस्वरूप 2.6 करोड़ से अधिक लोग काम से बाहर हो गए हैं। लगभग 40 लाख परिवारों को प्रतिबंध के कारण अपने घरों से वंचित होना पड़ा है और 45 लाख परिवार प्रतिबंध प्रक्रिया के शिकार हो चुके हैं। मकानों की संपदा में लगभग 11 खरब डालर समाप्त हो गए हैं और इसके साथ ही सेवानिवृत्ति खाते और जीवन भर की बचतें भी हाथ से फिसल गई हैं। इस रिर्पोट में यह भी बताया गया है कि अत्याधिक उधार, जोखिम भरे निवेश और पारदर्शिता के अभाव ने मिलकर वित्तीय प्रणाली को संकट के गड्ढे में डाल दिया। जवाबदेही एवं नैतिकता का क्रमशः ह्रास होता चला गया। रिपोर्ट स्पष्ट रूप से यह भी मानती है कि हमने जो कुछ चलने दिया, हमें उसकी जिम्मेदारी भी स्वीकार करनी चाहिए। सामूहिक रूप से, किंतु निश्चित ही हमने एक ऐसी प्रणाली, नीतियों व कार्य-योजना को अपनाया, जिसने वर्तमान संकट को जन्म दिया।

इसके अलावा हमने यह भी देखा है कि पिछले सौ वर्षों के दौरान विकास की अवधारणा एक सर्वाधिक चर्चित विषय रहा है। इस कालावधि ने विकास संघर्ष के अनेक चरणों और विभिन्न प्रमुख विद्वानों व विशेषज्ञ-समूहों द्वारा समय-समय पर प्रस्तुत विभिन्न दृष्टिकोणों एवं विकास प्रतिमान के स्वरूपों को देखा है। अब हमारे पास विभिन्न दृष्टिकोणों, नीतियों, प्रणालियों एवं विकास मॉडलों के अनुभवों की एक लंबी शृंखला है, किंतु ये सब मानव समस्याओं के समाधान में अपार्याप्त साबित हो रहे हैं। समस्याओं के समाधान की बजाय वर्तमान विकास-मॉडल तो नित नई समस्याओं का निर्माण कर रहे हैं और उन्हें बढ़ा रहे हैं, अत: वे अब असंगत एवं अप्रासांगिक होते जा रहे हैं। इस प्रकार, आज हम यह पाते हैं कि समूचा संसार विकास के प्रयासों के मामले में चौराहे पर खड़ा है और संसार के सब विचारवान लोग एक नए दृष्टिकोण तथा विकास के एक नए प्रतिमान की तलाश में हैं। अत: एक वैकल्पिक विकास-मॉडल के बारे में संवाद प्रारंभ करने का यह सर्वाधिक उपयुक्त समय है।

प्रतियोगिता एवं जी.डी.पी.-केंद्रित विकास-मॉडल एवं इसकी विसंगतियाँ (Competition and GDP - Centric Development Model and Its Inconsistencies)

उत्पादन के साधनों पर स्वामित्व के विषय को छोड़कर पूँजीवादी और साम्यवादी दोनों ही प्रणलियों में मनुष्य एवं विकास की संकल्पनाओं, जीवन के उद्देश्य, उत्पादन की तकनीक व तकनालॉजी, विकास के कारक आदि अनेक विषयों को लेकर काफी कुछ समानताएँ हैं। अतः इन दोनों ही प्रणालियों के अंतर्गत चलने वाले विकास-मॉडलों को हम विकास एवं जी.डी.पी. केंद्रित-विकास मॉडल के रूप में एक ही नाम दे सकते हैं। वर्तमान में भारत सहित विश्व के सभी देशों में यही विकास-मॉडल चल रहा हैं। अतः किसी नए विकास प्रतिमान की चर्चा करने से पहले इसका मूल्यांकन कर लेना उचित होगा।

मुख्य विशेषताएँ (Main Features)

यह मॉडल कॉर्टिजियन-न्यूटोनियन दर्शन पर आधारित खंडित यांत्रिक विश्व दृष्टि में से उपजा है, जो संचय, लूट, साम्राज्यवाद और शोषण की अंधी दौड़ का मुख्य कारण है। इसके अलावा यह प्रतियोगिता और संघर्ष को संतुलन व प्रगति का आधार मानता है तथा प्रकृति को मनुष्य की दासी के रूप में स्वीकार करता है। यह मॉडल विकास को प्रति व्यक्ति वास्तविक जी.डी.पी. में वृद्धि के रूप में परिभाषित करता है। किंतु जी.डी.पी. का माप स्वयं में अधूरा, अपर्याप्त एवं दोषपूर्ण है। इसमें वस्तुओं एवं सेवाओं का ज्यादा-से-ज्यादा उपभोग कर अपने रहन-सहन के स्तर में वृद्धि को ही जीवन का लक्ष्य माना गया है। यह अर्थ-काम केंद्रित चिंतन है और इस दृष्टिकोण के कारण आज समूची दुनिया उपभोक्तावाद की समस्या से पीड़ित है। इसके अलावा, यह उपभोग की सतत वर्तमान आकांक्षा व लालसा को पूरा करने के लिए उत्पादन वृद्धि पर जोर देता है। उत्पादन वृद्धि के लिए दो प्रकार के कार्य किए जाते हैं—

(अ) प्राकृतिक साधनों का भरपूर शोषण (आ) मशीन चालित ऊर्जा-भक्षी तकनालॉजी पर आधारित बड़े-बड़े उद्योगों वाले उत्पादन-तंत्र का निर्माण। इसके परिणामस्वरूप पर्यावरण ह्रास, गरीबी, असमानता, बेरोजगारी और ऊर्जा संकट

जैसी समस्याएँ उत्पन्न हो गई हैं। इस मॉडल में पूँजी-निवेश को विकास का प्रधान प्रेरक-कारक माना गया है और सामाजिक-सांस्कृतिक-मानवीय कारकों को स्थिर माना गया है। इससे कई देश विकास के चक्कर में कर्ज-जाल में फँस गए हैं। इस तकनीकी-आर्थिक चिंतन की सबसे बड़ी कमी यह है कि यह सीमित साधनों से असीमित प्रगति कर लेना चाहता है।

विकास की ललक में इस विकास-मॉडल की राह पर चलने वाले देशों ने न केवल अपने लिए ही बल्कि समूचे प्राणि जगत् के लिए भी अस्तित्व का संकट खड़ा कर दिया है। जल प्रदूषण, वायु प्रदूषण एवं मृदा प्रदूषण के कारण हमारे चारों ओर प्रदूषित वातावरण का घेरा गहरा होता जा रहा है। पर्यावरण ह्रास, प्रदूषण स्तर में वृद्धि, वैश्विक तपन व जलवायु परिवर्तन जैसी घटनाओं के कारण संपूर्ण पृथ्वी का अस्तित्व ही संकट में पड़ता जा रहा है। नैतिक, सांस्कृतिक एवं मानवीय मूल्यों में गिरावट तथा पारिवारिक एवं सामुदायिक जीवन के ह्रास ने स्थिति को और अधिक खराब बना दिया है। इतना ही नहीं, इसके परिणामस्वरूप भाव व भावनाएँ, मानवीय संबंध और संवेदनाएँ भी प्रदूषित होती जा रही हैं। किसी भी दृष्टि से इसे मनुष्य को सुख-शांति देने वाला विकास नहीं कहा जा सकता। अपने उत्पादन व उपभोग के स्तर को बनाए रखने के लिए विश्व जनसंख्या के 20 प्रतिशत भाग वाले संपन्न देशों के पास कुल भौगोलिक क्षेत्र का 50 प्रतिशत भाग है और ये विश्व के कुल संसाधनों के 80 प्रतिशत भाग का तथा 60 प्रतिशत ऊर्जा का उपभोग करते हैं एवं विश्व की कुल आय में इनका 83 प्रतिशत हिस्सा है। इसके अलावा, ये संपन्न देश ग्रीन हाउस गैसों के रूप में 80 प्रतिशत क्लोरो-फ्लोरो कार्बन पर्यावरण में फेंकते हैं। अतः वर्तमान विकास-मॉडल न व्यवहार्य है और न ही धारणक्षम (टिकाऊ)। मानव विकास रिपोर्ट, 1996 ने वर्तमान विकास-मॉडल की कमियों व कमजोरियों का वर्णन करते हुए इसे रोजगार विहीन विकास, निष्ठुर विकास, मूक विकास, जड़हीन विकास और भविष्यहीन विकास करार दिया है। इसके अलावा, मनुष्य के नैतिक एवं मानवीय मूल्यों में हो रही सतत गिरावट, पारिवारिक व सामाजिक विघटन के कारण हम इस विकास को संस्कारहीन विकास भी कह सकते हैं।

वर्तमान विकास-मॉडल शोषणकारी है। इसने हर स्तर पर एक इकाई द्वारा दूसरी इकाई के शोषण की प्रक्रिया को जन्म दिया है। यह किसी दूसरे की असह्यता व कमजोरी का फायदा उठाकर अपनी प्रगति कर लेने के दृष्टिकोण पर आधारित है। आर्थिक संपन्नता एवं नई तकनालॉजी को मानवीय एवं नैतिक दिशा न मिल पाने के कारण ही आज के संपन्न देशों व समाजों में सामाजिक-मनोवैज्ञानिक संकट पैदा हो रहे हैं। विकसित देशों में विवाह संबंधों में बढ़ती टूटन के कारण पारिवारिक बिखराव की प्रक्रिया तेज हो रही है। अर्थशास्त्र व अर्थचिंतन का अमानवीयकरण होना प्रारंभ हो गया है। प्रो. अमर्त्यसेन के अनुसार अर्थशास्त्र के इंजीनियरिंग पहलू (आबंटन कुशलता) की उसके नैतिक पहलू (सामाजिक दायित्व) पर अधिमान दिया जाने लगा है। इससे विकास की समूची राह ही विपरित दिशा में चल पड़ी है। इस दृष्टि से फ्रिट्जोफ कापरा का यह कथन ध्यान देने योग्य है कि असीमित भौतिक उपभोग, अतिरेकी प्रतियोगिता और मात्रा की तुलना में गुणवत्ता में कमी पर आधारित अर्थव्यवस्था दीर्घकाल में वहनीय नहीं हो सकती एवं इसका देर-सवेर समाप्त हो जाना निश्चित ही है। अत: वर्तमान विकास-मॉडल को छोड़कर जीवन के सहकारी मूल्यों पर आधारित किसी नए मॉडल को विकसित कर लेने का यह उपयुक्त समय है।

सहकार केंद्रित विकास-मॉडल (Cooperation-centric Development Model)

प्रारंभ में ही मैं यह स्पष्ट कर देना चाहता हूँ कि यहाँ सहकार शब्द का प्रयोग एक संकल्पना, एक दर्शन, एक दृष्टिकोण, एक प्रणाली, एक भाव, एक मानस, एक तंत्र, एक संरचना और एक संस्था आदि अनेक अर्थों में किया गया है। यद्यपि सहकारी समितियाँ एवं सहकारी संस्थाएँ इस नई संरचना में महत्त्वपूर्ण स्थान रखती हैं, किंतु मैंने विकास के इस नए प्रतिमान में सहकार के बारे में एक बड़ा व्यापक एवं बहुआयामी दृष्टिकोण अपनाया है। सहकारी आंदोलन व्यवसाय करने और सुखी जीवन जीने का एक अधिक अच्छा मार्ग प्रशस्त करता है। यह व्यक्तियों, परिवारों एवं समुदायों के जीवन पर महत्त्वपूर्ण प्रभाव रखता

है। यह मूल्य-आधारित ऐसा व्यावसायिक मॉडल प्रस्तुत करता है, जो आज के संसार की समस्याओं को दीर्घकालीन समाधान दे सकता है।

अब विश्व के कई सामाजिक-आर्थिक चिंतक जी.डी.पी. को विकास का एक अधिक अच्छा माप नहीं मानते; बल्कि इनमें से कई तो इसे कालबाह्य एवं आधा-अधूरा माप बताते हैं। कुछ वर्ष पूर्व 1990 में मानव विकास सूचक (Human Development Index: HDI) को विकास के नए माप के रूप में प्रस्तुत किया गया था। किंतु कुछ समय पश्चात् मानव विकास रिर्पोट (1995) ने स्वयं ही स्वीकार कर लिया कि यह भी कल्याण का माप नहीं है और न ही यह प्रसन्नता का माप है। अत: इसमें विकास के अन्य महत्त्वपूर्ण सूचकों को भी जोड़ा जाना चाहिए। ऐसा लगता है कि विकास के अर्थ एवं माप के बारे में आधुनिक अर्थशास्त्रियों के बीच जबर्दस्त भ्रम और विवाद है। विकास की वर्तमान में प्रचालित अवधारणा मानव मन के मंगल एवं आनंद के साथ भी सुसंगत साबित नहीं हो पा रही है।

हाल ही में केम्ब्रिज विश्वविद्यालय ने यूरोप के 23 देशों के सर्वेक्षण के आधार पर यह निष्कर्ष दिया है कि एक समाज की प्रगति के बारे में जी.डी.पी. पर्याप्त जानकारी नहीं दे पाती। इसने आगे कहा है कि संसार भर में अब यह सहमति बनती जा रही है कि हमें परंपरागत आर्थिक मापों के परे जाकर यह देखने-समझने की जरूरत है कि जीवन कैसे अधिक अच्छा होता है। अत: विकास को केवल जी.डी.पी. कुल या प्रतिव्यक्ति अथवा वस्तुओं व सेवाओं की प्रतिव्यक्ति उपलब्धता अथवा मानव विकास सूचक के रूप में न तो परिभाषित किया जा सकता है और न ही परिभाषित किया जाना चाहिए। यहाँ तो एक ऐसे नए दृष्टिकोण की आवश्यकता है जो एक एकात्ममानव के सर्वतोमुखी विकास को सुनिश्चित कर सके। विकास का वर्तमान मॉडल लालच और शोषण पर आधारित है। आज सर्वाधिक महत्त्वपूर्ण आवश्यकता यह है कि उपभोग व प्रतियोगिता पर आधारित ऐसे विकास मॉडल को नकारा जाए, जहाँ हरेक चीज का व्यापार हो सकता है और हर चीज की कीमत होती है। यह तभी संभव है, जब हम प्रकृति एवं मानव प्रेमी सहकार-केंद्रित विकास-मॉडल को विकसित करने के बारे में सोचें।

सहकार-केंद्रित विकास-मॉडल की मुख्य विशेषताएँ (Main Features of Cooperation-centric Development Model)

1. सर्वंकश-एकात्म विश्वदृष्टि—खंडित यांत्रिक विश्वदृष्टि के विपरित इसमें सर्वंकश-एकात्म विश्वदृष्टि को स्वीकार किया गया है। यह इस विश्वास पर आधारित है कि संपूर्ण चराचर जगत् में एक ही चेतन तत्त्व व्याप्त है—'सर्वं खल्विदं ब्रह्म'। इसी आधार पर यह कहा गया है कि व्यष्टि, समष्टि और सृष्टि ये अलग-अलग और स्वतंत्र इकाइयाँ नहीं हैं, अपितु एक ही तत्त्व भिन्न-भिन्न स्तरों पर अपने को प्रकट किए हुए हैं। इनके बीच एक सावयवी अंगागी संबंध है। अत: इनके बीच एकलयता एवं एकरसता बनी रहनी चाहिए। यह मानना गलत है कि संसार का उससे अलग-थलग रहकर वस्तुगत विवेचन-विश्लेषण किया जा सकता है। यह तो एक सहभागी सृष्टि है। इस विश्वदृष्टि के आधार पर ही कॉपर ने 'क्रमबद्धता सिद्धांत' (System Theory) पर जोर दिया है, जो विश्व को विभिन्न तत्त्वों के बीच परस्पर-संबद्धता और परस्पर-निर्भरता के रूप में देखता है। यह विश्व दृष्टि एक ऐसे सर्वंकश-एकात्म दृष्टिकोण एवं प्रणाली को जन्म देगी, जिसमें व्यष्टि एवं समष्टि के बीच उचित समन्वय बनाए रखा जा सकेगा। यह दृष्टिकोण मनुष्य की आर्थिक एवं अन्य सभी प्रकार की समस्याओं को एक-दूसरे से पूर्णतया अलग-थलग नहीं मानता। यह मनुष्य को भी उसकी विभिन्न आवश्यकताओं एवं समस्याओं के संदर्भ में अलग-अलग टुकड़ों में देखने-समझने की बजाय उसके समग्र एवं एकात्म स्वरूप में ही देखता है। मनुष्य की विभिन्न समस्याएँ एक-दूसरे के साथ गहरे रूप से जुड़ी-गूँथी हुई, परस्पर निर्भर एवं परस्पराश्रित होती हैं, अत: किसी एक समस्या का अलग-थलग कोई हल प्रस्तुत नहीं किया जा सकता। इस प्रकार के समग्र दृष्टिकोण के कारण हम आर्थिक समस्याओं को उनके अपने संकीर्ण अर्थों में केवल आर्थिक एवं वित्तीय दायरों तक ही सीमित नहीं रख सकते, बल्कि इनका संबंध संपूर्ण सामाजिक परिवेश से जोड़कर उसी व्यापक धरातल पर उनका हल भी खोजने का प्रयास करना चाहिए। अत: विकसित की गई संस्थाएँ और बनाए गए विधान तथा व्यवस्थाएँ एकाकी एवं एकपक्षीय न होकर सर्वतोमुखी व सर्वपक्षीय होनी चाहिए। यह दृष्टिकोण 'अर्थमानव' की अवधारणा को पूर्णतया नकार कर उसके

स्थान पर एकात्ममानव (शरीर, मन बुद्धि और आत्मा से संयुक्त) की अवधारणा को प्रस्तुत करता है।

2. प्रकृति के प्रति मातृत्व एवं देवदृष्टि—आज समूचे संसार में बढ़ते प्रदूषण और घटते पर्यावरण को लेकर चिंता है। इस समस्या का मुख्य कारण, खंडित यांत्रिक विश्वदृष्टि और यह मान्यता है कि प्रकृति को टुकड़ों में तोड़कर बिना किसी नुकसान के इसका मशीन की तरह प्रयोग किया जा सकता है। यह भी कहा गया है कि प्रकृति एक निर्जीव जड़ वस्तु की तरह है और अपनी सुख-सुविधा के लिए इसका शोषण एवं उपभोग करना मनुष्य का अधिकार है। इसी विचार में से कम-से-कम परिश्रम से प्रकृति का अधिकाधिक शोषण करने वाली तकनालॉजी एवं विकास-रणनीति पनपी, जिसके फलस्वरूप पर्यावरण की बहुत बड़ी हानि हुई। इसके विपरित विकास का सहकार प्रतिमान प्रकृति को माँ एवं देव के रूप में देखता है। यह प्रकृति के साथ सह-अस्तित्व सुमेल एवं स्नेहपूर्ण संबंध बनाए रखने पर जोर देता है। यदि हम इस दृष्टिकोण की स्थापना करने में सफल हो जाते हैं तो हमारी संपूर्ण प्रणाली, तंत्र और व्यवहार ही बदल जाएगा। इसी दृष्टिकोण के अनुसार, अब कई विशेषज्ञ विकास के साथ पर्यावरण के समन्वय की बात करने लगे हैं। चूँकि मनुष्य, प्रकृति व पर्यावरण अविभाज्य हैं, अत: मनुष्य को प्रकृति के साथ तालमेल करते हुए रहना चाहिए और इसी को आधार बनाकर हमें अपनी संपूर्ण तकनीकी व आर्थिक संरचना का विकास करना चाहिए।

3. नैतिकता आधारित विकास-मॉडल—इसके अनुसार, अर्थार्जन एवं उपभोग से संबंधित समस्त क्रियाकलाप नैतिकता के आधार पर चलाए जाने चाहिए, जिसे भारतीय मनीषियों ने 'धर्म' कहा है। अत: यह विकास मॉडल नैतिकता आधारित अर्थतंत्र की स्थापना करने का प्रयत्न करेगा। इस दृष्टिकोण के अनुसार, नैतिकता को अर्थशास्त्र, अर्थव्यवहार, अर्थरचना एवं आर्थिक सिद्धांत से न तो अलग किया जा सकता है और न ही अलग किया जाना चाहिए। इस बात का समर्थन करते हुए गांधीजी ने कहा था, ''मैं मानता हूँ कि मैं अर्थशास्त्र और नीतिशास्त्र के बीच कोई सुस्पष्ट या किसी अन्य प्रकार का भेद नहीं करता। इसलिए वह अर्थशास्त्र अनैतिक और पापयुक्त है, जो किसी व्यक्ति अथवा राष्ट्र

के नैतिक-कल्याण को क्षति पहुँचाता हो।'' ("I must confess that I do not draw a sharp or any distinction between economics and ethics Economics that hurts the moral well being of an individual or a Nation is immoral and therefore sinful.") यह दृष्टिकोण रहन-सहन के स्तर की बजाय जीवनस्तर में विश्वास करता है। रहन-सहन के स्तर को सामान्यतया वस्तुओं व सेवाओं की प्रतिव्यक्ति उपलब्धि के रूप में परिभाषित किया जा सकता है, वहाँ जीवन-स्तर में इसके अतिरिक्त जीवनादर्श और जीवनमूल्य जैसी कई बातें शामिल की जाती हैं। इस प्रकार, रहन-सहन का स्तर मनुष्य के केवल आर्थिक व्यक्तित्व को व्यक्त करता है, जबकि जीवन-स्तर से मनुष्य के संपूर्ण व्यक्तित्व की अभिव्यक्ति होती है। यह विकास-मॉडल विकास की प्रक्रिया में सामाजिक-सांस्कृतिक एवं मानवीय कारकों की भूमिका को स्वीकार करता है। अभी तक हमने विकास-मॉडल बनाते समय इन कारकों को स्थिर ही माना है। अब इस दृष्टिकोण में परिर्वतन करने का उचित समय आ गया है। जीवन का अनुभव यह बताता है कि धन की प्रेरणा व्यक्ति से एक सीमा तक ही काम कर सकती है। जो काम व्यक्ति धन के लिए करने को तैयार नहीं होता, वही काम अथवा उससे भी अधिक कठिन कार्य वह अपने जीवनादर्शों व नैतिक मूल्यों के लिए करने को तैयार हो जाता है। इसका अर्थ है कि आर्थिक प्रेरणाओं के अतिरिक्त नैतिक व सामाजिक प्रेरणाएँ भी व्यक्ति को उत्पादन कार्य में जुटाने के लिए महत्त्वपूर्ण भूमिका निभा सकती हैं। अब कई विशेषज्ञों ने विकास के एक नए मूल्य आधारित दृष्टिकोण के बारे में सोचना प्रारंभ कर दिया है।

4. मुख्य उद्‌देश्य—अब लोग जी.डी.पी. आधारित विवेकहीन विकास-मॉडल को नकारने के बारे में गंभीरता से विचार करने लगे हैं, क्योंकि उन्हें यह ध्यान में आ रहा है कि यह लोगों को सुखी नहीं बना पाता। जी.डी.पी. एक ऐसा अधकचरा माप है, जो कई सामाजिक नकारात्मक चीजों की सकारात्मक रूप में गणना करता है। यह सामाजिक कल्याण, माता-पिता द्वारा बच्चों का लालन-पालन आदि को बढ़ाने वाली बहुत सी सेवाओं महत्त्वपूर्ण परिसंपत्तियों जैसे—वन, जल, वायु आदि के ह्रास और सुख जीवन के अंतिम उद्‌देश्य)

जैसे—अमूर्त कारकों की गणना नहीं कर पाता। विश्व के अनेक विचारक अब स्वीकार करने लगे हैं कि जीवन का मुख्य उद्देश्य तो सुख प्राप्त करना ही है। धन और भौतिक संपत्ति के परे कुछ-न-कुछ ऐसा जरूर है, जो मनुष्य को सुखी बनाता है।

आज संपूर्ण विश्व में जी.डी.पी. पर आधारित विकास के माप एवं मॉडल को बदलने की चर्चा चल पड़ी है। जापानी अर्थशास्त्री प्रो. शिगरोत्सुरु ने "निवल राष्ट्रीय कल्याण" (Net National Welfare) की अवधारणा दी है। भारत के पूर्व राष्ट्रपति श्री ए.पी.जे. अब्दुल कलाम ने " राष्ट्रीय समृद्धि सूचकांक" (National progress Index: NPI) की संकल्पना दी है। उनके अनुसार, NPI नागरिकों के जीवन के न्यूनतम गुणवत्ता स्तर, सभ्यता की विरासत से लिये गए मूल्यों और भारत के निरालेपन से तय हो । इसी प्रकार भूटान के पूर्व राजा श्री जिग्मे सिंग्ये वांग्चु ने भी 'सकल राष्ट्रीय सुख' (Gross National Happiness) की अवधारणा को प्रस्तुत किया है। यह चार आधारों पर निर्भर है (1) टिकाऊ एवं समतामूलक सामाजिक-आर्थिक विकास (2) पर्यावरण संरक्षण (3) संस्कृति का संरक्षण एवं संवर्धन और (4) अच्छा शासन। समग्र सामाजिक सुख की यह संकल्पना बौद्ध दर्शन, संस्कृति और आध्यात्मिक मूल्यों से अपनी प्रेरणा ग्रहण करती है। आज संसार के अनेक प्रमुख अर्थशास्त्री एवं समाजिक चिंतक नैतिक एवं एकात्म दृष्टिकोण से युक्त एक नई एवं अधिक अच्छी सामाजिक-आर्थिक रचना के महत्त्व को समझने लगे हैं। संसार एक ऐसी आर्थिक प्रणाली की तालाश में है, जो जनसाधारण और भूमंडल के लिए काम करे। 'सुख' शरीर, मन, बुद्धि और आत्मा से संबंधित एक व्यापक अवधारणा है और इसे मात्र आर्थिक उपयोगिताओं के रूप में ही प्रकट नहीं किया जा सकता। यह एक अनुभव सिद्ध तथ्य है कि केवल भौतिक एवं आर्थिक वस्तुएँ मनुष्य को सुख प्रदान नहीं कर सकती, अर्थात् धन और सुख में हमेशा ही सकारात्मक सह-संबंध नहीं पाया जाता। किंतु यह भी उतना ही सत्य है कि मनुष्य की भौतिक एवं शारीरिक आवश्यकताओं की पूर्ति के लिए आवश्यक साधन-संपदा के अभाव में भी मनुष्य जीवन सुखी नहीं हो सकता। अत: जहाँ हमें मनुष्य को जीवन के अस्तित्व एवं उसे सामाजिक व पारिवारिक दायित्वों के निर्वाह के लिए

आवश्यक भौतिक वस्तुएँ एवं सेवाएँ उपलब्ध करानी होंगी, वहाँ साथ-ही-साथ उसके मन, बुद्धि और आत्मा की संतुष्टि के लिए आवश्यक प्रावधान भी करने होंगे। इस संपूर्ण प्रक्रिया के दौरान यह भी ध्यान रखना होगा कि कुल मिलाकर इससे संपूर्ण समाज के सुख में वृद्धि हो। सुख की इस पृष्ठिभूमि के आधार पर ही 'समग्र सामाजिक सुख' (Gross Social Happiness : GSH) की अवधारणा को हमने विकास के इस नए प्रतिमान की केंद्रीय दिशा के रूप में स्वीकार किया है। इसमें सुख के लिए आवश्यक सभी परिमाणात्मक एवं गुणात्मक मापदंडों को शामिल किया गया है। यह सर्वे भवन्तु सुखिन: (सबके सुख एवं कल्याण) में विश्वास रखता है। इतना ही नहीं, यह तो समस्त मनुष्यों, प्राणियों, जीव-जंतुओं, पेड़-पौधों-वनस्पतियों के कल्याण अर्थात् 'सर्व भूत हिते रत:' की रचना करना चाहता है। इस प्रकार यह समतामूलक दृष्टिकोण अथवा सामाजिक न्याय के साथ विकास की ओर संकेत करता है। समग्र सामाजिक सुख की इस आवधरणा के आधार पर निम्नलिखित चार प्रमुख उदेद्श्यों को प्राप्त करने की दिशा में प्रयास किया जाएगा—

(1) **सबको रोटी**—अर्थात् समाज के प्रत्येक व्यक्ति की मूलभूत आवश्यकताओं की पूर्ति की गारंटी।

(2) **सबको स्वास्थ्य**—निरोधात्मक एवं उपचारात्मक स्वास्थ्य प्रणाली अथवा शारीरिक, मानसिक एवं भावनात्मक स्वास्थ्य के लिए समग्र-समन्वित स्वास्थ्य प्रणाली।

(3) **सबको शिक्षा**—सबको समाजोपयोगी संस्कारक्षम शिक्षा के समान अवसर।

(4) **सबको रोजगार**—विकास प्रेरित रोजगार के स्थान पर रोजगार प्रेरित विकास की रणनीति को अपनाना।

सामाजिक-आर्थिक संरचना का एक प्रस्ताव (Socio-economic structure-a proposal)

उपर्युक्त उद्देश्यों को प्राप्त करने के लिए एक समुचित सामाजिक-आर्थिक संरचना के प्रस्ताव की मोटी रूप-रेखा निम्नलिखित हो सकती है।

(1) मानव केंद्रित पर्यावरण पोषक तकनालॉजी—तकनालॉजी एक महत्त्वपूर्ण एवं शक्तिशाली चीज है। हम जिस प्रकार से वस्तुओं का उत्पादन और उपभोग करते हैं, वह हमारे सामाजिक-संबंधों, विचारों एवं भावनाओं को प्रभावित करता है। किंतु प्रश्न यह है कि हम किस प्रकार की तकनालॉजी का प्रयोग करना चाहते हैं। क्या हमें सभी स्तरों पर पूँजी एवं ऊर्जा तथा वर्तमान तकनालॉजी का प्रयोग करना चाहिए ?

अब तो पश्चिम के भी अनेक प्रबुद्ध विद्वान्-विचारक इस तकनालॉजी के संहारक दुष्परिणामों को स्वीकार करने लगे हैं। मिशान और गैल ब्रैंथ जैसे अनेक विद्वान् इसी प्रकार के विचारों का प्रतिनिधित्व करते हैं और वे लगातार पर्यावरण चेतना पैदा करने का काम कर रहे हैं। वर्तमान तकनालॉजी जैविकीय संबंधों को तहस-नहस कर रही है, सर्वत्र जहर फैला रही है, धरती के गैर-पुनर्उत्पादनीय अत्यंत सीमित खनिज व ऊर्जा-स्रातों के भंडार को तेजी से खाली करती जा रही है, मनुष्य को उसके अपने नैतिक व बौद्धिक गुणों से वंचित कर रही है और हिंसाचार (प्रकृति के विरुद्ध हिंसा और मनुष्यों के बीच परस्पर हिंसा) फैला रही है।

अब यह बात स्पष्ट हो चुकी है कि आँख बंद कर पश्चिमी तकनालॉजी को पूर्णतया अपना लेना न तो आवश्यक है और न ही उपयोगी। क्योंकि इस तकनालॉजी का विकास मुख्यत: केंदीयकृत बड़े पैमाने के उद्योगों एवं शहरी समाज के हितों को साधने के लिए ही हुआ है। वस्तुत: तो यह शोषण पर आधारित अर्थव्यवस्था के अस्तित्व को बनाए रखने तथा साधन-संपन्न व साधनहीन लोगों के बीच अंतर को और अधिक बढ़ाने का ही काम करती है।

इस स्थिति में अब तो मुख्य प्रश्न केवल यह रह जाता है कि हम कैसी तकनालॉजी का विकास व प्रयोग करें। इस दृष्टि से 1960 के दशक के प्रारंभ में प्रो. शुमारवर ने उपयुक्त तकनालॉजी के विचार को प्रस्तुत किया था। संयुक्त राष्ट्र औद्योगिक विकास संगठन (UNIDO) की 1978 की दिल्ली बैठक में उपयुक्त तकनालॉजी को इस प्रकार परिभाषित किया गया था, ''उपयुक्त तकनालॉजी की अवधारणा को इस तकनीकी मिश्रण के रूप में समझा गया, जो प्रत्येक देश के साधनों एवं परिस्थितयों के संदर्भ में उसके आर्थिक, सामाजिक

एवं पर्यावरण संबंधी उद्देश्यों को प्राप्त करने में सर्वाधिक योगदान दे सकती है। उपयुक्त तकनालॉजी एक ऐसी प्रावेगिक एवं परिवर्तनशील अवधारणा है, जो विभिन्न देशों की विभिन्न दशाओं एवं बदलती हुई परिस्थितयों का उत्तर दे सके। इस प्रकार प्रत्येक देश को एक ऐसी तकनालॉजी की आवश्यकता है, जो उसकी प्रकृति, प्रवृत्ति और आवश्यकताओं तथा जीवन-दर्शन व जीवनमूल्यों के अनुकूल हो, देश के सामने उपस्थित समस्याओं का उचित ढंग एवं उचित समय पर समाधान कर सके और देश की वर्तमान सामाजिक-आर्थिक परिस्थितियों में कार्य कर सके। यह प्रकृति के शोषण पर नहीं, बल्कि इसके दोहन पर आधारित हो। साथ ही यह पूँजी व ऊर्जा की बचत करने वाली, श्रम को अधिक सार्थक व लाभप्रद रोजगार में लगाने वाली और श्रम की उत्पादकता बढ़ाने वाली हो।

(2) विकेंद्रित स्वावलंबी अर्थतंत्र—विकास का प्रस्तुत प्रतिमान इस बात में विश्वास करता है कि पूँजीवादी एवं साम्यवादी व्यवस्था का सही विकल्प एक ऐसा विकेंद्रित एवं स्वावलंबी अर्थतंत्र है, जो लोगों द्वारा चलाया जाता है और लोगों द्वारा ही नियंत्रित किया जाता है। किंतु इस विकेंद्रित अर्थव्यवस्था को पहले की तुलना में अधिक उत्पादक बनाया जाना चाहिए। इस प्रकार की अर्थव्यवस्था अपने ही लोगों के उपभोग की आवश्यकताओं को पूरा करने के लिए अपने ही लोगों के श्रम के द्वारा छोटी-छोटी इकाइयों में काम करती है और अपने लिए उपयुक्त तकनीक का प्रयोग करते हुए पहले की तुलना में अधिक उत्पादक बनाई जाती है। यह हमारे उत्पादन एवं उपभोग के संपूर्ण ढाँचे को ही विवेकसम्मत बना देगी। हम पहले की तुलना में अधिक स्वस्थ एवं सुखी हो सकेंगे, क्योंकि हमारा उपभोग हमारे शरीर एवं मन की आवश्यकताओं से दूर नहीं होगा और हमारा उत्पादन तंत्र हमारे रहने के तरीके से अलग नहीं होगा। अतः 'सादा जीवन उच्च विचार' के सिद्धांत पर आधारित स्थानीय, विकेंद्रित, स्वावलंबी एवं प्रकृति-प्रेमी मॉडल बनाया जाना चाहिए। हमें यह स्मरण रखना चाहिए कि लघु सुंदर एवं टिकाऊ दोनों होता है और इसलिए अर्थव्यवस्था के विभिन्न भागों एवं विभिन्न क्षेत्रों में सहकारी संस्थाओं का नेटवर्क विकेंद्रित अर्थतंत्र के एक आधार-स्तंभ के रूप में काम कर सकता है।

(3) रोजगारोन्मुखी मितव्ययी उत्पादन प्रक्रिया—आज की उत्पादन

प्रक्रिया लंबी, घुमावदार एवं अपव्ययी है तथा साथ ही भारी एवं जटिल मशीनों तथा ऊर्जा पर आधारित है। इस उत्पादन प्रणाली में उत्पादक और उपभोक्ता के बीच अनजान-अजनबी, अप्रत्यक्ष और दूर का संबंध होता है। अत: आज सबसे बड़ी चुनौती यह है कि हम एक ऐसी उत्पादन-प्रक्रिया एवं तंत्र का निर्माण करें, जिसमें कम-से-कम साधनों से अधिक-से-अधिक उत्पादन हो सके, साधनों का कम-से-कम अपव्यय या क्षरण हो और जो उत्पादकों व उपभोक्ताओं के बीच मानवीय संबंध विकसित कर सके। इस दृष्टि से सहकारी समितियों का नेटवर्क काफी उपयोगी हो सकता है।

(4) सीमित-संयमित सदाचारी उपभोग-शैली—पिछले पच्चीस वर्षों से संपूर्ण संसार अमेरिकी उपभोक्तावाद के चारों ओर घूम रहा है और इसने एक नए प्रकार के विकास-मॉडल को जन्म दिया है। इस प्रकार का उपभोक्तावाद जीवन के उस व्यक्तिवादी दृष्टिकोण पर निर्भर करता है, जो उपभोग के लिए ऋणग्रस्त होना आसानी से स्वीकार कर लेता है। आज हम उपभोक्तावाद पर आधारित उपभोग की जिस शैली एवं तौर-तरीके को अपनाते जा रहे हैं, उसका पर्यावरण एवं सामाजिक दोनों ही दृष्टियों से लंबे समय तक टिक पाना संभव नहीं लगता। इतना ही नहीं, यह धारणक्षम एवं व्यवहारक्षम मानव विकास की संभावनाओं को ही कमजोर किए जा रहे हैं। यह अभी हाल ही में अमेरिका एवं यूरोप में आए संकट से सिद्ध भी हो जाता है। जो तथ्य सामने आ रहे हैं, वे यह बताते हैं कि आज उपभोक्ता ज्यादा-से-ज्यादा खरीदने के चक्कर में अपनी आय को खर्चकर रहे हैं और अधिकाधिक चीजें खरीद रहे हैं, इसके परिणामस्वरूप परिवारों की बचत घटती जा रही है तथा ऋण बढ़ते जा रहे हैं। ऐसा लगता है कि उपभोग गरीबी, बेकारी, आसमानता एवं प्रदूषण के बीच एक दुष्ट गठबंधन पनप रहा है। तेजी से उभर रहे विश्व उपभोक्ता बाजार एवं आक्रामक विज्ञापनों के कारण नित नई समस्याएँ जन्म लेती जा रही हैं। यह आश्चर्यजनक है कि समय बचाने वाले आधुनिक उपायों के बावजूद हमारे उच्च-तकनीक समाज में अधिकांश लोग खाने, पीने, काम करने और सो जाने के अलावा अन्य किसी काम के लिए बहुत कम समय निकाल पाते हैं। अब इस बात को सब स्वीकार करने लगे हैं कि विकास के वर्तमान संकटों व समस्याओं का मूल कारण है दोषपूर्ण

उपभोग-शैली व जीवन-शैली। अत: वर्तमान विकास प्रक्रिया में से उपजे संकटों व समस्याओं से यदि बचना है तो सामाजिक आचरण के मानदंडों एवं जीवनमूल्यों में समुचित परिवर्तन के माध्यम से हमें सीमित, संयमित, सदाचारी एवं मितव्ययी जीवन-शैली एवं उपभोग-शैली को विकसित करने की ओर ध्यान देना होगा।

(5) सहकारी स्वामित्व एवं न्यायपूर्ण वितरण—पूँजीवादी प्रणाली में जहाँ उत्पादन के साधनों एवं संपत्ति पर व्यक्तिगत स्वामित्व को स्वीकार किया जाता है, लोगों को संघर्ष, शोषण एवं असमानता की पीड़ा को झेलना पड़ता है। दूसरी ओर यदि हम व्यक्तिगत स्वाामित्व को पूर्णतया नकार कर साधनों पर राज्य के स्वामित्व को स्वीकार करते हैं तो प्रेरणा एवं पहल के सवाल खड़े हो जाते हैं। साम्यवादी देशों के अनुभव इस बात को सिद्ध करने के लिए पर्याप्त हैं कि राज्य के डंडे के आधार पर बहुत अधिक समय तक व्यक्ति को अपनी पूरी क्षमता के साथ उत्पादन करने के लिए मजबूर नहीं किया जा सकता। इस प्रकार यह स्पष्ट है कि दोनों ही प्रणालियाँ एकपक्षीय एवं अधूरी हैं और एक या दूसरे रूप में शोषण एवं दमन जैसी समान समस्याओं को ही पैदा करती हैं। स्वामित्व की इस समस्या का समाधान करने की दृष्टि से सहकारी स्वामित्व की संकल्पना, जो एक प्रकार से ट्रस्टीशिप के ही समान है, बहुत उपयोगी हो सकती है। इतना ही नहीं सहकारी स्वामित्व होने पर केंद्रीयकरण एवं विषमता को कम करके न्यायपूर्ण वितरण की दिशा में आगे बढ़ना भी आसान हो जाता है।

(6) सहकारी एवं भागीदारी वाली कार्यशैली—सहकारी दृष्टिकोण सरकार-आधारित अथवा बाजार-आधारित अर्थव्यवस्था में विश्वास नहीं करता। यह तो जन-आधारित अर्थव्यवस्था अथवा जन-भागीदारी के द्वारा विकास की प्रणाली में विश्वास करता है। सरकार जन-आंदोलन के साथ सहयोग करेगी। इसके अलावा आज तो विभिन्न स्तरों एवं विभिन्न प्रकार की सहकारी संस्थाओं के गठन की अत्यंत तीव्र आवश्यकता है। इस प्रकार हम लोक-केंद्रित सहकारिता-आधारित सामाजिक-आर्थिक तंत्र का निर्माण करना चाहते हैं।

उपर्युक्त विवचेना के आधार पर हम संक्षेप में प्रतियोगिता-केंद्रित एवं सहकार-केंद्रित विकास प्रतिमानों के बीच अंतर को संक्षेप में निम्नलिखित प्रकार से बता सकते हैं।

1.	खंडित यांत्रिक विश्वदृष्टि	सर्वंकश एकात्म विश्वदृष्टि
2.	आर्थिक मनुष्य एवं आर्थिक विवेकशीलता की मान्यता पर आधारित	समग्र विवेकशीलता की मान्यता पर आधारित
3.	अर्थ-काम (अर्जन एवं उपभोग) केंद्रित अर्थतंत्र	नैतिकता-आधारित अर्थतंत्र
4.	अधिकतम का अधिकतम हित और सर्वोत्तम का अस्तित्व	सबका कल्याण या सर्वेभवन्तु सुखिनः और अंत्योदय
5.	प्रकृति को मनुष्य की दासी मानना और उसका बेरहमी से शोषण	प्रकृति को माँ या देव मानना और उसका दोहन
6.	साधनों पर व्यक्तिगत स्वामित्व अथवा राज्य स्वामित्व	साधनों पर सहकारी स्वामित्व एवं ट्रस्टशिप सिद्धांत
7.	अपव्ययी एवं लालच-आधारित उत्पादन-प्रक्रिया	मितव्ययी एवं आवश्यकता-आधारित उत्पादन-प्रक्रिया
8.	असीमित, अनावश्यक एवं सतत वर्धमान उपभोग-शैली	सीमित-संयमित, वांछनीय एवं सदाचारी उपभोग-शैली
9.	भ्रामक एवं आक्रामक विज्ञापनों पर आधारित	अर्थपूर्ण सूचनात्मक विज्ञापनों पर आधारित
10.	मशीन-चलित, ऊर्जाभक्षी और प्रदूषणकारी तकनालॉजी	मानव-केंद्रित पर्यावरण तकनालॉजी
11.	निर्भरता एवं परजीविता का अर्थशास्त्र	स्वावलंबन एवं पारस्परिक निर्भरता का अर्थशास्त्र
12.	केंद्रिकृत अर्थतंत्र	विकेंद्रित अर्थतंत्र
13.	प्रतियोगिता, संघर्ष तनाव और विध्वंस का अर्थशास्त्र	सहकारिता, समन्वय, स्नेह शुचिता और सृजन का अर्थशास्त्र

इस प्रकार अब समय आ गया है, जब हमें दुर्लभता एवं प्रतियोगिता से विपुलता व सहकारिता की ओर स्वतंत्र व्यापार से न्यायसंगत व्यापार की ओर

लाभ अधिकतमकरण तथा लागत न्यूनतमकरण से सामाजिक चेतना व सामाजिक जवाबदेही, धारणक्षम तथा सृजन एवं सृजनकर्ता के प्रति सम्मान की ओर जाने का प्रयास करना चाहिए। आज आध्यात्मिकता, सहानुभूति एवं नैतिकता को फिर से अर्थशास्त्र के साथ जोड़ने की आवश्यकता हैं। इस दृष्टि से, विशेषकर समाज के गरीब एवं मध्यम वर्ग, जो जनसंख्या का लगभग 80-85 प्रतिशत हैं, के लिए विभिन्न प्रकार की सहकारी संरचनाएँ काफी उपयोगी और लाभदायक साबित हो सकती हैं।

संक्षेप में, यह कहा जा सकता है कि विकास के इस नए प्रतिमान के माध्यम से हम एक ऐसी रचना खड़ी कर सकते हैं, जिसमें नैतिकता, अर्थव्यवस्था, पारिस्थितिकी, ऊर्जा और रोजगार (Ethics, Economy, Ecology, Energy and Employment) के बीच संतुलन बन सके। यह हमें पोषणक्षम अर्थतंत्र धारणक्षम तकनालॉजी एवं संस्कारक्षम समाजतंत्र प्रदान कर सकेगी।

□

गांधी के विचारों के संदर्भ में

भारत की विकास योजनाओं के लिए वैकल्पिक दिशा व राह की तलाश

इस लघु निबंध में गांधीजी एवं अन्य भारतीय मनीषियों के कथनों को उद्धृत करने की बजाय उनके सर्वव्यापक, सर्वज्ञात एवं सर्वस्वीकृत विचारों के संदर्भ में भारत के विकास की वैकल्पिक दिशा व राह को तलाशने और उस तलाश में से उत्पन्न कुछ विचार बिंदुओं को प्रस्तुत करने का एक विनम्र प्रयास किया गया है।

विकास का अर्थ

हम जानते हैं कि भारतीय विचार परंपरा में मनुष्य को जैविक एवं भौतिक आवश्यकताओं का एक पुतला मात्र नहीं माना है, बल्कि उसे एक एकात्म मानव के रूप में स्वीकार किया है। सभी पुरातन एवं आधुनिक विचारक मनुष्य को इन विचारों के संदर्भ में यदि एक संपूर्ण, अखंड एवं एकात्म मानव के रूप में स्वीकार करते हैं, तो फिर मात्र राष्ट्रीय आय, प्रतिव्यक्ति आय अथवा प्रतिव्यक्ति उपभोग वस्तुओं की वृद्धि करने से भी विकास का लक्ष्य पूरा नहीं हो सकेगा। इसके लिए तो हमें विकास की एक ऐसी परिभाषा स्वीकार करनी होगी, जिसमें इस अखंड एकात्म मानव का सर्वतोमुखी विकास सुनिश्चित हो सके। इस दृष्टि से विकास को इन शब्दों में परिभाषित किया जा सकता है, ''विकास से तात्पर्य है स्वसाधनों से देश के दीर्घकालीन समग्र सामाजिक सुख में वृद्धि अथवा देश

के समस्त लोगों के समग्र जीवन स्तर (standard of life) में सतत वृद्धि।'' यहाँ इस अवधारणा के अर्थ को संक्षेप में समझ लेना आवश्यक है, 'स्वसाधन' शब्द अपने देश में उपलब्ध साधनों के प्रयोग के लिए किया गया है। सुख शरीर, मन, बुद्धि, आत्मा से संबंधित एक बड़ी व्यापक धारणा है, जिसे मात्र आर्थिक उपयोगिताओं (economic utilities) के रूप में प्रकट नहीं किया जा सकता। यह एक अनुभवसिद्ध तथ्य है कि मात्र भौतिक एवं आर्थिक वस्तुएँ मनुष्य को सुख प्रदान नहीं कर सकतीं अथवा धन-दौलत व साधन-संपदा की वृद्धि तथा सुख में हमेशा सकारात्मक सहसंबंध (positive corelation) नहीं देखा जाता, किंतु यह भी उतना ही सत्य है कि मनुष्य की भौतिक एवं शारीरिक आवश्यकताओं की पूर्ति के लिए आवश्यक साधन-संपदा के अभाव में भी मनुष्य का जीवन सुखी नहीं हो सकता है। अत: जहाँ हमें मनुष्य जीवन के अस्तित्व एवं उसके सामाजिक-परिवारिक क्रिया-कलापों के लिए आवश्यक भौतिक वस्तुएँ व सेवाएँ उसे उपलब्ध करानी होंगी, वहीं इसके साथ ही उसके मन, बुद्धि और आत्मा की आवश्यकता की पूर्ति के लिए आवश्यक दर्शन, दृष्टिकोण, जीवन-मूल्य एवं सामाजिक-मानवीय संबंधों की भी रचना करनी होगी। विकास की इस संपूर्ण प्रक्रिया के दौरान यह भी ध्यान रखना होगा कि कुल मिलाकर संपूर्ण समाज के सुख में वृद्धि हो, जो वितरण की समानता की ओर संकेत करती है। यहाँ प्रयुक्त 'जीवन-स्तर' केवल प्रतिव्यक्ति वस्तुओं और सेवाओं की उपलब्धता पर निर्भर नहीं करता है, वरन् जीवन-स्तर में इसके अतिरिक्त जीवनादर्श, जीवन-मूल्य, मानवीय सामाजिक एवं नैतिक गुण भी शामिल हैं। संक्षेप में रहन-सहन के स्तर से मनुष्य के केवल भौतिक व्यक्तित्व की अभिव्यक्ति होती है। जबकि जीवन-स्तर से मनुष्य के संपूर्ण व्यक्तित्व की अभिव्यक्ति होती है।

अब प्रश्न यह उपस्थित होता है कि इस लक्ष्य को प्राप्त करने के लिए हमारी विकास योजनाओं की क्या दिशा व राह हो? इसके लिए हमें प्रचलित अर्थशास्त्र की परंपरागत लीक से हटकर एक नई राह व तकनीक को अपनाने का साहस जुटाना होगा।

वैकल्पिक विकास तकनीक (विकास की वैकल्पिक राह)

पूँजीवादी प्रणाली की तरह यदि उत्पादन के साधनों तथा साधन-संपत्ति पर व्यक्तिगत स्वामित्व स्वीकार कर लिया जाता है तो इसका स्वाभाविक परिणाम संघर्ष, शोषण एवं असमानता के रूप में भुगतना होता है। दूसरी ओर, यदि व्यक्ति के स्वामित्व को नकारा जाता है तो उत्पादन-प्रेरणा का सवाल खड़ा हो जाता है। साम्यवादी देशों के अनुभव इस बात को सिद्ध करने के लिए पर्याप्त हैं कि राज्य के डंडे के आधार पर बहुत अधिक समय तक व्यक्ति को अपनी पूरी क्षमता के साथ उत्पादन करने के लिए मजबूर नहीं किया जा सकता।

इस प्रणाली में मनुष्य व्यक्ति के रूप में कार्य न करके, मशीन के पुर्जे के रूप में काम करता है और इसमें से उसकी प्रेरणा (incentive) और पहल (initiative) दोनों समाप्त हो जाते हैं। इसीलिए तो भारतीय मनीषियों ने सर्वव्यापक ब्रह्म की अवधारणा एवं गांधीजी ने ट्रस्टीशिप के सिद्धांत के द्वारा व्यक्तिगत एवं राज्य स्वामित्व से ऊपर उठकर सब साधन-संपदाओं पर परमात्मा-समाज के स्वामित्व को स्वीकारने पर जोर दिया है। गांधीजी द्वारा बार-बार ईशोषनिषद् के 'ईशावास्यमिदं सर्वं जगत्यां जगत्' के संदेश का उल्लेख तथा तुलसीदासजी द्वारा रामचरितमानस में 'सीयाराम मय सब जग जानी' या विनोबाजी द्वारा 'सबै भूमि गोपाल की या में अटक कहाँ' के रूप में व्यक्त विचार वास्तव में 'ईश्वर स्वामित्व (God-ownership) की एक अभिनव अवधारणा को ही प्रकट करते हैं। यह अवधारणा स्वीकार कर लेने पर सर्वसामान्य समाज में परमात्मा पर अटूट श्रद्धा व आस्था जगाकर, परमात्मा का कार्य मानकर प्रत्येक व्यक्ति के मन में अपनी पूरी क्षमता से उत्पादन करने की प्रेरणा जगाई जा सकती है तथा वह परमात्मा की वस्तु होने के कारण संपूर्ण उत्पादन में से मात्र अपनी आवश्यकता के अनुसार ग्रहण कर शेष को उसी परमात्मा की सृष्टि के प्राणियों के निमित्त प्रसन्नता से देने के लिए तैयार भी हो सकता है। यह बात शायद वर्तमान वित्तीय एवं आर्थिक गणनाओं के अभ्यस्त लोगों को अजनबी और अव्यावहारिक लग सकती है, किंतु मानव-व्यवहार की बारीकियों एवं सूक्ष्मताओं को समझनेवाले लोग इसे अवश्य स्वीकार करेंगे कि साधन-संपदा के साथ मनुष्य का नाता-रिश्ता बहुत कुछ उसके दृष्टिकोण पर निर्भर करता है

और दृष्टिकोण में परिवर्तन होने पर मानव व्यवहार में भी उसी दिशा में परिवर्तन होना प्रारंभ हो जाता है।

यदि मनुष्य केवल आर्थिक मनुष्य नहीं है तो इसका अर्थ यह भी होता है कि मनुष्य को आर्थिक अभिप्रेरणा के अतिरिक्त अन्य आधारों पर भी कार्य करने के लिए प्रेरित किया जा सकता है। जीवन का अनुभव यह बताता है कि आय व धन की प्रेरणा व्यक्ति से एक सीमा तक ही काम करवा सकती है। जो काम व्यक्ति धन के लिए करने के लिए तैयार नहीं होता, वहीं वह वही अथवा उससे भी अधिक दुस्तर कार्य अपने जीवनादर्शों व नैतिक-मूल्यों के लिए करने को तैयार हो जाता है। इसका अर्थ है कि आर्थिक प्रेरणाओं के अतिरिक्त नैतिक व सामाजिक प्रेरणाएँ भी व्यक्ति को उत्पादन कार्य में जुटने के लिए महत्त्वपूर्ण भूमिका निभा सकती हैं। यह एक ऐसा महत्त्वपूर्ण निष्कर्ष है, जो अपने भीतर विकास की महान् क्षमताओं एवं संभावनाओं को छिपाए हुए है। इसी में से शायद भारत के विकास के लिए आवश्यक साधनों की सीमितता का हल भी निकल सकता है। अब तक हमने अपनी विकास योजनाओं में सामाजिक, मानवीय एवं नैतिक कारकों को स्थिर मानकर केवल आर्थिक एवं वित्तीय साधनों के निवेश द्वारा विकास करने के विकास मॉडलों का ही प्रयोग किया है, किंतु पंचवर्षीय योजनाओं का अनुभव इस बात का साक्षी है कि हमारे ये मॉडल सफल नहीं हो सके हैं। क्या अब हम गांधीजी के विचारों के संदर्भ में वित्तीय निवेश के साथ-साथ इन सामाजिक एवं मानवीय कारकों को भी विकास की दिशा में अभिप्रेरित कर एक नए विकास मॉडल की रचना के बारे में नहीं सोच सकते? विकास का यह मॉडल जहाँ एक ओर समाज के समग्र विकास को एक नई आधारभूमि प्रदान कर सकेगा, वहाँ दूसरी ओर हमारे भौतिक व वित्तीय साधनों की कमी के कारण उत्पन्न होनेवाले आधारों को दूर करने में भी मदद कर सकेगा।

□

स्वावलंबन, स्वतंत्रता एवं स्वदेशी की त्रयी

पराधीनता के काल में पराए शासकों की शोषण व दमनकारी नीति के परिणामस्वरूप भारत दुनिया के अन्य देशों के मुकाबले विकास की दौड़ में काफी पीछे रह गया था। अत: आजादी के बाद यह आशा बँधी थी कि वह फिर से दुनिया में एक सुखी, सुदृढ, संपन्न एवं स्वावलंबी राष्ट्र के नाते खड़ा हो सकेगा, किंतु आज के भारत पर जब हम निगाह डालते हैं तो घोर निराशा ही हाथ लगती है। समस्याएँ सुलझने की बजाय उलझती ही जा रही हैं। भारतीय अर्थव्यवस्था गहरे और गंभीर संकटों के भँवर में फँस गई है। अत: अब प्रश्न यह है कि इस संकट-जाल से निकलने का मार्ग क्या हो अथवा भारत अपने विकास के लिए कौन-सी राह पकड़े?

समाधान की राह—बहस

इस पर तो लगभग सब सहमत हैं कि भारतीय अर्थव्यवस्था गहरे और गंभीर संकटों के भँवर में फँस गई है। अत: अब प्रश्न यह है कि इस संकट-जाल से निकलने का मार्ग क्या हो अथवा भारत अपने विकास के लिए कौन-सी राह पकड़े? इस बारे में दो प्रमुख मत हैं। एक मत के अनुसार अंतरराष्ट्रीय संस्थाओं, विदेशी पूँजीपतियों एवं बहुराष्ट्रीय कंपनियों के सहारे पश्चिमी विकास मॉडल को अपनाकर भारत अपने संकटों को पार कर सकता है। इसके विपरीत, दूसरे मत के अनुसार, भारत स्वदेशी तंत्र एवं स्वदेशी विकास मॉडल को अपनाकर, अपने ही बल-बूते पर देश का विकास करने की सामर्थ्य जुटा सकता है। विकास के ये दो ऐसे मार्ग हैं, जिनकी दिशा एवं दृष्टिकोण में भारी व आधारभूत अंतर

है। अत: इनमें से किसी भी मार्ग को चुनने से पहले, इन पर खुली व व्यापक बहस होनी चाहिए।

स्वाधीनता आंदोलन के समय महर्षि अरविंद, गांधीजी और उनके सहधर्मी कुछ विचारकों ने इस बहस को छेड़ने का प्रयास अवश्य किया था, किंतु आजादी के बाद के नेतृत्व ने इस बहस को निरर्थक मानकर नकार दिया। परिणामस्वरूप वे पश्चिमी विकास-दर्शन और पराए तंत्र के आधार पर ही भारत की विकास योजनाएँ, नीतियाँ व कार्यक्रम बनाते व चलाते रहे। अब भारत और शेष संसार सबके अनुभव हमारे सामने हैं। अत: इन अनुभवों के प्रकाश में सही व वैकल्पिक विकास-पथ की बहस को फिर से प्रारंभ करने का यह सर्वाधिक उपयुक्त समय है।

स्वतंत्रता आंदोलन की प्रेरणा—स्वदेशी

वास्तव में स्वदेशी भाव-भावना और स्वदेशी रचना के विभिन्न प्रयासों ने समूचे स्वाधीनता आंदोलन को गति एवं ऊर्जा प्रदान की थी। दादा भाई नौरोजी ने तो अपने 'आर्थिक निकासी' के सिद्धांत के आधार पर ही स्वाधीनता आंदोलन को परिभाषित किया था। 1850 के आस-पास नामधारियों का कूका आंदोलन, बंगाल में नवगोपाल मिश्र और शशि राजनारायण बोस द्वारा 'हिंदू मेला' और 'स्वदेशी मेलों' का आयोजन, अनेक क्रांतिकारी द्वारा स्वदेशी वस्तुओं के ही प्रयोग की शपथ लेना, पत्र-पत्रिकाओं एवं व्याख्यानों के माध्यम से विदेशी वस्तुओं के बहिष्कार और स्वदेशी वस्तुओं के प्रयोग के बारे में प्रचार-अभियान, 1881 में ढाका में 'देशी तिजारत कंपनी' की शुरुआत, 1890 में ढाका में कॉलेज छात्रों द्वारा, 1897 में रवींद्रनाथ टैगोर द्वारा और 1902 में पुणे में स्वदेशी भंडारों का खोला जाना, 1898 में पंजाब में 'स्वदेशी वस्तु प्रचारिणी सभा' और 1930 में अहमदाबाद में 'स्वदेशी वस्तु संरक्षण संस्था' का गठन आदि ऐसे अनेक प्रयासों से स्पष्ट है कि स्वतंत्रता आंदोलन में स्वदेशी की महत्त्वपूर्ण ऐतिहासिक भूमिका रही है। 1905 में बंग-भंग की घोषणा के विरुद्ध जनरोष को श्रीअरविंद ने स्वदेशी आंदोलन का रूप देकर स्वतंत्रता आंदोलन में प्राण फूँक दिए थे। महात्मा गांधी द्वारा 1919 में स्थापित सत्याग्रह आश्रम में स्वदेशी पालन अनिवार्य था। फिर

स्वदेशी आंदोलन का अगला महत्त्वपूर्ण उफान 1930 में हुआ। इस आंदोलन में अनेक लोग स्वदेशी व्रत हेतु शहीद हुए, जिनमें बाबू गेनू अग्रणी थे। इस समय देश में महात्मा गांधी के आह्वान पर स्वदेशी आंदोलन शुरू हुआ। स्थान-स्थान पर विदेशी वस्तुओं की होली जलाई गई और स्वदेशी वस्तुओं के प्रयोग की प्रतिज्ञा के कार्यक्रम हुए। तब स्वदेशी स्वाधीनता आंदोलन का ही पर्याय बन गया था। इस प्रकार, भारत के समूचे स्वाधीनता आंदोलन का निष्कर्ष है कि स्वदेशी भारत की अस्मिता, स्वत्व और आर्थिक स्वावलंबन का आधार है।

विकास के पश्चिमी दृष्टिकोण की विसंगतियाँ

विकास के पश्चिमी मॉडल को अपनाकर दुनिया के कुछ देशों ने विकास के नाम पर जो कुछ हासिल किया है, उसे देखकर दो प्रश्न उभरते हैं—प्रथम, क्या इसे वास्तव में मनुष्य को सुखी बनानेवाला विकास कहा जा सकता है? द्वितीय, क्या इस प्रकार के विकास को दुनिया के सब देशों व सब मनुष्यों के लिए उपलब्ध करा सकना संभव और व्यावहारिक है?

तथ्यों के आलोक में जब हम इन प्रश्नों की जाँच करते हैं तो इन दोनों ही प्रश्नों का उत्तर 'न' में पाते हैं। विकास की ललक में पश्चिमी मॉडल द्वारा बनाई गई राह पर दौड़ जानेवाले देशों ने न केवल अपने लिए ही, बल्कि समूचे प्राणिमात्र के लिए ही अस्तित्व का संकट खड़ा कर दिया है। प्रकृति, पर्यावरण और समूचा जीव-जगत् नष्ट होने के कगार पर पहुँच गया है। जल प्रदूषण, वायु प्रदूषण और मृदा प्रदूषण के कारण हमारे चारों ओर प्रदूषित पर्यावरण का घेरा गहरा होता जा रहा है। इतना ही नहीं, इसके परिणामस्वरूप भाव-भावनाएँ, मानवीय संबंध और संवेदनाएँ भी प्रदूषित होती हैं और पराबैंगनी किरणों से पृथ्वी की रक्षा करनेवाली ओजोन गैस की परत पतली पड़ती जा रही है। अब तो पश्चिम के प्रबुद्ध विद्वान् भी विकास के वर्तमान प्रारूप एवं टेक्नोलॉजी के विनाशकारी दुष्प्रभावों को स्वीकार करने लगे हैं। कृषि में रसायनों के अंधाधुंध प्रयोग ने हमारी उर्वरक कृषि भूमि को नष्ट कर दिया है। खेतों की मिट्टी से लेकर पशुओं के दूध और अनाज, फल, सब्जियों तक में आज जहरीले रसायन पाए जाते हैं। इतना ही नहीं, माँ के दूध और गर्भ तक में कीटनाशक अंश पहुँच

गए हैं। आज हमें प्राकृतिक साधनों में तेजी से गिरावट, भू-जल स्तर में कमी, जलवायु व वर्षा की अनियमितता, भू-क्षरण, मनुष्य के नैतिक व मानवीय-मूल्यों में ह्रास, सुख व शांति का अभाव, बढ़ती हुई हिंसा, प्रकृति के विरुद्ध हिंसा और मनुष्य-मनुष्य के बीच हिंसा आदि की जो समस्याएँ दिखाई देती हैं, उन सबका मूल कारण भी विकास के इस पश्चिमी मॉडल में ही निहित है। अत: इसे किसी भी मापदंड से मानव को सुख-शांति देनेवाला विकास नहीं कहा जा सकता।

दूसरी ओर, विश्व की 20 फीसदी जनसंख्यावाले संपन्न देश अपने उपभोग, उत्पादन ढाँचे एवं जीवन-शैली के लिए विश्व के कुल संसाधनों के 80 फीसदी भाग का उपयोग करते हैं। इनके पास विश्व के कुल भू-क्षेत्र का 50 फीसदी भाग है, ये 60 फीसदी हिस्सा विश्व ऊर्जा का उपभोग करते हैं और विश्व की कुल आय में इनका 85 फीसदी हिस्सा है। इस प्रकार यदि दुनिया के सब देश पश्चिम के विकसित देशों के रहन-सहन स्तर को प्राप्त करना मान लें तो विश्व के वर्तमान ज्ञात संसाधनों से इस लक्ष्य तक पहुँच पाना किसी भी प्रकार संभव ही नहीं हो सकता। अत: विकास की वर्तमान टेक्नोलॉजी न तो व्यवहारक्षम है और न ही धारणक्षम।

नई वैकल्पिक राह—स्वदेशी पथ

अब तक के प्राप्त अनुभवों से स्पष्ट है कि पश्चिम के भ्रांत एवं आत्मघाती विकास-दर्शन और विदेशी आर्थिक शक्तियों के सहारे भारत के विकास की राह नहीं बनाई जा सकती। अत: आज आवश्यकता इस बात की है कि भारत पश्चिमी मॉडल के भ्रम-जाल से बाहर निकलकर स्वदेशी दर्शन पर आधारित अपने स्वयं के विकास-मार्ग को तलाशे।

स्वदेशी दर्शन की अवधारणा स्व के साक्षात्कार एवं स्वत्व के जागरण की अवधारणा है। स्वदेशी दर्शन से तात्पर्य है कि अपने ही शक्ति-सामर्थ्य, साधन-संपदाओं एवं कौशल-प्रतिभाओं के बल-बूते पर देश की कर्मशक्ति व सर्वमंगलकारी, संतुलित एवं सर्वतोमुखी विकास का दर्शन।

स्वदेशी दर्शन एक बहुआयामी अवधारणा है। इसके क्षेत्र में आर्थिक, सामाजिक, सांस्कृतिक, शैक्षणिक, राजनीतिक आदि अनेक आयाम शामिल हैं।

इसके अनुसार रहन-सहन, खान-पान, रीति-रिवाज, सामाजिक संबंधों, भाषा, शिक्षा-दीक्षा, उत्पादन, उपभोग व वितरण व्यवस्था से संबंधित अर्थतंत्र, राजनीति व शासन-तंत्र आदि सभी क्षेत्रों में देश के अपने ही स्वत्व का प्रकटीकरण होता है और इस सबके परिणामस्वरूप स्वावलंबन एवं राष्ट्र के स्वाभिमान का उदय होता है। वस्तुतः स्वावलंबन, स्वतंत्रता एवं स्वदेशी परस्पर संबंधित व परस्परावलंबी एक ऐसी त्रयी है, जिसमें एक के बिना दूसरे का टिक पाना संभव नहीं हो पाता। ये त्रिभुज की वे तीन भुजाएँ हैं, जिनसे मिलकर ही त्रिभुज बन सकता है, अन्यथा नहीं।

स्वदेशी अर्थरचना

स्वदेशी अर्थरचना से तात्पर्य है देश व समाज के हित-संवर्धन हेतु अपने ही देश के लोगों द्वारा निर्मित, संचालित व नियंत्रित उत्पादन, उपभोग व वितरण से संबंधित अर्थतंत्र का निर्माण करना। हमारी इस स्वदेशी अर्थरचना के कुछ मुख्य पहलू इस प्रकार हो सकते हैं—

1. विकास की स्वदेशी संरचना की सबसे महत्त्वपूर्ण इकाई 10-15 गाँवों के ग्राम-संकुल को स्वीकार करना होगा। इस इकाई को स्वायत्त बनाने के प्रयास में से ही विकास का एक नया मॉडल जन्म लेगा। इसमें से समाज को अपनी पहल, प्रतिभा और उद्यम का भरपूर अवसर मिलेगा। स्वायत्त एवं स्वावलंबी ग्राम आधारित विकेंद्रित व्यवस्था में से स्वशासन की धारणा भी जन्म लेगी। इस प्रणाली में हम पहले की तुलना में अधिक स्वस्थ व प्रसन्न रह सकेंगे, क्योंकि हमारा उपभोग हमारे शरीर और मन की जरूरतों के अनुसार होगा और हमारा उत्पादन हमारी जीवन-शैली के अनुरूप होगा।
2. स्वदेशी संरचना में कृषि, उद्योग व हस्तशिल्प के बीच एक सुंदर, सुखद सहयोग, समन्वय व तालमेल होगा। इस अर्थव्यवस्था में कृषि प्रमुख व केंद्रीय स्थान पर होगी। स्वदेशी के इर्द-गिर्द कृषि आधारित एवं आवश्यकता आधारित कुटीर उद्योगों की रचना होगी। इनमें किसान अथवा स्थानीय शिल्पकार अकेले अथवा समूहों में स्थानीय रूप से

उपलब्ध वित्तीय साधनों के अंतर्गत परंपरागत तकनीकों एवं छोटे यंत्र-उपकरणों में आवश्यक सुधार एवं कुशलता लाकर उनकी सहायता से अपने कृषि उत्पाद को उपभोग योग्य वस्तुओं में बदलने का कार्य करेंगे और इसके बाद वे बड़े व पूँजीगत उद्योगों के रूप में विकसित होंगे।

3. स्वदेशी संरचना में प्रत्येक स्तर पर परिवार-भावना को फिर से जाग्रत् करने का प्रयास करना चाहिए। हमें परिवार संस्था को एक बार फिर से सही माने में हिंदू भावना के अनुसार पुनर्स्थापित करना चाहिए। परिवार स्वदेशी संरचना में सामाजिक और आर्थिक दोनों ही दृष्टि से एक आधारभूत इकाई के रूप में विकसित होना चाहिए।
4. स्वदेशी दृष्टिकोण न तो सरकार-आश्रित अर्थव्यवस्था में विश्वास करता है और न ही बाजार-आश्रित अर्थव्यवस्था में। यह तो एक ऐसी संरचना में विश्वास करता है, जो जन-आश्रित हो अथवा जिसके अंतर्गत जन-सहयोग एवं जन-सहभागिता के द्वारा विकास हो सके। इस संरचना में सरकार की भूमिका आदेश या नियंत्रण की नहीं होगी, अपितु जनता द्वारा प्रारंभ किए गए कार्यों में सहयोग देने की होगी। यह जन-आंदोलन को पोषण देने का काम करेगी। इस दृष्टि से वैज्ञानिकों, तकनीशियनों, प्रशासकों, समाजशास्त्रियों, सामाजिक कार्यकर्ताओं, संपन्न दानदाताओं, धार्मिक मनीषियों तथा प्राथमिक स्तर के छोटे उत्पादकों आदि को मिलाकर विभिन्न स्तरों पर स्वैच्छिक संगठन खड़े करने की आवश्यकता रहेगी।

स्वदेशी व्यवहार

स्वदेशी दर्शन पर आधारित स्वदेशी अर्थरचना खड़ी कर उसे गतिमान बनाने के लिए स्वदेशी का व्यवहार भी आवश्यक है। उपभोक्ता के नाते हर संभव प्रयास करके स्वदेशी उत्पादकों द्वारा उत्पन्न माल का उपयोग करना स्वदेशी की अनिवार्य अर्हता है। इसलिए घर, परिवार, उत्सव, त्योहार, पर्व में हमारा इन सब पर आग्रह रहे। देश के उत्पादक व उद्यमी अपनी संपूर्ण शक्ति लगाकर कम लागत पर, शुद्ध एवं उच्च गुणवत्तावाली वस्तुओं का उत्पादन करें। देश के वैज्ञानिक, तकनीशियन, शोधकर्ता कौशल का प्रयोग करते हुए हमारी अपनी परिस्थितियों

के अनुरूप उपयुक्त स्वदेशी टेक्नोलॉजी का विकास करें।

इसके अलावा, सरकार को भी देश पर आसन्न संकट के मद्देनजर अपनी नीतियों पर पुनर्विचार करना होगा। विदेशी व्यापार के भुगतान-शेष की अल्पकालिक समस्या से निपटने के लिए देश पर स्थायी रूप से विदेशी कंपनियों का आधिक्य स्वीकार करने के मोह-जाल से बाहर निकलना होगा। देश 'विश्व व्यापार संगठन' के प्रभावों से आतंकित है। इस शोषणकारी व्यवस्था के वर्तमान स्वरूप में कोई परिवर्तन आने की संभावना भी नजर नहीं आ रही है। इसलिए देश की सरकार को अन्य विकासशील देशों के सहयोग से विश्व व्यापार संगठन में अपनी शर्तें मनवाने के प्रयास शुरू करने चाहिए। यदि ऐसा लगता है कि देश के हितों की पूर्ति विश्व व्यापार संगठन में संभव नहीं है, तो विकासशील देशों को नेतृत्व प्रदान करते हुए विश्व व्यापार संगठन से बाहर आने का विकल्प भी खुला रखना चाहिए।

इस प्रकार स्वदेशी दर्शन के आधार पर बनी स्वदेशी संरचना को हम अपने स्वदेशी व्यवहार से पुष्ट कर भारत के मंगल-विकास का एक नमूना प्रस्तुत कर सकते हैं, जो भारत ही नहीं अपितु समूचे संसार के लिए प्रेरणा व जीवनी-शक्ति का काम कर सकेगा।

□

हिंदू अर्थचिंतन एवं मातृशक्ति

भारत की वर्तमान स्थिति को देखते हुए आज इस बात पर तो लगभग सभी सहमत हैं कि भारतीय अर्थव्यवस्था गहरे और गंभीर संकटों के भँवर में फँस गई है। अब प्रश्न यह है कि इस संकट-जाल से निकलने का मार्ग क्या हो? इस प्रश्न के उत्तर के लिए हमें देखना पड़ेगा कि इस गहरे गंभीर संकट की अवस्था तक हम क्यों पहुँचे?

हमसे क्या भूल हुई और भूल सुधार का उपाय क्या है? वास्तविकता यह है कि सन् 1947 में हम केवल राजनीतिक दृष्टि से आजाद हुए, लेकिन सांस्कृतिक स्वतंत्रता हासिल नहीं हुई। हम पाश्चात्य मानसिकता के गुलाम बने रहे। इसी कारण जब आर्थिक विकास हेतु नियोजित प्रयास शुरू हुए तो वे भी पश्चिमी विकास दर्शन के दायरे में ही बँधे रहे। तब से चली आ रही विकास की संकल्पना, उसकी दृष्टि, दिशा, अर्थ, माप आदि सभी पश्चिमी विकास मॉडल के अनुरूप रहे और पश्चिमी विकास दर्शन की विसंगतियों के कारण ही भारत का आर्थिक विकास 'सर्वे भवन्तु सुखिन:' का मंगलमयी स्वप्न साकार करने में असमर्थ रहा, आर्थिक नियोजन के लगभग चार दशक पूरे होने के उपरांत भी देश के सामान्य जन के लिए 'सुख' एक स्वप्न मात्र है। इस विकास मॉडल को अपनाकर दो महाप्रश्न हमारे समक्ष हैं—

- क्या इसे सही मायने में मनुष्य को सुखी बनानेवाला विकास कहा जा सकता है?
- क्या इस प्रकार के विकास को दुनिया के सब देशों व सब मनुष्यों के लिए उपलब्ध कर पाना संभव और व्यावहारिक है अथवा क्या यह एक व्यवहारक्षम और धारणक्षम विकास मार्ग है?

तथ्यों को देखते हुए दोनों प्रश्नों का उत्तर नकारात्मक ही मिलकर रहा तब विकल्प के लिए चिंतन की आवश्यकता महसूस हुई। उसी चिंतन और विचार-मंथन से जो नवनीत निकला, वह है मेरे द्वारा प्रतिपादित 'सुमंगलम् की संकल्पना।' यह विकास का वह मंगलकारी प्रतिमान है, जो हिंदू अर्थचिंतन के अनुरूप होगा और जिसका क्रियान्वयन भी हिंदू अर्थचिंतन में ही निहित है। यह चिंतन विकास या संवृद्धि के स्थान पर 'सुमंगलम्' अथवा मंगल-विकास पर बल देता है।

सुमंगलम् से तात्पर्य है मुख्यत: स्वसाधनों से देश के समस्त लोगों के समग्र जीवन-स्तर को ऊपर उठाते हुए दीर्घकालीन सामाजिक सुख में वृद्धि करना एवं सबके मंगल की दिशा में आगे बढ़ना अथवा सुमंगलम् से आशय है अपने शाश्वत जीवन-मूल्यों के प्रकाश में अपने देश व समाज की प्रकृति-प्रवृत्ति, आशा-आकांक्षा, आवश्यकता और सामाजिक-आर्थिक परिस्थितियों के संदर्भ में मुख्यत: अपने ही शक्ति-सामर्थ्य, साधन-संपदाओं एवं कौशल प्रतिभाओं के बल-बूते पर देश की कर्मशक्ति व ऊर्जाशक्ति के जागरण के माध्यम से धारणक्षम, पोषणक्षम, संस्कारक्षम, सर्वमंगलकारी, समतामूलक, संतुलित एवं सर्वतोमुखी विकास का दर्शन।

'सुमंगलम्' की संकल्पना पुस्तक रूप में बौद्धिक जगत् हेतु माधव स्मृति न्यास द्वारा प्रकाशित हो चुकी है। वर्तमान लेख के माध्यम से मैंने मातृशक्ति के लिए यह संदेश देने का प्रयास किया है कि उपरोक्त संकल्पना को युक्तिपूर्वक अपनाने के लिए उसे सामान्यजन की मानसिकता में उतारने में उनकी भूमिका क्या हो सकती है। वास्तव में परिवर्तन की दिशा में कोई भी प्रयास तभी सफल हो सकता है, जब उसके लिए उपयुक्त वातावरण तैयार हो। चिंतन की दिशा बदलेगी, तभी विकास की दिशा और दशा बदलेगी। उस हेतु जनप्रवृत्ति या जनमानस का परिवर्तन अत्यावश्यक होता है और इसके लिए प्रथम पाठशाला के रूप में परिवार और प्रथम गुरु के रूप में माता की भूमिका तो अभिन्न है ही। इसके साथ-साथ परिवार की धुरी होने के नाते गृहिणी परिवारजनों की मानसिकता को भी वांछित दिशा में मोड़ सकती है। इस परिवर्तन से ही 'मंगल-विकास' की अवधारणा को कार्यरूप देना संभव हो सकेगा। मंगल-विकास

अवधारणा के मुख्य बिंदुओं के अनुरूप वातावरण का सृजन करने में मातृशक्ति की भूमिका क्या हो सकती है, उसका आकलन करते हुए निम्न बिंदु ध्यान में आते हैं—

1. मंगल विकास मॉडल में पश्चिमी मॉडल के 'आर्थिक मनुष्य' की जगह 'एकात्म मानव' की अवधारणा है।

भारतीय चिंतकों ने मनुष्य को केवल अपनी जैविकीय एवं भौतिक आवश्यकताओं कि पूर्ति के लिए यंत्रवत् काम करनेवाली किसी भौतिक एवं स्थूल इकाई के रूप में नहीं देखा है, बल्कि वे तो उसे सर्वव्यापक ब्रह्म के स्वरूप में सूक्ष्म एवं चैतन्य 'एकात्म मानव' के रूप में ही स्वीकार करते हैं। उनके अनुसार तो प्रत्येक मनुष्य ब्रह्म का ही स्वरूप है, 'अहं ब्रह्मास्मि'!

अत: मनुष्य को शरीर, मन, बुद्धि और आत्मा के समुच्चय के रूप में माना है। इस विचार-परंपरा के अनुसार मनुष्य शरीर व बुद्धि का मिश्रण मात्र ही नहीं अपितु उसमें आत्मा की शक्ति भी है, जो शुद्ध, कल्याणकारक एवं दैवी गुणों से परिपूर्ण है। अत: मनुष्य जहाँ अपने हृदय की दुर्बलताओं, मन की कमजोरियों एवं स्वार्थ-वृत्तियों के कारण समाज में अनेक समस्याओं को जन्म देता है, वहीं यदि उसके अंतस की सद्वृत्तियों एवं देवत्व को जगाने एवं बढ़ाने का प्रयास किया जाए तो सब समस्याओं का सुंदर-सुखकारक हल प्रस्तुत कर सामाजिक कल्याण का वाहक भी बन सकता है।

विश्व में प्रचलित वर्तमान व्यवस्थाओं में मनुष्य अपना स्थान खोता जा रहा है। मनुष्य व्यवस्था का केंद्र बनने के स्थान पर व्यवस्था का दास बनता जा रहा है। अत: हमें मनुष्य-केंद्रित, मानवीय संवेदनाओं से परिपूर्ण एक मानवीय व्यवस्था का निर्माण करना है। यह एक ऐसी व्यवस्था होगी, जिसमें मनुष्य को उसकी महानता का अहसास कराते हुए उसकी योग्यताओं व क्षमताओं का जागरण कर उसे उसका उचित स्थान दिलाना होगा, साथ ही उसके व्यक्तित्व में अंतर्निहित दैवी ऊँचाइयों को प्राप्त करने के प्रयास में उसे सब प्रकार से प्रोत्साहित करना होगा।

मानवीय संवेदनाओं से परिपूर्ण इस व्यवस्था की निर्मिति मातृशक्ति के सहयोग के बिना संभव नहीं हो सकती; क्योंकि हमारी समाज-व्यवस्था की मूल इकाई परिवार है और परिवार के केंद्र रूप में मातृशक्ति की भूमिका विशेष रही है।

2. मंगल विकास संकल्पना की अन्य महत्त्वपूर्ण अवधारणा है—समग्र एवं समन्वित दृष्टिकोण। इस दर्शन के अनुरूप वह आर्थिक प्रणाली सर्वोत्तम मानी जाएगी, जिसमें व्यष्टि और समष्टि के बीच उचित समन्वय बनाए रखा जा सके। अत: ऐसी आर्थिक संरचना होनी चाहिए, जिसमें निजी उद्यम प्रेरणा व पहल के साथ-साथ सामाजिक-नैतिक नियंत्रण की भी व्यवस्था हो। इस नैतिक नियंत्रण निर्मिति के लिए भी उचित परिवार-व्यवस्था एक आधारभूत आवश्यकता है। संयुक्त परिवार प्रणाली को त्यागकर एकल परिवार प्रणाली अपनाते हुए टूटते परिवारों का दंश झेलता समाज क्या समझे कि व्यष्टि से समष्टि की यात्रा में क्या आनंद निहित है। आज का प्राणी 'हम' से 'मैं' ही नहीं अपितु 'मैं' से भी विक्षिप्त 'मैं' की ओर बढ़ रहा है। इस विकृति का समाधान भी भारतीय संस्कृति के अनुरूप उचित समन्वित संयुक्त परिवार प्रणाली में ही निहित है, क्योंकि ऐसी परिवार व्यवस्था में ही दादी, माँ, पत्नी, बहन, बेटी—इन विभिन्न स्वरूपों में मातृशक्ति धर्म-शिक्षा के माध्यम से भारतीय चिंतन के अनुरूप वातावरण का निर्माण कर सकती है। उसी वातावरण में से धन और धर्म, भौतिकता एवं आध्यात्मिकता, संचय व त्याग, अर्जन एवं वितरण, व्यष्टि और समष्टि, निजी हित एवं सार्वजनिक हित आदि अनेक तत्त्वों के बीच उचित समन्वय वाली सामाजिक-आर्थिक संरचना विकसित होगी। परिवार संस्था संयुक्त दायित्व-बोध और सुख-दु:ख में सहभाग की मानसिकता की आधारशिला है। इसी तरह सीमित-संयमित-सदाचारी उपभोग शैलीवाले परिवार हमारी मंगलकारी अर्थव्यवस्था का सशक्त आधार बनेंगे।

3. धर्माश्रयी और धर्म-नियंत्रित अर्थ-रचना की मंगलकारी संकल्पना भी तभी साकार होगी, जब परिवारों का वातावरण धर्म-प्रधान, यानी कर्तव्य-प्रधान होगा। नैतिकता को अर्थशास्त्र या अर्थव्यवहार से अलग नहीं किया जा सकता और नैतिकता की पाठशाला भी परिवार ही है। उदाहरणतया प्राकृतिक संसाधनों का सदुपयोग 'धर्म' है और इन संसाधनों का शोषण 'अधर्म' है, ऐसा विचार बालबुद्धि में सहज ही उतारने के लिए मातृशक्ति को पहले स्वयं इस मानसिकता को विकसित कर इसे आगे संप्रेषित करना होगा।

4. भारत में मंगल विकास के वैकल्पिक प्रारूप के निरूपण एवं क्रियान्वयन

के लिए पाँच प्रकार के प्रवाहों के माध्यम से सम्मिलित प्रयास करना होगा—

- बौद्धिक प्रवाह,
- सामाजिक कार्यकर्ता,
- राजनीतिक कार्यकर्ता,
- आध्यात्मिक कार्यकर्ता,
- प्रशासनिक अधिकारी।

बौद्धिक प्रवाह के लिए वांछित संप्रेषण प्रणाली के आधार रूप में विशेष प्रकार की मानसिकता का सृजन भी परिवार में ही संभव है। बालक शिक्षा प्रणाली या अपने वातावरण से क्या ग्रहण करता है और इस वातावरण में से अनपेक्षित तत्त्वों का दमन करने में कितना सक्षम है, इसकी तैयारी भी परिवार में ही होती है। जो बालक सुसंस्कृत हिंदू परिवार में हिंदू संस्कृति का पोषण लेते हुए बड़ा होगा, वह ही एडम स्मिथ को भारतीय अर्थशास्त्र का पिता मानने पर प्रश्नचिह्न लगाकर कौटिल्य के अर्थशास्त्र के अध्ययन की ओर प्रेरित हो पाएगा और अगर यह बौद्धिक प्रवाह हमारी सुमंगलम् संकल्पना की युक्ति के अनुरूप होगा तो शेष प्रवाह सहज ही वांछित दिशा में बहने लगेंगे; क्योंकि सभी सामाजिक, राजनीतिक, आध्यात्मिक और प्रशासनिक कारकों की प्रथम पाठशाला तो परिवार ही है।

□

उपयुक्त तकनीकी के चुनाव की कसौटियाँ

सबसे महत्त्वपूर्ण प्रश्न यह है कि किसी भी देश के लिए उपयुक्त तकनीकों का चुनाव करते समय कौन-कौन सी कसौटियों को ध्यान में रखा जाए। इस दृष्टि से अल्पविकसित देशों की परिस्थितियों को ध्यान में रखते हुए यूनिडो (UNIDO) तथा इस क्षेत्र में काम करनेवाली अनेक संस्थाओं एवं विद्वानों ने कुछ कसौटियाँ सुझाई हैं। यहाँ हम कुछ प्रमुख कसौटियों का उल्लेख करेंगे—

1. देश में उपलब्ध भौतिक साधनों का प्रयोग—किसी भी देश के लिए वह तकनीक उपयुक्त कही जाएगी, जो स्थानीय कच्चा-माल, खनिज-पदार्थों एवं अन्य साधनों का कुशलतम प्रयोग करती हो। इस प्रकार यह तकनीकी साधनों, कौशल एवं विशेषता की दृष्टि से विदेशों पर निर्भर न होकर आत्मनिर्भर होनी चाहिए।

2. रोजगार—भारत जैसे देशों की मुख्य समस्या बड़ी मात्रा में कार्यशील जनसंख्या है, अत: ज्यादा-से-ज्यादा लोगों को रोजगार प्रदान करनेवाली तकनीक ही उपयुक्त कही जाएगी।

3. ईंधन—तकनीकों के चुनाव के लिए रोजगार की कसौटी के अलावा ईंधन की सीमितता को भी ध्यान में रखना होगा। कोयला, खनिज, तेल आदि सीमित मात्रा में उपलब्ध हैं, अत: वर्तमान तकनीकी का प्रयोग करते हुए इनका बहुत अधिक देर तक प्रयोग करना संभव नहीं हो पाएगा। अत: हमें ऐसी तकनीकी अपनानी होगी, जिसमें गैर-पुनर्उत्पादनीय ऊर्जा (Non-renewable energy) का कम-से-कम प्रयोग हो और पुनर्उत्पादनीय ऊर्जा जैसे—वायु एवं सौर ऊर्जा का अधिक प्रयोग हो।

4. पर्यावरण—उपयुक्त तकनीकी का चुनाव करते समय यह भी ध्यान रखा जाना चाहिए कि प्रदूषण की समस्याएँ उत्पन्न न हों और पर्यावरण की रक्षा हो तथा उसमें संतुलन बना रहे।

5. विकेंद्रीकरण—नई तकनीकी ऐसी होनी चाहिए, जिससे उत्पादन कार्य का अधिकाधिक हाथों एवं अधिकाधिक स्थानों में विकेंद्रीकरण किया जा सके। ग्रामीण क्षेत्रों में उत्पादन इकाइयों की स्थापना सरल हो सके।

6. आधारभूत आवश्यकता दृष्टिकोण—कुछ अर्थशास्त्रियों ने उपयुक्त तकनीकों की एकमात्र कसौटी आधारभूत आवश्यकता दृष्टिकोण के रूप में परिभाषित की है। उनके अनुसार इसके अंतर्गत देश की आंतरिक तकनीकी का विकास, देश की उत्पादन प्रणाली द्वारा विज्ञान एवं तकनीकी के प्रयोग की क्षमताओं का विस्तार तथा उत्पादन एवं उपभोग के विकेंद्रीकरण द्वारा विकास के लाभों का अधिकाधिक वितरण आदि सब शामिल हैं। संक्षेप में, इस दृष्टिकोण में देश की सामान्य जनता (विशेषकर गरीब जनता) को आधारभूत आवश्यकताओं को कम-से-कम समय में पूरा करने के उद्देश्य को प्राथमिकता दी जाती है और इसी लक्ष्य को ध्यान में रखते हुए उत्पादन की वस्तुओं एवं उत्पादन-प्रक्रिया का चुनाव किया जाता है।

7. शर्तों से स्वतंत्रता—भारत जैसे विकासशील देश के लिए ऐसी तकनीकें उपयुक्त कही जाएँगी, जो शर्तों पर कम-से-कम निर्भर हों, जैसे कि अधिक उत्पादन देनेवाली किस्म के लिए सिंचाई, रासायनिक उर्वरक, कीटनाशक दवाओं, यंत्र आदि के आसानी से उपलब्ध न होने के कारण चावल (धान) की ऐसी किस्म का प्रयोग इन देशों के लिए उपयुक्त नहीं कहा जा सकता।

8. आधुनिकता—कोई भी ऐसी तकनीक का प्रयोग सफल नहीं हो सकता, जो बाजार में उपभोक्ताओं द्वारा स्वीकार्य वस्तु का उत्पादन न कर सके। अत: तकनीक का चुनाव करते समय उपभोक्ताओं की माँग पर आधुनिकता के प्रभाव को भी ध्यान में रखना होगा, जैसे भारत में गुड़ व खाँड़सारी के स्थान पर चीनी (आधुनिक वस्तु) की माँग बढ़ने पर लघु चीनी संयत्रों (Mini sugar Plants) का विकास किया गया, जो उपयुक्त था।

9. उत्पादन-लागत—तकनीकी का चुनाव करते समय यह भी ध्यान में रखना होगा कि जहाँ कुल पूँजी निवेश कम हो, वहाँ प्रति वस्तु उत्पादन लागत भी ऊँची नहीं होनी चाहिए। तभी यह तकनीकी विकसित देशों की तकनीकी प्रतियोगिता में टिक पाएगी।

10. जोखिम—तकनीकी का चुनाव करते समय यह भी ध्यान में रखना होगा कि उत्पादक एवं उपभोक्ता दोनों को कम-से-कम कठिनाई हो और दोनों के लिए व्यावहारिक एवं सुविधाजनक हो।

11. विकासशील—ऐसी तकनीकी का चुनाव करना होगा, जिसमें समय एवं परिस्थितियों के अनुसार विकसित होने की क्षमता हो।

12. बहूद्देशीय—इन देशों में ऐसी छोटी मशीनों व यंत्रों का विकास करना होगा, जिनका अनेक कामों में प्रयोग हो सके। उदाहरण के लिए—दक्षिण एशिया के अनेक देशों में प्रयुक्त Small power driven tiller क्षेत्र जोतने के अलावा पानी के पंप, power rice driver आदि के साथ भी जोड़ा जा सकता है। इस प्रकार की बहूद्देशीय मशीनों का रख-रखाव, प्रयोग एवं प्रबंध काफी आसान रहता है। यही कारण है कि विकसित देशों के लिए उपयुक्त तकनीकी को विकासशील (अथवा अल्प विकसित) देशों के लिए उपयुक्त नहीं कहा जा सकता। इस प्रकार उपयुक्त तकनीकी देश की क्षमताओं एवं प्राथमिकताओं के अनुसार बदलती रहती है।

उपयुक्त तकनीकी के प्रमुख तत्त्व इस प्रकार हैं—

1. विकास के लक्ष्य—विकासशील देशों के सामने मुख्य उद्देश्य इस प्रकार होते हैं : (क) आर्थिक विकास, (ख) रोजगार वृद्धि, (ग) गरीबों की आधारभूत आवश्यकताओं की पूर्ति के लिए आय का पुनर्वितरण।

2. सामाजिक-आर्थिक परिस्थितियाँ।

3. पर्यावरण।

4. देश में उपलब्ध साधन।

उपयुक्त तकनीकी के स्थान पर और भी कई नामों का प्रयोग होता है, जैसे निम्न लागत तकनीकों (Low cost technology); माध्यमिक तकनीकी (Intermediate technology); स्व सहायता तकनीकी (self help techonology), प्रगतिशील तकनीकी (Progressive technology), सही तकनीकी (correct technology); पूँजी बचत एवं श्रम गहन तकनीकी (capital saving and labour intensive technology) लघु-स्तर तकनीकी (smalll scale technology) आदि। वास्तव में ये विभिन्न नाम उपयुक्त तकनीकी की किसी-न-किसी विशेषता को प्रकट करते हैं। अत: इस दृष्टि से उपयुक्त तकनीकी शब्द अधिक व्यापक एवं उचित है।

इस प्रकार संक्षेप में यह कहा जा सकता है कि उपयुक्त तकनीकी से तात्पर्य उस तकनीकी से है, जो किसी देश के लिए उसके साधनों एवं परिस्थितियों के अनुसार अपने सामाजिक-आर्थिक उद्देश्य को प्राप्त करने में अधिकाधिक सहायक हो सके।

उपयुक्त तकनीकी का अर्थ केवल हार्डवेयर (hardware) से ही नहीं होता, जैसे—मशीनें, संयंत्र, उपकरण, औजार आदि, बल्कि इसमें सॉफ्टवेयर (software) सामाजिक आधारभूत पूँजी के प्रति वित्त व्यवस्था, बिक्री व्यवस्था आदि भी शामिल हैं। यहाँ एक बात और ध्यान रखने की है कि उपयुक्त तकनीकी के चुनाव का अर्थ केवल उत्पादन-प्रक्रिया (Production processes) से ही नहीं बल्कि उत्पादन के चुनाव (Choosing prodution) से भी है। हमारे देश की, जिसमें जनसंख्या अधिक और भूमि कम है, सबसे प्रमुख आवश्यकता रोजगार निर्माण करनेवाली तकनीकी की है, इसीलिए गाँव को आधार बनाकर अपनाई जानेवाली लघु तकनीकी भारत के लिए काफी उपयुक्त है, किंतु इसका अर्थ यह नहीं समझा जाना चाहिए कि भारत के लिए हर क्षेत्र में उपयुक्त तकनीकी आवश्यक रूप से परंपरागत छोटे पैमाने की लघु और कुटीर उद्योगों वाली तकनीकी ही होगी। भारत एक इतना विशाल देश है कि यह अपने आपमें एक संसार ही है और यहाँ ऐसे बहुत से काम होंगे, जिनमें बड़े पैमाने की पूँजी-गहन तकनीकी उपयुक्त रहेगी।

वास्तव में बैलों से चलनेवाला हल, जिसे भारत के लिए उपयुक्त तकनीकी कहा जाता है, इसके उत्पादन के आधार में पूँजी गहन उद्योग को अपनाना होगा। यह शायद ठीक नहीं होगा कि हम इतने विशाल देश को इतनी बड़ी संख्या में हलों की आवश्यकताओं को पूरा करने के लिए लोहार से हल बनाने के लिए

कहें। इस प्रकार के काम में लागत, श्रम और समय सब ज्यादा खर्च होंगे, अत: हल उत्पादन के लिए हमें पूँजी गहन बड़े पैमाने का उद्योग लगाना उचित रहेगा।

आज लघु उद्योगों के क्षेत्र में उत्पन्न की जानेवाली बहुत सी वस्तुओं के उत्पादन के लिए इन उद्योगों को बड़े पैमाने के उद्योगों से Inputs प्राप्त होते हैं। लोहा-इस्पात, पेट्राकेमिकल्स, इलेक्ट्रोनिक्स, इंजीनियरिंग आदि के ऐसे बहुत से क्षेत्र होंगे, जिनमें बड़े पैमाने की तकनीकी का प्रयोग करना पड़ेगा और उनके आधार पर आगे हम छोटे पैमाने के उद्योगों का जाल बिछा सकेंगे।

□

अनर्थकारी अर्थनीतियों के परिवर्तन से ही होगा भारत का कल्याण

यह एक सर्वविदित ऐतिहासिक तथ्य है कि अंग्रेजों के आने से पहले भारत विश्व में एक अत्यंत समृद्धशाली देश था। भारत की इस समृद्धि को देखकर ही ईस्ट इंडिया कंपनी ने उसके साथ व्यापार करना प्रारंभ किया था। तो फिर भारत की यह संपन्नता क्यों और कैसे समाप्त हो गई? इसके बारे में श्री दादाभाई नौरोजी ने अपने 'आर्थिक निकासी' सिद्धांत के माध्यम से यह बताया था कि भारत में ब्रिटिश शासन की शोषणकारी एवं लुटेरी आर्थिक नीतियों के परिणामस्वरूप भारत की साधन-संपदा लुटती गई और 15 अगस्त, 1947 के आने तक भारत एक गतिहीन, गरीब एवं पिछड़ी हुई अर्थव्यवस्था के रूप में बदल गया। इसीलिए स्वाधीनता आंदोलन की प्रेरणा और सपना यह भी था कि स्वतंत्रता के बाद हम इस देश को फिर से एक सुखी, संपन्न और स्वावलंबी अर्थव्यवस्था वाले राष्ट्र के रूप में खड़ा करेंगे। अब प्रश्न यह है कि स्वतंत्रता के इन 63 वर्षों में हम इस स्वप्न को कहाँ तक और कितना पूरा कर पाए हैं? क्या हमने जो कुछ सोचा था, वह हो पाया? इस प्रश्न का उत्तर तलाशने के लिए स्वतंत्रता के बाद की हमारी इस विकास-यात्रा की बैलेंस शीट के आधार पर हमें यह जानना-समझना होगा कि इस दौरान हमने क्या खोया, क्या पाया?

स्वतंत्रता के बाद 1950 से हमने आर्थिक नियोजन की प्रणाली को स्वीकार कर पंचवर्षीय योजनाओं के माध्यम से देश का विकास करने का मार्ग अपनाया। इस क्रम में दस पंचवर्षीय योजनाएँ पूरी हो चुकी है और अब

ग्यारहवीं पंचवर्षीय योजना भी मार्च 2012 में पूरी हो जाएगी। इसमें कोई दो मत नहीं है कि इस दौरान हमने कई क्षेत्रों में काफी प्रगति की है। भारत का जी.डी.पी. (स्थिर कीमतों पर) 1950–51 में 224786 करोड़ रुपए से बढ़कर 2008–09 में 4154973 करोड़ रुपए हो गई, अर्थात् इस समयावधि में लगभग 19 गुना हो गई। इसी अवधि के दौरान प्रति व्यक्ति आय 5708 रुपए से बढ़कर 31521 रुपए (अर्थात् 5.5 गुना से कुछ अधिक) हो गई। सकल घरेलू पूँजी निर्माण जी.डी.पी. के 8.4 प्रतिशत से बढ़कर लगभग 35 प्रतिशत और सकल घरेलू बचत 8.6 प्रतिशत से बढ़कर 32.5 प्रतिशत हो गई। कृषि उत्पादन का सूचकांक 46.2 से बढ़कर 185.6 हो गया तथा औद्योगिक उत्पादन का सूचकांक 7.9 से बढ़कर 275.4 हो गया। किंतु इसके साथ चिंता की बात यह हुई कि थोक मूल्य सूचकांक 6.8 से बढ़कर लगभग 234 और उपभोक्ता मूल्य सूचकांक 17 से बढ़कर 145 हो गया। खाद्यान्न का उत्पादन 5.08 करोड़ टन से बढ़कर 23.4 करोड़ टन हो गया। इसके अलावा, इस दौरान इस्पात, सीमेंट, कोयला, बिजली आदि के उत्पादन में भी अच्छी खासी वृद्धि हुई है। विदेशी मुद्रा का प्रारक्षित भंडार भी 911 करोड़ रुपए से बढ़कर 1230066 करोड़ रुपए हो गया। साक्षरता दर 18.3 प्रतिशत से बढ़कर लगभग 68 प्रतिशत हो गई और औसत आयु 32 वर्ष से बढ़कर 64 वर्ष हो गई। स्कूलों, कॉलेजों, विश्वविद्यालयों एवं उनमें छात्रों की संख्या, चिकित्सकों, अस्पतालों, डिस्पेंसरियों, प्राथमिक स्वास्थ्य केंद्रों आदि की संख्या में भी अच्छी वृद्धि हुई है। परिवहन एवं संचार के माध्यमों में तो बहुत ही द्रुत गति से परिवर्तन आया है।

प्रगति के इन सब समष्टिगत मापदंडों (macro measures) को देखकर कुछ संतोष अवश्य होता है। किंतु विश्व के अन्य देशों की तुलना में और व्यष्टिगत मापदंडों (micro measures) की दृष्टि से जब हम भारतीय अर्थव्यवस्था की तह और तलहटी में झाँककर देखते हैं तो निराशा ही हाथ लगती है, बल्कि कुछ मामलों में तो अत्यंत पीड़ादायक और दारुण दृश्य ही दिखाई देता है। कृषि भारतीय अर्थव्यवस्था का महत्त्वपूर्ण क्षेत्र है, जिसमें देश की कुल कार्यशील जनसंख्या के 60 प्रतिशत और कुल ग्रामीण कार्यशील

जनसंख्या के लगभग 80 प्रतिशत लोगों को रोजगार प्राप्त होता है, किंतु देश की जी.डी.पी. में कृषि का अंशदान 59 प्रतिशत से घटकर 18 प्रतिशत रह गया है। भारत की कृषि और किसान अनेक समस्याओं से ग्रस्त और त्रस्त हैं। दोषपूर्ण भूधारण प्रणाली, उपविभाजन एवं उपखंडन के परिणामस्वरूप अनार्थिक जोतों में वृद्धि, सिंचाई, वित्त, भंडारण एवं विपणन की अपर्याप्त एवं दोषपूर्ण व्यवस्था तथा कृषि वस्तुओं की उचित कीमत के अभाव में किसानों को अपनी उपज के लाभकारी मूल्य न मिल पाने के कारण खेती के भरोसे किसान परिवार के लिए गुजारा चलाना मुश्किल हो गया है। इस दबाव के चलते हजारों किसान आत्महत्याएँ करने को मजबूर हो रहे हैं। हमारी कृषि उत्पादकता का स्तर काफी नीचा है। भारत में चावल की प्रति हेक्टेयर उत्पादकता जापान से लगभग एक-तिहाई है और गेहूँ की प्रति हेक्टेयर उत्पादकता फ्रांस के मुकाबले एक-तिहाई है। हमारे कृषि क्षेत्र में प्रति श्रमिक उत्पादकता पश्चिमी जर्मनी की तुलना में 33वाँ भाग और अमेरिका की तुलना में 23वाँ भाग है। ऐसी स्थिति में वैश्वीकरण के नाम पर भारत की कृषि को विदेशी कृषि उत्पादों के मुकाबले खुला छोड़कर खेती को बड़ी कंपनियों एवं विदेशी कंपनियों के हवाले करने की साजिश रची जा रही है। उच्च उत्पादकता वाले बीजों, रासायनिक उर्वरकों और कीटनाशी दवाओं पर आधारित तथाकथित नई कृषि टेक्नोलॉजी बिना सोचे-समझे अपना लेने के दुष्परिणाम भुगतने को हम मजबूर हो गए हैं। इसके परिणामस्वरूप देशी बीज काफी कुछ समाप्त हो गए हैं, भू-जल स्तर नीचे चला गया है, कृषि उपजों में खतरनाक रासायनिक तत्त्वों के प्रवेश पा जाने के कारण प्रदूषण और स्वास्थ्य संबंधी समस्याएँ बढ़ गई हैं और बहुत सी भूमि बंजर हो गई है। एक ओर अनाज भंडारण की पर्याप्त एवं वैज्ञानिक व्यवस्था न होने के कारण हजारों टन अनाज गोदामों में अथवा गोदामों के बाहर सड़ रहा है तो दूसरी ओर देश में 5 करोड़ से अधिक लोग कुपोषण के शिकार हैं और बहुत बड़ी संख्या में लोग भूख से तड़पती जिंदगी जी रहे हैं।

1993-94 से 1999-2000 के बीच रोजगार वृद्धि दर 1.25 प्रतिशत से बढ़कर 1999-2000 से 2004-05 के बीच 2.62 प्रतिशत अवश्य हुई

है, किंतु कार्यबल की तुलना में श्रमिक बल में अधिक दर से वृद्धि होने के कारण बेरोजगारी दर भी 1999–2000 में 7.3 प्रतिशत से बढ़कर 2004–05 में 8.25 प्रतिशत हो गई। सरकारी और निजी क्षेत्र दोनों को मिलाकर संगठित क्षेत्र में 1994 से 2007 के बीच रोजगार वृद्धि में गिरावट आई है। कैलोरी-मान के आधार पर सरकार ने 2004 में देश की जनसंख्या के 27.5 प्रतिशत (30 करोड़) लोगों को गरीबी-रेखा को पुनर्परिभाषित कर यह संख्या 38 प्रतिशत बताई है। इन गरीब लोगों में मुख्य रूप से भूमिहीन श्रमिक, छोटे व सीमांत किसान, खेतिहर एवं अस्थायी श्रमिक, छोटे शिल्पकार, घरेलू नौकर, रिक्शाचालक, कैंटीन व ढाबों पर काम करनेवाले बाल मजदूर, जनजातीय, अनुसूचित एवं पिछड़ी जाति के लोग, झुग्गी-झोंपड़ी में रहनेवाले लोग आदि शामिल हैं। भारत में गरीबी एक अत्यंत विकट, विकराल और व्यापक समस्या है तथा इसका चित्र बहुत दर्दनाक एवं भयानक है।

भारत में गरीबी का दर्शन खाली एवं चिपके हुए पेटों, नंगे अथवा अर्धनंगे शरीरों, नंगे पाँवों, मुरझाई हुई आँखों व चिपके हुए गालों, अनेक बीमारियों से ग्रस्त घूमते-फिरते हड्डी के ढाँचे बने लोगों को देखकर किया जा सकता है। यहाँ हमें भूख से बिलखते बच्चे, दर्द से कराहते लोग, प्रसव पीड़ा में दम तोड़ती माताएँ तथा अपनी रोजी-रोटी की तलाश में दर-दर की ठोकरे खाते बेरोजगार नौजवान काफी तादाद में दिखाई दे जाएँगे। बदबू और दुर्गंध के बीच बसी हुई गंदी बस्तियाँ, बनती-बिगड़ती झुग्गी-झोंपड़ियाँ, बरसात में टपकते और धूप में जलते कच्चे कोठर जिनमें मनुष्य और पशु साथ-साथ ही रहते हैं, इस प्रकार भारत की गरीबी मात्र गरीबी ही नहीं, यह मनुष्य के अस्तित्व का ही मानो प्रतिवाद है। भारत में खाद्यान्नों की प्रतिदिन प्रति व्यक्ति उपलब्ध मात्रा 1951 में 395 ग्राम थी जो बढ़कर 2008 में 436 ग्राम तक ही पहुँच सकी है, इसमें भी दालों की उपलब्ध मात्रा तो 61 ग्राम से घटकर मात्र 42 ग्राम रह गई है। कुछ अन्य आवश्यक वस्तुओं की प्रति व्यक्ति प्रतिवर्ष उपलब्धता भी काफी कम है, जैसे खाद्य तेल 12 किग्रा., वनस्पति 1.3 किग्रा., चीनी 18.8 किग्रा. और कपड़ा 39 मीटर। यह सब तो संपूर्ण देश का औसत है, इसमें से गरीब के हिस्से में तो बहुत थोड़ा ही

आ पाता है। पिछले वर्षों के दौरान देश में अरबपतियों की संख्या में अवश्य वृद्धि हुई है, किंतु इसने आय व धन के केंद्रीकरण में वृद्धि की है तथा अमीर व गरीब के बीच विषमता की खाई को और अधिक चौड़ा किया है। देश की 34 प्रतिशत क्रय शक्ति केवल 10 प्रतिशत लोगों के हाथों में केंद्रित है। आई.एस.एफ. के पूर्व अर्थशास्त्री रघुराम राजन ने अरबपतियों की बढ़ती हुई संख्या के एक और चिंताजनक पहलू की तरफ इशारा किया है। उनके अनुसार, इनमें ज्यादातर लोग यह पैसा सरकार से अपनी नजदीकियों के चलते बना पा रहे हैं। इसलिए तो ज्यादातर अरबपति रियल एस्टेट और प्राकृतिक संसाधनों से जुड़े बिजनेस के उन क्षेत्रों में हैं, जिनमें लाइसेंस की जरूरत होती है। बेतहाशा बढ़ती हुई महँगाई ने आम आदमी विशेषकर गरीब वर्ग के लोगों का दर्द और अधिक बढ़ा दिया है। पिछले दो वर्षों के दौरान आम जरूरत की वस्तुओं की कीमतों में 40 से 60 प्रतिशत तक वृद्धि हो गई है। इस पर भी अभी हाल ही में सरकार ने पेट्रोल, डीजल, गैस के दामों में वृद्धि कर आम आदमी की कमर तोड़ दी है।

इसके अलावा देश में ऊर्जा संकट एवं जल संकट भी दिनोदिन गहराता जा रहा है। अशिक्षित और बीमार लोगों की संख्या भी विश्व में सबसे ज्यादा भारत में ही है। स्वास्थ्य एवं शिक्षा के स्तर एवं सुविधाओं को किसी भी दृष्टि से संतोषजनक नहीं माना जा सकता। देश में विदेशी कंपनियों एवं विदेशी निवेश का हस्तक्षेप बढ़ता जा रहा है। साथ ही विदेशी कर्ज का बोझ सह पाना भी कठिन होता जा रहा है। वैश्वीकरण के नाम पर भारतीय अर्थव्यवस्था को विदेशी कंपनियों, विदेशी निवेश और विदेशी ऋण के माध्यम से पराश्रित बना देने की नीति अंततोगत्वा आत्मघाती ही साबित होगी। इन सबके ऊपर पर्यावरण एवं प्रदूषण का संकट भी गहराता जा रहा है। वनों की अंधाधुंध कटाई के कारण बड़ी मुश्किल से देश के 20 प्रतिशत भाग में वन रह गए हैं जो वांछित क्षेत्र से काफी कम है। देश की भू-सतह विभिन्न प्रकार के अवक्रमणों का शिकार हो रही है। बड़ी मात्रा में पानी, रासायनिक उर्वरकों एवं कीटनाशकों के प्रयोग पर आधारित नई कृषि पद्धतियों ने देश में जल प्लावन एवं क्षार की समस्याएँ खड़ी कर दी हैं। भूमि, जल एवं वायु प्रदूषण

काफी बढ़ता जा रहा है। जैव विविधता नष्ट होती जा रही है। कुल मिलाकर, भूख-बीमारी-गरीबी-विषमता के दुष्ट गठबंधन ने भारतीय अर्थव्यवस्था को जकड़ लिया है।

तिरसठ वर्षों के एक लंबे कालखंड के बाद भी भारत में मौजूद इन सब आर्थिक समस्याओं का मूल कारण है नेहरू-महलानोबिस विकास मॉडल और उस पर आधारित आर्थिक नीतियाँ। इसमें स्वीकार की गई विकास की परिभाषा एवं माप दोनों ही गलत एवं भ्रमपूर्ण हैं। प्रति व्यक्ति आय में वृद्धि और अधिकाधिक उपभोग को ही विकास मान लेने से भोगवादी जीवन-शैली व उपभोक्तावाद को बढ़ावा मिल रहा है। यह अर्थ व काम-केंद्रित अधूरा चिंतन है। उत्पादन वृद्धि के लिए प्रकृति का बेरहमी से शोषण, मशीन-चालित ऊर्जाभक्षी टेक्नोलॉजी एवं पूँजी निवेश पर ही जोर देने से अनेक संकट खड़े हो रहे हैं। वर्तमान अर्थनीति, अर्थरचना एवं विकास मॉडल ने अनेक समस्याओं को जन्म दिया है। यहाँ तक कि इसके परिणामस्वरूप मनुष्य के नैतिक व मानवीय-मूल्यों में तेजी से गिरावट आई है तथा विभिन्न स्तरों पर तनाव व हिंसा में वृद्धि हुई है। इसने शोषण, बेरोजगारी एवं असमानता के संकट को और अधिक बढ़ाया है। कुल मिलाकर वर्तमान विकास प्रक्रिया न तो सही मायने में मनुष्य को सुखी बनानेवाला विकास है और न ही यह एक व्यवहारक्षम एवं धारणक्षम विकास पथ है। ऐसी स्थिति में हमें एक नए विकास-पथ को तलाशना और अपनाना होगा।

अब समय आ गया है जब हमें सर्वंकश एकात्म विश्व-दृष्टि एवं व्यावहारिक एकात्म मानव-दर्शन की मान्यताओं के प्रकाश में भारतीय अर्थव्यवस्था की प्रकृति, प्रवृत्ति, संस्कृति, आशा-आकांक्षा, आवश्यकता, साधन-संपदा, क्षमता-संभावनाओं एवं कौशल-प्रतिभाओं के अनुरूप स्वदेशी स्वावलंबी मंगल विकास का समग्र, सार्थक एवं व्यावहारिक मॉडल, मापदंड, नीति, रणनीति एवं संरचना बनाने का प्रयास करना होगा।

धर्म, अर्थ, काम, मोक्ष की पुरुषार्थ चतुष्टयी के आधार पर नैतिकता (Ethics), अर्थव्यवस्था (Economy), पारिस्थितिकी (Ecology) एवं रोजगार (Employment) के बीच तालमेल कर सकनेवाली धारणक्षम

अर्थरचना बनाने की दिशा में सोचना होगा। सर्वजन हिताय, सर्वजन सुखाय, सर्वभूतहिते रत: तथा समग्र सामाजिक सुख के उद्देश्य की दृष्टि से सबको रोजगार, सबको रोटी (अर्थात् सबकी मूलभूत आवश्यकताओं की पूर्ति), सबको स्वास्थ्य, सर्वसुलभ समाजोपयोगी संस्कारक्षम शिक्षा के समान अवसर और सामाजिक न्याय के साथ सतत प्रगति की स्थिति निर्माण करने अथवा दीनदयालजी के शब्दों में पेट को रोटी, हाथ को काम और खेत को पानी प्रदान कर सकनेवाली योजना, व्यवस्था, अर्थरचना व अर्थनीति बननी चाहिए।

साथ ही मानव हितैषी पर्यावरण प्रेमी, भारतीय परिस्थितियों के लिए उपयुक्त टेक्नोलॉजी हो जो प्रति इकाई उत्पादन पर अधिकतम रोजगार दे सके, किंतु साथ ही जो पूँजी प्रयोग, उत्पादन-लागत और ऊर्जा के इनपुट को न्यूनतम कर सके, आयातों पर बहुत अधिक निर्भर न हो, निर्यात क्षमता को बढ़ा सके। इस दृष्टि से दोनों दिशाओं में एक साथ प्रयास करने होंगे—

(अ) देश में पहले से उपलब्ध परंपरागत टेक्नोलॉजी में सुधार कर उसे युगानुकूल बनाना।

(आ) आधुनिक टेक्नोलॉजी को देशानुकूल बनाना।

ग्राम-संकुल और परिवार को आधार बनाकर स्वदेशी व सहभागिता पर आधारित स्वावलंबी विकेंद्रित अर्थतंत्र के निर्माण की दिशा में प्रयास हो। वनतंत्र, ग्रामतंत्र व नगरतंत्र में उपलब्ध मानवीय व प्राकृतिक संसाधनों, आवश्यकताओं, विविधताओं एवं प्राथमिकताओं के अनुरूप ही विकास की संपूरक योजनाएँ बनाने की दिशा में काम हो। जल संग्रह व प्रबंधन, भूमि संरक्षण, वन प्रबंधन व वन संवर्धन नीति, जैविक खेती, पंचगव्य के उपयोग, वैकल्पिक ऊर्जा, पारंपरिक तकनीकी व टेक्नोलॉजी, भारत की स्वास्थ्य परंपरा व चिकित्सा पद्धति, आयुर्वेद, योग, जैव विविधता, हर्बल संपदा आदि के समुचित उपयोग की योजना बने। विशेषकर भारत में जमीन, जल, जंगल और जैव विविधता के रूप में उपलब्ध संसाधनों के संरक्षण एवं योग्य उपयोग पर ध्यान दे सकनेवाली व्यवस्था, रचना एवं नीति बने।

भारत की जलवायु, मिट्टी, कृषि जोत का आकार, उपलब्ध पशुधन, स्थानीय संसाधनों, कौशल व आवश्यकताओं को ध्यान में रखकर बीज, खाद, कृषि-उपकरण, सिंचाई के साधन, विपणन, वित्तीय एवं शोध संस्थानों के

तंत्र का निर्माण करना होगा। इस दृष्टि से दीनदयालजी की परिकल्पना की अदेवमात्रिक कृषि (अर्थात् लघु एवं समुचित सिंचाई व्यवस्था वाली कृषि-व्यवस्था) व्यवस्था के बारे में गंभीर व सार्थक प्रयास करने होंगे।

लघु उद्यमियों, शिल्पकारों, ग्राहक संस्थाओं के बीच नेटवर्किंग के नए प्रकारों व व्यवस्थाओं को विकसित करना होगा ताकि उत्पादन व वितरण की फिजूलखर्ची एवं केंद्रीकरण व विषमता की प्रवृत्ति को रोका जा सके और सबके लिए सस्ती व अच्छी वस्तुएँ प्रदान की जा सकें। इसके साथ समुदाय-आधारित उत्पादन व बिक्री तंत्र के निर्माण को भी प्रोत्साहित करना होगा। भारी व बड़े उद्योगों के स्थान पर लघु, कुटीर, कृषि आधारित ग्रामोद्योग को प्राथमिकता दी जाए और इनके निवेश, ऋण, संरचनात्मक सुविधाओं, टेक्नोलॉजी, प्रशिक्षण, विपणन एवं वित्तीय व्यवस्थाओं का उपयुक्त तंत्र बने और तदनुरूप नीति निर्धारण हो। दीनदयालजी की 'अपरिमात्रिक उद्योग नीति' की संकल्पना को स्वीकार कर देश की उद्योग नीति बने। यह स्वावलंबन से कुछ अधिक उद्योग वाली नीति होगी। यह सबको काम, विकेंद्रीकरण, पारंपरिक कारीगरों व शिल्पकारों की पोषक, कृषि व ग्राम व्यवस्था की पूरक, गाँवों से प्रतिभा पलायन रोकनेवाली, मानव-मूल्यों के अनुरूप, यंत्र-प्रधान न होकर श्रम-प्रधानवाली उद्योग नीति होगी।

आज के विकास एवं व्यवस्था के संकट के मूल में भ्रष्ट, भोगवादी एवं दोषपूर्ण जीवन-शैली ही है। अतः हमें सामाजिक आचरण के मानदंडों एवं जीवन-मूल्यों में सम्यक् परिवर्तन कर सीमित, संयमित, सदाचारी जीवन-शैली एवं उपभोग-शैली को विकसित करने की ओर ध्यान देना होगा।

अब यह बात लगभग सब स्वीकार करने लगे हैं कि धारणक्षम उपभोग-शैली के बिना धारणक्षम विकास के उद्देश्य को प्राप्त नहीं किया जा सकता। भारत के संदर्भ में इस बात का भी ध्यान रखना है कि हमें अपने उपभोग में वृद्धि तो अवश्य करनी है किंतु विश्व के अमीर देशों के लोगों की उपभोग-शैली की नकल करने की कतई आवश्यकता नहीं है। इस उपभोग-शैली में इस बात की चिंता अवश्य की जानी चाहिए कि देश के सभी लोगों को भोजन, कपड़ा, मकान, शिक्षा और स्वास्थ्य से संबंधित आधारभूत आवश्यकताओं को पूरा करने के लिए वस्तुएँ व सेवाएँ उपलब्ध हो सकें।

भारत की सामाजिक-सांस्कृतिक संस्थाओं, सामुदायिक भावना, साझेदारी व भागीदारी से काम करने की वृत्ति, मितव्ययी प्रवृत्ति तथा समता-समरसता को बल प्रदान करनेवाली संस्थाओं व परंपराओं का देश के सर्वतोमुखी विकास में योग्य योगदान हो सके, इस दृष्टि से अधिक प्रभावी रचना बनाने की आवश्यकता है। इसमें सहायक हो सकनेवाले सामाजिक आचरण के मानदंडों, जीवन-मूल्यों, अर्थतंत्र, अर्थव्यवहार एवं आर्थिक नीतियों का निर्माण करना होगा। व्यक्तिगत, पारिवारिक एवं सामुदायिक एवं सभी स्तरों पर अर्थायाम को व्यावहारिक रूप देने की दृष्टि से रचना, परंपरा एवं नीतिगत परिवर्तन करने होंगे।

घुमावदार अपव्ययी उत्पादन प्रक्रिया के स्थान पर विकेंद्रित मितव्ययी उत्पादन प्रक्रिया की दिशा में सक्रिय पहल की जानी चाहिए। विकास-केंद्रित रोजगार के स्थान पर रोजगार-केंद्रित विकास की रणनीति बनानी होगी। इसके आधार पर ही हम अपनी समस्त उत्पादन व निवेश की योजनाएँ व कार्यक्रम बनाएँ। देश की समस्त आर्थिक नीतियों व योजनाओं की दृष्टि व दिशा गरीब-हितचिंतक, गरीबोन्मुखी व अंत्योदय आधारित बनी रहे। वे अमीर-नियंत्रित, अमीर-केंद्रित व अमीर हितपोषक की दिशा में न भटकने पाएँ, इस दृष्टि से पर्याप्त सतर्कता बरतना आवश्यक है।

अंतरराष्ट्रीय आर्थिक संबंधों—विशेषत: विदेशी व्यापार, विदेशी निवेश, विश्व बैंक, अंतरराष्ट्रीय मुद्राकोष, विश्व व्यापार संगठन आदि के संबंध में व्यापक राष्ट्रीय हितों के संरक्षण-संवर्धन की दृष्टि से प्रभावी रणनीति बने। परावलंबी एवं परोपजीवी वैश्विक रचना के स्थान पर वैश्विक विषमता को कम करने एवं विश्व कल्याण के लिए काम करनेवाली परस्परावलंबी मंगलकारी वैश्विक अर्थरचना के निर्माण की दिशा में अधिक सक्रिय एवं प्रभावी नीति बनाई जानी चाहिए।

वैश्वीकरण एवं बहुराष्ट्रीय कंपनियों के दुष्प्रभावों से भारत के परिवारों, बाजारों, मीडिया, शिक्षा, संस्कृति, समाज, संसाधनों, खेतों, कारखानों एवं पर्यावरण की रक्षा करने के प्रयास करने होंगे और तदनुरूप ही अपने तंत्र व नीतियों का निर्माण करना होगा। भारतीय अर्थव्यवस्था के संदर्भ में विभिन्न नीतियों के निर्माण एवं क्रियान्वयन की मुख्य कसौटियाँ हैं—गरीबी, बेरोजगारी

एवं विषमता को कम करना, कम ऊर्जा एवं कम पूँजी पर आधारित उत्पादन-तंत्र का निर्माण करना तथा खाद्य, सुरक्षा, स्वदेशी, स्वावलंबन, विकेंद्रीकरण एवं पर्यावरण संतुलन को सुनिश्चित करना। आर्थिक नीतियों के मूल्यांकन एवं संसाधनों के आवंटन की दृष्टि से प्राथमिकता के महत्त्वपूर्ण क्षेत्र हैं—कृषि (विशेषकर सीमांत व छोटे किसान), लघु उद्यम (विशेषकर अति लघु एवं ग्रामोद्योग), स्वनियोजित असंगठित क्षेत्र, खुदरा व्यापार व व्यापारी, मजदूर, हस्तशिल्प व शिल्पकार आम ग्राहक आदि। इन सब बातों को ध्यान में रखकर वर्तमान में प्रचलित अनर्थकारी आर्थिक नीतियों को बदलकर भारत की प्रकृति और संस्कृति के अनुरूप विकास के नए मॉडल लागू करके ही हम भारत का सर्वतोमुखी कल्याण कर सकते हैं। यह समय की चुनौती भी है और आह्वान भी।

□

आर्थिक पुनर्रचना का प्रारूप

हमें एक ऐसी प्रणाली का विकास करना चाहिए जिसमें वस्तुओं का स्वस्थ उपभोग और प्रसन्नतापूर्वक उत्पादन हो सके। भारत के लिए एक ऐसी प्रणाली की मोटी रूपरेखा इस प्रकार हो सकती है—

1. आज पूँजीवाद एवं साम्यवादी दोनों प्रणालियाँ असफल साबित हो चुकी हैं। पूँजीवादी प्रणाली विषमता एवं शोषण को जन्म देती है तो दूसरी ओर, साम्यवादी प्रणाली पहल एवं प्रेरणा को समाप्त कर देती है। पूँजीवादी एवं साम्यवादी प्रणालियों का सही विकल्प धर्म (अर्थात् नैतिक मूल्यों) के प्रकाश में लोगों द्वारा संचालित एवं नियंत्रित विकेंद्रित स्वावलंबी अर्थतंत्र ही है। किंतु इस विकेंद्रित अर्थतंत्र को पहले की तुलना में अधिक उत्पादक बनाया जाना चाहिए।

आर्थिक विकेंद्रीकरण के लिए आवश्यक है कि उत्पादन की इकाइयाँ छोटी रहें। दस से पंद्रह गाँवों को मिलाकर एक इष्टतम सामुदायिक इकाई हो सकती है जो देश में कृषि-औद्योगिक उत्पादन में वृद्धि करने के लिए कुशलता से काम कर सकेगी और इसे स्वावलंबी ग्राम समुदाय के रूप में भी स्थापित किया जा सकेगा। यह रचना स्थानीय पहल, कौशल और उद्यम का उपयोग करने के पर्याप्त अवसर प्रदान कर सकेगी। इस प्रकार, भारत को गाँवों को स्वशासित इकाइयों के रूप में पुनर्गठित एवं पुनजीर्वित कर क्षतिग्रस्त आर्थिक-राजनीतिक तंत्र के पुर्नगठन की आवश्यकता है।

2. यह प्रणाली एकात्म दृष्टि की होने के कारण कृषि और उद्योग के बारे में यह अथवा वह की नीति को ठीक नहीं मानती। यह तो अर्थव्यवस्था के कृषि एवं औद्यागिक क्षेत्रों के बीच पूरकता एवं पारस्परिक सहयोग में विश्वास रखती

है। किंतु यह सब संबंधों को अपने ढंग से परिभाषित करती है जो वर्तमान संबंधों के प्रारूप से सर्वथा भिन्न है। इसके अनुसार कृषि को अर्थव्यवस्था का प्रमुख एवं आधारभूत क्रिया-कलाप माना जाना चाहिए। इस प्राथमिक क्रिया-कलाप के चारों ओर कृषि आधारित उद्योगों एवं आवश्यक कुटीर व लघु उद्योगों का गठन किया जाना चाहिए। इस समूह-शृंखला के चारों ओर ऐसे भारी एवं बड़े उद्योगों की स्थापना की जानी चाहिए जो प्रथम एवं द्वितीय समूहों की सहायता के लिए आवश्यक हों। भारत की विशाल अर्थव्यवस्था की विभिन्न समस्याओं का समाधान कर उसे शीघ्रता से प्रगति पथ पर अग्रसर करने की दृष्टि से आज सर्वाधिक महत्त्वपूर्ण भूमिका लघु उद्योग क्षेत्र की है। रोजगार वृद्धि, आय व धन के वितरण में समुचित समानता बनाए रखने, भारत की विशाल श्रमशक्ति, स्थानीय संसाधनों व कौशल का सर्वोत्तम उपयोग करने, औद्योगिक विकेंद्रीकरण तथा निर्यात बाजार के लिए विभिन्न वस्तुओं का उत्पादन करने आदि अनेक दृष्टियों से भारतीय अर्थव्यवस्था में लघु उद्योगों की महत्त्वपूर्ण भूमिका व स्थान है। किंतु आज भारत के लघु उद्योग क्षेत्र को वित्तीय संसाधनों, समय एवं समुचित कीमत पर कच्चे माल की अनुपलब्धता, उचित दर पर पर्याप्त बिजली न मिल पाना, मशीनों, उपकरणों व संयंत्रों का नवीनीकरण न हो पाना, उत्पादन की बिक्री, सरकारी संरक्षण का अभाव व घोर उपेक्षा, बड़ी कंपनियों एवं विदेशी फर्मों की प्रतियोगिता आदि अनेक समस्याओं से जूझना पड़ रहा है। इस ओर तुरंत ध्यान देकर भारत के लघु क्षेत्र को सशक्त व समर्थ बनाया जाना चाहिए।

3. परिवार संस्था को सच्चे अर्थों में भारतीय भावनाओं के अनुरूप पुनर्स्थापित किया जाना चाहिए। परिवार एक सामाजिक इकाई के साथ-साथ आर्थिक इकाई के रूप में भी क्रियाशील रहे। हमें प्रत्येक स्तर पर परिवार भावना का जागरण करने का प्रयास करना चाहिए।

4. यह दृष्टिकोण सरकार-आश्रित अथवा बाजार-आश्रित अर्थव्यवस्था में विश्वास नहीं करता। यह तो जनाश्रित अर्थव्यवस्था अथवा जनभागीदारी के माध्यम से विकास में विश्वास करता है। सरकार तो जनता के अभियान में सहयोग करने की भूमिका अदा करे। अतः वैज्ञानिकों, तकनीशियनों, प्रशासकों, सामाजिक कार्यकर्ताओं, समाज-वैज्ञानिकों, संपन्न समाज सेवियों के परस्पर